# 民國文化與文學<sup>研究</sup> 文叢

十二編

李怡 主編

第 **1** 冊

## 中國文藝美學與文學教育的現代轉型

郭勇 著

國家圖書館出版品預行編目資料

中國文藝美學與文學教育的現代轉型／郭勇 著 -- 初版 -- 新
北市：花木蘭文化事業有限公司，2020〔民 109〕
目 2+236 面；19×26 公分
（民國文化與文學研究文叢 十二編；第 1 冊）
ISBN 978-986-518-236-6（精裝）
1. 葉聖陶 2. 學術思想 3. 文學美學 4. 文學評論
820.9                                          109010961

**特邀編委**（以姓氏筆畫為序）：

| | | |
|---|---|---|
| 丁 帆 | 王德威 | 宋如珊 |
| 岩佐昌暲 | 奚 密 | 張中良 |
| 張堂錡 | 張福貴 | 須文蔚 |
| 馮 鐵 | 劉秀美 | |

民國文化與文學研究文叢
十二編 第 一 冊                ISBN：978-986-518-236-6

中國文藝美學與文學教育的現代轉型

作　　者　郭勇
主　　編　李怡
企　　劃　四川大學中國詩歌研究院
總 編 輯　杜潔祥
副總編輯　楊嘉樂
編　　輯　許郁翎、張雅淋　美術編輯　陳逸婷
出　　版　花木蘭文化事業有限公司
發 行 人　高小娟
聯絡地址　235 新北市中和區中安街七二號十三樓
　　　　　電話：02-2923-1455／傳真：02-2923-1452
網　　址　http://www.huamulan.tw 信箱 hml810518@gmail.com
印　　刷　普羅文化出版廣告事業
初　　版　2020 年 9 月
全書字數　237660 字
定　　價　十二編 14 冊（精裝）台幣 36,000 元　　版權所有‧請勿翻印

# 中國文藝美學與文學教育的現代轉型

郭勇　著

## 作者簡介

郭勇，男，1978 年生，湖北麻城人。2007 年畢業於北京師範大學，獲文學博士學位。2011 年在華中師範大學文學院博士後流動站出站，獲文學博士後資格證書。現為江南大學人文學院教授、碩士生導師。主要從事中國文論與美學、中西比較詩學研究，承擔國家社科基金項目 2 項，省部級及廳局級項目多項，已出版學術專著 4 部，參編教材 4 部，在核心期刊上發表多篇論文，應邀赴歐洲參加學術會議。

## 提　　要

　　20 世紀以來，中國思想文化開啟了從古典向現代的轉型歷程。在這個過程中，中國現代知識分子的所扮演的角色值得注意。雖然他們每個人往往只被貼上文學家或教育家或編輯出版家的單一標籤，但他們關注的領域、做出的貢獻卻往往是多方面的、「跨界」的。本書主要是探討中國文藝美學與文學教育的現代轉型，而葉聖陶先生（1894～1988 年）就是同時在這些領域起著關鍵作用的代表性人物：他是「五四」之後最早一批對美學有著自覺意識的知識分子；他在《晨報》發表的四十則《文藝談》（1921 年），在新文學史上最早對文學問題進行了理論探索；他畢生致力於教育和出版事業，不僅在民國時期有著重大影響，1949 年以後更是成為中國教育事業的領導人。

　　因此，對於這樣一位卓越的文學家、教育家、編輯出版家和社會活動家，我們應該把他的思想作為一個整體加以把握。葉聖陶的思想經歷了一個歷史的發展過程，以 20 世紀 40 年代為界，大致分為前後兩期。同時他的思想涉及到文學、編輯、出版、教育等各個領域。他的文化思想可以分為三個層面：

　　一是美學思想，這是葉聖陶文化思想的總綱，最主要的有兩點：生活美學、人本位原則；

　　二是文藝思想，涉及文藝本源、文藝本質、文藝功能、文藝批評實踐等方面。他的文藝思想以美學思想為根基，立足生活，但又高度重視作家的主體性，以人格、情感、語言作為衡量作家作品的基準；

　　三是文學教育思想，在「為人生」這一點上，葉聖陶找到了文學與教育的結合點。他認為文學教育是語文教育的一部分，可以培養學生的審美鑒賞力，訓練學生運用語言文字的能力，實現對人生的審美感悟。

　　葉聖陶的文藝美學思想可以稱為「生活美學」：以生活為泉源，以人為核心，有著強烈的現實情懷與致用意識。他提出的不少問題直至今天還有現實意義，他的文藝美學思想帶有鮮明的時代印記與現代色彩，值得我們認真總結和借鑒。

# 民國時期新文學史料的保存與整理
## ——《民國文化與文學》第十二編引言

李 怡

　　與過去的中國現代文學研究相比，作為新框架的民國文學研究尤其強調豐富的文獻史料。因此，如何延續中國文學在民國時期的文獻工作就顯得十分必要了。

　　中國現代文學自民國時期一路走來，浩浩蕩蕩，波瀾壯闊，這百年歷程中的一切文學現象——作家作品、文學運動、思潮、論爭之種種信息，乃至影響文學發展的各種社會法規、制度、文化流俗等等都可以被稱作是不可或缺的「史料」，對百年中國文學發展歷程的所有總結回顧，首先就得立足於對「史料」的勘定和梳理。史料與闡釋，可以說是文學研究的兩翼，前者是基礎，後者則是我們的目標；而文學研究的興起則大體上經歷了這樣的過程：先是對文學新作於文學現象的急切的解讀闡釋，然後轉入對史料文獻的仔細梳理和考辨，再後可能是又一輪的再闡釋與再解讀。

　　民國創立，這是中國現代文學發生發展的最重要的時代，伴隨著現代文學影響的逐步擴大，除了宣示性推介或者批評性的闡釋之外，作品的結集、特定文獻的輯錄也日顯重要，這其實就是史料工作的開始。

　　史料意識的興起，反映著一個時代的知識分子對其所遭遇歷史的重視程度和估價敏感度。在這個意義上看，中國現代文學的史料意識大約是在它出現之後的數年就已經顯露，在十多年之後逐漸強化起來，反映速度也還是頗為可觀的。

　　如果暫不考慮個人文集的出版，那麼對特定主題或特定年代的文學作品

的彙編則肯定已經體現了一種保存文獻、收藏歷史的「史料意識」。

　　1920 年，在現代文學創立的第四個年頭，中國出版界就出現了對不同文學文體的總結性結集。

　　《新詩集》（第一編），由新詩社編輯部編輯，新詩社出版部 1920 年 1 月出版，收入胡適、劉半農、沈玄廬、康白情、周作人、俞平伯等人的初期白話新詩 103 首，分「寫實」、「寫景」、「寫意」、「寫情」四類編排。在序文《吾們為什麼要印新詩集》中，編者闡述了編輯工作的四大目的：一、彙集幾年試驗的成績，打消懷疑派的懷疑；二、提供一個寫新詩的範本；三、編輯起來便於閱讀新詩；四、便於對新詩進行批評。〔註1〕這樣的目的已經體現出了清晰的史料意識。正如劉福春所指出的那樣：「這是我國出版的第一部新詩集。如果將發表在 1918 年 1 月 15 日《新青年》上胡適、沈尹默、劉半農的 9 首白話詩看作是第一次發表的新詩的話，至此詩集出版才兩年的時間，不能不說編者確是很有眼光。」「從詩集所注明的作品出處看，103 首詩共錄自 20 餘種報刊，這些報刊除《新青年》、《新潮》等影響較大的之外，有不少現今已很難見到，像《新空氣》、《黑潮》、《女界鐘》等。很多詩作因這本詩集不是『選』而得到了保存，使得我們今天重新回顧這段歷史的時候，可以較真實、完整地看到新詩最初的足跡。」〔註2〕也在這一年，許德鄰編《分類白話詩選》由上海崇文書局於 1920 年 8 月出版，收入初期白話新詩 230 餘首，同樣按「寫景」、「寫實」、「寫情」與「寫意」四類編排。

　　在散文方面則有《白話文苑》（第一冊）與《白話文苑》（第二冊），洪北平編，上海商務印書館 1920 年 5 月出版，分別收入胡適、錢玄同、梁啟超、蔡元培等人白話散文作品 33 篇和 16 篇；同年，《白話文趣》由苕溪孤雛編，群英 1921 年出版，收入蔡元培、陳獨秀、錢玄同、梁啟超、魯迅等人白話的雜文、記敘文共 17 篇。

　　小說方面，止水編《小說》第一集由北京晨報社出版部 1920 年 11 月出版，編入止水、冰心、大悲、魯迅、晨曦等人的白話短篇小說共 25 篇，1922 年 5 月，「文學研究會叢書」推出《小說彙刊》，由上海商務印書館出版。匯輯葉紹鈞、朱自清、盧隱、許地山等人的短篇小說共 16 篇。

〔註1〕《吾們為什麼要印新詩集？》，《新詩集》第 1 頁，上海新詩社出版部 1920 年 1 月初版。

〔註2〕劉福春《尋詩散錄》第 5 頁，廣西師範大學出版社 2008 年。

　　戲劇方面，1924 年 2 月，淩夢痕編《綠湖第一集》由民智書局出版，收入淩夢痕、侯曜、尤福謂等人的獨幕劇本 6 部；1925 年 3 月，上海戲劇協社編《劇本彙刊第一集》在上海商務印書館出版，收入歐陽予倩、汪仲賢、洪深等人的獨幕劇共 3 部。

　　由以上的簡述我們大體可以知道，隨著現代文學的傳播，史料保存意識也迅速發展起來，無論是為了自我的宣傳、討論還是提供新文體的寫作範本，各種文學樣式的匯輯整理工作都很快展開了，從現代文學誕生直到新中國的建立，這種依循時代發展而出現的各種文學年選、文體彙編持續不斷，成為民國時期中國現代文學史料保存的主要方式。與新中國建立以後日益發展起來的強烈的「著史」追求不同，民國時期的文學史料的保存常常在以鑒賞、批評為主要功能的文學選本之中：

　　以文體和時間歸集的選本，例如 1923 年《中國創作小說選》（第一集），1924 年《中國創作小說選》（第二集），1925 年《彌灑社創作集》，1926 年《戀歌（中國近代戀歌集）》，1928 年《中國近代短篇小說傑作集》，1929 年《中國近十年散文集》，1930 年《現代中國散文選》，1931 年《當代文粹》、《新劇本》，1932 年《當代小說讀本》、《現代中國小說選》，1933 年《現代中國詩歌選》、《初期白話詩稿》、《現代小品文選》、、《現代散文選》、《模範散文選注》，1935 年《中華現代文學選》、《現代青年傑作文庫》、《注釋現代詩歌選》、《注釋現代戲劇選》，1936 年《現代新詩選》、《現代創作新詩選》、《幽默小品文選》，1938 年《時代劇選》，1939 年《現代最佳劇選》，1944 年《戰前中國新詩選》，1947 年《歷史短劇》、1949 年《獨幕劇選》等等。

　　以作家性別結集的選本，例如 1932 年《現代中國女作家創作選》，1933 年《女作家小品選》、《女作家隨筆選》，1934 年《女作家詩歌選》、《女作家戲劇選》，1935 年《當代女作家小說》，1936 年《現代女作家詩歌選》、《現代女作家戲劇選》等。

　　抗戰是民國時期最為重大的國家民族事件，我們也可以見到大量關於這一主題的文學選集，例如 1932 年《上海事變與報告文學》，1933 年《抗日救國詩歌》、《滬戰文藝評選》、1937 年《抗戰頌》、《戰時詩歌選》、1938 年《抗戰詩選》、《抗戰詩歌集》、《抗戰獨幕劇集》、《抗戰劇本選集》、《國防話劇初選》、《戰時兒童獨幕劇選》、《街頭劇創作集》、1939 年《抗戰文藝選》、、1941 年《抗戰劇選》等等。從中透露出了文學界與出版界強烈的時代意識和民族

意識，或者也可以說，是特殊時代的民族情感強化人們對現代文學的文獻價值的認定。

　　就作家個人史料的整理出版方面，最值得一提的是魯迅逝世引發的悼念潮與全集出版。早在魯迅生前，就有回憶文字見諸報端（如 1924 年曾秋士《關於魯迅先生》，〔註 3〕1934 年王森然撰寫第一個魯迅評傳〔註 4〕），魯迅逝後，報刊雜誌上發表了大量歷史回憶，親朋舊友開始撰寫出版紀念著作（如許廣平、許壽裳、蔡元培、周作人、許欽文、孫伏園、郁達夫等），包括魯迅先生紀念委員會編《魯迅先生紀念集》等著述〔註 5〕匯成了現代文學有史以來最大規模的個人史料，《魯迅全集》在 1938 年的編輯出版（上海復社版），是魯迅先生逝世之後，中國文學界一次前所未有的對當代作家文獻的搜集彙編工程，編輯委員會由蔡元培、馬裕藻、許壽裳、沈兼士、茅盾、周作人、許廣平等組成，參與編輯的有近百人。胡愈之、張宗麟總攬全域並籌措經費，許廣平與王任叔（巴人）為編校，參與校對的還包括金性堯、唐弢、柯靈、王任叔等一大批人，黃幼雄、胡仲持負責出版，徐鶴、吳阿盛、陳熬生分別聯繫排版、印刷與裝訂事宜，陳明負責發行。搜集、整理、編輯、出版乃至序跋、題簽等由一代文化界精英承擔，盡顯現代文學作為時代文化主流的強大力量。

　　到作家選集的編輯出版已經成為「常態」的今天，人們格外注意搜集選編的「史料」又包括了那些影響文學史整體發展的思潮、流派、論爭的文字，其實，這方面的整理、呈現工作也始於民國時期，那些文學運動、文學論爭的當事人和富有歷史眼光的學人都十分在意這方面材料的保存。據我掌握的材料看，早在 1921 年 1 月，新文學運動的開展、白話新詩的倡導才剛剛 3、4 年，胡懷琛就編輯出版了《嘗試集的批評與討論》，〔註 6〕到 1920 年代後期的「革命文學」論爭之時，又有錢杏邨編輯的《現代中國文學作家》（上海泰東圖書局，1928 年），霽樓編輯的《革命文學論爭集》（生路社，1928），它們都收錄多位論爭參與人的言論。之後，我們還可以讀到各種的文學論爭資料，包括李何麟編的《中國文藝論戰》（中國書店 1929 年）、蘇汶編《文藝自由論

〔註 3〕　曾秋士《關於魯迅先生》，《晨報副刊》1924 年 1 月 12 日，曾秋士即孫伏園。
〔註 4〕　王森然：《周樹人先生評傳》，收入《近代二十家評傳》，北平杏岩書屋 1934 年 6 月版。
〔註 5〕　北新書局 1936 年 12 月初版。
〔註 6〕　胡懷琛：《嘗試集的批評與討論》，上海泰東書局 1921 年 3 月。

辨集》（現代書局 1933 年）、吳原編《民族文藝論文集》（正中書局 1934 年）、胡懷琛編《詩學討論集》、胡風編《民族形式討論集》（華中圖書公司 1941）等。

　　1930 年代，在現代文學發展進入第二個十年之後，文學的歷史意識也有所加強，「新文壇」、「新文學史」這樣的歷史概括也出現在學者的筆下，值得注意的是，這些對「新文壇」、「新文學」的記錄都努力保存各種文獻史料。1933 年，王哲甫編撰出版了《中國新文學運動史》（北平傑成印書局），除了對現代文學運動的描述、評論外，著作還列有「新文學作家傳略」、「作家圖片」、「著作目錄」等，皆有史論與史料彙編的雙重功能。同年阮無名《中國新文壇秘錄》（上海南強書局）出版，雖然「秘錄」一語帶有明顯的商業意味，但全書卻體現了頗為嚴謹的文獻意識，正如今人所評，該書「一方面為了保存歷史的真實和完整，對資料不輕易摘引、節錄；一方面更注意搜集容易被人忽略的零碎資料，前後加以串聯，詳加說明，使之條理分明，獨成系統。雖然，他聲明在組織這些材料時，盡量不加評論，當然在編輯過程中也無法掩飾自己的觀點，只要暗示幾筆也就夠了。」〔註 7〕阮無名即阿英（錢杏邨），他是中國現代文學史上最早具有自覺的史料文獻意識的學人。1934 年，阿英再編輯出版了《中國新文學運動史資料》（上海光明書局，署名張若英），這部著作雖然以新文學運動的發展為線索安排專題性的章節，但卻不是編者的評論，而是在每一專題下收羅了相關的歷史文獻，可謂是現代文學發展演變的史料大彙編。對讀今日出版的現代文學著作，我們不難見出，阿英這些最早的文獻工作足以構建起了歷史景觀的主要骨架。

　　在民國時期，現代文學史料整理工作最具規模也最具有影響力的成果是《中國新文學大系》的出版。

　　1935 年，良友圖書公司隆重推出趙家璧主編《中國新文學大系》10 大卷，其中「創作」的 7 卷，共收小說 81 家的 153 篇作品，散文 33 家的 202 篇作品，新詩 59 家的 441 首詩作，話劇 18 家的 18 個劇本，「理論」與「論爭」兩卷，「史料‧索引」一卷，加以「創作」各卷的「導言」，收錄的理論文章也有近 200 篇，可以說是全方位彙集、展示了現代文學創立以來的全貌。從文學發展的角度來說，這是推動新文學作品「經典化」的重要努力，從現代文學歷史的梳理來說，則可以說是第一次文學文獻的大匯輯。《史料‧索引》

---

〔註 7〕姜德明：《書邊草山》第 176 頁，杭州：浙江人民出版社，1982 年。

由阿英主持，在編輯中，他注意到了現代文學的版本流變問題，又將「史料」分作作家作品史料、理論論爭史料、文學會社史料、官方關於文藝的公文、翻譯作品史料、雜誌目錄等十一類，我們可以認為，這是中國現代文學史料學的第一次自覺的建構。

不過，即便良友圖書公司和史家阿英有著這樣自覺的史料學的追求與建構，在當時歸根結底也屬於民間的和學者個人的愛好與選擇，而不是國家事業的組成部分，甚至也沒有成為學科發展、學科建設的工作願景。由此觀之，我們可以發現，民國時期中國現代文學史料的保存、整理與出版工作的顯著特點。

就如同中國現代文學本身在整體上屬於作家個人、同人群體的創造活動一樣，在整個民國時期，這些文獻史料的搜集、保存和整理出版工作的主要動力還在民間的趣味和熱情，在國家政府一方面，幾乎就沒有獲得過太多的直接支持，當然，也就因為尚未被納入國家大計而最終淪為國家政府意志的附庸。這樣的現實有兩個值得注意的結果：

其一，由於缺乏來自國家層面的頂層學科規劃，現代文學的文獻史料工作的民間發展受到了種種物質和制度上的限制，長遠的學科發展方略遲遲未能成型，文學史料工作在學術規範、學理探究、思想交流等方面建樹不多。

其二，同樣道理，由於國家政府放棄了對文史工作的強力介入，更由於現代文學陣營本身對民國專制政府的從未停止的抵抗和鬥爭，各種類型的文學著作不斷撕開書報檢查的縫隙，持續為我們揭示歷史的真相，因而，在總體上我們又可以認為，民國時期的文獻史料是豐富和多樣的，如果我們將所有的文學出版物都視作必不可少的「史料」，那麼，這些風格各異、思想多元的民國文學——包括作家個人的文集、選集、全集以及各種思潮、流派、運動、論爭的文字留存，共同構築了現代文學文獻史料的巍峨大廈，足以為後世的研究提供源源不絕的資源和靈感。

2020 年 2 月改於成都

# 目

# 次

# 導　言

## 一、研究對象的提出

　　中國社會與思想文化自 20 世紀開始了從古典向現代的轉型歷程。在這個過程中，中國現代知識分子的所扮演的角色值得注意。雖然他們每個人往往只被貼上文學家或教育家或編輯出版家的單一標籤，但他們關注的領域、做出的貢獻卻往往是多方面的、「跨界」的。本書主要是探討中國文藝美學與文學教育的現代轉型，葉聖陶先生（1894～1988 年）就是同時在這些領域做出重要貢獻的人物：他是我國現代卓越的文學家、教育家、編輯出版家和社會活動家。他是「五四」之後最早一批對美學有著自覺意識的知識分子；他在《晨報》發表的 40 則《文藝談》（1921 年），在新文學史上最早對文學問題進行了理論探索；他畢生致力於教育和出版事業，不僅在民國時期有著重大影響，1949 年以後更是成為中國教育事業的領導人。本書即以葉聖陶先生的思想與實踐為中心，探討中國文藝美學與文學教育的現代轉型。

　　1894 年，葉聖陶生於蘇州市懸橋巷一個平民家庭，名紹鈞，字秉臣，後改字聖陶。〔註 1〕自晚清時代中國社會與思想文化發生前所未有的根本變革以來，他時時關注時代的風雲變幻，以深切的現實情懷，對中國的實際問題進行深入探索。在漫長的一生中，他興趣廣泛，涉獵極廣，著述豐富，對中國現代思想文化的發展做出了巨大貢獻：在晚清時代，他抨擊專制，倡言革命，以文學為「革心」的武器；在民國時代，他投身民主鬥爭與新文化運動，獻身於新文學、教育事業和編輯出版事業；新中國建設時期，他參與主持教育

---

〔註 1〕商金林：《葉聖陶年譜長編》（第一卷），人民教育出版社 2004 年版，第 2 頁。

界的領導工作，即使是在晚年，仍心繫社會主義建設事業。

就具體成就而論，葉聖陶是著名的文學家、編輯出版家和教育家，這已經得到公認。作為一位文學家，他的創作緊扣時代脈搏，自成一格，涵蓋了小說、散文、詩、詞、戲劇等領域，他還是中國兒童文學的先驅；作為一位編輯出版家，葉聖陶在數十年的編輯、出版生涯中主編或參編、出版了大量的文學期刊與書籍，幫助眾多年輕作者走上文學道路。他主編的《小說月報》使不少文學新人嶄露頭角；《中學生》《中學生文藝》等刊物與中小學教材，對青少年的成長起到了重要作用，為教育事業做出了貢獻；作為一位教育家，葉聖陶的教育生涯在各項事業中其實最為長久，他在教育領域取得的成就也是各個領域中最為卓著的。他的教育活動涉及中小學和大學各個層次，他對中國舊式教育進行了猛烈抨擊，形成了以造就現代社會的合格公民為核心的教育思想。葉聖陶是作為語文教育界一代宗師而名世的。

不過，葉聖陶的美學思想與文學思想豐富而複雜，是中國現代文藝美學思想的組成部分，同時他的文藝美學思想與他的編輯思想、教育思想是相通的：他的編輯思想與實踐貫穿著他對文學與教育的理解；他的文學教育觀念、文學的教育功能論，又是文學思想與教育思想相融相通的產物。

葉聖陶的文藝美學思想是其思想整體的一部分，他還注重把思想觀念化為具體的實踐，促進思想文化建設。早在晚清時代，葉聖陶就樹立了文學「革心」的信念，希望以文學改良社會。創作文言小說之時，他就在自己的日記、致顧頡剛的書信中批評了時下流行的舊小說，闡述了「有益於世」、「必要有其本事」的創作原則，追求「真」與「美」的文藝。他對《紅樓夢》《孽海花》《斷零鴻雁記》《玉梨魂》的評論，是其文學批評的早期收穫，這些成果在 1914 年所作的《正小說》中得到了總結。參加新文化運動之後，自 1921 年 3 月起，葉聖陶在《晨報副刊》發表了 40 則《文藝談》，這是葉聖陶首次公開地系統論述自己的文藝美學思想，《文藝談》也是新文學理論建設最初的成果之一。葉聖陶還參與創辦了中國第一個新詩刊物——《詩》月刊，發表了一系列的詩評，捍衛新詩。40 年代以後，葉聖陶受到心理語言學影響，強調文藝是以語言為依託，同時轉向人民立場，強調文藝為人民服務，他的現實主義文藝觀發展到了新的階段。他在編輯出版方面注意結合自己的文藝觀念，在主編《小說月報》《中學生》《中學生文藝》等刊物以及國文教材時，融入了自己對文學的深切體悟；在教育事業上，他非常重視文藝對人的薰陶與感染作用，

他編寫的閱讀指導與寫作指導，有不少就是精彩的文學批評文章。葉聖陶還號召教師創作兒童文學作品，他自己身體力行，創作了大量優秀的童話，對新文學與教育事業都產生了重要影響。

葉聖陶有著深切的現實情懷，他的思想與實踐貫穿了中國文學、教育、編輯出版、政治的百年歷程。「五四」一代知識分子的世紀歷程可謂豐富多彩，葉聖陶的經歷也是這幅世紀圖景中的一部分。他的文藝美學思想與現實有著密切的關聯，既是立足現實，也是有感而發，如「為人生」與「為藝術」之爭、民眾文學的討論、文言與白話之爭、革命文學論爭、中西文化論爭、文學商業化、中學生國文程度的討論、舊式教育的弊端等問題，他不僅關注並參與探討這些重大問題，而且他所提出的不少觀點時至今日還有現實意義，如生活是文藝的泉源、文藝家「自我」的重要性、文學是語言的藝術、文學商業化的弊端、應試教育的危害、文學與教育的聯繫等等。整理與分析這些觀念，不僅可以瞭解葉聖陶的見解，更可以作為我們今天應對種種實際問題的借鑒。

## 二、研究現狀

學界對葉聖陶的研究主要是著眼於他的文學創作、編輯出版思想、教育思想，形成了三足鼎立的格局。此外，對葉聖陶生平及資料的整理與研究、多維視角的研究也在不斷推進。

對學術研究而言，資料的搜集與整理是基礎，但也是極為重要的環節。葉聖陶的著作有文學作品，但更多地是散篇論文、談話、演說、序跋等，另外有大量的日記和書信，這些資料成為研究葉聖陶的重要依據。葉聖陶沒有著意去建構一個系統的理論思想體系，他的觀念都是從這些作品、文章中閃現出來的。1985～1994 年，江蘇教育出版社推出了 25 卷本的《葉聖陶集》，成為當時收集葉聖陶作品最為詳備的資料。2004 年，為紀念葉聖陶誕辰 110 週年，經過修訂、加上葉至善撰寫的《父親長長的一生》和索引，26 卷本《葉聖陶集》仍由江蘇教育出版社出版。

著作整理之外，對葉聖陶生平的研究、葉聖陶研究成果的梳理總結同樣重要。葉聖陶傳記、年譜、研究成果的梳理總結也相繼問世，陳遼和商金林的成果具有代表性。陳遼是從文化史入手來研究葉聖陶，主要著作有《葉聖陶評傳》《葉聖陶傳記》等。商金林則以翔實的史料為根基，以一系列重要成

果如《葉聖陶年譜》《葉聖陶傳論》《葉聖陶年譜長編》以及合編的《葉聖陶研究資料索引（1911～2008）》等，把這一領域的研究推到了新的高度。

從文學角度研究葉聖陶在 20 世紀早期即已開始，一直是一個熱點。研究者側重於葉聖陶的文學創作，在他的作品中重點關注的又是小說，主要是從四個角度切入的。

第一，歷史定位。1935 年，魯迅在總結新文學初期的成就時指出，《新潮》作家中「葉紹鈞卻有更遠大的發展」〔註 2〕；對於葉聖陶在中國童話創作上的開創性貢獻，魯迅也給予了高度的評價：「十來年前，葉紹鈞先生的《稻草人》是給中國的童話開了一條自己創作的路的。」〔註 3〕魯迅的評價更帶有文學史家的氣息，早已成為經典之論。而據葉至善的說法，早在 1919 年，葉聖陶在《新潮》上發表了《這也是一個人》，魯迅在 4 月 16 日就寫信給傅斯年，加以評論：「《新潮》裏的《雪夜》《這也是一個人》《是愛情還是痛苦》（起首有點兒小毛病），都是好的。上海的小說界夢裏也沒有想到過。這樣下去，創作很有點希望。」〔註 4〕

茅盾的意見在這一點上與魯迅相似，他認為：「冷靜地諦視人生，客觀的地，寫實的地，描寫著灰色的卑瑣人生的，是葉紹鈞。他的初期的作品（小說集《隔膜》）大都有點『問題小說』的傾向，……可是當他的技巧更加圓熟了時，他那客觀的寫實的色彩便更加濃厚」，「要是有人問道：第一個『十年』中反映著小市民智識分子的灰色生活的，是那一位作家的作品呢？我的回答是葉紹鈞！」〔註 5〕葉聖陶的《倪煥之》更是被他譽為「扛鼎」之作。〔註 6〕「為人生」、「寫實」、「現實主義」成為日後文學史家評定葉聖陶文學成就的依據。

第二，創作宗旨。在走上文學道路之初，葉聖陶就評論過自己的小說，

〔註 2〕魯迅：《中國新文學大系·小說二集·導言》，載魯迅編選：《中國新文學大系·小說二集》（影印本），上海文藝出版社 2003 年版，第 2 頁。

〔註 3〕魯迅：《〈表〉譯者的話》，載《魯迅全集》（第十卷），人民文學出版社 2005 年版，第 437 頁。

〔註 4〕葉至善：《父親長長的一生》，載葉至善等編：載葉至善等編：《葉聖陶集》（第 26 卷），江蘇教育出版社 2004 年，第 44 頁。

〔註 5〕茅盾：《中國新文學大系·小說一集·導言》，載茅盾編選：《中國新文學大系·小說一集》（影印本），上海文藝出版社 2003 年版，第 22 頁。

〔註 6〕茅盾：《讀〈倪煥之〉》，載《茅盾全集》（第 19 卷），人民文學出版社 1991 年版，第 211 頁。

並談到自己的創作原則，可以概括為兩點：「有其本事」〔註 7〕、「有益於世」〔註 8〕。在新文化運動時代，葉聖陶投入到「為人生」的文學潮流之中。40年代以後，他強調文藝要為人民服務。現在的中國現代文學史教材一般都是從文學研究會的「為人生」宗旨來分析葉聖陶的早期創作。

　　第三，藝術特色。葉聖陶對於各種文學體裁的創作都有所嘗試，包括小說、散文、劇本等，也有童話的創作。在小說方面，葉聖陶「想像的豐富，描寫的精細」、對結構的重視得到了肯定。〔註 9〕童話方面，鄭振鐸與胡風都肯定其成就，胡風強調《稻草人》「是一部有意義的作品」，關鍵也在於用「生動的想像和細膩的描寫來解釋自然現象甚至勞動生活」〔註 10〕。

　　散文成就的評論以阿英為代表，他認為葉聖陶的小品文「寧靜淡泊」，「給予小品文運動的影響是巨大的，而每一篇，都可以說是非常精妙的佳構」。〔註 11〕在劇本方面，洪深為葉聖陶的劇本《展覽會》所感動，因為他發現其中的「幾個教員，寫得真是太熱忱了太真實了」。〔註 12〕

　　在當代學者中，陳平原高度評價了葉聖陶的貢獻，認為中國小說敘事模式的轉變是由晚清與「五四」兩代作家共同完成的，葉聖陶即為「五四」作家中的重要一員。〔註 13〕

　　第四，縱向梳理與比較研究。阿英在《〈現代十六家小品〉序》中以葉聖陶《五月卅一日急雨中》、鄭振鐸關於「五卅」的詩文為例指出，這一時期的小品文「是從反封建的重心移到反對帝國主義的重心，從激昂的反抗到相對的肉搏，從對現狀的不滿到憤怒的抨擊，從個人主義的觀點到反個人主義的

---

〔註 7〕葉聖陶 1914 年 11 月 12 日致顧頡剛書信，載葉至善等編：載葉至善等編：《葉聖陶集》（第 24 卷），江蘇教育出版社 2004 年版，第 79 頁。

〔註 8〕葉聖陶 1914 年 11 月 23 日致顧頡剛書信，載葉至善等編：《葉聖陶集》（第 24 卷），江蘇教育出版社 2004 年版，第 90 頁。

〔註 9〕顧頡剛：《〈隔膜〉序》，載葉至善等編：《葉聖陶集》（第 1 卷），江蘇教育出版社 2004 年版，第 201 頁。朱自清：《葉聖陶的短篇小說》，載朱喬森編：《朱自清全集》（第一卷），江蘇教育出版社 1996 年版，第 262 頁。

〔註 10〕胡風：《關於兒童文學》，《胡風全集》（第二卷），湖北人民出版社 1999 年版，第 81 頁。

〔註 11〕阿英：《小品文談·葉紹鈞》，載《阿英全集》（第二卷），安徽教育出版社 2003 年版，第 617～618 頁。

〔註 12〕洪深：《中國新文學大系·戲劇集·導言》，載洪深編選：《中國新文學大系·戲劇集》（影印本），上海文藝出版社 2003 年版，第 52 頁。

〔註 13〕陳平原：《中國小說敘事模式的轉變》，北京大學出版社 2003 年版，第 6 頁。

立場」。〔註 14〕這既是當時中國散文創作發生的變化，也是葉聖陶個人創作呈現出的新面貌。不少研究者也注意到葉聖陶的創作歷程是有明確的階段性的，如早年的文言小說創作時期、「五四」時代走向現實主義、建國前後的創作等。

在比較研究方面，有將葉聖陶與魯迅進行比較研究〔註 15〕，也有探討葉聖陶所受的西方文學的影響〔註 16〕。捷克學者普實克則對葉聖陶與契訶夫進行比較研究，特意點出兩位作家最相似之處是都有「辛辣的幽默」。〔註 17〕葉聖陶作為中國兒童文學的先驅之一，他的作品與安徒生童話的比較研究也受到研究者的重視。

相比較而言，海外學者如王德威、夏志清、安敏成更注重在文學史的大背景下、在文學流派與思潮的視野中揭示葉聖陶的獨特性，指出其旨趣在教育和童年生活，「現實主義」在當時可能具有的多種意味，而葉聖陶對現實主義的理解恰恰就是比較靈活的。〔註 18〕

葉聖陶是一位傑出的編輯出版家，在中學時代他就組織過文學社團《放社》、編過課餘小報《課餘麗澤》。他把編輯出版工作作為傳播文化、教育大眾的事業，他的編輯思想與實踐得到了一定的重視與研究，但明顯處於初創階段。目前的著作主要有三部：《現代傑出的編輯出版家——葉聖陶》《編輯出版家葉聖陶》《葉聖陶編輯思想研究》〔註 19〕。葉聖陶的編輯思想被歸納為鮮明的目的、教育功能、有所為有所不為、為青年做貢獻、處處為讀者著想、

---

〔註 14〕阿英：《〈現代十六家小品〉序》，載《阿英全集》（第四卷），安徽教育出版社 2003 年版，第 298～299 頁。

〔註 15〕王鐵坤：《「為人生」與「改良社會」——淺議魯迅與葉聖陶的小說創作》，載《殷都學刊》1994 年第 4 期。

〔註 16〕劉啟先、郝亦民的《葉聖陶與外國文學》，載《中國現代文學研究叢刊》1994 年第 3 期。陳光宇：《善於借鑒，意在創新——葉聖陶與西方近現代文學》，載《西安教育學院學報》1997 年第 4 期。

〔註 17〕〔捷克〕雅羅斯拉夫·普實克：《葉紹鈞和契訶夫》，尹慧瑉譯，載劉增人、馮光廉編：《葉聖陶研究資料》（下），知識產權出版社 2010 年版，第 666 頁。

〔註 18〕參見〔美〕孫康宜、宇文所安主編：《劍橋中國文學史》（下卷），劉倩等譯，三聯書店 2013 年版，第 526 頁。〔美〕安敏成：《現實主義的限制——革命時代的中國小說》，姜濤譯，江蘇人民出版社 2001 年版，第 122 頁。夏志清：《中國現代小說史》，劉紹銘等譯，復旦大學出版社 2005 年版，第 43 頁。

〔註 19〕任天石、盧文一：《現代傑出的編輯出版家——葉聖陶》，南京出版社 1993 年版。徐登明：《編輯出版家葉聖陶》，中國書籍出版社 1994 年版。中國出版工作者協會學術工作委員會、葉聖陶思想研究會編：《葉聖陶編輯思想研究》，開明出版社 1999 年版。

嚴謹認真的工作作風等幾個方面。

在葉聖陶具體的編輯出版思想與實踐研究方面，葉聖陶主編的語文教材、《小說月報》《中學生》成為研究的重點。〔註 20〕從總體上看，研究者對葉聖陶編輯思想的研究主要是著眼於其中體現的精神與態度；對其編輯實踐的研究則重在對其促進文化傳播與教育事業的功績的肯定。

葉聖陶是語文教育界的一代大家，與呂叔湘、張志公並稱「三老」。作為一位傑出的教育家，他在這一領域的成就與影響超過了其他領域，而且他把各項工作都歸結為教育，這也是葉聖陶文藝美學思想的特色之一。呂叔湘首次提出「聖陶先生的語文教育思想」這一命題〔註 21〕，時至今日，學界對葉聖陶語文教育思想的研究已取得了很大的成果：有對葉聖陶語文教育思想的總體把握，對他的教育思想發展歷程的梳理、語文教育思想體系的總結、語文美育思想的研究等。〔註 22〕

葉聖陶不僅在總體上對於教育的本質有明確的認識，而且對具體的問題也進行了細緻的闡述。他的不少觀念如今已被教育界廣泛接受，如教育是為造就合格的公民與人才、教是為了達到不需要教、教法應靈活多樣、因材施教、反對應試教育、要加強對語文教育的科學研究、聽說讀寫全面訓練、讀書與實踐相結合、課內與課外相結合、預習—討論—複習的教學程序、教師主導學生主體、「習慣」說等等。這些方面已經得到比較充分的研究，學界基本上是持肯定的態度，意見也較為一致。但是，葉聖陶的教育思想中也存在引起爭議的地方，其中爭議最大的就是他的工具論。1997 年《北京文學》發起語文大討論，其中就有文章抨擊「工具論」，認為是高耗低效，必須把「人文性」作為語文課程的基本屬性。進入 20 世紀 90 年代，語文教育界也發動了一場語文課程人文性的大討論。其中一個重要議題就是對語文學科「工具論」的批判，葉聖陶的「工具論」也就不可避免地牽涉其中。對於這一觀念，學術界也有不同看法，形成了三種基本的態度：有的學者認為「工具論」本

---

〔註 20〕趙慧閔：《葉聖陶中學語文教材編輯思想研究》，河南大學碩士學位論文，2012年。于春生：《葉聖陶主編〈小說月報〉的編輯實踐研究》，北京印刷學院碩士學位論文，2004 年。周秋利：《葉聖陶主編〈中學生〉（前期）編輯實踐研究》，北京印刷學院碩士學位論文，2004 年。

〔註 21〕呂叔湘：《〈葉聖陶語文教育論集〉序》，載中央教育科學研究所編：《葉聖陶語文教育論集》，教育科學出版社 1980 年版，第 1 頁。

〔註 22〕劉國正、畢養賽主編：《葉聖陶語文教育思想研究》，江蘇教育出版社 1990 年版。董菊初：《葉聖陶語文教育思想概論》，開明出版社 1998 年版。

身沒什麼錯，葉聖陶的主張是值得肯定的〔註23〕；有的學者認為葉聖陶的「工具論」已經內在地把語文學科的工具性與人文性融合到了一起，基本上持肯定態度〔註24〕；還有的學者旗幟鮮明地反對工具論，激烈地批判葉聖陶的「工具論」〔註25〕。應該說，這些態度從根本上都取決於研究者本人對於語文學科性質的認識，但是在這一點上不少研究者仍糾纏於「工具」與「人文」的二元對立式思維，沒有獲得一種超越的眼光。隨著論爭的深入，學界逐漸認識到單純從工具／人文二分的角度探討語文教育問題缺乏實際意義，由此牽引出對於「語文」的內涵以及「文學教育」問題的深層思考。時至今日，論爭仍然沒有結束，即使面對課程大綱，教育界也有不同的聲音存在。因此，對於這個問題的思考，不僅涉及到對葉聖陶教育思想的評價，其實也涉及到對語文學科根本性質的看法，從根本上講也就是教育理念的問題。

　　從不同領域切入作專題研究，固然可以使葉聖陶研究在各個方面達到比較深入的地步，但是這種三分研究格局畢竟是將葉聖陶的思想整體分割了開來，不利於系統把握。而且葉聖陶的各種思想觀念又是相互貫通、影響的，只限於一個領域最終會限制研究的深入。注意到葉聖陶思想的整體性，這是葉聖陶研究能否取得突破性進展的關鍵。學術界已經達成了這樣的共識：葉聖陶的文學思想、編輯思想、教育思想是一致的，因此，學界開始嘗試綜合性研究，或是結合葉聖陶的文學家和文學理論者身份、教育家身份來談論作為編輯家的葉聖陶〔註26〕，或是研究葉聖陶教育家身份和文學創作之間的關係及相互影響〔註27〕，或是探討葉聖陶的語文美育思想〔註28〕等。

---

〔註23〕顧德希：《語文教學的病根》，載《中國青年版報》1999年6月7日；何小書：《對「工具論」的三種理解偏差》，載《湖南教育》1999年第18期。

〔註24〕參見董菊初：《葉聖陶語文教育思想概論》，開明出版社1998年版；顧黃初：《顧黃初語文教育文集》，人民教育出版社2002年版；倪渝根：《假如葉老健在》，載《小學語文教學》2000年第7〜8期。

〔註25〕李寰英：《論「工具」說的偏頗及其對語文教育的誤導》，載《中學語文教學參考》1996年第7期；梁國祥：《語文工具論的現實侷限性》，載《湖南教育》1999年第19期。

〔註26〕周振甫：《編輯出版家葉聖陶先生》，載《葉聖陶編輯思想研究》，開明出版社1999年版。

〔註27〕歐陽芬：《葉聖陶：在文學與教育之間》，蘇州大學博士學位論文，2010年。盧斯飛《教育家和文學家的完美結合——論葉聖陶的教育小說》，載葉聖陶研究會編：《葉聖陶研究論文集》，開明出版社1991年版。

〔註28〕劉國正、畢養賽主編：《葉聖陶語文教育思想研究》，江蘇教育出版社1990年版。

　　在葉聖陶文藝美學思想研究方面，陳遼、商金林、陳光宇的研究代表了三種不同的路徑與視角。

　　在《葉聖陶和現代文化》一文中，陳遼考察了葉聖陶對中國現代文化的貢獻，認為葉聖陶是我國現代美學家之一，是現代美學這門學科的創立者之一，他的美學思想有豐富的內容。〔註 29〕這種研究具有開闊的文化視野，值得重視。

　　商金林是從史料與文學角度入手來研究葉聖陶，由於新史料的發現以及從整體上把握葉聖陶的思想，商金林的研究取得了重大的突破〔註 30〕。通過研讀葉聖陶早年的文言小說及書信、日記，他認為葉聖陶早年曾受到佛學、無政府主義的影響，他還分析了葉聖陶「寫實」文藝觀的萌生，指出葉聖陶「關於生活與創作的關係的論述最為豐富，最為深刻」。〔註 31〕在《新文學先驅者的足跡》中，商金林依據大量史料指出，葉聖陶被譽為傳統文化的代表，這其實是一種誤會。葉聖陶創作欲望的萌生，他的文學觀和審美情趣，均源於「異域文化」的引發。〔註 32〕

　　陳光宇是從美學、美育入手來研究葉聖陶，揭示出葉聖陶美學思想的起點及核心是生活，從總體上把握住了葉聖陶的美學思想，分析了葉聖陶美學思想的基本內容，在此基礎上完成的《葉聖陶的美學奉獻》一書是第一部系統研究葉聖陶美學美育思想的專著，作者既從根本上把握了葉聖陶美學思想的基點，又對具體問題展開了多角度、多層次的分析，涉及到葉聖陶的美學思想與審美創造實踐、美育思想、語文美育實踐等。〔註 33〕。順此思路，陳光宇還主編了《語文美育學》一書，實現研究的拓展，把葉聖陶的美育思想

〔註 29〕陳遼：《葉聖陶和現代文化》，載葉聖陶研究會編：《葉聖陶研究論文集》開明出版社 1991 年版，第 176 頁。

〔註 30〕商金林：《為新文學理論奠基——葉聖陶早年版的 40 則〈文藝談〉》，載《文藝理論與批評》1994 年第 5 期。另參見商金林：《葉聖陶年譜》，江蘇教育出版社 1986 年版；商金林：《葉聖陶傳論》，安徽教育出版社 1995 年版；商金林編：《葉聖陶年版譜長編》（四卷本），人民教育出版社 2004～2005 年版；商金林：《求真集》，安徽教育出版社 2004 年版。

〔註 31〕商金林：《葉聖陶傳論》，安徽教育出版社 1995 年版，第 635 頁。

〔註 32〕商金林：《新文學先驅者的足跡——略述葉聖陶早年版的文學視野和文學觀》，載《葉聖陶研究論文集》，開明出版社 1991 年版，第 268 頁。

〔註 33〕參見陳光宇：《葉聖陶美學思想的邏輯起點》，載《南京曉莊學院學報》1997 年第 3 期。陳光宇：《葉聖陶的美學奉獻》，天津古籍出版社 1997 年版。

應用於語文教學研究。〔註34〕

## 三、本書的研究對象與方法

　　時至今日，葉聖陶研究目前已經取得了很大的成果，但也存在深入研究的空間。吳泰昌就曾呼籲：「作為文藝評論家的葉聖陶，也應該引起我們研究者的重視。」〔註35〕葉聖陶的文學思想還有進一步研究的必要，他的文藝美學思想與他的文學創作實踐、編輯出版思想、教育思想之間的關聯還需要再深入清理。這也就意味著，在專題性研究（葉聖陶文學創作研究、教育思想研究、編輯出版研究等）已達到一定積累、綜合性研究仍在推進之時，我們有必要把他的文學創作、文藝思想、美學思想、教育思想、編輯思想及實踐等作為一個整體加以把握。

　　本書運用文化詩學的方法，以葉聖陶的文藝美學思想為中心，力圖揭示其本來面貌並做出客觀公正的評價。文章首先分析葉聖陶的美學思想，這是葉聖陶文藝思想的哲學基礎，是總的出發點；進而分析其文學思想，既要涉及葉聖陶在文學問題上所持的根本立場，也要深入到具體問題中去，同時還要結合他的文學創作、編輯思想及實踐、教育思想及實踐進行綜合考察；在此基礎上再探討葉聖陶的文學教育思想，這是葉聖陶的文學思想與教育思想相結合的產物。為了求得更深入的瞭解，有必要將胡適、梁啟超、朱自清等人的教育觀念與之作比較。最後，從文化的視野對葉聖陶的文藝美學思想進行總體觀照。本書把葉聖陶的文藝美學思想置於當時的歷史文化語境中加以考察，將其作為一個整體來研究。

---

〔註34〕陳光宇：《語文美育學》，中國工人出版社 2004 年版。

〔註35〕吳泰昌：《〈論葉聖陶的文學創作〉序》，載金梅：《論葉聖陶的文學創作》，上海文藝出版社 1985 年版，第 8 頁。

# 第一章　葉聖陶的美學思想

　　葉聖陶雖然沒有研究美學問題的專著，甚至直接談「美」的文字也不多，但他關於美的見解卻是深刻而獨到的，散見於眾多的文章著述之中。葉聖陶的美學思想是他思想整體的一部分，而在他的文藝美學思想的體系內又是具有基礎性與決定性地位的，奠定了他的文藝思想的哲學基礎，規定了他的文藝思想的發展路向。葉聖陶在談到自己的世界觀與人生觀時，曾表示自己是堅持唯物主義原則的：「我人大略有些歷史唯物論之觀念。」〔註1〕但是，葉聖陶更注重的是「人」，正如他在給俞平伯的信中所說的，他的立場是「人本位」〔註2〕。認為生活是「人」的生活，要求從人出發，強調一切文化事業與社會活動都是依靠人、都是為了更好的生活，強調人的認識活動與實踐活動的統一，這才是葉聖陶思想的核心。因此，在面對人生時，葉聖陶始終抱有一份濃鬱的現實情懷，立足現實，回顧過去，展望未來。他重視對歷史的繼承，強調對未來應抱有美好信念，但這一切都是以現實為基點，把過去、現實、未來融為一體。為此他強調即知即行，注重對現實問題的研究與探討，為創造理想的未來而努力奮鬥。

　　葉聖陶被視為一位恂恂儒者，但這並不意味著他固守傳統，而是意味著他的入世情懷與注重實際的精神。他正是從對傳統的批判繼承中培養了高度

〔註1〕葉聖陶 1952 年 3 月 6 日日記，載葉至善等編：《葉聖陶集》（第 22 卷），江蘇教育出版社 2004 年版，第 294 頁。

〔註2〕1976 年 9 月 27 日，葉聖陶在致俞平伯的信中表示：「弟心中常有『人本位』觀點，既已為人，只得一切從人出發。從人出發，安得無是非善惡。」載葉至善等編：《葉聖陶集》（第 25 卷），江蘇教育出版社 2004 年版，第 176～177 頁。

的現實意識與責任感，他喜愛傳統文化，但有鑒別、有創新、吸收西學，反對一味復古。他立足現實，也不曾放棄對未來的信心與嚮往，但這種信心與嚮往又擺脫了形而上學的終極追問與抽象思辨，也沒有神秘主義的色彩，而是化為對現實的關注與實踐的動力，強調在現實生活中建立起這種信心與嚮往。

葉聖陶是以唯物主義為出發點，以「人」為核心，立足現實，這些主要方面構成了他的思想的基本品格，貫穿於他的文藝美學思想之中。

## 第一節　充實的生活才美

葉聖陶晚年曾回憶說自己早在中學時代就是一個唯物主義者，當時他的唯物主義還比較淺薄，「其基本思想有兩點，一是相信人總是要死的，二是相信世界上沒有鬼」〔註 3〕。這樣一種樸素的唯物主義，其實就是無神論的信念。也正是這種信念，促成了葉聖陶反對迷信、打破偶像、立足現實人間的世界觀與人生觀，在「五四」時代他也就自然而然地接受了科學思想，投身新文學運動，從此走上了為人生的道路。

但是，葉聖陶對美的問題的思考並不是自「五四」時代才開始。早在創作文言小說時，他就通過批判舊小說闡述自己的文藝主張，傳達了自己內心對「美」的追求與嚮往。他真正認可的是「攝人間之真影」的文藝：「夫戲劇要有美之價值，美不必求其滑稽可喜，或華耀動目，惟有涉夫精神，觀感者足以當之。故假優孟之衣冠，攝人間之真影，戲劇乃為有價。」這樣的戲劇才有「美之真價」，可稱為「新文學」〔註 4〕。值得注意的是，葉聖陶此論雖是針對戲劇而發，但也適用於對文學的評價，他由此感慨「提倡新文學之不可緩也」〔註 5〕。葉聖陶的論述，至少包含了這麼幾個層面的含義：一、「美」涉及精神層面；二、「真」的才「美」；三、「美」可以使人感動，這些方面奠定了葉聖陶美學思想的基調。他一開始就將「美」與「真」連接了起來，而「真」又是以「人間」為根基的，這就為他思考美與生活的關係問題奠定了基礎。

---

〔註 3〕商金林：《葉聖陶傳論》，安徽教育出版社 1995 年版，第 7 頁。
〔註 4〕葉聖陶 1916 年 1 月 2 日日記，轉引自商金林：《葉聖陶傳論》，安徽教育出版社 1995 年版，第 188～189 頁。
〔註 5〕葉聖陶 1916 年 1 月 2 日日記，轉引自商金林：《葉聖陶傳論》，安徽教育出版社 1995 年版，第 189 頁。

　　「五四」時代葉聖陶走上了全新的人生道路，思想也發展到了新的階段。「五四」是一個重估一切價值、打碎偶像、高揚科學與民主、倡導個性解放的時代，五四知識分子懷著重新認識世界與自我的熱望，對宇宙與人生開始了全新的思索。葉聖陶也深受當時流行的宇宙論影響，他認為在宇宙之中，一切都變得渺小，人與萬物的差異消失了，都不過是宇宙大化中的一粒微塵，也都處於進化歷程之中。葉聖陶熱切地探究人生問題，創作了一系列的問題小說。出於對自然與人的熱愛與平等對待，他萌生了人道主義與泛神論的信念，在早期創作的問題小說中，這種傾向得到了明確的揭示：「我也想，『土地真足讚頌呀，生生不息，取之無盡』。於此使我更信 pantheism 了。……我化了，力就是我，我就是力。」〔註6〕如果說對自然的熱愛意味著葉聖陶對「美」的追求，那麼對人性的讚頌則意味著他對「愛」的嚮往。葉聖陶在《阿鳳》中表露了他對人性的呼喚：「世界的精魂若是『愛』，『生趣』，『愉快』，伊就是全世界。」〔註7〕對「美」與「愛」的嚮往，就是對自然與人性的熱切歌頌，葉聖陶的「美」與「愛」的哲學逐步形成。

　　在《文藝談》中，葉聖陶提出了文藝的國民性問題。在他看來，俄國文藝體現了以「愛」為精魂的人道主義，日本的近代文藝則包含著深濃的「愛」和清麗的「美」。葉聖陶更進而從社會經濟、地域環境的角度剖析了這種特色的成因，在他看來，「文藝上所謂各國民眾之特性，……此種特性源於自然，內基於各民族之天稟，外化於天時地勢人事之種種環境，遂融結為種種性質」。〔註8〕茅盾在指出葉聖陶早期小說的特點時，將「美」解釋為「自然」，將「愛」解釋為「心和心相印的瞭解」，他認為葉聖陶是以「美」和「愛」為「人生的最大的意義，而且是『灰色』的人生轉化為『光明』的必要條件。『美』和『愛』就是他的對於生活的理想」，應該說這是符合葉聖陶原意的〔註9〕。在葉聖陶看來，「農業國裏的人因為親近自然，事必互助，所以愛它的觀念很

---

〔註6〕葉聖陶：《隔膜·苦菜》，載葉至善等編：《葉聖陶集》（第1卷），江蘇教育出版社2004年版，第151～152頁。
〔註7〕葉聖陶：《隔膜·阿鳳》，載葉至善等編：《葉聖陶集》（第1卷），江蘇教育出版社2004年版，第170頁。
〔註8〕葉聖陶：《文藝談》，載葉至善等編：《葉聖陶集》（第9卷），江蘇教育出版社2004年版，第45頁。
〔註9〕茅盾：《中國新文學大系·小說一集·導言》，載茅盾編選：《中國新文學大系·小說一集》（影印本），上海文藝出版社2003年版，第23頁。

發達,而且喜歡和平」〔註 10〕,俄國農民最多,日本也是農業國,所以國民性都有人道主義的傾向。而日本景物清麗,勝遊無算,更養成了日本人尚美的特性。熱愛自然,追求和諧與自由,應是這一時期葉聖陶所談論的「美」的主要內容。正如他在《文藝談》中指出的:「藝術家以自然為最美,藝術之能事即在表現自然。」〔註 11〕

親近自然、熱愛自然在中西文化史上都有悠久的傳統。中國古人有「天人合一」的追求,孔子言「仁者樂山,智者樂水」,道家強調純任自然,佛家更是能夠在山水中見出禪趣。在西方,盧梭發出了「返歸自然」的號召。中國現代知識分子在這一問題上有他們自身的特殊性:就現實處境而言,他們面對內憂外患,身處動盪的時局,在他們眼中,都市與鄉村往往成為對立的兩極;就思想傳承而言,他們受到的是中國傳統文化與西方思想的雙重浸潤,中國現代知識分子對於自然依然懷有「天人合一」的信念。

那麼葉聖陶嚮往的「美」與「愛」的具體內涵又是什麼呢?葉聖陶對自然也懷有深厚的感情,在《文藝談》中,他強調宇宙人生的一切都可以成為文藝家選材的對象,但是文藝家要在「外面的觀察之外,從事於深入一切的內在的生命的觀察」,所以「真的文藝家一定抱與造物同遊的襟懷,他的心就是宇宙的心」。〔註 12〕同時,深入一切的生命,這也是打破機械、功利的觀念、恢復人性的途徑。因此,葉聖陶對於自然,既抱有傳統的「天人合一」觀,也體現出西方生命哲學的色彩。這一點在葉聖陶創作的童話中也可以看出來:他大力歌唱兒童的純真,嚮往著「美」與「愛」。在都市裏,只有冷酷而悲慘的現實,但田野是美麗而多趣的。在小說中也是如此,《潛隱的愛》《阿鳳》對自然人性的歌唱,《春遊》中大自然對「伊」的心靈的陶冶,都體現出了自然的魅力以及葉聖陶對自然的讚美。

「美」是依託自然而展現出來的,但是在西方文化語境中,「自然」包括了外在的自然和人的自然本性兩方面,「自然」被看作是與社會文化相對立的。葉聖陶在評價近代日本文學時雖然是著重從大自然的一面來談美,但是

---

〔註 10〕葉聖陶:《文藝談》,載葉至善等編:《葉聖陶集》(第 9 卷),江蘇教育出版社 2004 年版,第 46 頁。

〔註 11〕葉聖陶:《文藝談》,載葉至善等編:《葉聖陶集》(第 9 卷),江蘇教育出版社 2004 年版,第 34 頁。

〔註 12〕葉聖陶:《文藝談》,載葉至善等編:《葉聖陶集》(第 9 卷),江蘇教育出版社 2004 年版,第 19~20 頁。

從他的創作中卻不難發現他力圖「喚起世界的精魂，鼓吹全人類對於人的本性都有眷戀的感情，尋覓的願望」。〔註13〕因而在葉聖陶的藝術世界中，「自然」應該是包含了自然界與人的本性在內的。

葉聖陶所宣揚的「愛」，如茅盾所言，是心和心相印的瞭解。由於葉聖陶作品中展現的人道主義情懷，他所推重的「愛」在一定程度上也帶有博愛的色彩，但是葉聖陶不信教，他所說的「愛」並不帶有基督教的背景，更多地是來自於中國傳統文化，特別是孔子的仁愛思想：仁者愛人。葉聖陶從小受過嚴格的傳統教育，深受儒家思想的影響，父親的孝道與仁心深深影響了他，在為人處世上，葉聖陶也是期盼人與人之間的相親相愛，他自己也頗有儒家君子的風範，也認為儒家思想中「那說仁說忠恕的部分總是好的」〔註14〕。因此，葉聖陶嚮往的「愛」帶有大同的理想，但又不像儒家那樣強調等級的差別。

五四時代，「美」與「愛」的哲學十分流行。事實上，同為文學研究會的作家，王統照就高唱著「美」與「愛」的讚歌，許地山小說中宣揚的「愛」則帶有濃厚的宗教色彩，冰心、陳衡哲、盧隱、蘇雪林等女作家更是把「美」與「愛」作為自己早期作品的重要主題。冰心宣布：「我和萬物，完全是用愛濡浸調和起來的，用愛貫穿連結起來的」，「真理就是一個字：『愛』。」〔註15〕從形成背景來說，葉聖陶的「愛」與「美」的哲學與其他作家一樣，也在一度程度上受到西方人道主義思潮的影響，都是基於對社會現實的強烈不滿。從內容來說，他們謳歌母愛、愛情及人與人之間的一切真情，讚美大自然與純樸人性，這都是一致的。

但是，葉聖陶的「美」與「愛」的哲學與其他作家存在很大的不同。從背景來說，冰心等作家的「愛」的哲學是在基督教思想的基礎上形成的，有著濃厚的宗教意味。冰心出身優裕，受過新式教育，受基督教教義的影響，形成了她的「愛」的哲學。盧隱是在教會學校學習期間接受基督教信念，信奉上帝。陳衡哲在留學美國期間研究過基督教，蘇雪林則是在法國時成為教

---

〔註13〕顧頡剛：《〈火災〉序》，載葉至善等編：《葉聖陶集》（第1卷），江蘇教育出版社2004年版，第353頁。

〔註14〕葉聖陶：《深入》，載葉至善等編：《葉聖陶集》（第6卷），江蘇教育出版社2004年版，第289頁。

〔註15〕冰心：《自由—真理—服務》，載《冰心全集》（第一冊），海峽文藝出版社2012年版，第203～204頁。

徒的。基督教的博愛巧妙地與人道主義相結合，正如朱光潛指出的，廣義的博愛，「來自基督教的一條教義：凡人都是上帝的子女，在上帝面前，彼此都是兄弟姐妹。事實上在十九世紀西方文藝作品中的『博愛』都是按照這條基督教義來理解的。因此，『人道主義』這一詞獲得了它本來所沒有的而且本來應該和它區別開來的一個新的含義，『人道主義』轉化成了『慈善性的博愛主義』。」〔註16〕但是葉聖陶並不信教，他的思想不具備宗教色彩，這與他自己的生活環境與成長經歷有關。作為平民出身的知識分子，葉聖陶沒有受過現代高等教育，對他薰染最深的還是中國傳統文化尤其是儒學，這是他的「愛」的哲學的主要背景。從內容來說，王統照是以兩性之愛為最美，提出「此類煩悶混擾之狀態，互遍於地球之上，果以何道而使人皆樂其生得正當之歸宿歟？斯則美之為力已」，「兩性也，美也，最高精神之愛也，交相融而交相成，於以開燦爛美妙之愛的花，以達於超越現實世界真美之境地，將於是乎求之」〔註17〕。冰心等女作家則大力讚頌母愛，追求個性解放，讚美童心和自然。在她們看來，真善美是合一的。但是，在葉聖陶的早期作品中，表現母愛、愛情的作品並不多，他也「有意識地、而且可以說是成功地迴避了當時文壇上多數作家趨之若鶩的個性解放的主題」〔註18〕。而且，正如阿英指出的，葉聖陶、茅盾、王統照、落花生這樣的作家，在描寫自然方面，「在田園詩人的意味上，他們是不如謝冰心對於自然那樣傾愛的」〔註19〕。葉聖陶是把目光積聚在下層民眾身上，對社會現實進行揭露與批判，誠如有的學者分析的，「葉紹鈞人道主義思想的最突出的特徵在於：通過對黑暗社會的實際批判過程，他揭示了下層人民群眾還不曾『給生物糾纏住』這樣一個雖嫌模糊但卻很深刻的道理，以至於使他放心地把自己『美』與『愛』的理想實現的希望寄託在他們身上。」〔註20〕

　　葉聖陶的「美」與「愛」的哲學之所以具有這樣的特點，顯然與他自己

---

〔註16〕朱光潛：《朱光潛美學文集》（第 3 卷），上海文藝出版社 1983 年版，第 137 頁。

〔註17〕瞿世英：《〈春雨之夜〉序》，載馮光廉、劉增人編：《中國現代作家選集・王統照》，人民文學出版社 1990 年版，第 248 頁。

〔註18〕彭曉豐：《創造性背離——葉聖陶小說風格的形成及對外來影響的同化》，載《中國現代文學研究叢刊》1986 年第 1 期，第 152 頁。

〔註19〕阿英：《小品文談・蘇綠漪》，載《阿英全集》（第二卷），安徽教育出版社 2003 年版，第 615 頁。

〔註20〕任廣田：《從〈隔膜〉到〈倪煥之〉——論葉紹鈞 20 年代的創作思想》，載《中國現代文學研究叢刊》1980 年第 4 期，第 217 頁。

的人生觀和價值取向有關。他早年即抱定寫實宗旨，在「五四」時代他的立足根基仍是現實，因此，他的關注點主要是下層民眾，他雖然在理論上顯示出「美」與「愛」的傾向，但是真正描寫自然的作品倒是很少，他的注目點其實是人性。同時，葉聖陶在謳歌「美」與「愛」的同時，也發現對「美」的追尋在現實中會遇到無法避開的尷尬。「五四」時代的知識分子在批判現實的同時，也把眼光對準了下層民眾，同情他們的苦難，讚揚勞工神聖，湧現出大量描寫勞動人民生活的作品，人力車夫即是知識分子關注的一個群體。葉聖陶於 1920 年創作了一首詩──《人力車夫》，詩人發出了這樣的感慨：人力車夫是在生活的重壓下為生計奔波勞累，「只有努力的，盲目的，向命運指揮的路奔去，便歷盡永劫，怎麼會『藝術化』呢？」〔註 21〕在嚴酷的現實面前，「美」的頌歌顯得異常窘迫。葉聖陶還寫過一篇名為《苦菜》的小說，主人公「我」熱烈地信奉泛神論，將種菜作為貼近自然、感受「美」的一種方式，但菜農福堂的冷淡與倦怠卻引起了「我」的困惑，從福堂的悲慘遭遇中，「我」開始了對自己的深刻反省：這種滿懷熱情的詩意在現實中有什麼意義？〔註 22〕「五四」知識分子的自我拷問在這裡得到了深刻的展現。葉聖陶在深情地謳歌自然，呼喚著實際生活與藝術生活合二為一之時，卻發現這些美好的理想在民眾面前只不過是天真的幻想。

　　茅盾曾經指出，葉聖陶的小說中，「美」和「愛」就是「他的對於生活的理想。這是唯心的地去看人生時必然會達到的結論」〔註 23〕。茅盾的批評不無道理，應該說對「美」和「愛」的追求是沒有錯的，但如果視之為解決實際問題、改變社會現實的途徑，那顯然是行不通的。

　　1921 年葉聖陶發表《文藝談》時，認為文藝家取材的對象可以是宇宙萬有，但他關注的重心是人生。在他看來，文藝是人生的表現與批評，葉聖陶曾經對「人生」作過解釋：「『人生』，包括人類的物質生活和精神生活而言。」〔註 24〕從葉聖陶的解釋及理論背景來看，「人生」顯然是主客觀合一的。後來，

〔註 21〕葉聖陶：《人力車夫》，載葉至善等編：《葉聖陶集》（第 8 卷），江蘇教育出版社 2004 年版，第 54～55 頁。

〔註 22〕葉聖陶：《苦菜》，載葉至善等編：《葉聖陶集》（第 1 卷），江蘇教育出版社 2004 年版，第 151～156 頁。

〔註 23〕茅盾：《中國新文學大系‧小說一集‧導言》，載茅盾編選：《中國新文學大系‧小說一集》（影印本），上海文藝出版社 2003 年版，第 23 頁。

〔註 24〕葉聖陶：《教育與人生》，載葉至善等編：《葉聖陶集》（第 11 卷），江蘇教育出版社 1991 年版，第 65 頁。

葉聖陶以「生活」這一術語取代了「人生」，明確提出生活是一切的泉源。在《受教育跟處理生活》一文中，葉聖陶認為「所謂生活，無非每天碰到的一樁樁一件件的事情。……許許多多的事情積聚起來，其總和就是人類的生活」〔註25〕。他提出「生活」概念，首先是著眼於客觀與實際，立足於唯物主義的基礎上。葉聖陶認為「生活是一切的泉源，也就是詩的泉源」，〔註26〕文藝「和『大自然』同其呼吸，合『真』『美』『心血』為結晶」〔註27〕，因而可以從生活中尋找美，他在評論悄吟女士的隨筆時，就認為她的文章「全從生活中出來，不帶書本中的傳統意味：這裡頭就有一種特殊的美」〔註28〕。

這種立足生活的根基，從生活中去追尋美的信念，成為葉聖陶文藝美學思想的起點。但是，葉聖陶強調，生活是人的生活，因而生活有「空虛」和「充實」之分，他充滿激情地宣稱：「充實的生活就是詩。」生活是空虛還是充實，是從「內觀」的角度來判定的：「一切不」的生活是空虛的，「不事工作，也不涉煩悶，不欣外物，也不動內情，一切止是淡漠和疏遠」；充實的生活則是「不一切不」的：「有工作則不絕地工作，倦於工作則深切地煩悶，強烈地頹廢；對美善則熱躍地欣賞讚美，對醜惡則悲憫地咒詛懷念；情感有所傾注，思慮有所繫屬；總之，一切都深濃和親密。」內觀的時候，「總覺得這生活的豐富和繁茂。明白地說，就是覺得裏面包含著許多東西，好像一個飽滿的袋子。這就是所謂充實的生活」〔註29〕。

在 1924 年出版的《作文論》中，葉聖陶在兩個方面將自己的研究推向深入：首先，他指出文章的源頭是生活。由於他是從作文的角度來探討，從而將文學作品與普通文都歸入文章，認為它們的泉源都是生活。不僅如此，葉聖陶還認為，「作文原是生活的一部分」，這就為他思考文學與非文學的聯繫與區別即文學本質問題奠定了基礎。事實上，文學的本質問題也一直是晚清以來知識分子所面對的難題之一。其次，葉聖陶強調的是充實的生活：「生活

---

〔註25〕葉聖陶：《受教育跟處理生活》，載葉至善等編：《葉聖陶集》（第 12 卷），江蘇教育出版社 2004 年版，第 81 頁。

〔註26〕葉聖陶：《詩的泉源》，載葉至善等編：《葉聖陶集》（第 9 卷），江蘇教育出版社 2004 年版，第 91 頁。

〔註27〕葉聖陶：《人力車夫》，載葉至善等編：《葉聖陶集》（第 8 卷），江蘇教育出版社 2004 年版，第 54 頁。

〔註28〕葉至善等編：《葉聖陶集》（第 18 卷），江蘇教育出版社 2004 年版，第 99 頁。

〔註29〕葉聖陶：《詩的泉源》，載葉至善等編：《葉聖陶集》（第 9 卷），江蘇教育出版社 2004 年版，第 91～92 頁。

充實的涵義，應是閱歷得廣，明白得多，有發現的能力，有推斷的方法，情性豐厚，興趣饒富，內外合一，即知即行，等等。」「在求充實的時候，也正就是生活著的時候」〔註 30〕。可見，葉聖陶提出的生活充實，包括了閱歷、能力、思想、情感等等方面的歷練。葉聖陶尤其突出了思想與情感兩大因素，他認為，要想生活充實，就要訓練思想與培養情感。首先是訓練思想，在這個問題上葉聖陶借鑒了杜威、胡適的觀點。在他看來，杜威一派認為「思想的起點是實際上的困難，因為要解決這種困難，所以要思想；思想的結果，疑難解決了，實際上的活動照常進行；有了這一番思想作用，經驗更豐富一些，以後應付疑難境地的本領就更增長一些。思想起於應用，終於應用；思想是運用從前的經驗來幫助現在的生活，更預備將來的生活」，訓練思想的涵義，「是要使人有真切的經驗來作假設的來源；使人有批評、判斷種種假設的能力，使人能造出方法來證明假設的是非真假」。〔註 31〕

其實，葉聖陶所引述的基本上就是胡適的觀念。胡適是杜威的追隨者，但他對杜威的思想也作了一定的改造與發揮。實用主義哲學在西方有著自身的淵源與傳統，而在杜威的實用主義哲學思想中，「經驗」是一個非常關鍵的詞。杜威認為，「經驗既在自然之內，也是關於自然的」。經驗「既包括人們所做的、所遭遇的事情，……也包括了人們怎樣活動和接受活動……總之，包括各種經驗的過程」。〔註 32〕顯然，杜威把經驗的主體、過程和對象都整合到了「經驗」之中，並且認為主體的經驗是客觀世界存在的前提，沒有主體，也就沒有客體的存在，因而存在就是被經驗。

實用主義哲學對中國思想界產生了很大的影響，特別是其中的科學精神與方法。對於追求科學方法的胡適來說，實用主義為他提供了最好的武器。但是對於實用主義的歷史背景和思想淵源，胡適卻沒有興趣去探究，而是以歷史的方法和實驗的方法去把握。在他看來，科學方法是最重要的，他提出五步程序，自己又總結為「大膽的假設，小心的求證」〔註 33〕，發展出一種

---

〔註 30〕葉聖陶：《作文論》，載葉至善等編：《葉聖陶集》（第 15 卷），江蘇教育出版社 2004 年版，第 20 頁。

〔註 31〕葉聖陶：《作文論》，載葉至善等編：《葉聖陶集》（第 15 卷），江蘇教育出版社 2004 年版，第 21～22 頁。

〔註 32〕趙祥麟、王承緒編譯：《杜威教育論著選》，華東師範大學出版社 1981 年版，第 267～272 頁。

〔註 33〕葛懋春、李興芝編：《胡適哲學思想資料選》（下），華東師範大學出版社 1981 年版，第 110 頁。

懷疑和求證的精神。胡適引述杜威「經驗就是生活」的主張,強調「生活就是應付環境」〔註34〕。在胡適眼中,經驗即生活。

葉聖陶引述胡適的觀點,他此時的理論也帶上了鮮明的經驗主義與實用主義色彩。他認為要多觀察,具備經驗,擁有切實的思想能力,「有了真切的經驗、思想,必將引起真切的情感」,這樣才能接近生活的核心,才能擁有真實而豐富的情感,生活變得充實。這樣寫成文章就有真情實感。不過,葉聖陶在這個問題上還有自己的體會。在他看來,「所謂經驗,不只是零零碎碎地承受種種見聞接觸的外物,而是認清楚它們,看出它們之間的關係,使成為我們所有的東西」。與杜威及胡適相比,葉聖陶所注重的是主客體的合一,但他並沒有把主體強調到決定一切的地步,也沒有把經驗等同於生活,而是強調還有一個內化的過程。在培養情感這一方面,也要從經驗與思想上著手,經驗、思想可以促進人的情感的涵養:「人是生來就懷著情感的核的,……生活永遠涵濡於情感之中,就覺這生活永遠是充實的。」〔註35〕對於情感的重視,這與他在《文藝談》中的觀念是一致的。生活充實才美,意味著葉聖陶沒有將美抽象化、神秘化,而是切切實實將它置於現實生活的基礎上,同時也隱含了對人的主體作用的關注。

生活與美的關係,是美學史上一個重要命題。中國古代有「感物」說,《禮記・樂記》就提到「凡音之起,由人心生也。人心之動,物使之然也。感於物而動,故形於聲;聲相應,故生變;變成方,謂之音;比音而樂之,及干戚羽旄,謂之樂。樂者,音之所由生也,其本在人心之感於物也。」由人心感物,《樂記》指出了音樂與時代的關係:「凡音者,生人心者也。情動於中,故形於聲,聲成文,謂之音。是故治世之音安以樂,其政和;亂世之音怨以怒,其政乖;亡國之音哀以思,其民困。聲音之道,與政通矣。」〔註36〕茅盾正是由這段話提出「真的文學也只是反映時代的文學」,「表現社會生活的文學是真文學,是於人類有關係的文學」〔註37〕。可以說,中國古人並非沒有意識到文藝和美同時代、社會現實的關係,劉勰在《文心雕龍》中也提出

---

〔註34〕 胡適:《杜威哲學》,載歐陽哲生編:《胡適文集》(12),北京大學出版社1998年版,第370頁。

〔註35〕 葉聖陶:《作文論》,載葉至善等編:《葉聖陶集》(第15卷),江蘇教育出版社2004年版,第22~24頁。

〔註36〕 《禮記・樂記》,載郭紹虞主編:《中國歷代文論選》(第一冊),上海古籍出版社2001年版,第61頁。

〔註37〕 茅盾:《社會背景與創作》,《茅盾全集》(第18卷),人民文學出版社1989年版,第116~117頁。另見第260頁。

了「文變染乎世情，興廢繫乎時序」。自晚清以來，現代知識分子都提出了「真」的文藝的要求。王國維在《人間詞話》中就已經提出要寫「真景物、真感情」，因而「詩人對宇宙人生，須入乎其內，又須出乎其外」〔註38〕。王國維的主張，已經含有從宇宙人生中尋求美的思想的萌芽，這是中國古代美學思想與西方生命哲學相結合的結果。到「五四」時代，中國知識分子更是大力標舉「真」的文學。茅盾大力提倡「真的文學」，也就是「為人生的文學」，這是新舊文學根本不同的地方。〔註39〕鄭振鐸也在《〈俄羅斯名家短篇小說第一集〉序》中指出，中國的文學，最乏於「真」的精神，它們拘於形式，精於雕飾，只知道向文字方面用工夫，卻忘了文學是思想，情感的表現，所以它們沒有什麼價值。認為「真」的文藝才是美的，正是當時的普遍看法。

就葉聖陶本人來說，他從事文學創作，最初卻是迫於生計，賣文為生，寫作文言小說。1914 年，他的第一篇文言小說《玻璃窗內之畫像》發表於《小說叢報》，大部分作品則刊登在《禮拜六》上。葉聖陶雖深以為恥，卻也無可奈何。但他仍然抱定這樣的宗旨：「雖不免裝點附會，而要有其本事」〔註40〕，作品要有益於世道人心。他還發明了「偵探法」：「於廣座之中，默聆各人之言論，即可以偵其隸何黨籍。小試偵探術，亦一消遣法已。」「吾從旁靜觀，皆具妙相」〔註41〕。中國古典小說也追求真實，這是從史傳傳統而來的，講究於史有徵〔註42〕。此外，中國古典小說注重情節、布局，故事性很強。葉聖陶早期創作的文言小說就具有這樣的特點，他一再強調自己的小說「有其本事」，是從真實性立場出發；同時，立足於生活原型，在此基礎上捏合點染，創作出曲折離奇的故事，這種「講故事」的手法與中國古典小說創作存在著很大的一致性。而且「文非有益於世不作」〔註43〕的宗旨與中國古代小說家宣揚的教化

〔註38〕王國維：《人間詞話》，載姚淦銘、王燕編：《王國維文集》（第一卷），中國文史出版社 1997 年版，第 142～155 頁。

〔註39〕茅盾：《中國文學不發達的原因》，載《茅盾全集》（第 18 卷），人民文學出版社 1989 年版，第 100 頁。

〔註40〕葉聖陶 1914 年 11 月 12 日致顧頡剛書信，載葉至善等編：《葉聖陶集》（第 24 卷），江蘇教育出版社 2004 年版，第 79 頁。

〔註41〕葉聖陶 1913 年 5 月 10 日、8 月 27 日致顧頡剛書信，載葉至善等編：《葉聖陶集》（第 24 卷），江蘇教育出版社 2004 年版，第 39 頁、第 47 頁。

〔註42〕關於「史傳」傳統對中國小說的影響，可參見陳平原：《中國小說敘事模式的轉變》第七章，北京大學出版社 2003 年版。

〔註43〕葉聖陶 1914 年 11 月 23 日致顧頡剛書信，載葉至善等編：《葉聖陶集》（第 24 卷），江蘇教育出版社 2004 年版，第 90 頁。

功用也都是在強調文學的功效。在這個問題上，以往的研究者往往強調葉聖陶與舊小說家的區別，卻忽略了傳統的延續性。葉聖陶從小受的是嚴格的舊式教育，讀的是經書與中國古典小說，這些都深深影響到了他的文學創作。他雖然是在歐文《見聞雜記》及林譯小說的影響下才走上小說創作的道路，但這並非意味著他的小說觀念就已經邁進了現代的門檻。直到民國時代，葉聖陶強調美「涉夫精神」，「攝人間之真影」的文藝才有美的價值〔註44〕，從表面的真實轉到了內在的實質與精神，他的觀念終於具備了現代色彩。到了「五四」時代，葉聖陶成為新潮社作家，又加入了文學研究會，「立人」、「為人生」成為文學研究會作家共同的追求，葉聖陶的美學思想得到了發展。在《文藝談》中他認為，僅僅做到客觀的描寫還是不夠的，還達不到「真」的要求。真切地觀察一切事物，表現出濃厚的感情，這才是真的文藝品。因此，文藝是表現人生而並非只是摹寫現實的。在他看來，只有「真」才能「美」。美與善也是合一的，「美的事物往往同時是合乎道德的，而不道德的事物決不美，一定醜。」〔註45〕

　　如果說葉聖陶早期對真文藝的美質的強調重在內容與精神層面的話，到「五四」時代他已經開始注意多角度的考察。在談到文學作品時，葉聖陶指出：「文學是作者感情和思想的，也就是人格的表現，又具有美的質素。」文學作品要達到有機整體之美，各個部分就要「完美」，整體要達到「渾凝」的效果，這就涉及到了作品的形式層面〔註46〕。出於對語言的感悟力，葉聖陶同樣要求文學作品的語言要有節奏韻味，這也是一種美〔註47〕。從他對美的論述來看，除了和諧、自由之外，美也意味著「自然」。這裡說的「自然」，主要是指自然天成的藝術境界，與「人工」相對，像「美術畫要求自然之趣，是不講究對稱的」〔註48〕。

---

〔註44〕葉聖陶1916年1月2日日記，轉引自商金林：《葉聖陶傳論》，第188～189頁。

〔註45〕葉聖陶：《體育·品德·美》，載葉至善等編：《葉聖陶集》（第11卷），江蘇教育出版社2004年版，第301頁。

〔註46〕葉聖陶：《文藝談》，載葉至善等編：《葉聖陶集》（第9卷），江蘇教育出版社2004年版，第39頁、第63頁。

〔註47〕例如葉聖陶在《讀〈石榴樹〉》一文中指出，「值得翻譯的東西必然有它的美質，美質之一必然在那種語言的節奏韻味上頭」。在《讀〈虹〉》中，葉聖陶也強調，「凡說及事物或情思，在本質上同時在形式上具有一種內在的韻律，比較一般散文性的東西更為深美，都可以說是詩，廣義的詩」。載葉至善等編：《葉聖陶集》（第10卷），江蘇教育出版社2004年版，第95頁、第107頁。

〔註48〕葉聖陶：《〈蘇州園林〉序》，載葉至善等編：《葉聖陶集》（第7卷），江蘇教育出版社2004年版，第221頁。

　　可見葉聖陶心目中的美，是與真、善合為一體的，意味著和諧、自然、自由，既體現在內在的精神層面，也體現於外在的形式。

　　「五四」時代，葉聖陶、茅盾、鄭振鐸都追求「真的文學」，提出文學是人生的表現，把他們的文藝觀建立在現實的基礎上，但是他們的觀念也存在差異。葉聖陶在《文藝談》中把情感作為文學的生命，認為文學可以體現出國民性；茅盾強調文學是人生的反映，文學表現人生，但是「文學家所欲表現的人生，決不是一人一家的人生，乃是一社會一民族的人生」〔註49〕；鄭振鐸強調文學的使命是「表現個人對於環境的情緒感覺」，也就是「擴大或深邃人們的同情與慰藉，並提高人們的精神」〔註50〕，將情感置於核心地位。到《詩的泉源》一文中，葉聖陶正式提出生活是一切的泉源，到《作文論》中他提出「充實的生活」，這才真正凸顯出了他的特色。與強調文學的階級性、民族性的茅盾不同，葉聖陶的這一觀點更注重了個人的實際體驗。從根本上講，葉聖陶認為美的根基與泉源在生活，具體說來可以從兩方面理解：一是生活中本來就有美的質素，需要發現生活中的美，如自然之美、人性之美；另一方面是要創造出美，這就要靠文藝來實現。顯然，葉聖陶早年在強調攝人間之真影的文藝以及追求「美」與「愛」的理想時，他的側重點是在前一方面；當他從自然轉向生活，強調生活是詩的泉源時，他就側重於後一方面，探討審美創造與欣賞問題。但事實上這兩個方面是緊密關聯的，無論是在生活中發現美還是在生活中創造美，首要原則就是堅持以生活為泉源、求生活的充實的信念，立足現實。而且二者都要求發揮人的主體作用，因為無論是發現美還是創造美，都離不開人。這就表明葉聖陶美學思想的核心不是美的泉源的問題（儘管這是他的美學思想的起點與基礎），而是美的創造與欣賞的問題，因為離開「人」來談論「美」沒有任何意義。

　　葉聖陶認為充實的生活才美，這一觀念經歷了一個發展歷程。他早年要求文藝創作有其本事，讚美攝人間之真影的文藝，但這些都只是片斷的論述，多為感受而沒有自覺地上升到理論的高度。到發表《文藝談》時，葉聖陶開始了自覺的理論建構。但是他使用的術語主要是「人生」，這個術語其實帶有強烈的主觀色彩，而且他的興趣點也主要是文學創作問題。到1923年《詩的

---

〔註49〕茅盾：《現在文學家的責任是什麼？》，載《茅盾全集》（第18卷），人民文學出版社1989年版，第9頁。

〔註50〕鄭振鐸：《文學的使命》，載《鄭振鐸全集》（第三卷），花山文藝出版社1998年版，第402頁。

泉源》一文中，他才明確提出生活是一切的泉源。1924 年，葉聖陶在《作文論》中指出普通文與文學的界限不易劃分，「泉源只是一個」，根據他的論述，「就是我們的充實的生活」〔註51〕。但也就是在《詩的泉源》中，葉聖陶又用「充實的生活」來對生活加以限定，反對空虛的生活。以「充實」來限定，雖然這一標準太過寬泛與模糊，也難以準確把握，但其中卻透露出對人的重視。因為在葉聖陶看來，充實的生活與空虛的生活同好生活與壞生活是不同的。生活是充實還是空虛，關鍵在於人：生活空虛是因為人的態度是「一切止是淡漠和疏遠」，生活充實是因為人的態度是「一切都深濃和親密」〔註52〕。葉聖陶認為，要想生活充實，就要在生活中多所歷練，訓練思想，培養情感，實現內得。生活就不再僅僅是現實層面的，也包含了對理想的追求。因此，充實的生活才美，既強調了美的本源是生活，也包含了評判的標準在內，體現出葉聖陶的人本位觀念。到了 40 年代，葉聖陶仍然是以生活為泉源。在他看來，青年可以試作文藝，但是首先必須能夠寫作，這是最起碼的修養，「一個人若不能運用文字把自己所知所想的東西寫得明白而有條理，他就算不得一個合格的公民」。寫作是生活的需要，在此基礎上，「有些人生活既充實，又能從生活中間發覺些什麼，領悟些什麼，並且運用文字把它們具體的敘寫出來，那才是文藝家。生活充實的時候，發覺和領悟的機會自然常有；要寫文藝，便有了個取之不竭的泉源」。要使生活充實，就要多做、多想、多觀察、多體會，這是「開源的辦法」。〔註53〕生活充實，人的思想得到訓練，情感得到陶冶，這樣才能創造真的文藝品，這才是文藝的真精神，而不是徒具文藝的形。正是在這一意義上，葉聖陶認為「像個滾圓的皮球的人生，其人必然是詩人，廣義的詩人。寫不寫詩沒關係，生活本身就是詩」〔註54〕。

　　充實的生活才美，這一評判很容易讓人聯想到孟子講過的「充實之謂美」。事實上，葉聖陶本人在《讀〈蔡子民先生傳略〉》中也曾引述了孟子的這一論斷。他認為，交朋友的樂趣在於彼此人格的交流，人格的美質相互影響，「第一是覺

〔註51〕葉聖陶：《作文論》，載葉至善等編：《葉聖陶集》（第 15 卷），江蘇教育出版社 2004 年版，第 16 頁、第 20 頁。
〔註52〕葉聖陶：《詩的泉源》，載葉至善等編：《葉聖陶集》（第 9 卷），江蘇教育出版社 2004 年版，第 91～92 頁。
〔註53〕葉聖陶：《愛好和修養》，載葉至善等編：《葉聖陶集》（第 9 卷），江蘇教育出版社 2004 年版，第 128～129 頁。
〔註54〕葉聖陶：《答覆朋友們》，載葉至善等編：《葉聖陶集》（第 6 卷），江蘇教育出版社 2004 年版，第 40 頁。

得生命並不孤單，第二，越來越感到『充實之謂美』」〔註55〕。在他看來，蔡元培就是達到了這一目標的典範人物。孟子曾提出「可欲之謂善，有諸己之謂信，充實之謂美，充實而有光輝之謂大，大而化之之謂聖，聖而不可知之之謂神」（《孟子·盡心下》）。孟子提出了人格修養的不同層次與境界，「美」是在充實這一層次達到的。但是，孟子所論側重在人格修養，且集中於道德層面，他所說的「美」也是指人格的魅力。葉聖陶所論側重於生活，並且是談論藝術，二者之間仍有區別。只是要達到「充實」的地步，人格修養仍是必不可少甚至是最重要的環節，因而葉聖陶贊同孟子的觀點。在他看來，美不僅存在於生活中，而且當人格修養達到一定境界時，也會產生一種美質，美也可以體現於人的精神氣度之中。但從根本上說，人格修養也是使生活充實的一個環節。

葉聖陶提出美在生活，充實的生活才美，對於這一問題，已有學者作過詳細的論述，此處不再贅述〔註56〕。需要強調的是，葉聖陶提出求生活的充實，不僅是理論上的命題，他自己也身體力行。在他看來，求生活的充實本是人生中應有的事項，即使不從事文藝創作，也當求生活的充實，這是做一個健全的公民的必備條件。生活充實是生活的基本要求，是一切事業的根基。因此，我們對葉聖陶美學思想的理解就應該注意他立論的角度。對他而言，他強調的重點是生活，認為以此為前提與根基，才有可能創作出好的文藝作品，才能達到美的境界。但不應為文學創作或追求美而去求生活的充實，那就本末倒置了。

沿著葉聖陶的思路來看，求得生活的充實，人的素養與能力才會切實提高，也才能從事各種實踐活動，包括文藝創作，這樣才能發現美、創造美。從「充實的生活」到「美」，其中有「人」在起作用。由此也就不難理解葉聖陶為什麼會提出「美出自心靈，出自作者的高尚的情操。……高尚的情操包括對人生的理解，對未來的嚮往，對社會的責任感；再說得具體些，高尚的情操就是時時刻刻想到自己在人民之中，是社會的一員，應該而且必須為人民為社會作有益的事。」〔註57〕葉聖陶本是強調美的源泉在生活，這裡又認為美出自心靈，其實二者並不矛盾，而是統一於「充實的生活」這一命題之

---

〔註55〕葉聖陶：《讀〈蔡孑民先生傳略〉》，載葉至善等編：《葉聖陶集》（第6卷），江蘇教育出版社2004年版，第32頁。

〔註56〕陳光宇：《葉聖陶美學思想的邏輯起點》，載《南京曉莊學院學報》1997年第3期。

〔註57〕葉聖陶：《給少年兒童寫東西》，載葉至善等編：《葉聖陶集》（第9卷），江蘇教育出版社2004年版，第394頁。

中。因為要求得充實的生活，需要人的努力，由此才能發現美、創造美，所以美離不開人的心靈，而且人的心靈本身也可以是美的。

反過來說，如果人不積極追求生活的充實，就無法深入生活，這也是葉聖陶一再強調的。在 40 年代，他甚至以自己作為反面例子來闡述這一道理。1943 年 11 月，成都文藝界為葉聖陶祝五十壽辰，葉聖陶作了一篇《答覆朋友們》，指出文字跟為人，為人是根基。他謙虛地表示自己「為人平庸」，這是指他在「所遭遇的生活之內，沒有深入它的底裏，只在浮面的部分立腳」。因此，要求得生活的充實，就要「深入生活的底裏，懂得好惡，辨得是非，堅持有所為有所不為，實踐如何盡職如何盡倫」〔註 58〕。兩年之後，葉聖陶在談到深入生活時，仍然認為「深入」是指「就眼前站定的地位，求其把握得著實一點，體認得精切一點」。他分析自己不能深入的原因，認為是受到儒、道思想中消極因素的薰染，最關鍵的是與生活分離，因而他認為「知」若不改向積極的「行」，反省也起不了作用，「洗滌薰染得從踐履開始」〔註 59〕，這就又回到知行合一的命題上去了。

「充實的生活」這一命題顧及到了生活與人兩方面的條件，在當時可以說是比較準確地把握住了美的源泉的。充實的生活這一命題的提出是葉聖陶在長期的生活、美學思考與文藝實踐過程中提出來的，經歷了一個較長的發展歷程。雖然自走上文學道路之時起他就被視為一個現實主義小說家，在加入文學研究會之後他又長期被置於「為人生」的群體之中，但葉聖陶本人對美學問題的思考是有個人特色的。「充實的生活」命題的提出，堅持了美的現實根源，富於現實主義色彩，同時也高度重視人的作用的發揮。

葉聖陶提出「充實的生活」作為美的源泉，這一基本原則無疑是正確的。不過問題在於「充實」的標準顯然過於模糊寬泛，更多地帶有理想的色彩。而且他始終沒有對美的本質問題作出正面解答，這不能不說是一個遺憾。這一命題固然立定了美的根基，但是同時也立定了為人處世的一切方面的根基，並不只限於美。因此，研究葉聖陶對於美的本質問題的看法，就不能停留於此，還必須進而考慮到他對於人的問題的看法，從中才能獲得進一步的啟示。但從總體上說，這一界定是值得肯定的，並且在大量的論述當中，葉

---

〔註 58〕 葉聖陶：《答覆朋友們》，載葉至善等編：《葉聖陶集》（第 6 卷），江蘇教育出版社 2004 年版，第 39～40 頁。

〔註 59〕 葉聖陶：《深入》，載葉至善等編：《葉聖陶集》（第 6 卷），江蘇教育出版社 2004 年版，第 290 頁。

聖陶都或多或少觸及到了美的本質問題。當他把美的源泉歸為生活時，他實際上是認為真、善、美是三位一體的，因為充實的生活本身就包含了一定的標準與價值評判尺度。葉聖陶對美的源泉的探討將美的問題還原到現實層面來，確定了美學研究的根本出發點，因而避免了就美談美的玄虛與抽象，也由此擺脫了美學中的唯心主義傾向，堅持了唯物主義原則，也沒有陷入機械決定論。從他對美的問題的探討來看，他非常尊重美的規律，並不片面強調功利性的一面，而是兼顧外在與內在、內容與形式等各個方面。

## 第二節　審美活動

　　葉聖陶對人十分重視，這與他的「人本位」立場有關。在 20 世紀 40 年代以前，這種人本位觀念側重於個體自我，早在 1911 年葉聖陶就在日記中寫道，「何事不可為，只在我耳」〔註60〕。這種觀念與清代的反專制思潮一脈相承，也明顯受到西方個性主義思想的影響，到「五四」時代，葉聖陶的這一觀念得到了進一步的發展，其直接的動因顯然是「五四」以來追求個性解放、追求人的獨立與尊嚴的思想的影響。作為「五四」一代知識分子，葉聖陶也接受了個性主義、「人的文學」觀念的影響，將人置於首要地位，這種「人本位」觀念與古代的民本論存在根本差異，也不同於晚清時代的國民意識，因為它強調的是個體「自我」的解放，是真正現代意義上的「人」的覺醒。因此，葉聖陶對人極為關注，同時也將關注的目光擴大到整個宇宙。不過，在「五四」時代，對個體自我的高張是處於首位的。到 40 年代以後，知識分子普遍轉向了人民本位的立場，對「人」的重視依然未變，只不過是從個體轉到了大眾。葉聖陶也是如此，他認為「人生不可解而可解，不可究詰而可究詰。離開了人的觀點，或從天文學的觀點，或從生物學的觀點，人生只是宇宙大化中的一粒微塵而已。但是取了人的觀點，就有了個範圍，定了個趨向。既講人，不能不求其進步，不能不求其好——物質方面跟精神方面都好，而且必須大家好，……惟有實實在在的成績足以貢獻給大眾，在大眾的海洋裏加增一點一滴的，才是生命的真意義」〔註61〕。

〔註60〕葉聖陶 1911 年 2 月 28 日（陰曆正月廿九日）日記，載葉至善等編：《葉聖陶集》（第 19 卷），江蘇教育出版社 2004 年版，第 14 頁。
〔註61〕葉聖陶：《佩弦的死訊》，載葉至善等編：《葉聖陶集》（第 6 卷），江蘇教育出版社 2004 年版，第 305～306 頁。

葉聖陶對「人」的重視反映到其美學觀念上，就是認為「沒有藝術家之精神，自然雖至美，決不會有藝術」〔註62〕。因此，審美活動也是非常關鍵的一個環節。

## 一、審美的必要性與可能性

葉聖陶在探討審美活動的重要性時，確立了這樣一個基本觀點：審美是人生必不可缺的項目，缺乏對美的感受與體悟是人生的缺陷。審美活動之所以如此重要，首先是因為從「人」的角度來看，「美」是人生中不可或缺的。

葉聖陶在《文藝談》中曾以兒童為例指出，兒童有「感美的天性，藝術的本能」，因而作為「將來的人，他們尤其需要詩」。而成人則因為現實的重壓、功利的心態、機械的眼光，早已失去了對美的熱愛與欣賞力。本來人人有文藝家的資格，終乃不能人人為文藝家。〔註63〕葉聖陶大聲疾呼，應該喚醒人們愛美的天性，促成他們精神上的覺醒，向美向善，使全民族的人生活動「進化，豐富，高尚，愉快」〔註64〕。由此可見「美」不僅為人的天性所喜好，也可以成為變革人心、改造社會的武器，只是這種作用是精神的薰染，在潛移默化中完成。

葉聖陶還從審美創造的角度論證了美對人生的重要性，他主要是通過文藝創作來論述。葉聖陶認為，「與藝術接觸是一種享受」，無論是創造還是欣賞，都是一種享受，「人人應該有這種享受。人人可能有這種享受」〔註65〕。人人應該有這種享受，指出了審美活動的必要性。就創作而言，葉聖陶認為文藝創作主要是文藝家的事，需要天才與技巧，但他還是承認人人有發表自己心中所見的權利與自由，在《作文論》中他就指出「作文原是生活的一部分」〔註66〕。就欣賞而言，人有愛美的天性，而「藝術原是社會的產品，……該由社會中人共享，不該為某一些人所獨有。……接觸了藝術，可以飽精神

---

〔註62〕葉聖陶：《文藝談》，載葉至善等編：《葉聖陶集》（第9卷），江蘇教育出版社2004年版，第34頁。

〔註63〕葉聖陶：《文藝談》，載葉至善等編：《葉聖陶集》（第9卷），江蘇教育出版社2004年版，第21～30頁。

〔註64〕葉聖陶：《文藝談》，載葉至善等編：《葉聖陶集》（第9卷），江蘇教育出版社2004年版，第72頁。

〔註65〕葉聖陶：《享受藝術》，載葉至善等編：《葉聖陶集》（第12卷），江蘇教育出版社2004年版，第330頁。

〔註66〕葉聖陶：《作文論》，載葉至善等編：《葉聖陶集》（第15卷），江蘇教育出版社2004年版，第20頁。

方面的肚子，可以使生命進入一種較高的境界。這是一種權利」。人人可能有
這種享受，道出了審美活動的可能性。就創作而言，「上好的藝術品固然要工
夫深的人才能創造，但是工夫淺的人也可以創造他的藝術品」，二者是「同類
的東西」。就欣賞而言，「人與人原相去不遠的，彼此的思想和情緒雖有種種
的差別，可是那差別只在於程度上，不在於質地上。因此之故，一件非常高
妙的藝術品，普通人也能夠欣賞」。〔註67〕對文藝活動發生興趣，萌生嘗試的
念頭，從事文藝創作，這是值得鼓勵的。因此，審美就不是某部分人的專利，
而是人人可以為之的，只不過識見有淺深，層次有分別。

　　需要指出的是，葉聖陶雖認為審美創造與欣賞都是必要的、可能的，但
是他對待二者的態度還是有分別。在他看來，「一般人卻不可不有領略文藝家
精心結撰的作品的能力。……有好景不能玩賞，有好友不能結交，有好的文
藝作品不能領略，都是人生的缺陷，對於自己莫大的辜負」。這是因為從根本
上講，「人不僅須有物質上的欲求。尤賴有精神上的欲求，才可以向上進取」。
即使不當文藝家，為求生活的完善，也應該具有審美鑒賞力，因為這是精神
層面的需求。相比之下，審美創造力就不要求人人皆備，主要是文藝家的責
任。雖然人人都可能對生活產生美的印象與情感，但普通人缺乏表現美的能
力，而藝術家的「製煉」也是一種創造，文藝創作不是一般人可以做到的。〔註
68〕而且在葉聖陶看來，也沒有必要要求人人從事文藝創作，創作不是生活中
必需的事情：「『詩人』這個名字和『農人』『工人』不一樣，不配成立而用來
指一種特異的人。世間沒有除了『作詩』『寫詩』以外就無所事事的，僅僅名
為一個『詩人』的人。『作詩』或『寫詩』也和『吃飯』『做工』不同，不是
生活中不可或缺的事，不做就有感到缺少了什麼的想念。換一句說，這算不
得一回事。」〔註69〕顯然，在葉聖陶看來，創造與欣賞是兩碼事，不能混為
一談。不過，審美創造與欣賞又是可以相互促進的：審美欣賞能力的提高有
助於審美感受的深化，使人領悟藝術創作的奧秘，從審美體悟與藝術技巧方
面都可以得到提高。審美欣賞能力的提高可以借助於批評家的指導幫助，因

---

〔註67〕葉聖陶：《享受藝術》，載葉至善等編：《葉聖陶集》（第 12 卷），江蘇教育出
　　　　版社 2004 年版，第 330 頁。
〔註68〕葉聖陶：《文藝談》，載葉至善等編：《葉聖陶集》（第 9 卷），江蘇教育出版社
　　　　2004 年版，第 11～12 頁。
〔註69〕葉聖陶：《詩的泉源》，載葉至善等編：《葉聖陶集》（第 9 卷），江蘇教育出版
　　　　社 2004 年版，第 90 頁。

此，葉聖陶十分重視創作與批評之間的互動。

　　無論是審美創造還是欣賞，葉聖陶都強調必須立足於生活。最主要的原因顯然是因為美的泉源是生活，立定了生活的根基，葉聖陶在論述審美活動時就帶有明顯的現實主義色彩與「為人生」的傾向。但是這種生活不只是物質的生活，還包括了精神的層面，不只是客觀實在的生活，更是「人」的生活。正是因為人的存在，審美活動才不是對生活的被動記錄與反映，而是映像出人對生活的感受與理解。審美創造與欣賞帶有較為鮮明的主觀色彩，這是葉聖陶美學思想的特色，閃耀著人道主義與辯證法的光輝。對個體的高揚，對自我的讚頌，這也是中國現代美學的特色。

　　如果說中國古典美學在其最高美學原則上講求天人合一式的和諧，在現代，這種追求和諧的思想也並未斷絕，葉聖陶即是如此。他要求文藝家深入一切的內心，實現物我交融，要求作品「質和形都是飽滿的，和諧的，自由的」〔註 70〕。可見他受中國傳統思想文化的影響很深。但是另一方面，天人合一的古典美學原則並沒有把核心放在作為個體的「人」身上。儒家是把人置於倫理道德與秩序規範之中，道家則是絕聖棄智，追尋自然。即使是重心性的佛家，也認為人生會歸於空無寂滅。在中國古典美學中找不到個體獨立的地位與價值，但是隨著中國思想文化的現代轉型，個體的價值得到了肯定。作為對抗整個封建禮教與社會秩序的武器，「自我」的發現使得美學原則與理念也發生了根本性的變革。面對紛繁複雜的時代思潮，葉聖陶提出了自己的見解。

　　葉聖陶在提出審美創造與欣賞問題時，既注意堅持生活為一切的泉源，又一再強調「自我」的地位。這不是折衷，而是一種辯證精神的體現。葉聖陶在論及審美活動時，注意到美對人的薰陶感染作用，從而發現美可以作為提升民眾精神、促進社會進化的武器。因此，在論及民眾文學時，葉聖陶特別強調應該引導民眾，為民眾創造真的文學，把他們從舊文學陣營爭取過來，培育他們健康的審美情趣與愛好，導其入於向上之途。到那時，「凡是人們所看所讀的東西都要是一種文學」〔註 71〕。這樣一種功利意識，與五四時代的啟蒙精神是一致的。但是葉聖陶的觀念也沒有流於直接的功利主義，在他看

〔註70〕葉聖陶：《文藝談》，載葉至善等編：《葉聖陶集》（第 9 卷），江蘇教育出版社 2004 年版，第 77 頁。

〔註71〕葉聖陶：《「民眾文學」》，載葉至善等編：《葉聖陶集》（第 9 卷），江蘇教育出版社 2004 年版，第 88 頁。

來，美感「隔離一切，無關利害，而其美即在痛苦流離和佳山佳水的本身」〔註72〕。他強調審美欣賞應有超功利的心態，不應抱著「玩戲」與「求得」的心態，「應當絕無要求，讀文藝就只是讀文藝」〔註73〕。他反對的是說教與教訓，這會讓文藝負擔太多本不屬於自己的社會使命，違背美的本質與規律。梁啟超提出的三界革命，特別是小說界革命，把小說提升到新民、改造社會的高度，賦予小說以前所未有的社會地位。梁啟超固然也顧及到了對小說美學特徵的揭示，但他畢竟不是為了探尋文學的本質，而是從社會政治的需要出發，由此在一定程度上遮蔽了文藝自身的美學特質。

但是，葉聖陶也不同於王國維。王國維對審美抱著超功利的態度，力圖構築一個純審美的世界。應該說他對美的本質與內在規律的認識確實要比梁啟超深刻，但其生命美學的悲觀主義傾向與唯心主義色彩也是異常濃厚的。葉聖陶提出既要「深入生活」，又要「超以象外」，與王國維所說的「入乎其內，出乎其外」的態度是一致的，葉聖陶將它作為處理文藝與生活關係的基本原則〔註74〕。即既要切實地體悟人生，從生活中感受生命的意義，又要能夠發揮自身的作用，對生活作整體的把握。他強調的「人」，也屬於梁啟超所說的「國民」，但首先是忠於生活、忠於自我的個體。這樣的人對生活抱真誠的態度，才能體會出生活的真意。因此，葉聖陶的觀點顯然是在前人基礎上的推進。他還能夠從創造與接受兩方面來揭示這一問題，在他看來創造與欣賞不是一回事，但又是可以相互促進的。這一點，以前的學者關注得並不多。葉聖陶將關注的目光放到了下層民眾身上，肯定他們對美的追求的合理性，也承認他們有創造美的權利與自由，這與梁啟超所抱的精英主義態度顯然有區別。

葉聖陶對審美創造與欣賞的問題所作的探討有著重要的意義。在追求科學與民主的「五四」時代，如何凸顯出新文學自身的意義與功能，是先驅者亟待解答的問題。在葉聖陶看來，審美創造與欣賞不僅是必要的，也是可能的。因此，新文學要想取得真正的成績，就應該立足生活，創造真的文藝作

---

〔註72〕葉聖陶：《文藝談》，載葉至善等編：《葉聖陶集》（第9卷），江蘇教育出版社2004年版，第25頁。

〔註73〕葉聖陶：《第一口蜜》，載葉至善等編：《葉聖陶集》（第10卷），江蘇教育出版社2004年版，第4頁。

〔註74〕葉聖陶：《迎接大變革的時代》，載葉至善等編：《葉聖陶集》（第8卷），江蘇教育出版社2004年版，第129～130頁。

品，促成人心的變革，切實提高民眾的審美能力。在葉聖陶看來，「文藝可以養成美好的國民性，美好的國民性可以產出有世界的價值的文藝」〔註 75〕。就具體的審美創造與欣賞活動而言，美顯然是超功利的；但就其社會意義而言，顯然又是功利性的。葉聖陶在論及審美創造與欣賞的必要性與可能性時，始終都是從超功利與功利性相統一的角度著眼的。在他看來，審美創造與欣賞都可以看作是生活中的一部分，但是審美欣賞是必不可少的一部分，人人都必須在生活中擁有，而審美創造則不是必需事項，因為人人雖有文藝家的質素，但因現實原因並非人人可為文藝家，而且審美創造也不是生活中必需的內容。

## 二、「藝術化」與「人生化」

「藝術化」與「人生化」是一對很特別的術語，葉聖陶是在論述文藝創作問題時談出，從中可以見出葉聖陶對生活與藝術的關係的看法。

1920 年，葉聖陶在《人力車夫》這首詩中使用了「藝術化」這一術語：作者感慨車夫拉車不比種田、製器、藝術，「只有努力的，盲目的，向命運指揮的路奔去，便歷盡永劫，怎麼會『藝術化』呢？」〔註 76〕在 1921 年創作的小說《苦菜》中，「我」是一個新式知識分子，有感於人類勞動之美，認為勞動是人的心力的展現，體現了人的智慧與創造力，包含著美的質素，生活化為了藝術。顯然葉聖陶是在用藝術的眼光審視生活，力圖發現其中的情趣。在「五四」時代，勞工神聖的口號響徹神州，作為平民家庭出身的「五四」青年，葉聖陶對下層民眾的苦難與艱辛十分瞭解，報以深切的同情。他希望生活可以具有藝術之美，如何實現這一點呢？關鍵就在於人能夠以藝術的眼光與姿態來生活，發現人生與自然一樣美好，充滿情趣、生機與活力。然而這一夢想很快就破滅了，在現實的重壓下，人力車夫與菜農福堂早已對勞動失去了興趣，他們的勞作機械而沉悶，只是為了糊口。而「我」卻在熱切地頌揚「力」與生命。因此，在面對他們時，「我」不禁產生了深刻的懷疑：生活真的是那麼美好嗎？我有什麼資格評判他們？這種懷疑折射出「五四」一代知識分子的精神困惑：他們雖然深情地謳歌勞工，同情平民大眾，但他們

〔註 75〕葉聖陶：《文藝談》，載葉至善等編：《葉聖陶集》（第 9 卷），江蘇教育出版社 2004 年版，第 46 頁。

〔註 76〕葉聖陶：《人力車夫》，載葉至善等編：《葉聖陶集》（第 8 卷），江蘇教育出版社 2004 年版，第 54～55 頁。

並沒有站在民眾的立場上，因而也就不能真正體會民眾的心態。這也是「五四」知識分子所面對的難題。

　　然而，葉聖陶並沒有就此失去信心。他對生活始終沒有絕望，深信人除了物質上的需要，也有精神上的欲求，而且後者更為重要：精神境界提高了，才能創造更好的生活。為此葉聖陶指出，以職業為生存的手段是無可厚非的，但生存並非生活的全部，因而不僅要從事職業活動，更應該熱愛它，把它變成造福大群最終也是為個人謀福利的活動，促使人人不斷進化。從這一原則出發就可以用審美的眼光看待職業，看待生活。在《手工藝對心理建設之貢獻》一文中，葉聖陶明確地表述了這一看法：「工作者要認為理想的目標就是工作，工作即所以滿足其創造衝動，一方面獲得生活，一方面得到愉快，這就是達到藝術的境界。……無論何種手工藝者，都抱藝術家的心情，則其作品必可日趨精巧。」〔註 77〕

　　當然，職業藝術化還只是生活藝術化的一部分。正如顧頡剛所分析的，葉聖陶「酷望著一切的生活都成了藝術的生活，但實際上一切的生活都給它們的附生物糾纏住了，以致只有墮落而無愉快」。〔註 78〕只有除去了附生物，人生才是充滿美與愛的，人的本性才會復歸。要實現這一目的，就要注重貼近時代與生活的民眾文學，切實提高民眾的審美能力，提升他們的精神境界。這也是一種教育，特別是對兒童、青少年，這一點尤其重要，因而葉聖陶非常關心兒童文學與青少年文藝，就是為了使他們立定良好的根基。可見，葉聖陶所向往的「藝術化」，是對人生境界的一種追求，是希望現實人生能夠充實、富於情趣，人生中充滿美與愛。人們不是為物質的欲求所束縛，而是實現物質與精神的合一，獲得愉悅。

　　「人生化」的提出是在 1921 年的《文藝談》中。此時文學研究會和創造社正展開激烈的「為人生」與「為藝術」之爭，葉聖陶對此深不以為然，他認為「必具二者方得為藝術」〔註 79〕。在他看來，文藝家創作之時，應該抱著無所容心的態度，任感情之自然，不受主義與派別的束縛。由此，葉聖陶

---

〔註 77〕葉聖陶：《手工藝對心理建設之貢獻》，載葉至善等編：《葉聖陶集》（第 6 卷），江蘇教育出版社 2004 年版，第 157～158 頁。

〔註 78〕顧頡剛：《〈火災〉序》，載葉至善等編：《葉聖陶集》（第 1 卷），江蘇教育出版社 2004 年版，第 353 頁。

〔註 79〕葉聖陶：《文藝談》，載葉至善等編：《葉聖陶集》（第 9 卷），江蘇教育出版社 2004 年版，第 23 頁。

深入分析了文藝家的創作心理:「一首詩,一篇小說,一本戲曲,所表現的或是一個境地,或是一樁事實,或是一秒間的感想,或是很普通的經歷,文藝家對之決不認為片斷的湊合,而必視為有機的全體,所以能起極深濃的情感。譬諸畫家睹山水林木之美而欣賞,他決不會說美在此樹此木,而必以渾然的全景為感情所屬寄。這等材料所以能引起文藝家的情感,實因通過了文藝家的心情,已是人生化的了。……可見文藝品的內容,無論如何必然是人生的。」〔註80〕藝術家所見的自然、人生之所以與他人不同,是因為經過了藝術家的心情,已是人生化的了。葉聖陶沒有對「人生化」這一術語作出具體的解釋,但是從他的這段論述來看,「人生化」應該主要包含了兩個方面的意思:一、雖然每一部具體的文藝作品所表現的都只是人生的片段、具體的人或事,但是文藝家攝取的是整體的人生,是把對象世界作為有機整體加以把握。因而文藝家對人生的把握重在情感、直覺方面;二、在審美活動中,外物在成為審美對象時,已經經過了人的心靈的選擇與加工,不是單純外在的自然或人生事物,而是含有審美主體情感判斷的客體了。而人也把自己的情感投射於外物,這樣才能表現外物,也就是表現人生。可見,「人生化」的過程也是物我交融的過程,這正是文藝創作過程中一個至關重要的環節。

　　「藝術化」意味著以審美的眼光來審視生活,從廣義上講在中國古代就已經存在。陶淵明《飲酒》詩中寫的「採菊東籬下,悠然見南山」,在如畫的美景面前體悟到「此中有真意,欲辯已忘言」。這不就是人生藝術化的境界嗎?「人生化」追求的人與自然的合一、物與我的交融,在莊子筆下更是得到了淋漓盡致的揭示。但是,需要指出的是,這對術語的提出是在 20 世紀,是在中國現代思想文化的背景下提出來的,飽含了中國現代知識分子對於人生與藝術的深切體認,從中體現的是一種現代意識。「藝術化」是中國現代知識分子以批判現實的眼光與人道主義的精神審視人生時提出的追求,「人生化」則是知識分子在面對「為人生」與「為藝術」之爭時,提出的解決文藝創作根本問題的意見。「藝術化」與「人生化」之間有著密切的關聯。「藝術化」針對人生而言,強調要以審美的眼光去觀照生活,發現其中的情趣與活力,使生活成為一種享受,含有美的質素;而「人生化」則是針對藝術而言,強調的是對生活的整體把握,同時人要發揮自身的能動作用。這兩個命題其實是

---

〔註80〕葉聖陶:《文藝談》,載葉至善等編:《葉聖陶集》(第9卷),江蘇教育出版社2004年版,第24～25頁。

相輔相成的：人生藝術化強調提高人的審美創造力與欣賞力，藝術人生化立足於生活的根基。在藝術與人生的交相輝映中，真、善、美才能得到真正的體現與發揮。

茅盾在 20 世紀 20 年代探討過「藝術的人生觀」問題。他是從三個方面展開論證的：「（一）藝術與人生是不是有相像的地方；（二）適用於藝術的律，是否也適用於人生；（三）人生變幻的範圍，是否比藝術的範圍大些。」〔註81〕在茅盾看來，前兩個問題都好解答，關鍵是第三個問題。茅盾認為，人生與藝術是相通的，因為生活與藝術所需的經驗都是來自日常生活，兩種經驗的範圍是一樣大的。茅盾認為區別主要在於表現的方法。由此產生這樣一個問題：「什麼是中間（medium）？」「中間」是連接人生與藝術的媒介，茅盾解釋說，「假使我們嚴格的認人生猶是一件藝術品，那麼，我們就得發見一排的條件，這些條件可以當做人生的藝術的『中間』。」這些條件其實就是環境，對個人而言即是職業〔註82〕。茅盾的看法與葉聖陶在《手工藝對心理建設之貢獻》一文中表述的觀念是非常一致的。不過，茅盾更為看重的是環境的作用，強調改變現實，而葉聖陶則是呼喚人性的回歸，嚮往著「美」與「愛」。

葉聖陶在著述中對「藝術化」與「人生化」都是一點而過，他並沒有作具體的論說，此後也基本上再沒有使用這樣的術語。但是蘊含其中的基本精神——注重人生與藝術的密切關聯、意欲將二者融為一體的精神，卻構成了葉聖陶對待審美活動的基本態度，他認為「實際生活能和藝術生活合而為一，自然是最合理想的事」〔註83〕。這一理想首先是立足於生活的根基，但更重要的是深入生活的底裏，以審美的眼光來看待生活，由生活提升到藝術，而藝術既源於生活，最終也要返歸生活，促成生活的改善與提高，向著理想前進。對於葉聖陶美學觀念的這一辯證原則，必須有清醒的認識。他沒有流於簡單的決定論與機械唯物主義，但也沒有向「為藝術而藝術」的傾向靠攏，沒有走上唯美主義。他力圖在生活與藝術之間保持一種張力與平衡。因此，從葉聖陶的思想傾向來看，就立身處世而言，他顯然更欣賞人生藝術化，故

---

〔註81〕茅盾：《藝術的人生觀》，載《茅盾全集》（第 18 卷），人民文學出版社 1989
年版，第 33 頁。

〔註82〕茅盾：《藝術的人生觀》，載《茅盾全集》（第 18 卷），人民文學出版社 1989
年版，第 34 頁。

〔註83〕葉聖陶：《文藝談》，載葉至善等編：《葉聖陶集》（第 9 卷），江蘇教育出版社
2004 年版，第 23 頁。

而一再強調真誠，強調個人修養，使生活充實；就文藝創作而言，他強調藝術的人生化，文藝家應立足人生，調動自己的人生經驗與體悟感受，對人生既入乎其內又出乎其外。這種觀照不同於科學的分析，也不同於實際的功利眼光。這種基本的原則成為葉聖陶在從事文藝創作、鑒賞以及論述文藝問題時的依據，同時也是對具體的創作與批評方法的指導。「藝術化」與「人生化」代表了葉聖陶對於人生的姿態，這種姿態是辯證的。

20世紀30年代，朱光潛也曾提出「藝術化」的問題。在他看來，人的活動可以分為實用的、科學的、美感的，分別以善、真、美為目標，人生就是這樣一個多方面但又相互和諧的整體。朱光潛認為，「人生本來就是一種較廣義的藝術」，「知道生活的人就是藝術家，他的生活就是藝術作品」。依照他的觀點，藝術的核心是情趣，因而「藝術的生活也就是情趣豐富的生活。……情趣愈豐富，生活也愈美滿，所謂人生的藝術化就是人生的情趣化」〔註84〕。但他是從審美的角度談論藝術與人生的關係問題，強調以審美的眼光觀照現實人生。而葉聖陶則不僅是從審美的角度要求人生藝術化，更注意到要從現實的角度探討藝術的人生化。前者強調情趣的作用，後者強調情感的地位。而連接藝術化與人生化的橋樑是人，只有人才能做到這一點，立足人生與追求藝術在人的身上可以得到統一，這是葉聖陶美學觀念的特色。不過，朱光潛將真善美區分得很明確：「實用的態度以善為最高目的，科學的態度以真為最高目的，美感的態度以美為最高目的。」〔註85〕雖然朱光潛也主張真善美合一，但這種必要的區分卻體現出他對美的獨立地位的高度重視。

## 三、審美創造與欣賞

關於審美創造與欣賞的問題，葉聖陶的直接論述並不多，他主要是通過分析文藝創造與欣賞來談論，第三章會作具體分析。這裡只是想提出審美創造與欣賞中的幾個關鍵性問題，以見出葉聖陶在審美問題上的基本原則。

在葉聖陶看來，審美活動是植根於生活的，因而審美活動也是在對生活的觀察、感受、體驗與理解的過程中發生的。葉聖陶在《文藝談》中指出，當人不以機械分析的眼光或功利的目的看待事物時，就能獲得對於事物整體的一種體悟與感知，這種體會是極為微妙的，外物經過了主體心靈的浸潤，

---

〔註84〕朱光潛：《談美·談文學》，人民文學出版社1988年版，第110頁、第116頁。
〔註85〕朱光潛：《談美·談文學》，人民文學出版社1988年版，第17頁。

已經是「人生化」的了〔註86〕。正如馬克思所說,「人的感覺,感覺的人性,都是由於它的對象的存在,由於人化的自然界,才產生出來的」〔註87〕。這也就意味著外部事物不再是自在之物,而是與觀察者發生關聯、形成主客體關係的審美對象了。審美活動由此發生。

　　不過葉聖陶對審美活動發生機制的解釋更接近於中國古代的「感物」說,正如《禮記‧樂記》所言:「凡音之起,由人心生也。人心之動,物使之然也。」〔註88〕葉聖陶首先是把審美活動的根源歸於生活,審美的對象是世間萬物,宇宙中的一切。但對文藝家而言,並非是所有的事物都能進入他的視野,只有那些能深切地使之感動、觸發其情思的事物,才能成為文藝家的審美對象。這樣的對象能夠引發文藝家的深切體驗,深入對象的內在生命,實現心與物遊,物我為一。這一心理活動歷程符合莊子所言之「物化」,也與劉勰《文心雕龍》的觀點一致:「物以貌求,心以理應」,「寫氣圖貌,既隨物以宛轉;屬采附聲,亦與心而徘徊」。這種心物交融觀承認物的客觀存在,但是更重視人的審美觀照與精神自由。

　　鑒賞從根本上說也是審美活動,鑒賞者必須是以審美的心態看待對象,真正視之為「藝術品」時,人與對象的審美關係才能確立。因此,葉聖陶在《第一口蜜》中指出,不能以「玩戲」和「求得」的心態對待文藝,而讀文藝可以使人養成欣賞力,獲得「一種難以言說的快適的心態」〔註89〕。因此,鑒賞活動也是無所為與有所為的統一。

　　葉聖陶非常重視審美活動中人的心理。在他看來,審美是講究體驗與感覺的,審美對象引發了人的情感,文藝家「將所感完全表現出來,絕不是複製和模仿,而恰是情感的本體」。以這樣一種創作的衝動作為文藝的本質,可見葉聖陶對情感的高度重視。這種情感是發自內心的,但又是「藝術化」的,經過了過濾與沉澱,是超於功利、利害的審美情感,其中包含有潛在的深刻的理性思考。葉聖陶曾特別指出:「文藝家的情緒想像或觸動於外境,或自生於內心,都不會是支離破碎的……總當是一個融合緻密有生機的球

---

〔註86〕葉聖陶:《文藝談》,載葉至善等編:《葉聖陶集》(第 9 卷),江蘇教育出版社 2004 年版,第 25 頁。

〔註87〕馬克思:《1844 年經濟學哲學手稿》,人民出版社 2000 年版,第 87 頁。

〔註88〕《禮記‧樂記》,載郭紹虞主編:《中國歷代文論選》(第一冊),上海古籍出版社 2001 年版,第 61 頁。

〔註89〕葉聖陶:《第一口蜜》,載葉至善等編:《葉聖陶集》(第 10 卷),江蘇教育出版社 2004 年版,第 4〜5 頁。

體。」〔註 90〕對於審美欣賞中的情感問題，葉聖陶也認為，「好的文藝彷彿一支箭，一支深入心坎的箭，即使引起人劇烈的哀苦，但同時也感到無上的美」〔註 91〕。這種觸動並非只是以慘痛與苦難來引發人的悲憫與同情，更重要的是以審美的形式使人在欣賞中超於實際利害，產生審美快感，與亞里士多德的「淨化」論十分接近。

由此出發，葉聖陶既堅持文藝創作的功利性，重視其教育與宣傳功能，但也不忘文藝自身的規律，反對犧牲文藝的審美特性，將文藝僅僅當作教育與宣傳的工具。在《〈抗戰八年木刻選集〉序》中，他回顧了中國現代木刻藝術的發展，肯定了木刻藝術家們能夠將木刻藝術品用於教育和宣傳，「是藝術品兼有工具和武器的作用，不是為了工具和武器犧牲了藝術」〔註 92〕。在這裡，葉聖陶顯然更傾向於文藝作品通過其藝術特性感染人心，自然而然地起到教育與宣傳的作用。就此而論，葉聖陶的觀念是正確的。特別是在現代中國內憂外患交困的時期，在文壇的派別論爭以及一再強調文藝的政治功用、宣傳功能的氛圍中，葉聖陶的思考無疑是清醒的，他有意識地在審美與功利之間保持了一定的張力，儘管這種平衡不易保持，但這種努力無疑是很寶貴的。因此，在「革命文學」論爭中，葉聖陶被指責為「中華民國的一個最典型的厭世家」〔註 93〕，原因就在於他創作的作品不是像「革命文學家」所要求的那樣高喊口號，將人物變成革命的傳聲筒，使創作流於公式化。他真實地揭示了當時的社會現實與知識分子的精神現實，表露了自我內心的真實感受。在論及兒童文學創作時，他也指出不可有教訓和神怪的質素，到 40 年代他仍堅持文藝創作要有所見，直至晚年他還把魯迅所說的「有真意」列為創作的首要條件。〔註 94〕

葉聖陶十分重視想像力的發揮，而想像無論對於創作或是欣賞，都是一

---

〔註 90〕葉聖陶：《文藝談》，載葉至善等編：《葉聖陶集》（第 9 卷），江蘇教育出版社 2004 年版，第 25〜26 頁。

〔註 91〕葉聖陶：《誰耐》，載葉至善等編：《葉聖陶集》（第 18 卷），江蘇教育出版社 2004 年版，第 4 頁。

〔註 92〕葉聖陶：《〈抗戰八年版木刻選集〉序》，載葉至善等編：《葉聖陶集》（第 6 卷），江蘇教育出版社 2004 年版，第 239 頁。

〔註 93〕馮乃超：《藝術與社會生活》，載中國社會科學院文學研究所現代文學研究室編：《「革命文學」論爭資料選編》（上），人民文學出版社 1981 年版，第 116 頁。

〔註 94〕葉聖陶：《重讀魯迅先生的〈作文秘訣〉》，載葉至善等編：《葉聖陶集》（第 9 卷），江蘇教育出版社 2004 年版，第 296 頁。

個十分重要的環節。葉聖陶認為，「世界之廣大，人類之渺小，賴有想像得以勇往而無懼怯。兒童在幼年就陶醉於想像的世界，一事一物，都認為有內在的生命，與自己有緊密的關聯，這就是一種宇宙觀，對他們的將來大有益處」。在葉聖陶看來，兒童的宇宙觀——童心——也是文藝家的宇宙觀，因此，葉聖陶認為，文藝家是「以直覺、情感、想像為其生命的泉源」〔註95〕。在《文藝作品的鑒賞》中，葉聖陶論述了想像對作者和讀者的重要性：作者創作時要「作想像的安排」，讀者也要「驅遣著想像來看，這才接觸到作者的意境」〔註96〕。

在葉聖陶看來，審美活動還是合乎規範與自由創造的統一。葉聖陶批評了固守教條的做法，也批評了恪守「法式」的古人，認為他們本有自己的心得與體會，但創作時拘於一定的法度與程序，結果反而使自己的作品失去了生機，陷入公式化與俗套，在他看來，「那些詩的形式就是詩情詩思的桎梏」〔註97〕。葉聖陶很羨慕天才，因為在他看來，天才在不知不覺之中就完成了努力營構的過程，把法度自然地融入創作之中，達到自然天成的境界。不僅如此，天才「固然捨棄法度，而同時也創造法度」〔註98〕，這也就意味著天才不僅能打破舊有的規範，也能自成一格，這種風格體式為後人模仿，也就創造了新的法度。葉聖陶並不主張完全廢棄法度，他只是反對先有抽象的觀念，強調必須從自身的審美體會出發完成審美創造活動，在規範之中自能自由揮灑，達到隨心所欲而不逾矩的境界。葉聖陶對審美活動一向推崇「自然」之美，這是在努力經營之後達到的自然天成的神化之境。

葉聖陶早年在強調內容決定形式時，對於形式的束縛十分不滿，但到 30 年代，為了扭轉重內容輕形式的偏向，他強調形式的重要性〔註99〕。但無論

〔註95〕葉聖陶：《文藝談》，載葉至善等編：《葉聖陶集》（第 9 卷），江蘇教育出版社 2004 年版，第 18～22 頁。

〔註96〕葉聖陶：《文藝作品的鑒賞》，載葉至善等編：《葉聖陶集》（第 10 卷），江蘇教育出版社 2004 年版，第 28～31 頁。

〔註97〕葉聖陶：《形式的桎梏》，載葉至善等編：《葉聖陶集》（第 9 卷），江蘇教育出版社 2004 年版，第 165 頁。

〔註98〕葉聖陶：《法度》，載葉至善等編：《葉聖陶集》（第 9 卷），江蘇教育出版社 2004 年版，第 175 頁。

〔註99〕例如 20 世紀 30 年代葉聖陶與夏丏尊合編《國文百八課》時，就強調「這是一部側重文章形式的書，所選取的文章雖也顧到內容的純正和性質的變化，但文章的處置全從形式上著眼」。葉聖陶、夏丏尊：《關於〈國文百八課〉》，載葉至善等編：《葉聖陶集》（第 16 卷），江蘇教育出版社 2004 年版，第 31 頁。

何時，他都認為創作要講求真切自然，不能以抽象的概念為出發點，也不能讓寫作技巧之類的規則限制了自己的創作。在他看來，審美創造的根基是生活，文藝家可以直接從生活中汲取創作的靈感與養料，也可以摹仿優秀作品，而且藝術創作一般都是由摹仿起步的。但是他也強調，「有志試作文藝，對於名作加以研讀和揣摩，固然重要；但努力於生活，多做，多想，多觀察，多體會，比較起來尤其重要。因為前者只能給你一些幫助，而後者卻是開源的辦法」〔註100〕。這也就是說，文藝的根源是生活，真正的屬於自己的作品只能從生活中來。葉聖陶還曾以畫為喻，指出了寫生與臨摹的區別。他主張「寫生為主，臨摹為輔」，因為臨摹容易與「一個人的整個生活脫離」，而寫生的好處在「直接跟物象打交道」，表達的是自己的所見所聞所感所思，這些都來自於生活，是「整個生活裏的事」，是「寫好文藝作品的真正根源」〔註101〕。可見葉聖陶最終還是把審美活動立於生活的根基之上。

葉聖陶主張直接從生活中學習，這樣可以達到更高的境界。在他看來，自身對生活有真切的體驗是首要條件，對他人作品的摹仿雖可以體會到作者的用心與技巧，但終不如自己直接面對生活，難免隔了一層。在直接應對生活時，既可以產生深切的體會，又能通過鍛鍊自身的識力而提高藝術技巧。在《〈劉海粟藝術文集〉序》中，葉聖陶也認為「要『胸有成竹』必得跟真竹子直接打交道，看畫上的竹子就隔膜一層」〔註102〕。葉聖陶的這些觀點，都是切中肯綮的，符合審美活動的規律。

葉聖陶以充實的生活為美的泉源，這是他的美學思想的出發點與立足點。同時他對於審美活動進行了深入的探索，在他看來，人的審美活動不僅是必要的，也是可能的，都是出於生活的需要。他嚮往實際生活與藝術生活合而為一，提出了「藝術化」與「人生化」，對於審美創造與欣賞問題提出要立足生活，探尋人的心理。

---

〔註100〕葉聖陶：《愛好和修養》，載葉至善等編：《葉聖陶集》（第9卷），江蘇教育出版社2004年版，第113頁。

〔註101〕葉聖陶：《臨摹和寫生》，載葉至善等編：《葉聖陶集》（第9卷），江蘇教育出版社2004年版，第279～280頁。

〔註102〕葉聖陶：《〈劉海粟藝術文集〉序》，載葉至善等編：《葉聖陶集》（第18卷），江蘇教育出版社2004年版，第243頁。

# 第二章　葉聖陶的文藝思想（上）

　　葉聖陶的美學思想對於其文藝思想具有總綱的意義，但他真正關注的重點是文學，他的美學思想基本上都是通過他對文藝問題的分析而得到闡述的，他的文藝思想在其文藝美學思想中佔有核心地位。

　　與美學上的探討不同，葉聖陶對文藝問題的分析幾乎是全方位的，涉及到了方方面面，而且他還打通了文學與藝術、文學與文章的界限，將文學置於一個寬廣的視野中來研究，既有理論上的探討，更有實踐活動（如創作、評論）的驗證。

## 第一節　充實的生活就是詩

　　「生活」是葉聖陶文藝思想的一個總樞紐，是他文藝思想的根基所在。1922 年，葉聖陶在《詩的泉源》中明確宣布：「生活是一切的泉源，也就是詩的泉源。所以說到詩就要說到生活——並不為要達到作詩的目的才說到生活。」〔註 1〕

　　需要指出的是，這一觀念是葉聖陶經過長時間的醞釀才提出來的。從踏上文學創作道路開始，葉聖陶就抱定了嚴肅的創作態度：「不作言情體，不打誑語，雖不免裝點附會，而要有其本事，庶合於街談巷議之倫」，「文非有益於世不作」〔註 2〕。從強調真實性與文藝教化功能的角度倒是可以看出葉聖陶的小

---

〔註 1〕葉聖陶：《詩的泉源》，載葉至善等編：《葉聖陶集》（第 9 卷），江蘇教育出版
　　　　社 2004 年版，第 91 頁。
〔註 2〕葉聖陶致顧頡剛書信，1914 年 11 月 12 日、23 日，載葉至善等編：《葉聖陶集》
　　　　（第 24 卷），江蘇教育出版社 2004 年版，第 79 頁、90 頁。

說觀念與中國古代的小說觀念存在著很大的一致性，而且他也沒有把做小說當作什麼了不得的大事，特別是賣文為生更是讓他感到羞恥。將平日的生活經歷、所見所聞點染成篇，是他文言小說的特色，體現出要有其本事的創作原則。不過這種編故事的手法還很難說就是真正的現實主義，還只是一種初步的探索。直到 1919 年 2 月 14 日創作了白話小說《這也是一個人》﹝註 3﹞，加入了新文學陣營，葉聖陶才真正自覺地從生活中汲取素材，以文學為改造國民性、批判現實的利器，執著於自己熟悉的題材，逐步形成寫實的風格。

1921 年 3 月到 6 月間，葉聖陶在《晨報副刊》上陸續發表了 40 則《文藝談》，這是新文學開創時期理論建設初期的重要收穫。據葉至善回憶，這一事件的契機是《晨報副刊》的主編孫伏園向葉聖陶約稿，意在「闡發『文學是人生的表現和批評』的主張，兼及作品的功能和創作的要素」﹝註 4﹞。葉聖陶對文藝問題發表了一系列重要見解，其中就提到「文藝的目的在表現人生，所以凡是對於人生有所觸著而且深切地觸著的，都可以為創作文藝品的材料」﹝註 5﹞。需要指出的是，葉聖陶又極力強調文藝家的「自我」，認為文藝家應以自我為中心來統攝一切，而文藝創作的動機只在於文藝家的情感衝動，甚至提出「文藝之事本來導源於心靈」﹝註 6﹞。但是他的本意是強調文藝家要表現出自己的個性與特色，既不做外界的記錄者，也不陷入摹仿他人的境地，而是要表達出自己的情感思想。因而他對文藝家自我的重視與他對人生的重視並不矛盾，文藝家情感迸發，直接的產品就是文藝作品。

1922 年，葉聖陶發表了《詩的泉源》一文。葉聖陶沒有直接回答「詩是什麼」的問題，而是探索詩的泉源。在他看來，「生活是一切的泉源，也就是詩的泉源」。因為生活是人的生活，「假若沒有所謂人類，沒有人類這麼生活著，就沒有詩這種東西。……一切人事都是這個樣子，都因為人類這麼生活著所以才有」。葉聖陶進而指出，生活要求其充實，「唯有充實的生活是汩汩

---

﹝註 3﹞葉聖陶：《這也是一個人》，載葉至善等編：《葉聖陶集》（第 1 卷），第 101～104 頁。這篇收入作品集《隔膜》時改題《一生》，收入《葉聖陶集》時仍用原名。

﹝註 4﹞葉至善：《父親長長的一生》，載葉至善等編：《葉聖陶集》（第 26 卷），江蘇教育出版社 2004 年版，第 56 頁。

﹝註 5﹞葉聖陶：《文藝談》，載葉至善等編：《葉聖陶集》（第 9 卷），江蘇教育出版社 2004 年版，第 9 頁。

﹝註 6﹞葉聖陶：《文藝談》，載葉至善等編：《葉聖陶集》（第 9 卷），江蘇教育出版社 2004 年版，第 52 頁。

無盡的泉源。有了源，就有泉水了。所以充實的生活就是詩」，「因為生活充實，除非不寫，寫出來沒有不真實不懇切的，決沒有虛偽浮淺的弊病」。葉聖陶進而作了解釋：「這不只是寫在紙面上的有字跡可見的詩啊。當然，寫在紙面就是有字跡可見的詩。寫出與不寫出原沒有什麼緊要的關係，總之生活充實就是詩了。」〔註7〕在葉聖陶看來，生活充實意味著人的情感思慮能夠真實懇切，而情感正是文藝的生命，他正是在這個意義上認為生活充實就是詩。

到了1924年，葉聖陶在《作文論》中談論「作文」問題，他所論之「文」，包括普通文與文學作品。在他看來，二者的界限很模糊，「泉源只是一個」。這個泉源是什麼？就是生活。葉聖陶指出，文字的原料是思想、情感，對於作文來說，「宣示思想、情感是目的，是全生活裏的事情，但是，要有充實的生活，就要有合理與完好的思想、情感；而作文，就拿這些合理與完好的思想、情感來做原料」。有了合理與完好的思想、情感，才能寫出誠實的、自己的話，追尋其源頭，也就是「充實的生活」，在他看來，「生活充實，才會表白出、發抒出真實的深厚的情思來」。〔註8〕由此可見，葉聖陶其實是把充實的生活視為文學的泉源。

如果對比《詩的泉源》與《作文論》，可以發現葉聖陶的思想是一以貫之的，那就是以充實的生活作為文學的泉源。但是其中也存在一定的區別：首先，在《詩的泉源》中，葉聖陶認為生活是詩的泉源，生活充實就是詩，只是針對詩而言；在《作文論》中，他將研究的對象擴大到文學與普通文，認為二者的源頭是充實的生活，也就是將充實的生活作為一切文章的源頭；其次，在《詩的泉源》中，葉聖陶認為生活充實就是詩，這是從情感思慮真實懇切的角度而言；但在《作文論》中葉聖陶則分析、探討了組織的問題，這是因為他認識到「思想、情感之自然未必即與文字的組織相同」〔註9〕，雖然他談的是寫作問題，其實也是對文學創作技巧的探究。至此，葉聖陶以生活為文藝泉源的思想已經初步形成。

葉聖陶在探討文學的泉源問題時還能夠以一種歷史的、動態的眼光加以

〔註7〕葉聖陶：《詩的泉源》，載葉至善等編：《葉聖陶集》（第9卷），江蘇教育出版社2004年版，第91～93頁。

〔註8〕葉聖陶：《作文論》，載葉至善等編：《葉聖陶集》（第15卷），江蘇教育出版社2004年版，第13～20頁。

〔註9〕葉聖陶：《作文論》，載葉至善等編：《葉聖陶集》（第15卷），江蘇教育出版社2004年版，第26頁。

考察。1944 年，葉聖陶專門寫過《關於談文學修養》一文，發表在《文學修養》第 2 卷第 4 期。葉聖陶此文是有感而發：他一開始就表示，自己讀了些談文學修養的文章，其中談到確立人生觀與世界觀、多觀察體驗、讀書、學習語言等等。但是他認為「這種種努力本是為人之當然，我們為人，就該留意這些項目，即使不弄文學，也不能荒疏」。在葉聖陶看來，只有認清這一點，才能明白文學與生活的關係：「文學是生活的源頭上流出來的江河溪溝，不是與生活離立的像人工鑿成的池子似的東西。」這可以從兩個方面來分析：一是生活作為一個動態的進程是文學的源泉；二是靜態的人工造成的生活，不是文學的源泉。能夠以動態的、歷史的眼光看待文學與生活的關係，這是葉聖陶文藝泉源論的進一步發展。基於此，他提出「文學是個渾然的整體」，文藝家「只是在生活的大路上邁步前進，不斷地求其充實」；談論修養，就「都得從各人整個的生活出發。生活到某種地步，自然有某種的人生觀與世界觀，自然能作某種程度的觀察與體驗」，這就必須靠各人的實踐了。〔註10〕

這樣的觀念在葉聖陶談論文學與人生的關係時就已經現出端倪了。葉聖陶加入了「為人生」的文學研究會。文學研究會聲稱：「將文藝當作高興時的遊戲或失意時的消遣的時候，現在已經過去了。我們相信文學是一種工作，而且又是於人生很切要的一種工作」〔註11〕，葉聖陶自然認可這種宗旨。1921年，葉聖陶參與籌辦新詩刊物《詩》月刊，學衡派在此時出版了《詩學研究號》，對白話詩詞提出質疑。葉聖陶寫了《骸骨之迷戀》《對鸚鵡的箴言》等文章進行回擊。葉聖陶首先假定「詩的作用是批評人生表現人生」，進而發問：「人生是固定的，還是變動不息、創進不已的？……倘若是變動不息、創進不已的，那麼詩也應當有變遷和創新。」「就拿我們的日常生活來說，就有種種更換和擴展，所以可以斷言人生不是固定的」〔註12〕，這樣他就為新詩的價值與地位作了有力的辯護。在《對鸚鵡的箴言》中葉聖陶提出「我所希望於新詩家的，不是鸚鵡的叫聲，而是發自心底的真切的呼聲」〔註13〕，這是

〔註10〕葉聖陶：《關於談文學修養》，載葉至善等編：《葉聖陶集》（第 9 卷），江蘇教育出版社 2004 年版，第 120～121 頁。

〔註11〕文學研究會：《文學研究會宣言》，阿英編選：《中國新文學大系·史料索引》（影印本），上海文藝出版社 2003 年版，第 71～72 頁。

〔註12〕葉聖陶：《骸骨之迷戀》，載葉至善等編：《葉聖陶集》（第 9 卷），江蘇教育出版社 2004 年版，第 82 頁。

〔註13〕葉聖陶：《對鸚鵡的箴言》，載葉至善等編：《葉聖陶集》（第 9 卷），江蘇教育出版社 2004 年版，第 85 頁。

對詩人自我的強調。在《作文論》中葉聖陶認為「生活的充實是沒有止境的，……可以無限地擴大，從不嫌其過大過充實的。若說要待充實到極度之後才得作文，則這個時期將永遠不會來到。……在求充實的時候，也正就是生活著的時候，並不分一個先，一個後，一個是預備，一個是實施。……作文原是生活的一部分呵。我們的生活充實到某程度，自然要說某種的話，也自然能說某種的話」。葉聖陶還提出即知即行，而且作文本身就是生活的需要，是「生活的一部分」。無論是普通文還是文學，「它們的原料，都是思想、情感。在技術上，也都要把原料表達出來」。〔註 14〕可以看出，葉聖陶對於普通文和文學都是肯定其時代性的。

葉聖陶曾經就文學的「永久性」問題提出了自己的意見，這也可以說是文學的時代性問題。在他看來，「文學是在本質上具有永久性的」，但沒有「萬古不磨」的文學，因為「文學不能不被作者的生活跟觀念所範圍，時代改變了，讀者的生活跟觀念離開作者的生活跟觀念漸遠，對於作者的作品的興味也就漸淡，直到彼此完全不相同的時候，雖然是從前的名作，也不高興去讀它了」。〔註 15〕茅盾在 1922 年發表《文學與人生》的演講時，也指出了「時代」的重要性：「時代精神支配著政治、哲學、文學、美術等等，猶影之與形。各時代的作家所以各有不同的面目，是時代精神的緣故；同一時代的作家所以必有共同一致的傾向，也是時代精神的緣故。」因此，在茅盾看來，要研究文學，至少要瞭解「這種文學作品產生時代的時代精神」。〔註 16〕

20 世紀 40 年代葉聖陶的文藝觀發生了很大的變化，這主要體現在他接受了當時的「人民的世紀」的提法，強調集體與民主，甚至是以全人類為本位，他是以「群」這一概念來表達自己的觀念：「我們人又必須合群，離開了群就無所謂人生。所以利害不能單就個人看，要就許多許多人合成的群看。……群的範圍不限於一個民族，一個國家，全世界的人就是一個大群。」〔註 17〕在文藝觀上，他接受這一信念：「反映現實，喊出人民大眾的要求，是文學的

---

〔註 14〕葉聖陶：《作文論》，載葉至善等編：《葉聖陶集》（第 15 卷），江蘇教育出版社 2004 年版，第 15～20 頁。

〔註 15〕葉聖陶：《所謂文學的「永久性」是什麼？》，載葉至善等編：《葉聖陶集》（第 9 卷），江蘇教育出版社 2004 年版，第 107～108 頁。

〔註 16〕茅盾：《文學與人生》，《茅盾全集》（第 18 卷），人民文學出版社 1989 年版，第 271～273 頁。

〔註 17〕葉聖陶：《四個「有所」》，載葉至善等編：《葉聖陶集》（第 6 卷），江蘇教育出版社 2004 年版，第 113～114 頁。

時代的使命。」〔註 18〕

葉聖陶認為，對文藝家來說，為文藝而生活是本末倒置的，為從事文藝當然要體驗生活，培養觀察力，訓練閱讀和寫作的能力，但這些方面本來就是生活的要求，是現代人在生活中必須具備的能力，「一個人若不能運用文字把自己所知所想的東西寫得明白而有條理，他就算不得一個合格的公民」〔註 19〕。因此，首先要做人，其次才是做文藝家：「文藝作者不是一種特殊的人，他要認真過活，他要努力作事，都和其他的人一般無二。在認真過活和努力作事當中，才心有所會，意有所見，就用語言文字傳達給別人；他的傳達方法又偏於具體化和形象化，不但使別人知道，並且使別人感動：這就是他創作了文藝，他成了文藝作者。」〔註 20〕

以生活為文藝的源泉成為葉聖陶始終堅持的原則，這一原則是他的文學思想的出發點。葉聖陶認為，生活不僅是文藝的源泉，也是一切的源泉，人是在生活中逐步磨煉自己的思想情感與各種能力，這是從事文藝活動的條件，但不是專為成為文藝家而準備的，文藝活動只是人的各種活動中的一種。因此，葉聖陶堅決反對文藝流於庸俗，「固然要求能為大眾所瞭解，卻決不能故意遷就，寫成些不三不四的東西」，「向大眾學習固然要緊，教育大眾也未嘗不要緊」〔註 21〕。

以生活為文藝的源泉，這一觀點包含了三個方面的意思：

首先，生活是文藝取材的對象。葉聖陶在《文藝談》中就認為文藝家表現的對象可以是宇宙間的一切。在《作文論》，他對寫作的問題進行了深入探討，在分析境界與人物兩大要素時，他仍認為文藝中的境界與人物都是有現實依據的，因而從根本上講文藝表現的對象只能是人生，文藝中展現的一切都是在現實基礎上加工而來的，無論其實際形態是貼近現實還是遠離現實，都是以現實為依據的。葉聖陶在提到自己的創作時就表示：「我的小說，如果還有人要看看的話，我希望讀者預先存這樣一種想法：這是中國社會二三十

〔註 18〕 葉聖陶：《〈西川集〉自序》，載葉至善等編：《葉聖陶集》（第 6 卷），江蘇教育出版社 2004 年版，第 84 頁。

〔註 19〕 葉聖陶：《愛好和修養》，載葉至善等編：《葉聖陶集》（第 9 卷），江蘇教育出版社 2004 年版，第 112 頁。

〔註 20〕 葉聖陶：《作一個文藝作者》，載葉至善等編：《葉聖陶集》（第 12 卷），江蘇教育出版社 2004 年版，第 159 頁。

〔註 21〕 葉聖陶：《作者還有別的事兒》，載葉至善等編：《葉聖陶集》（第 9 卷），江蘇教育出版社 2004 年版，第 127 頁。

年來一鱗一爪的寫照，是浮面的寫照，同時摻雜些作者的粗淺的主觀見解，把它當文藝作品看，還不如把它當資料看適當些。」〔註22〕因此，文藝的基礎始終都是現實生活。

其次，文藝創作與欣賞都是以生活為根基的。從事創作與欣賞的是文藝家與鑒賞者，而文藝家與鑒賞者首先都是「人」，都是立足於生活的人。因而他們首先都要在生活中成長磨練，使自己具備一定的知識與能力，這樣才能夠從事文藝創作與欣賞活動。葉聖陶把文藝創作看成一項專門的事業，並不主張人人都從事文藝創作，認為這是文藝家的專職，但是文藝家首先要具備「誠」的品質，這是立身處世的根本，「是無論什麼事業的必具條件」〔註23〕。文藝家要從事文藝事業，他們的語言文字功底是在最基本的讀寫能力上的提升，讀寫能力也是人人都必須具備的，這是生活的基本要求，否則就是人生的缺陷。就文學批評來說，專業的文學鑒賞活動才稱得上是文學批評，這是批評家的專職，並不要求人人都有文學批評的能力，但對文學的欣賞卻是一個現代社會公民的權利與需求。因為人生在世，不僅有物質上的需求，也有精神上的需求，而文學則是「人們最高精神的連鎖」，「使無數弱小的心團結而為大心，是文學獨具的力量」〔註24〕，文藝鑒賞可以提升人的精神，使人追求更好的生活。

再次，文藝源於生活，最終的指向也是生活。葉聖陶的創作從根本上講都是有所為的，為的是人生。早在辛亥革命時期，他就萌生了文學救國的宏願，即以文學來「革心」〔註25〕，喚醒民眾。到「五四」時代，葉聖陶先後加入新潮社與文學研究會，都是抱有明確的創作宗旨的，正如魯迅所說的，新潮作家「沒有一個以為小說是脫俗的文學，除了為藝術之外，一無所為的。他們每作一篇，都是『有所為』而發，是在用改革社會的器械」〔註26〕。葉聖陶的文藝創作也是如此，他同魯迅以及文學研究會其他作家一樣，都是以

〔註22〕葉聖陶：《〈葉聖陶選集〉（開明版）自序》，載葉至善等編：《葉聖陶集》（第18卷），江蘇教育出版社2004年版，第317頁。
〔註23〕葉聖陶：《文藝談》，載葉至善等編：《葉聖陶集》（第9卷），江蘇教育出版社2004年版，第7頁。
〔註24〕葉聖陶：《文藝談》，載葉至善等編：《葉聖陶集》（第9卷），江蘇教育出版社2004年版，第71頁。
〔註25〕葉聖陶：《革心》，載葉至善等編：《葉聖陶集》（第6卷），江蘇教育出版社2004年版，第209頁。
〔註26〕魯迅：《中國新文學大系·小說二集·導言》，載魯迅編選：《中國新文學大系·小說二集》（影印本），上海文藝出版社2003年版，第2頁。

文藝為批判現實、改造國民性的武器，同時又不使創作流於公式化與標語口號，讓文藝能夠自然而然地起到宣傳的效用。在這種情形之下，文藝最終又能夠對變革現實起到積極的影響。因此，葉聖陶注重文學對現實生活的描寫，強調文藝應反映時代，要求作家要有嚴肅的創作姿態。為此，葉聖陶十分痛恨禮拜六派、鴛鴦蝴蝶派、黑幕派的小說，也堅決抵制復古主義思潮。在他看來，前者是迎合庸俗小市民低級趣味的無聊之作，使文學淪為金錢的奴隸；後者則是脫離時代與現實的，二者都是非人的文學，與新文學的精神格格不入。這也是當時新文學陣營的普遍看法。

事實上，以生活為文藝之泉源並非葉聖陶首倡，關鍵是葉聖陶能夠從自身的立場出發來理解，提出「充實的生活」這一重要命題，作為對「生活」的進一步要求，並且沒有把文學變成對現實的機械反映與再現，這一點無疑是值得重視的。最後還要一點需要指出：有研究者認為，葉聖陶的創作經歷了從「生活」到「現實」的轉變〔註27〕，這一分析是有道理的，描寫現實意味著作者開始自覺地在作品中凸顯出時代精神。這從葉聖陶童話創作的歷程可以很明顯地看出來。童話作為以兒童為對象的一種文學體裁，其中的意境是富於詩趣的，是優美的，展現的應該是一個純潔無瑕的理想世界。葉聖陶早期的童話就是盡情地唱著「美」的讚歌的。但是到了後來，他的童話卻變得越來越嚴肅，出現了悲哀、淒涼的調子，到寫作《稻草人》時，他的童話作品已經完全失去了明朗歡快的色彩，沉浸在悲哀的氛圍之中。

童話中存在如此濃重的現實陰影，這是一個備受爭議的問題。對此鄭振鐸認為，「在成人的灰色雲霧裏，想重現兒童的天真，寫兒童的超越一切的心理，幾乎是個不可能的企圖」，「帶著極深摯的成人的悲哀與極慘切的失望的呼聲，給兒童看是否會引起什麼障礙；幼稚的和平純潔的心裏應否即投入人世間的擾亂與醜惡的石子。這個問題，以前也曾有許多人討論過。我想，這個疑惑似未免過於重視兒童了。把成人的悲哀顯示給兒童，可以說是應該的。他們需要知道人間社會的現狀，正如需要知道地理和博物的知識一樣，我們不必也不能有意地加以防阻」，因而葉聖陶的童話就不自覺地融化了許多「成

---

〔註27〕商金林以葉聖陶 1927 年前後的創作為例指出，葉聖陶的《遺腹子》、《小妹妹》、《苦辛》都有真人真事為依據，真實可信，但與「現實」似乎又保持著一定的距離，作者寫的是「生活」，而不是「現實」。從《夜》開始，作者著力描寫「現實」。商金林：《葉聖陶傳論》，安徽教育出版社 1995 年版，第436 頁。

人的悲哀」在裏面。〔註 28〕葉聖陶自己也表示：他的意思，是「想叫當時的
兒童關注當時的現實，不要視而不見，聽而不聞」〔註 29〕。這就表明當立足
生活，以一種寫實的態度來從事創作時，即使是童話這種文學體裁也會顯示
出寫實的特色，童話世界滲透了作家的現實情懷，也就不再是一個超然獨立
的理想世界。因而從某種意義上講，葉聖陶創作的童話到後來越來越接近他
的小說了，這在根本上是由作家的觀念決定的。

## 第二節　對文學本質的思索與追問

　　作為一位文學家，葉聖陶對文學可謂是深有體會，不少觀點都是經驗之
談。他的文學觀念經歷了一個歷史的變化過程，總體上看，20 年代他是持情
感本體論，到 40 年代他更為重視語言，強調文學是以語言為依託。葉聖陶本
人在《文藝談》中使用過「本體」這樣的詞彙，並不帶有哲學上的意味，筆
者借用過來，意在指出葉聖陶在早期是認為文學以情感為規定和依託，後來
則重點從語言的角度分析文學的本質。此外，葉聖陶還通過分析文學與科學、
文學與文章的關係來探究文學的特質。

### 一、從情感本體到以語言為依託

　　葉聖陶在踏上文學道路之初，就注意自覺地觀察人生，使自己的創作有
其「本事」。但他並不認為文學就是生活的複製品，他對於作品中的情感因素
十分重視。在民國初年，葉聖陶讀得最多的是歐美小說，中國古典名著次之，
復次才是近時作品。華盛頓・歐文《見聞錄》的「詩味的描寫，諧趣的風格」
〔註 30〕，使葉聖陶感覺眼前展現出了一個全新的境界，這正是以故事情節取
勝的中國古典小說所缺乏的。葉聖陶之所以稱賞《碎琴樓》《斷鴻零雁記》《花
月痕》《浮生六記》《孽海花》《紅樓夢》等作品，是因為他認為這些作品在主
旨、寫事、言情、布局等方面非常出色，令人激賞〔註 31〕。1914 年，葉聖陶

〔註 28〕鄭振鐸：《〈稻草人〉序》，《鄭振鐸全集》（第 13 卷），花山文藝出版社 1998
　　　　年版，第 36～40 頁。
〔註 29〕葉聖陶：《〈葉聖陶童話選〉英譯本自序》，載葉至善等編：《葉聖陶集》（第 18
　　　　卷），江蘇教育出版社 2004 年版，第 326 頁。
〔註 30〕葉聖陶：《過去隨談》，載葉至善等編：《葉聖陶集》（第 5 卷），江蘇教育出版
　　　　社 2004 年版，第 306 頁。
〔註 31〕商金林：《葉聖陶傳論》，安徽教育出版社 1995 年版，第 145～146 頁。

寫了《正小說》一文，對當時的文壇進行了嚴厲的抨擊。在他看來，近來小說「皆一丘之貉。出場總有一段寫景文字，月如何也，雲如何也。雲月之情萬殊，詩人興詠有靈心獨運，傳誦一時者；而今之小說中所描寫之雲月乃無弗同。……今之小說可謂皆自抄襲得來」〔註 32〕。葉聖陶對文壇彌漫的公式化、模式化創作風氣極為不滿，在他看來，作家自身要對生活有真正的觸動，這樣才能創作出好的作品。1921 年葉聖陶發表《文藝談》，更是直接將情感作為文學的內核。在他看來，文藝家「創作的衝動真是文藝上最可寶貴的生命」，而「創作的時候，那唯一的動機便是一種濃厚的情感」，惟其如此，文藝家「應當無所容心，什麼主義，什麼派別，對之都一無所知」。如此一來，文藝家才能創作出真的文藝作品，「真」指「真實的景物」，也指真「感受」。那麼，文藝家怎樣才能產生衝動呢？葉聖陶認為，「文藝的目的在表現人生，所以凡是對於人生有所觸著而且深切地觸著的，都可以為創作文藝品的材料。觸著不觸著不在知識的高下，而在情感的濃淡」。這就對文藝家提出了要求：「文藝的本質是思想情緒，我們就當修養我們的思想情緒。一切事物是我們情思所託的材料，我們就當真切地觀察一切事物」，這就要求「誠」：「我們應以全生命浸漬在文藝裏，我們應以濃厚的感情傾注於文藝所欲表現的人生」。歸根結底，他認為「真的文藝品有一種特質，就是『濃厚的感情』。我們若說這是文藝之魂，似乎也無不可」，真的文藝品不僅含有情感，而且就其功能而言，它是要「喚起人的同情；……人只覺一種濃厚的感情滲透自己的心靈，從這裡可以增進自己的瞭解、安慰或悅懌。這才是人間所必需和期求的東西，也就是文藝家應當從事的東西」。對於兒童文學來說也是如此：「兒童文藝裏還要有一種質素，其作用和教訓相反，就是感情。這本是一切文藝所必具的。」葉聖陶認為，文藝家在觀照外物時，是把對象作為「有機的全體，所以能起極深濃的情感」，「可見文藝品的內容，無論如何必然是人生的。文藝家既將所感完全表現出來，絕不是複製和模仿，而恰是情感的本體，這是何等偉大高超的藝術」。在提出了「情感的本體」之後，葉聖陶接著指出這種情感是一個整體。在他看來，「文藝家的情緒想像或觸動於外境，或自生於內心，都不會是支離破碎的。……總當是一個融和緻密有生機的球體」〔註 33〕。

---

〔註 32〕葉聖陶 1914 年 11 月 20 日致顧頡剛書信，載葉至善等編：《葉聖陶集》第 24 卷，第 85～86 頁。

〔註 33〕葉聖陶：《文藝談》，載葉至善等編：《葉聖陶集》（第 9 卷），江蘇教育出版社 2004 年版，第 3～26 頁。

　　分析葉聖陶在《文藝談》中的論述，可以發現他的情感本體論包含了這樣幾個方面的意思：一、文藝家創作的動機是情感；二、情感蘊含於事物和人的內心，文藝家感受到了，於是引起創作的衝動。因而，文藝表現的是情感，文藝的本質是情感；三、文藝家要感受人生，還是在於情感的深至；四、文藝家表達的是情感，讀者也是在情感方面受到感染；四、文藝家的情感是一個整體，這種情感化為語言文字就是文學作品，因而作品也應是一個有機體。可以看到，葉聖陶是把情感貫穿於文藝創作的全過程，作為文藝作品最核心的因素、文藝的本質與靈魂，這是他的情感本體論的特色所在。

　　從葉聖陶的這一思路可以看出，他對於情感是極為重視的，其中隱藏的是他對文藝家自我的高度重視：文藝家不再是代聖賢立言，代他人立言，而是獨立的個體，忠於自我，發出自己的聲音。自我意識是五四時代追求個性解放的產物，正是出於對自我的讚美，葉聖陶甚至要求文藝家以自我為中心統攝一切。

　　在高張個性、謳歌自我的時代氛圍中，葉聖陶直接宣稱：「文藝的本質是思想情緒。」〔註34〕這並非意味著丟棄人生，將文學視為純粹的主觀心靈的表現。在葉聖陶看來，文藝家是具有自我意識的個體，同時也是作為社會一份子的人，展現在文藝家眼前的人生，必定會經過文藝家心靈的感悟、浸染，才能成為其文學作品中的世界。這也就意味著即使是最客觀獨立的外界，也只有經過文藝家的情感投射，才能真正成為審美對象，成為文藝家表現的人生。因此，葉聖陶仍是以人生為文學立足的根基，但真正居於中心地位的還是文藝家的「自我」。而且相對於理性的思想而言，情感包含了更多的感性色彩與個人體驗，更能體現文學的特色。

　　需要指出的是，以情感為文學內核的觀念在「五四」之前早就存在，「五四」時代更是深入人心，廣為人知。《禮記‧樂記》中即已提到「情動於中，故形於聲，聲成文，謂之音」。《毛詩大序》也說，「情動於中而形於言」。陸機在《文賦》中提出「詩緣情」，開創了以情感界定文學的先河。在漫長的發展歷程中，「緣情」與「言志」常常合二為一，成為與「載道」說相對立的一種觀念。「五四」時代，「載道」說受到了猛烈批判，緣情、言志說雖然沒有得到大力宣揚，卻與西方的文學觀念結合起來，終於在中國催生了現代意義上的文學觀念。羅家倫給文學下的定義是：「文學是人生的表現和批評，從最

〔註34〕葉聖陶：《文藝談》，載葉至善等編：《葉聖陶集》（第9卷），江蘇教育出版社2004年版，第5頁。

好的思想裏寫下來的，有想像，有感情，有體裁，有合於藝術的組織；集此眾長，能使人類普遍心理，都覺得他是極明瞭，極有趣的東西」〔註35〕。胡適認為「達意達的好，表情表的妙，就是文學」〔註36〕，周作人則認為「文學是用美妙的形式，將作者獨特的思想和感情傳達出來，使看的人能因而得到愉快的一種東西」。周作人承認第二句是「人云亦云」，足以見出以思想情感為文學的元素早已得到了廣泛的認可。〔註37〕

　　從葉聖陶在《文藝談》中充滿浪漫主義激情的表述來看，他與創造社成員的主張存在著很大的一致性，這一點在其他文學研究會成員那裡也存在。因此，鄭伯奇才會認為「創造社的傾向，從來是被看做和文學研究會所代表的人生派相對立的藝術派。這樣的分別是含混的，因為人生派和藝術派這兩個名稱的含義就不很明確」。創造社主張以自我為中心，認為文學的任務就是表現自我。他們渴求天才，一般有著濃厚的泛神論信念，接受盧梭的「返回自然」的呼喚。但是葉聖陶與創造社成員之間畢竟存在不同之處，鄭伯奇在社會環境和思想來源上揭示了創造社成員的特異之處：「第一，他們都是在外國住得很久，對於外國的缺點和中國的病痛都看得比較清楚；他們感受到兩重失望，兩重痛苦。……第二，因為他們在外國住得很久，對於祖國便常生起一種懷鄉病，而回國以後的種種失望，更使他們感到空虛。……第三，因為他們在外國住得長久，當時外國流行的思想自然會影響到他們。哲學上，理知主義的破產，文學上，自然主義的失敗，這也使他們走上了反理知主義的浪漫主義的道路上去。」〔註38〕因此，葉聖陶的浪漫主義激情其實更多地是時代精神的體現、人道主義的薰染，而他對情感的高揚也與中國古代的「緣情」論有很大的關聯。

　　在文學研究會成員中，鄭振鐸的觀點與葉聖陶是極為接近的。鄭振鐸認為，「文學中最重要的元素是情緒，不是思想」〔註39〕。文學的使命和價值，

---

〔註35〕羅家倫：《什麼是文學——文學界說》，《新潮》1卷2號，1919年2月。另見羅家倫：《駁胡先驌君的中國文學改良論》，載鄭振鐸編選：《中國新文學大系·文學論爭集》（影印本），上海文藝出版社2003年版，第109頁。

〔註36〕胡適：《什麼是文學——答錢玄同》，載歐陽哲生編：《胡適文集》（2），北京大學出版社1998年版，第149頁。

〔註37〕周作人：《中國新文學的源流》，河北教育出版社2002年版，第5頁。

〔註38〕鄭伯奇：《中國新文學大系·小說三集·導言》，載鄭伯奇編選：《中國新文學大系·小說三集》（影印本），上海文藝出版社2003年版，第8～12頁。

〔註39〕鄭振鐸：《文學的使命》，載《鄭振鐸全集》（第三卷），花山文藝出版社1998年版，第402頁。

「就在於通人類的感情之郵」。他還清算了兩種傳統的文學觀：娛樂派的文學觀，「是使文學墮落」；傳道派的文學觀，是「使文學陷於教訓的桎梏中」。為此，他大力倡導新文學觀：「文學是人生的自然的呼聲。人類情緒的流泄於文字中的，不是以傳道為目的，更不是以娛樂為目的，而是以真摯的情感來引起讀者的同情的。」〔註40〕這些觀點與葉聖陶是一致的。

有意思的是，身處新文化陣營之外的梁啟超在推崇情感這一點上倒是與葉聖陶不謀而合，從中也可以見出中國現代思想文化的複雜性。梁啟超到 20 世紀 20 年代以後大力標舉情感、趣味，他宣布：「天下最神聖的莫過於情感」，情感是「人類一切動作的原動力。」這是因為他認為「情感的性質是本能的，但他的力量，能引人到超本能的境界；情感的性質是現在的，但他的力量，能引人到超現在的境界」〔註41〕。梁啟超指出，「藝術是情感的表現，情感是不受進化法則支配的。不能說現代人的情感一定比古人優美，所以不能說現代人的藝術一定比古人進步」〔註42〕，這就已經突破了進化論的束縛。在此基礎上梁啟超把文章分為「記載之文」、「論辯之文」、「情感之文」三類，特別指出「情感之文」「美術性含的格外多，算是專門文學家所當有事」〔註43〕，其實就是以「情感」來為文學定性。

葉聖陶的情感本體論與梁啟超是極為接近的：他們都極為重視情感的作用，特別是把情感在文藝中的位置推到了最高點。但是，他們之間的分歧也是明顯的：葉聖陶自始至終也沒有把情感置於人類生活原動力的地位，相反，他認為生活是一切的泉源，因而思想與情感的源泉也只能是生活。這是葉聖陶文藝美學思想的首要原則，也可以說是他們之間的最大區別。當梁啟超把情感置於超科學的地位的時候，葉聖陶並沒有這麼做，他並不認為二者是截然分開並有高下之分的。此時的葉聖陶以情感為內容，以語言為形式，首先強調情感要素。但他並沒有因此忽視形式，而是要求二者都是和諧的自由的，體現出一種辯證的精神。葉聖陶強調的「情感」，並非是純感性的自然情感，

---

〔註40〕鄭振鐸：《新文學觀的建設》，載《鄭振鐸全集》（第三卷），花山文藝出版社1998 年版，第 435～436 頁。

〔註41〕梁啟超：《中國韻文裏頭所表現的情感》，載《飲冰室文集之三十七》，中華書局 1989 年版，第 71 頁。

〔註42〕梁啟超：《情聖杜甫》，載《飲冰室文集之三十八》，中華書局 1989 年版，第37 頁。

〔註43〕梁啟超：《作文教學法》，載《飲冰室專集之七十》，中華書局 1989 年版，第 2頁。

而是經過主體心靈選擇、過濾、沉澱之後的情感，是融合感性與理性的人生情感。這從「人生化」這個術語可以明顯看出來：「人生化」意味著立足人生，打破物我界限，也打破人我界限，獲得對於生命的深切體認。因此，這種情感本體論帶有鮮明的生命哲學色彩。不過葉聖陶固然受到過柏格森等人所代表的西方生命哲學影響，但他強調的心物合一、與造化同遊，顯然帶有更多的中國古代哲學的印記，尤其與道家的思想相契合。

在 20 年代，葉聖陶關注得更多的還是情感思想，也就是內容這一方面。在葉聖陶看來，言語的根本是情意，文藝的生命是情感，因而形式必須為表現內容服務：「不論何體，只要注目在形式之末，便易有瑣碎之嫌；只有摘句，難成佳篇。」〔註44〕葉聖陶曾經以舊詩與新詩的對照為例，強調要打破形式的桎梏：舊詩的形式「就是詩情詩思的桎梏，會把你完整活躍的情思弄成破碎而且滯鈍」，新詩運動的主旨「就是在精神上則要擺脫舊詩所犯的毛病，在形式上則要奪回被占的支配權，要絕對自由地驅遣文辭」〔註45〕。

葉聖陶之所以在當時如此強調打破形式的束縛，顯然與文學革命的要求是一致的。新文化運動的主將們發動了文學革命，而文學革命又是以胡適的《文學改良芻議》為發端，其中以白話文代替文言文的方案，便體現出胡適力圖從形式入手打破舊文學的思路。事實上，新文化運動也正是在這一點上取得了最大的成功。顯然，在胡適看來，舊的形式已經嚴重阻礙了文學的發展，是違背進化論要求的，必須使用白話文，才能傳達出現代人的思想情感，這樣才能創造出超越舊文學的新文學。所以，文學革命雖然是以形式革命為肇始，但根本上還是體現了思想革命的要求。所以葉聖陶在 20 年代著力強調自由抒發情感、表現人生，正是為了聲援新文學以對抗舊文學，這就要求打破形式的束縛，因而葉聖陶主張要自由地驅遣文辭。並且在新文學的草創時期，創作的貧乏、水平的低下也使葉聖陶不得不強調作者的人生觀，「作品差些還是其次」〔註46〕。

30 年代，葉聖陶開始注意到重內容輕形式的弊端，因而他與夏丏尊合編

〔註44〕 葉聖陶：《詩與對仗》，載葉至善等編：《葉聖陶集》（第 9 卷），江蘇教育出版社 2004 年版，第 161 頁。

〔註45〕 葉聖陶：《形式的桎梏》，載葉至善等編：《葉聖陶集》（第 9 卷），江蘇教育出版社 2004 年版，第 165～167 頁。

〔註46〕 葉聖陶：《文藝談》，載葉至善等編：《葉聖陶集》（第 9 卷），江蘇教育出版社 2004 年版，第 47 頁。

《國文百八課》時，「文章的處置全從形式上著眼」〔註47〕。40 年代以後，葉聖陶更為注重將形式和內容和諧地統一起來，他將關注的重心逐漸由情感轉向了語言，加上心理語言學的影響，在文學觀念上，他更傾向於將文學看作語言藝術，因為他認為語言是思維的工具，構思的過程就是形成語言的過程。雖然到 40 年代，葉聖陶仍然認為文學傳達的是文藝家的「所見」，即對生活的感受與認識，從根本上講也包含情感與思想，但他關注的重心已經轉到了語言，一再強調文學與語言文字的相關性。早在 1941 年，葉聖陶就已經提出「文藝是『運用文字』寫成的」〔註48〕，1947 年他進一步為文學定性：「文藝是運用語言文字的藝術。」〔註49〕到 1951 年葉聖陶強調內容形式一元論的時候，他甚至這樣斷言：「語言是文藝作者的唯一武器。……文藝就是組織得很愜當的一連串語言，離開了語言無所謂文藝。」〔註50〕而且，在 40 年代個性解放的高潮早已過去，取而代之的是抗日戰爭、民族民主解放運動，人民本位的思想得到知識分子普遍的接受。葉聖陶的民主主義思想與文學觀念也發展到了新的階段，雖然他仍提及情感，但談論得更多的則是思想；在文學創作上，葉聖陶更加注重反映時代、描寫人民。

葉聖陶曾多次提到「一派心理學者」的觀點：思想是不出聲的語言，語言是出聲的思想。思想的根據是語言，脫離語言就無法思想。思想與語言是一體的。〔註51〕因此，葉聖陶認為學習寫作是「學習思想」，要培養好的「語言習慣」，因為語言習慣與思想習慣是一致的〔註52〕。在葉聖陶看來，這些觀

---

〔註47〕 葉聖陶、夏丏尊：《關於〈國文百八課〉》，載葉至善等編：《葉聖陶集》（第 16 卷），江蘇教育出版社 2004 年版，第 31 頁。

〔註48〕 葉聖陶：《愛好和修養》，載葉至善等編：《葉聖陶集》（第 9 卷），江蘇教育出版社 2004 年版，第 112 頁。

〔註49〕 葉聖陶：《像樣的作品》，載葉至善等編：《葉聖陶集》（第 9 卷），江蘇教育出版社 2004 年版，第 135 頁。

〔註50〕 葉聖陶：《〈葉聖陶選集〉（開明版）自序》，載葉至善等編：《葉聖陶集》（第 18 卷），江蘇教育出版社 2004 年版，第 319 頁。

〔註51〕 參見葉聖陶：《如果我當教師》，載葉至善等編：《葉聖陶集》（第 11 卷），第 130 頁；《論中學國文課程的改訂》，載《葉聖陶集》（第 16 卷），第 52～53 頁；《習作是怎麼一回事》，載《葉聖陶集》（第 15 卷），第 120 頁；《文言的講解》，載《葉聖陶集》（第 14 卷），第 43 頁；《思想—語言—文字》，《葉聖陶集》（第 15 卷），第 99 頁；《文藝作者怎樣看待現代漢語規範化問題》，《葉聖陶集》（第 17 卷），第 239 頁。

〔註52〕 葉聖陶：《談文章的修改》，載葉至善等編：《葉聖陶集》（第 15 卷），江蘇教育出版社 2004 年版，第 117～118 頁。

點對於文學也是適用的：一、要「磨練思想感情」；二、「想著了什麼東西，要讓人知道，那就非創作不可」，想到的東西就是「存在心裏頭的意象」；三、「把意象化為語言文字就是文藝」〔註53〕。「文藝寫作該是這麼回事：就經歷過、體驗過，想像過的生活著著實實地想，把它想清楚，想得輪廓分明，鬚眉畢現」，「依靠語言來想，這是文藝寫作最基本的事兒」〔註54〕。

　　但是，如果僅止於此的話，文學創作與日常寫作也就沒有區別了。葉聖陶進而集中論述了兩個方面的問題：一、文學以語言為依託，把文學與其他藝術門類區分了開來，這意味著文學是「語言」的藝術；二、文學創作與鑒賞都離不開語言文字，依託語言文字，作品的豐富意義得以展現，這意味著文學是語言的「藝術」。就第一點而言，葉聖陶指出，「各種藝術都有必須依靠的手段，不依靠某種手段，就沒有某種藝術」，「文藝注定是依靠語言的藝術」〔註55〕。就第二點而言，在葉聖陶看來，「文字是一道橋樑。這邊的橋塊站著讀者，那邊的橋塊站著作者。通過了這一道橋樑，讀者才和作者會面。不但會面，並且瞭解作者的心情，和作者的心情相契合」〔註56〕。

　　「文字是一道橋樑」，葉聖陶對自己的這一主張作了詳細的解釋，從他的解釋來看，葉聖陶是從文學自身的藝術特性出發來強調語言文字的重要性的。首先，他把想像與語言文字聯繫了起來。在他看來，「作者著手創作，必然對於人生先有所見，先有所感。他把這些所見所感寫出來，不作抽象的分析，而作具體的描寫，不作刻板的記載，而作想像的安排。他準備寫的不是普通的論說文、記敘文；他準備寫的是文藝。……總之，作者想做到的是：寫下來的文字正好傳達出他的所見所感」；就讀者這方面來講，「讀者看到的是寫在紙面或者印在紙面的文字，但是看到文字並不是他們的目的。他們要通過文字去接觸作者的所見所感」〔註57〕。

---

〔註53〕葉聖陶：《文藝創作》，載葉至善等編：《葉聖陶集》（第9卷），江蘇教育出版社2004年版，第253～254頁。

〔註54〕葉聖陶：《文藝寫作必須依靠語言》，載葉至善等編：《葉聖陶集》（第9卷），江蘇教育出版社2004年版，第264～265頁。

〔註55〕葉聖陶：《文藝寫作必須依靠語言》，載葉至善等編：《葉聖陶集》（第9卷），江蘇教育出版社2004年版，第261頁。

〔註56〕葉聖陶：《文藝作品的鑒賞》，載葉至善等編：《葉聖陶集》（第10卷），江蘇教育出版社2004年版，第28頁。

〔註57〕葉聖陶：《文藝作品的鑒賞》，載葉至善等編：《葉聖陶集》（第10卷），江蘇教育出版社2004年版，第28頁。

　　顯然，葉聖陶在這裡強調的是文藝與普通文的區別：文藝作品的作者和讀者都不能拘於文字本身，而要發揮想像，在文字中寄寓或體會出深層的意義。葉聖陶曾經多次談到文藝與普通文之間的關係問題。在他看來，二者既有聯繫也有區別：聯繫在於它們的源泉都是生活，都是運用文字寫成的。區別主要有三點，也是文學的特點：一是文藝作品的主旨寄寓於形象之中；二是文藝家有所見；三是文藝講求藝術真實。這些也是文學與其他藝術門類的共通之處。葉聖陶提出文字是橋樑，並且具體地闡述了文藝與普通文在這一問題上的區別，顯然把他對文學與普通文的區別的看法又推進了一步。一方面他不僅繼續強調作者有所見，而且還指出作者是如何把所見化入作品之中；另一方面，葉聖陶是從作者和讀者兩方面進行分析，從溝通二者的角度著手指出文字對於文藝的重要性，這也是他在 20 年代所不曾提到的，意味著葉聖陶對於接受這一維度更為重視了。其實對於普通文來說，文字也可以是連接作者與讀者的橋樑。作者同樣要把自己的見聞感受通過文字表達出來，而讀者也是通過閱讀文章來理解作者的見聞感受。因此，這裡的關鍵就在於「想像」。葉聖陶早在 20 年代發表的《文藝談》中就指出文藝家在觀察世界時要動用直覺、想像，這也是童心的體現。可見葉聖陶是把想像當作文藝家的運思方式。

　　但是，葉聖陶在 20 年代是從創作心理的角度探討想像問題，還沒有揭示想像與語言文字的關係問題。這也就是說，他當時還沒有把文學與其他藝術完全區分開來。在這一點上，鄭振鐸的意見值得重視。他在 1921 年就指出，文學與別的藝術不同的地方有幾點，其中第一點就是「文學是想像的」。在他看來，圖畫、雕刻是「描寫」的「表現」，而文學是「想像」的「表現」，這是因為它們的媒介物不一樣。文學使用的是文字，「文字無論用得如何精巧，終須經過作者的腦中，由他用他的想像把它們組合起來，以表現出他所要表現的東西；並不是直接描寫原物」。鄭振鐸由此認為，文學作品表現的東西，是經過了作者的精神洗禮的，因此，「文學作品裏所表現的東西——人的行動與景物——比雕刻、圖畫等似乎更足以動人，更表現得有精神並且生動。」〔註58〕在《文藝作品的鑒賞》這篇文章中，葉聖陶對想像與語言文字的關係問題作出了回答。在他看來，文藝作品往往「說出來的只是一部分罷了，還有一部分所謂言外之意、弦外之音，沒有說出來，必須驅遣我們的想像，才能夠

---

〔註58〕鄭振鐸：《文學的定義》，載《鄭振鐸全集》（第三卷），花山文藝出版社 1998 年版，第 393 頁。

領會它」〔註59〕。作者是驅遣著想像來組織文字，而讀者則是經由文字來發揮想像，關鍵都在於「言外之意」。其實中國古人對言外之意也發表了不少的見解，特別是「意境」與言外之意的關係極為密切。例如唐代的皎然提出「採奇於象外」、「文外之旨」；劉禹錫提出「境生於象外」；司空圖提出「韻外之致」、「味外之旨」、「象外之象，景外之景」。可見在中國古典「意境」論的發展歷程中，作品的言外之意得到了越來越多的重視，成為一種美學追求。葉聖陶的觀點顯然與之一脈相承，但是他能夠從心理學的角度用「想像」加以揭示，這一點是值得肯定的。

其次，葉聖陶把生活與語言文字聯繫了起來。葉聖陶認為，文藝作品可以分為「言外」和「言內」，「言內」就是「語言文字本身所有的意義和情味」。對於文藝作品來說，「語言文字必然是作者的旨趣的最貼合的符號。作者的努力既然是從旨趣到符號，讀者的努力自然是從符號到旨趣」。從這一意義上講，文字是連接作者與讀者的橋樑。這一觀念其實在劉勰的《文心雕龍》中已經得到了明確的表述：「夫綴文者情動而辭發，觀文者披文以入情，沿波討源，雖幽必顯。世遠莫見其面，覘文輒見其心。」與劉勰不同的是，葉聖陶強調文藝鑒賞要從透切地瞭解語言文字入手，提出「語感」的重要性，而語感必須從生活中來：「必須在日常生活中隨時留意，得到真實的經驗，對於語言文字才會有正確豐富的瞭解力。換句話說，對於語言文字才會有靈敏的感覺。這種感覺通常叫做『語感』。」葉聖陶在這一點上贊同夏丏尊的看法，從而把生活作為語感的根基：「唯有從生活方面去體驗，把生活所得的一點一點積聚起來，積聚得越多，瞭解就越深切。直到自己的語感和作者不相上下，那時候去鑒賞作品，才真能夠接近作者的旨趣了。」〔註60〕

再次，葉聖陶是從語言學來探討文字的橋樑作用。40年代以後，葉聖陶轉向心理語言學，他認為文藝作者動腦筋，搞創作，這是一種思維活動。「思維活動決不是空無依傍的，必須依傍語言材料才能想。……所以思維活動的過程同時就是語言形成的過程」。因此，「文藝作品是作者思維活動的成果，思維活動的固定形式，也就是寫在紙面上的語言——文字」，作者要傳達所見給讀者、讀者要瞭解作者，只有靠文字，所以「這些寫在紙面上的語言是作者讀者心心相

〔註59〕 葉聖陶：《文藝作品的鑒賞》，載葉至善等編：《葉聖陶集》（第10卷），江蘇教育出版社2004年版，第32頁。
〔註60〕 葉聖陶：《文藝作品的鑒賞》，載葉至善等編：《葉聖陶集》（第10卷），江蘇教育出版社2004年版，第32～35頁。

通的唯一的橋樑」〔註61〕。此時葉聖陶再次提到文字的橋樑作用，但他已經是從思維與語言的關係入手來探討問題，同時也暗含了這樣的觀念：文學鑒賞與批評最重要的依據還是作品本身。正因為文字是橋樑，同時語言又是社會的產物，因而作者在語言運用問題上必須做到正確、規範。作品一經產生，會對讀者產生影響，葉聖陶認為，這種影響體現在兩個方面：一是思想習慣的訓練，「要達到徹底的瞭解，得用分析的工夫，辨認作者思想發展的途徑，這個工夫同時就訓練了咱們的思想習慣」；二是語言習慣的訓練，他認為思想與語言是一體的，思想習慣好也就是語言習慣好，因而對作品來說，「咱們跟作者之間的唯一的橋樑是語言文字，咱們憑藉語言文字瞭解作者所想的所感的，……注意他怎樣運用語言文字，同時就訓練了咱們的語言文字的習慣」〔註62〕。葉聖陶特別強調好的文學作品「必然合乎運用語言的規範，同時它的語言的準確、精密、生動超過一般的語言，所以它本身又是運用語言的規範」，因而文學教學不僅擔負思想教育的責任，「同時也擔負語言教學的責任」〔註63〕。

　　葉聖陶對於語言很重視，他指出思維、語言、文字的一體化，語言就是思想的外化，修改語言就是修改思想〔註64〕。他顯然在一定程度上已經意識到了「語言文字決不僅是純粹形式的東西，某種形式裝不進某種內容，某種形式帶來了某種內容，是常見的事兒」〔註65〕。他在探討白話與文言問題時就表示，「文言經歷代的運用，不只是一種形式，其間也流蕩著一種精神，一種承襲封建傳統的非現代的精神。……文言並不是純工具，你要運用它，就不能不多少受它的影響，更改你的意，甚至違反你的意。……白話也不是純工具，新的文體必然帶來一種新的精神」〔註66〕。葉聖陶對語言的獨立地位

---

〔註61〕葉聖陶：《關於使用語言》，載葉至善等編：《葉聖陶集》（第9卷），江蘇教育出版社2004年版，第266～267頁。

〔註62〕葉聖陶：《大學一年級國文的教學目標和學習方法》，載葉至善等編：《葉聖陶集》（第13卷），江蘇教育出版社2004年版，第144頁。

〔註63〕葉聖陶：《文藝作者怎樣看待現代漢語規範化問題》，載葉至善等編：《葉聖陶集》（第17卷），第236～237頁。

〔註64〕葉聖陶：《談文章的修改》，載葉至善等編：《葉聖陶集》（第15卷），第116～118頁。另見葉聖陶：《和教師談寫作》《寫之前和寫之後》，載《葉聖陶集》（第15卷），第160頁，第190頁。

〔註65〕葉聖陶：《擴大白話文的地盤》，載葉至善等編：《葉聖陶集》（第17卷），江蘇教育出版社2004年版，第11～12頁。

〔註66〕葉聖陶：《「五四」文藝節》，載葉至善等編：《葉聖陶集》（第6卷），江蘇教育出版社2004年版，第140頁。

與文化意義有所察覺，因而他始終不曾忽視形式問題，要求內容與形式達到和諧的境地。

## 二、文學與科學

　　經由文學與科學的區別來探究文學的本質是中國現代文論的一大特色，這是西方思想文化影響的結果。「五四」時代輸入的科學與民主思潮，成為新文化陣營反對舊思想舊文化的兩面旗幟，也深深影響了中國文學與文學觀念的變革。以科學的精神研究人生，成為文學創作的一種指導思想，以科學態度研究文學，也成為一時的風尚。特別突出的一點就是當時的新文學陣營普遍是以「真」作為文學的標尺，這也是科學精神的體現。但就科學本身而言，它畢竟不同於文學。因此，隨著新文學創作與研究的深入，文學與科學的區別開始得到了越來越多的關注。

　　鄭振鐸對於文學與科學的關係問題發表了這樣的見解：「文學與科學是極不相同的。文學本是藝術的一種。」在他看來，文學與科學的區別主要有兩點：一、「文學是訴諸情緒，科學是訴諸智慧」；二、「文學的價值與興趣，含在本身，科學的價值則存於書中所含的真理，而不在書本的本身」。他由此得出結論：「文學是人們的情緒與最高思想聯合的『想像』的『表現』，而它的本身又是具有永久的藝術的價值與興趣的。」〔註67〕葉聖陶也發表了他對於這一問題的看法。在探討文學的永久性時，他先是引述他人的觀點：首先，講述科學真理的方式或書籍可以變化，但科學的真理是不變的、客觀存在的。文學就不同，文學是依靠「形象」來記敘事物、發抒情感的，「所以文學的內容和形象是拆不開的，也可以說內容就寄託在形象裏頭。……文學的永久性就從這一點上顯示出來。離開了作家所選定的形象就無所謂文學」。〔註68〕其實，在20年代，葉聖陶本人也發表過類似的意見。在《文藝談》中，他指出，文藝的目的在表現人生，文藝家的責任就是要保留人世間美妙的思想言語，但是保留不是指照樣記錄，「他應將所得的材料加以剪裁、增損、修飾種種工夫，所謂藝術的製煉，使那些裏面含有自己的靈魂，一面卻仍不失原來的精神。那些材料經這麼一來，已固定在一個最完善的方式裏，加入了普遍和永

---

〔註67〕鄭振鐸：《文學的定義》，載《鄭振鐸全集》（第三卷），花山文藝出版社1998年版，第390～394頁。

〔註68〕葉聖陶：《所謂文學的「永久性」是什麼？》，載葉至善等編：《葉聖陶集》（第9卷），江蘇教育出版社2004年版，第106頁。

久的性質，在文藝界裏就有了位置了」〔註69〕；其次，科學知識一經弄明白，就成為個人知識的一部分。文學就不同：「文學具有訴於情緒的力，情緒不能持續下去，像知識的永為個人所保有一樣，但可以重行激起，……一篇文學對於某一個人，往往被讀到許多回，又有人終身愛讀某一種文學，就由於這個緣故。在這一點上，也就顯示了文學的永久性。」葉聖陶基本上贊同這種意見，他對這一問題的看法與鄭振鐸其實是一致的。但他認為，對於「永久性」問題要審慎對待，不能認為就是「萬古不磨」、「與天地同壽」，「所謂永久性，簡單說來，無非指明文學的形跟質不可分，所以二者必須同存罷了；無非指明文學訴於情緒，所以人往往不厭兩回三回地去親近它罷了」。〔註70〕這就把問題的探討引向了深入，從中體現的仍是葉聖陶以生活為根基的文學觀，而且他強調生活是變化的，具有時代性。

首先看葉聖陶對科學與文學所作的區分：就文學自身而言，文學的形與質不可分，必須同時並存。這一說法的確觸及到了文學的本質特徵，因為文學是以具體生動的描繪來傳達作者對社會生活的認識與感受，作者的情感思想就寄寓於語言、結構、形象之中，而且形式與內容的選擇也體現出了作家的個性與審美情趣。葉聖陶一再強調作品是個有機整體，內容與形式、整體與部分都是不可分割的。相比之下，科學以揭示真理為目的，並不需要表現出情感、個性與審美特徵，科學追求的是客觀、準確、嚴密。正因為文學作品的內容與形式不可分離，因而每一部成功之作都是獨一無二、不可替代的。

其次，文學訴諸情緒。葉聖陶曾一再指出，文學是人的內心情感的流露，文藝家雖然以自然界和社會做創作的材料，但是文藝家決不是被動地記錄，而是要表現「時代的精神現象」，這樣才能「感人之心」並引人「入於向上之路」〔註71〕，這樣文藝才真正達到了目的。科學只需達到使人知的目的即可，也就是說科學是作用於人的知能而非訴諸情緒。正因為文學訴諸情緒，文學作品凝聚的是作家對於社會人生的感受，因而作用於讀者，在他們身上一次次地喚起類似的感受，這就是文學作品為什麼具有超越時空的藝術魅力的原因。

---

〔註69〕葉聖陶：《文藝談》，載葉至善等編：《葉聖陶集》（第9卷），江蘇教育出版社2004年版，第11頁。
〔註70〕葉聖陶：《所謂文學的「永久性」是什麼？》，載葉至善等編：《葉聖陶集》（第9卷），江蘇教育出版社2004年版，第107頁。
〔註71〕葉聖陶：《文藝談》，載葉至善等編：《葉聖陶集》（第9卷），江蘇教育出版社2004年版，第56～57頁。

　　那麼，葉聖陶是否反對鄭振鐸的觀點呢？並非如此。鄭振鐸和葉聖陶都談到了文學的永久性問題，但他們探討問題的背景和各自的出發點並不完全相同。鄭振鐸是在 1921 年 5 月 10 日的《文學旬刊》上發表他的這篇《文學的定義》，而葉聖陶是在 1935 年 7 月涉足這一問題的。鄭振鐸這篇文章是從探究文學的性質入手來追問文學的定義，他對文學與科學所作的區分，主要是基於這一信念：「文學本是藝術的一種。」〔註 72〕這一努力意義重大，因為它既是把文學從傳統的經史子集中解放出來，也力圖使文學與科學成為各自獨立的領域，使文學獲得正常的發展。中國古代所講的「文學」，是一個非常龐雜的概念。以文學革命為肇端的新文化運動興起以後，探尋文學的本質就成為新文化者努力的方向之一。但在當時，文學還與文章、學術這些概念糾結在一起，新文學處於艱難的成長時期。因此，鄭振鐸此舉，既是為了廓清人們對文學的誤解，探尋文學的本質，同時也是為了強調文學的地位與價值，為新文學的發展開闢道路。因而他認為文學是有永久的藝術價值與興趣的。

　　葉聖陶所處的情況就不同。他寫這篇文章是在 30 年代中期，革命文學正進行得如火如荼，現代意義上的文學觀念早已得到普遍接受。但是國內「尊孔讀經」、「復興文言」的復古思潮也甚囂塵上，在這種情形下，葉聖陶義正詞嚴地指出，沒有萬古不磨的文學，文學是有時代性的，人們需要的是貼近時代的文藝。這是從文學與時代、生活的關聯上揭示文學的特徵。另一方面，葉聖陶在當時主編《中學生》等雜誌，為廣大青少年的成長著想，他努力「把握住青年人的情緒和需要」，使《中學生》「緊密地滲透在那個時代青年人的生活、知識與思想當中」〔註 73〕。從這一點來看，葉聖陶強調文學的時代性也是有現實的原因的。葉聖陶肯定的是文學的內容與形式不可分離、文學訴諸情緒這兩大特徵，這也是藝術的特徵。可以看出葉聖陶與鄭振鐸一樣，都是首先強調文學作為藝術的本質屬性。但是葉聖陶出於實際的需要，重點是強調文學的時代性，要求文學作品要貼近當前時代，貼近讀者的生活，這一點與鄭振鐸還是不同的。

---

〔註 72〕鄭振鐸：《文學的定義》，《鄭振鐸全集》（第三卷），花山文藝出版社 1998 年版，第 390 頁。

〔註 73〕王天一：《你所知道自己》，轉引自商金林：《葉聖陶傳論》，安徽教育出版社 1995 年版，第 498 頁。

## 三、文學與文章

　　葉聖陶在談論文學問題時，往往是從文章學的角度來分析。但他所談的文章已不同於中國古代的雜文學，不是經史子集統而不分的整體，而是現代意義上的文章體系，並且他所運用的也是現代的科學方法。這種探究的意義首先在於葉聖陶意識到「文學」並非是一個不證自明的概念，而是歷史的產物，其內涵與外延是變動的，「文學」是一個根據需要被建構起來並被賦予意義的對象：「五四運動以前，國文教材是經史古文，顯然因為經史古文是文學。……『五四』以後，通行讀白話了，教材是當時產生的一些白話的小說、戲劇、小品、詩歌之類，也就是所謂文學。」〔註74〕其次，葉聖陶從文章入手探究文學本質，也體現出時代的特色。在晚清時代，文學變革的現狀促使理論家深入探究文學的本質，從而對純文學的認識有了很大進展。葉聖陶本人也是一位作家，還主編過文學刊物，對文學的本質有著更為自覺的探尋；另一方面，文學特質的凸顯也與新式教育對學科知識分類的要求密切相關。王國維曾指出，「學有三大類：曰科學也，史學也，文學也」，處於科學與史學之間，「而兼有玩物適情之效者，謂之文學」。「若夫文學，則有文學之學（如《文心雕龍》之類）焉，有文學之史（如各史「文苑傳」）焉」〔註75〕。中國引進了西方、日本的教育體制，相應的學科體制得以建立，「文學」也開始作為學科進入了新式課堂。在此情形之下，如何劃分文學與非文學的界限，就成為現代教育的要求。葉聖陶本人作為一名教育家，對此也進行了艱辛的探索。他對文學問題的看法往往是根據實際的需要而有所調整。因此，從文章學入手探討文學，其實是葉聖陶從文學、教育等多個角度觀照文學問題而導致的結果。再次，從文章入手研究文學也是現代科學精神的體現。「文章」已不是傳統的雜文學體系，文學也擺脫了經學的束縛而具有了獨立的地位。

　　「五四」時代，如何準確界定文學與非文學，依然是一個時代的難題，其中爭議最大的，就是文學之文與應用之文之間的關係問題。1916 年，胡適寫成《文學改良芻議》寄與陳獨秀，陳獨秀寫了回信，提出：「文學之文，與應用之文不同，上未可律以論理學，下未可律以普通文法。其必不可忽視者，

---

〔註74〕葉聖陶：《國文教學的兩個基本觀念》，載葉至善等編：《葉聖陶集》（第 13 卷），
　　　　江蘇教育出版社 2004 年版，第 46～47 頁。

〔註75〕王國維：《〈國學叢刊〉序》，載姚淦銘、王燕編：《王國維文集》（第四卷），
　　　　中國文史出版社 1997 年版，第 365 頁。

修辭學耳。」「若專求『言之有物』,其流弊將毋同於『文以載道』之說?……
竊以為文學之作品,與應用文字作用不同。其美感與伎倆,所謂文學美術自
身獨立存在之價值,是否可以輕輕抹殺,豈無研究之餘地?」〔註76〕對「文
以載道」的抨擊是新文化運動主將的一致姿態,1917 年劉半農在《新青年》
發表《我之文學改良觀》,提出「夫文學為美術之一,固已為世界文人所公認」,
顯然是以「美」為文學的特質。他進而以西方區分「文字」(Language)與「文
學」(Literature)的辦法來界定文學,並且不贊成陳獨秀把「文學之文」與「應
用之文」對立起來。〔註77〕對此,陳獨秀在該文的「附識」中表示,「劉君所
定文字與文學之界說,似與鄙見不甚相遠。鄙意凡百文字之共名,皆謂之文。
文之大別有二:一曰應用之文,一曰文學之文。劉君以詩歌、戲曲、小說等
列入文學範圍,是即余所謂文學之文也。以評論文告日記信札等列入文字範
圍,是即余所謂應用之文也」〔註78〕。另一方面,章太炎認為「文者,包絡
一切著於竹帛者而為言」〔註79〕,這其實是一種最為寬泛的「文」的觀念。
胡適對此表示贊同:「這種見解,初看去似不重要,其實很有關係。有許多人
只為打不破這種種因襲的區別,故有『應用文』與『美文』的分別;有些人
竟說『美文』可以不注重內容;有的人竟說『美文』自成一種高尚不可捉摸,
不必求人解的東西,不受常識與論理的裁制!」〔註80〕此前在答覆錢玄同「什
麼是文學」時,胡適就已經表示,「我不承認什麼『純文』與『雜文』。無論
什麼文(純文與雜文韻文與非韻文)都可分作『文學的』與『非文學的』兩
項」〔註81〕。在胡適看來,所謂文學之文與應用之文其實都是起於應用,從
「言之有物」的立場出發,他也認為二者沒有根本的區別。顯然新文化運動
的主將們還沒有在文學之文與應用之文的區分上取得一致意見。

---

〔註76〕 任建樹等編:《陳獨秀著作選》(第一卷),上海人民出版社 1984 年版,第 219
～220 頁。

〔註77〕 劉半農:《我之文學改良觀》,載胡適編選:《中國新文學大系・建設理論集》
(影印本),上海文藝出版社 2003 年版,第 63～64 頁。

〔註78〕 胡適編選:《中國新文學大系・建設理論集》(影印本),上海文藝出版社 2003
年版,第 73 頁。

〔註79〕 章太炎:《國故論衡・文學總略》,載郭紹虞主編:《中國歷代文論選》(第四
冊),上海古籍出版社 2001 年版,第 306 頁。

〔註80〕 胡適:《五十年來中國之文學》,歐陽哲生編:《胡適文集》(3),北京大學出
版社 1998 年版,第 229 頁。

〔註81〕 胡適:《什麼是文學——答錢玄同》,歐陽哲生編:《胡適文集》(2),北京大
學出版社 1998 年版,第 151 頁。

　　葉聖陶對文學與文章關係問題的探討就是在這種錯綜複雜的狀況中展開的。1924 年，葉聖陶在《作文論》中明確地提出了普通文與文學的關係問題。在他看來，二者的界限不清楚，不易劃分：「若論它們的原料，都是思想、情感。若論技術，普通文要把原料表達出來，而文學也要把原料表達出來。」〔註82〕葉聖陶列舉了當時關於普通文與文學差異的兩種界說並一一進行反駁。第一種界說是從程度上區分二者，以胡適的觀點為代表：「達意達得好，表情表得妙，便是文學。」〔註 83〕葉聖陶認為，就作者而言，其實難以先作定論，須待完成時才能衡量；況且「好」與「妙」的標準也很含糊。第二種界說認為「普通文指實用的而言」。葉聖陶提出反對意見：文學作品「在作者可以留?象，取快慰，在讀者可以興觀感，供參考」，也有實用價值，而實用的文章已有不少「被認為文學了」。就作者方面想，更沒有劃分普通文與文學的必要。葉聖陶認為，「它們的劃分是模糊的，泉源只是一個」。〔註84〕

　　由此，葉聖陶所理解的文體就包括了一切文章在內。在談到文體問題時，他依據包舉、對等、正確的三原則，按照作者所寫的材料與要寫作的標的，提出了「敘述文」、「議論文」、「抒情文」的三分法。文學作品就包含在這三種體裁之中，但不專屬於某一類。這種分類法與梁啟超的文體觀念有密切的聯繫。在論述「敘述」時，葉聖陶就表示「此章持論與舉例，多數採自梁啟超《中學以上作文教學法》」〔註85〕。眾所周知，梁啟超在該文中將文章分為記述與論辨兩大類，分類標準是文章的內容（對象）〔註 86〕。葉聖陶所持的分類標準，也可以歸為文章內容。

　　事實上，早在 1916 年，在與陳文鍾合寫的《國文教授之商榷》一文中，

---

〔註82〕葉聖陶：《作文論》，載葉至善等編：《葉聖陶集》（第 15 卷），江蘇教育出版社 2004 年版，第 15 頁。

〔註83〕胡適：《什麼是文學——答錢玄同》，歐陽哲生編：《胡適文集》（2），北京大學出版社 1998 年版，第 149 頁。

〔註84〕葉聖陶：《作文論》，載葉至善等編：《葉聖陶集》（第 15 卷），江蘇教育出版社 2004 年版，第 15～16 頁。

〔註85〕葉聖陶：《作文論》，載葉至善等編：《葉聖陶集》（第 15 卷），江蘇教育出版社 2004 年版，第 31 頁。

〔註86〕梁啟超：《中學以上作文教學法》，載夏曉虹：《〈飲冰室合集〉集外文》（中），北京大學出版社 2005 年版，第 873 頁。同時，梁啟超在《作文教學法》中提出：「文章可大別為三種：一、記載之文，二、論辯之文，三、情感之文。」但是梁啟超考慮到「第三種情感之文，美術性含的格外多，算是專門文學家所當有事，中學學生以會作應用之文為最要」，他只講了前兩種。載《飲冰室合集·專集之七十》，中華書局 1989 年版，第 2 頁。

葉聖陶就在論「篇法」時將文章體裁分為敘記體、說明體、論說體三種〔註 87〕；到 1919 年，葉聖陶提出「文字大別，不出抒情論敘二類」〔註 88〕。因此，1924 年的提法其實是他對以往分類法的總結。1938 年，葉聖陶與夏丏尊合著《國文百八課》，對文體的看法是：以記敘文與論說文為兩大類型，其中又各自分出記述文、敘述文與說明文、議論文兩小類。〔註 89〕

　　無論怎樣分類，葉聖陶依據的標準其實沒有變。但是，他所作的這種分類，過多地強調內容，相對忽視了形式等因素，顯得不夠全面，特別是詩的歸類就不好辦。

　　文章體裁中文學歸類的困難從根本上講還是因為葉聖陶本人對「文體」的理解存在問題。他對文體作過這樣的界定：「我所謂文體，係指記狀、敘述、解釋、議論等基本體式而言。……我所謂文體，又指便條、書信、電報、廣告、章程、意見書等實用文的體式而言。」〔註 90〕這種廣義的文體觀顯然還缺少科學的依據與明確的標準。

　　但是，另一方面，葉聖陶也注意到了從新文化運動開始，文學包含的主要是小說、戲劇與詩歌，還有「文學的散文」〔註 91〕。這主要是從狹義的文體即文學文體的角度加以劃分，葉聖陶也認可這種劃分。如此一來，他就是從廣義文體與狹義文體的雙重角度來審視文學，有得有失。

　　葉聖陶並不是要取消文學，事實上他對文學的特性也進行了深入的思考，將文學與文章進行比較，他認為文學的特性之一就是文藝家要有所「見」。1935 年，葉聖陶在《小說跟實事的記錄》中已經提到小說不同於報紙的記載，後者只記錄事實，而小說「也敘述一些事情，可是小說的精魂在於作者對於社會和人生有『所見』」〔註 92〕。1943 年，葉聖陶在《以畫為喻》這篇文章中

---

〔註 87〕 葉聖陶、陳文鍾：《國文教授之商榷》，載葉至善等編：《葉聖陶集》（第 14 卷），江蘇教育出版社 1992 年版，第 6～7 頁。

〔註 88〕 葉聖陶、王鍾麒：《對於小學作文教授之意見》，載葉至善等編：《葉聖陶集》（第 15 卷），江蘇教育出版社 2004 年版，第 3 頁。

〔註 89〕 葉聖陶、夏丏尊：《國文百八課》，載葉至善等編：《葉聖陶集》（第 16 卷），江蘇教育出版社 2004 年版，第 197～198 頁。

〔註 90〕 葉聖陶：《我的答語──關於〈開明國語課本〉》，載葉至善等編：《葉聖陶集》（第 16 卷），江蘇教育出版社 2004 年版，第 16 頁。

〔註 91〕 葉聖陶：《關於小品文》，載葉至善等編：《葉聖陶集》（第 9 卷），江蘇教育出版社 2004 年版，第 105 頁。

〔註 92〕 葉聖陶：《小說跟實事的記錄》，載葉至善等編：《葉聖陶集》（第 9 卷），江蘇教育出版社 2004 年版，第 189 頁。

詳細闡述了他的這一觀念：如果是為表出「所見」而畫圖，「這一類圖，繪畫的動機不為實用，可以說無所為。但也可以說有所為，為的是表出咱們所見到的一點東西」，畫這類的圖要滿足的首要條件就是：「見到須是真切的見到。……沒有真切的見到，實際就是無所見」，真切的見到就是「必須要把整個的心跟事物相對，又把整個的心深入事物之中，不僅認識它的表面，而且透達它的精蘊，才能夠真切地見到些什麼。有了這種真切的見到，咱們的圖才有了根本，才真個值得動起手來。」葉聖陶其實是以畫論文：出於實用的動機是寫普通文，為表出「所見」是文藝創作：「文藝跟普通文字原來是同類的東西，不過多了咱們內心之所見。」〔註93〕

從葉聖陶的論述可以看出，他所強調的「所見」，是要求人深入萬物內在的生命，實現物我交融，這樣才能夠從中體會到內在的實質、生命的真義。這一觀念經歷了一個歷史的發展過程：

首先，葉聖陶雖然是30年代才提出「所見」，但他在20年代就已經指出了物我交融的重要性。1921年，葉聖陶發表了《文藝談》，提出文藝家要「在外面的觀察之外，從事於深入一切的內在的生命的觀察」，所以真的文藝家「一定抱與造物同遊的襟懷，他的心就是宇宙的心」。這種觀察方法與分析的觀察法是不同的，是要用「心」、「靈感」去領會，講究「直覺」，此時葉聖陶還是從觀照人生的角度來談論「所見」。葉聖陶之所以如此強調「所見」，是因為他發現當時有不少作品都僅僅只是講述一個故事，作者即以之為小說。這樣的作者顯然沒有深入觀察生活，沒有獲得深切的體會與感受，只是抱著玩戲或消遣的態度。葉聖陶認為，「這些小說，以我籠統的見解而為論斷，其作者與作品常常分離，不相應合。故其所表現每為事事物物之表面，而不能抉其內心」。〔註94〕

其次，葉聖陶在20年代還一再強調文學與非文學沒有必然的區別，因為界限難以劃分，實用也不是很好的區分標準。「從作者方面講，更沒有劃分的必要」，而且它們的「泉源只是一個」。〔註95〕但是到30年代，他在指出二者之間聯繫的同時，也注意到二者之間的區別，並且是把「所見」作為一個最

---

〔註93〕葉聖陶：《以畫為喻》，載葉至善等編：《葉聖陶集》第9卷，江蘇教育出版社2004年版，第220～222頁。

〔註94〕葉聖陶：《文藝談》，載葉至善等編：《葉聖陶集》（第9卷），江蘇教育出版社2004年版，第19～36頁。

〔註95〕葉聖陶：《作文論》，載葉至善等編：《葉聖陶集》（第15卷），江蘇教育出版社2004年版，第15～16頁。

重要的因素。在他看來，小說與報紙的記載的根本區別就在於作者是否有所見：「小說也敘述一些事情，可是小說的精魂在於作者對於社會和人生有『所見』。這『所見』就在他所敘述的事情中間表現出來，除了敘述事情，他不再說一句多餘的話。因為如此，作者必得把許多人物湊合起來成為他小說中的人物，把許多事情湊合起來成為他小說中的故事；換一句話說，就是他必得憑他的經驗跟想像創造他的人物跟故事」〔註96〕。這一見解十分重要，因為葉聖陶已經開始把是否有「所見」作為區分文學與非文學的根本標誌，「所見」是文藝作品具有藝術價值的保證。在他看來，雖然小說是虛構的，但是只要作者有所見，就能夠比報紙的記載有「更廣義的真實性」〔註97〕，這顯然就是指藝術真實。

再次，到40年代，葉聖陶進一步突出了「所見」的重要性。他認為，小說家寫小說，「最基本的欲望卻在把他們之『所見』告訴人家」〔註98〕。那麼什麼是「所見」？葉聖陶解釋道，「所見」就是「從生活經驗中得來的某種意思」，這可以理解為作者對人生的體會、見解、感受等。在文學創作中，「『所見』便是題旨」，如果沒有「所見」而寫小說，寫出了的就不是小說，只是實錄或虛構的敘事文。在文學創作中，「『所見』是抽象的意思，寫成了小說，便是具體的故事，其中卻含蓄著發揮著那抽象的意思：這是小說和敘事文的根本不同處」。即使有了「所見」，但如果直接寫出來，那就是議論文。小說和議論文的不同在於小說家「藉故事來發揮」，將「所見」「含蓄在故事裏頭」。這樣做的目的，是為了使讀者感動，也為了使讀者讀了故事而見到小說的「所見」。〔註99〕葉聖陶探討了「所見」應如何體現在文藝作品中，這就把問題引

---

〔註96〕葉聖陶：《小說跟實事的記錄》，載葉至善等編：《葉聖陶集》（第9卷），江蘇教育出版社2004年版，第189頁。另外，葉聖陶把小說歸入記敘文一類，但是他也指出了記敘文與小說之間存在區別，這就是「據實紀錄的記敘文以記敘為目的，只要把現成事物告訴人家，沒有錯誤，沒有遺漏，就完事了。出於創造的小說卻以表出作者所看出來的一點意義為目的，而記敘只是它的手段。這是記敘文和小說的分別」。這裡所說的同樣也是作者的「所見」。見《國文百八課》，載葉至善等編：《葉聖陶集》第16卷，第346頁。
〔註97〕葉聖陶：《小說跟實事的記錄》，載葉至善等編：《葉聖陶集》（第9卷），江蘇教育出版社2004年版，第190頁。
〔註98〕葉聖陶：《〈吶喊〉指導大概》，載葉至善等編：《葉聖陶集》（第14卷），江蘇教育出版社2004年版，第32頁。
〔註99〕葉聖陶：《〈吶喊〉指導大概》，載葉至善等編：《葉聖陶集》（第14卷），江蘇教育出版社2004年版，第232～233頁。

到了更為深入而具體的層面。

最後，葉聖陶對「所見」的不同階段作了區分。在葉聖陶看來，文章可以分為兩類：一類是普通文字，一類是文藝。普通文章的寫作目的，一是傳授知識，二是報告事實。文藝則還有目的：「它除了傳授和報告之外，還有一個目的，而且是主要的目的，那就是表示出己之所見。」「文學的好壞並不在它是文言還是白話，也並不在其新舊，卻在作者有所見沒有。⋯⋯不但要有所見，還要見得深切精密」〔註 100〕。葉聖陶進而指出，即使是有所見，也有不同的階段：「有時僅止於抽象的階段，⋯⋯有時卻到了具體的階段，⋯⋯必須是具體的有所見，寫下來的文藝才可以比較像樣。」〔註 101〕那麼讀者為什麼可以見到作者的「所見」？葉聖陶認為原因就在「人同此心，心同此理」，因而文藝家所要做到就是「把從那裡見到某些東西的一部分生活告訴人家，讓人家自己去跟那一部分生活打交道」〔註 102〕。

葉聖陶所談的「見」，注重直覺、物我交融，這與中國古代美學有密切的關聯。莊子就提到了「遊」與「物化」的問題，嚮往的是一種純任自然的人生境界。鍾嶸在《〈詩品〉序》中提到「觀古今勝語，多非補假，皆由直尋」，「直尋」即直接抒寫。明代李贄提出的「童心」說、清代王夫之在《夕堂永日緒論內編》中提出的「即景會心」與「現量」、王國維提到的「不隔」、「赤子之心」〔註 103〕，都是注重直觀的把握與生命的體驗。朱光潛先生也十分重視「見」，在他看來，「無論是欣賞或是創造，都必須見到一種詩的境界。這裡『見』字最緊要。凡所見皆成境界，但不必全是詩的境界。一種境界是否能成為詩的境界，全靠『見』的作用如何」。朱光潛進一步指出，「詩的『見』必為『直覺』」，並且「所見意象必恰能表現一種情趣」，即景與情的契合〔註 104〕。朱光潛在這裡主要是借用了克羅齊的「直覺」說，而葉聖陶談到的「直覺」則主要是借用了柏格森的概念，但其實更多的還是來自中

〔註 100〕葉聖陶：《文藝寫作漫談》，《葉聖陶》（第 9 卷），江蘇教育出版社 2004 年版，第 235～238 頁。

〔註 101〕葉聖陶：《像樣的作品》，載葉至善等編：《葉聖陶集》（第 9 卷），江蘇教育出版社 2004 年版，第 134～135 頁。

〔註 102〕葉聖陶：《文藝寫作必須依靠語言》，載葉至善等編：《葉聖陶集》（第 9 卷），江蘇教育出版社 2004 年版，第 260 頁。

〔註 103〕王國維：《人間詞話》，載姚淦銘、王燕編：《王國維文集》（第一卷），中國文史出版社 1997 年版，第 145～151 頁。

〔註 104〕朱光潛：《詩論》，安徽教育出版社 1997 年版，第 41～43 頁。

國傳統哲學美學〔註105〕。

綜合來看，葉聖陶看重的「所見」，首先是觀照宇宙人生時所獲得的體會、感受與見解。「所見」有抽象的，也有具體的。有「所見」之所以成為文學與非文學之間的分水嶺，一是因為作者要以心去體會，講究的是靈感與直覺；二是因為要有所見，人與外物就要達到物我交融的境地。人是以主動的姿態觀照外物，形成自己的見解，不是被動地做事實記錄；三是在文藝創作中，「所見」要通過生動具體的描寫展現出來，由讀者去體會。這就比實錄具有更強的真實性。這些也就內在地包含了「真切地見到」的要求。20世紀30年代，葉聖陶主編《中學生文藝》時，他發現創作的狀況得到了改善，「用自己生活的實感以充實作品的內容，把深刻的觀察來代替浮淺的感覺，這些常常被用以勖勉青年作者的話，在本年的許多作品中，可以看出是得到相當的效應了。有許多故事，讀起來很使人感動；要不是根據生活的實感，得力於深刻的觀察，便不能寫得這樣親切」〔註106〕。可見，「見」並不是膚淺地見到，而是要有生活的實感、深刻的觀察才能做到，這才是真切地見到。

以這種思想為指導，葉聖陶還發現了某些特殊體裁的意義，報告文學即是一個明顯的例子，還有歷史小說。葉聖陶認為二者都是文學與非文學結合的產物，但它們從根本上講都是文學〔註107〕。這些意見在今天已經得到了普遍接受，葉聖陶功不可沒。

此外，葉聖陶還從閱讀角度指出了文學與文章的區別。葉聖陶認為，對於文章而言，讀者只需瞭解其內容，達到「知」的目的，文學作品還要使人「感」，是「情」和「意」方面的事〔註108〕。作者之所見是寄寓於形象之中的，

---

〔註105〕仲立新認為，從柏格森哲學在中國的傳播情況來看，葉聖陶在20世紀20年代對柏格森哲學只可能是泛泛的瞭解。從學理層面來講，葉聖陶也只是對柏格森哲學中方法論層面的「直覺」說感興趣，而對其本體論缺乏興趣。葉聖陶是對柏格森的直覺說作了中國式的理解。參見仲立新：《人生與直覺——試論葉聖陶五四時期文學觀中的兩個問題》，載《伊犁師範學院學報》，1996年第2期。
〔註106〕葉聖陶：《〈中學生文藝〉編後》（1933年），載葉至善等編：《葉聖陶集》（第18卷），江蘇教育出版社2004年版，第113頁。
〔註107〕葉聖陶在《文章例話·夏衍的〈包身工〉》中指出：「報告文學的作用在向大眾報告一些什麼，而它的本身又是文學。」在《介紹〈斯巴達克思〉》一文中，葉聖陶認為「大概歷史小說必須顧到歷史，可是在不違背歷史的條件下，還得有所創造，否則就只是歷史而不是文學」。分別見葉至善等編：《葉聖陶集》（第10卷），江蘇教育出版社2004年版，第291頁、第127頁。
〔註108〕葉聖陶：《作一個文藝作者》，載葉至善等編：《葉聖陶集》（第12卷），江蘇

要求讀者通過對文字的理解，發揮想像力，理會作者的意圖，瞭解作品的主旨。葉聖陶要求文學創作應化抽象為具象，也就是反對直接宣示主旨，如此一來作品就有了弦外之音、言外之意。但是對於普通文與應用文而言，只需達到正確明晰即可，文藝作品在此基礎上還要達到「美」的境界，這種「美」又是要靠讀者的鑒賞才能體會得出，這就是葉聖陶所說的「美讀」：「說理的文章大概只需論理地讀，敘事敘情的文章最好還要『美讀』。所謂美讀，就是把作者的情感在讀的時候傳達出來。」〔註 109〕文學創作不僅僅是含蓄與否的問題，更重要的是含蓄是文學審美特性的表現。

　　葉聖陶對文學與文章關係的辨析，較為明晰準確，但也存在著矛盾：他是根據實際需要，時而強調二者的聯繫，時而強調二者的區別。但其中存在一個共同點，那就是他認為文學與普通文、應用文存在著次序、程度上的差別。從閱讀與寫作的角度看，應該「從普通文入手，……才可以進一步弄文學」〔註 110〕；從程度上看，文學居於文章系統中的較高層次，這又回到了他所反駁的胡適的觀點上了：「達意達的好，表情表的妙，就是文學。」這種觀點自有其合理性，但只是從表面上談論文學的特徵，將文學與非文學排序論列，就會忽視文學與非文學各自的實質，沒有意識到審美才是二者的本質區別。葉聖陶的辨析雖然能夠在胡適的基礎上更進一步，但也無法解決自己的矛盾與困惑，並且還把同樣的問題帶到了他的文學教育思想中。〔註 111〕

## 第三節　無所為而有所為

　　葉聖陶對文學的本性有如此的認識，因而他也重視文學的價值。他反對

　　　　教育出版社 2004 年版，第 161 頁。
〔註 109〕葉聖陶：《中學國文學習法》，載葉至善等編：《葉聖陶集》（第 13 卷），江蘇
　　　　教育出版社 2004 年版，第 126 頁。
〔註 110〕葉聖陶：《國文教學的兩個基本觀念》，載葉至善等編：《葉聖陶集》（第 13
　　　　卷），江蘇教育出版社 2004 年版，第 48 頁。
〔註 111〕在《文藝寫作漫談》《讀〈虹〉》《我寫小說》《文藝寫作必須依靠語言》《關於
　　　　使用語言》《話劇〈關漢卿〉插曲〈蝶雙飛〉欣賞》等文章中，葉聖陶強調的
　　　　是文學與普通文的區別；在《作文論》《關於小品文》《木炭習作跟短小文字》
　　　　等文章中，葉聖陶強調文學與普通文沒有截然的界限；在《愛好和修養》《以
　　　　畫為喻》等文章中，葉聖陶辯證地看待文學與普通文的聯繫與區別。他的基
　　　　本態度就是普通文與文學，次序有先後，程度有淺深。因此他雖然意識到文
　　　　學對教育具有重要的意義，但對文學教育的態度又較為含糊。

視文學為「玩弄之具」或「衛道之器」〔註112〕，文學對他而言雖不是經國大業不朽盛事，卻也絕非小道。他鄙夷迎合小市民庸俗趣味的做法，對文學的商業化極為痛心，因而他嚴厲批判了鴛鴦蝴蝶派、黑幕派、禮拜六派。葉聖陶是抱著文非有益於世不作的決心進入文壇的，力圖以文學「革心」；到「五四」時代，他強調文藝家既要高揚自我，又要以文藝啟蒙民眾；40年代以後他更強調文學家要自覺地為讀者著想，為人民服務。但是他一以貫之的態度是既堅持文學的功用，又強調尊重文學自身的審美特性，保持著一種張力的平衡，也就是「無所為而有所為」的態度。

## 一、在啟蒙與審美之間

　　葉聖陶表示自己最初是因為讀了華盛頓・歐文的《見聞錄》而引起了文學的興趣，試做小說，由此走上了文學道路。這一契機本身顯然更多地是他為文學的藝術魅力所吸引而不是出於功利的考慮。民間文化與蘇州地域文化的薰染使葉聖陶具備了一定的藝術素養，這種薰染本身也更多地是審美的而非功利的。因此，葉聖陶本人對於文藝的嗜好首先是基於他對於文學自身特性的深切體認，所以常以藝術為樂。

　　但是，出身平民、深受傳統文化薰陶的葉聖陶，在少年時代就有一股匡世濟民的豪情，他關心時政，對人間種種情狀在冷眼旁觀之餘又加以指謫評論，希望矯正時弊。特別是他生於晚清時代，面對深重的民族危機與腐敗的現實政治，他的思想一度趨於激進，立志「改革我同胞之心」〔註113〕，這使得他很容易就接受了具有功利主義色彩的文學改良主義，希望在現實鬥爭之外，文學也能發揮戰鬥作用，葉聖陶將這一作用明確地概括為「革心」〔註114〕。在他看來，文學雖不能起到直接改變現實政治的作用，但可以作用於人心，喚醒民眾，達到改造現實的目的。

　　葉聖陶的「革心」論與維新派特別是梁啟超的文學改良主張十分接近，梁啟超的文學主張，帶有明顯的啟蒙目的與功利主義色彩，他早年發動的「三

---

〔註112〕葉聖陶：《文藝談》，載葉至善等編：《葉聖陶集》（第9卷），江蘇教育出版社2004年版，第54頁。

〔註113〕葉聖陶1911年12月2日（陰曆十月十二日）日記，載葉至善等編：《葉聖陶集》（第19卷），江蘇教育出版社2004年版，第65頁。

〔註114〕葉聖陶寫過一首《大漢天聲》：「其餘當從根本謀，改革尤須改革心。」載葉至善等編：《葉聖陶集》（第8卷），江蘇教育出版社2004年版，第5頁。

界革命」，從根本上講也就是要求文學為現實政治服務。這種傾向深深影響了當時的中國知識界，葉聖陶也不例外。只不過梁啟超本非文學家出身，文學之所以進入他的視野完全是出於社會改革的需要，在這一點上葉聖陶一開始就與他有著明顯的不同。

有意思的是，葉聖陶的啟蒙理想卻在現實中遭遇挫折。他提倡「革心」，在傾向革命的《天鐸報》那裡找到同道：1911 年，他看到「《天鐸報》一篇社論，題曰《革心》。大約謂今日之勢，尤當以改革人心為首要」，他感到「此主張正與余相同」〔註 115〕。然而如何「革心」？葉聖陶沒有找到方法，這篇文章也未提及。不僅如此，辦報的宏願破滅，迫於生計，葉聖陶不得不賣文為生，深深感到「為文而至此，亦無賴之尤者矣」〔註 116〕。然而，依實際情況來看，創作文言小說的這一段時期，卻恰恰是葉聖陶在文學創作上潛心探索，為形成自己的個性與成熟的文藝觀打基礎的重要時期。

為葉聖陶所不齒的主要是當時的職業作家創作的舊派通俗小說，其中又以鴛鴦蝴蝶派與黑幕派為主，同時他也對賣文為生深感羞恥。特別是他所寫的都是小說，而小說在中國文學史上歷來是不入流的，雖然到晚清時梁啟超發起了「小說界革命」，但是國人普遍視小說為遊戲或消遣之作，卻是不爭的事實，這就更加深了葉聖陶的痛苦。葉聖陶對文學是抱有啟蒙期望的，在他看來，文學家不以作品啟蒙民眾、革新人心，反而阿諛媚俗，這是文學墮落的表現，由這種態度產生的作品必然是俗不可耐的陳詞濫調：「文而至於賣，格卑已極。矧今世稗官，類皆淺陋荒唐之作，吾亦追隨其後以相效響，真無賴之尤哉」〔註 117〕。直至加入了新文學陣營，葉聖陶還是嚴厲地批判鴛鴦蝴蝶派、禮拜六派。在他看來，以「文娼」來稱呼無聊文人與《快樂》《紅玫瑰》《半月》《禮拜六》《星期》等刊物，實在是「確切之至」〔註 118〕。

葉聖陶對當時的舊派通俗小說的批判在今天看來不無偏激之處。事實上，正是職業作家群的出現促成了清末民初文學創作的繁榮。文學的商業化

---

〔註 115〕葉聖陶 1911 年 11 月 17 日（陰曆九月廿七日）日記，載葉至善等編：《葉聖陶集》（第 19 卷），江蘇教育出版社 2004 年版，第 58 頁。

〔註 116〕葉聖陶 1914 年 9 月 20 日致顧頡剛書信，載葉至善等編：《葉聖陶集》（第 24 卷），江蘇教育出版社 2004 年版，第 67 頁。

〔註 117〕葉聖陶 1914 年 9 月 14 日日記，載葉至善等編：《葉聖陶集》（第 19 卷），江蘇教育出版社 2004 年版，第 136 頁。

〔註 118〕葉聖陶：《「文娼」》，載葉至善等編：《葉聖陶集》（第 9 卷），江蘇教育出版社 2004 年版，第 94 頁。

固然導致了大量粗製濫造之作，卻不能將這一責任完全歸咎於商業化。同時，當時的舊派通俗小說既然以讀者來定位，不免要迎合讀者的口味，但小說家也不是全然被動的，市民趣味也不全是庸俗低級，當時的小說家也注意揭露封建禮教對人性的戕害，有意借鑒西洋小說的創作技巧，創作了不少優秀作品，如《啼笑因緣》《玉梨魂》等。對舊派通俗小說從內容到形式都一筆抹殺顯然是簡單化了，不過考慮到當時新舊陣營對抗的激烈，就不能以此苛責葉聖陶。問題的關鍵是：葉聖陶被迫加入了舊小說家陣營，對他來說意味著什麼？

葉聖陶顯然陷入了一種兩難境地：一方面他極力要與舊小說家劃清界限，堅守啟蒙立場，捍衛文學的神聖與尊嚴，誓不做「文丐」〔註119〕，反對因襲摹擬，描寫社會情態；另一方面，為求文稿能被採用，他也必須顧及到刊物編輯與讀者的口味。從題材的選擇上說，葉聖陶選取的是帶有一定傳奇色彩、曲折動人的故事；就創作手法說，葉聖陶「自然而然走到用文字來諷它一下的路上去」〔註120〕。採用「諷」的方式，是葉聖陶的創作方式，也是他的文學姿態，是他在兩難困境中尋求融通之道的選擇。這種「諷」的姿態，同中國古代文學特別是《詩經》「風」的傳統有相近之處，都是為了達到感化人心、勸善止惡的效果。但是葉聖陶採用的畢竟是現代意義上的諷刺手法，更多地是受到西方文學的影響，而且體現出的也是現代的民主精神。他既沒有放棄對現實的揭露，又能在一定意義上達到曲折離奇、引人注意的效果。更重要的是，這一路向使葉聖陶能潛心於創作的探索，避免將文學變成直接的宣傳工具，葉聖陶日後冷靜、平實的風格，就是在此基礎上形成的。

不過，葉聖陶沒有追求直接的功利目的，更主要的原因在於他對文學本性的深切體認。作為有著深厚藝術素養的文學家，葉聖陶始終沒有忘記文學的本性。這種平和的心態使他能為審美留下一席之地。他沒有陷於片面的啟蒙追求，也不崇尚藝術至上的審美主義。晚清時代不少的文學改良主義者其實都不是文學家，他們的著眼點也是非文學的，在這一點上，葉聖陶與他們的區別還是很明顯的。

新文化運動時期，葉聖陶受文學革命思潮影響，加入了新文學陣營，自

〔註119〕葉聖陶 1914 年 11 月 12 日致顧頡剛書信，載葉至善等編：《葉聖陶集》（第24 卷），江蘇教育出版社 2004 年版，第 78 頁。
〔註120〕葉聖陶：《隨便談談我的寫小說》，載葉至善等編：《葉聖陶集》（第 9 卷），江蘇教育出版社 2004 年版，第 179 頁。

覺地以文學為批判現實的武器，揭露社會問題。這一時期他的創作，正如魯迅所說，《新潮》小說作家「沒有一個以為小說是脫俗的文學，除了為藝術之外，一無所為的。他們每作一篇，都是『有所為』而發，是在用改革社會的器械，——雖然也沒有設定終極的目標」〔註121〕。對這一問題，葉聖陶提出了自己的看法。在《文藝談》中，葉聖陶明確提出文學是無所為而有所為。從具體的文藝創作來說，文學是「自我」的產物，藝術家要高揚個體精神，按藝術的規律來創作，不應受規範、教條、形式的束縛，因而是「無所為而為」的。但是從根本上講，文學是人生的表現，因而文學是為人生的，要滿足民眾的精神需求，同時引導他們向上，「文藝可以養成美好的國民性，美好的國民性可以產出有世界的價值的文藝」，實現全民族人生活動的進化，這就是「有所為」，「為的是最深廣的人生」。葉聖陶認為，「從事文學，卻絕對不是一樁營業」，「迎合世人的嗜好習慣」、「造成世人的墮落心理」的人是在辱沒自己。在葉聖陶看來，「文學是何等高潔神聖的東西！它是宇宙間的大心，它含有一切的悲哀、痛苦、呼籲、希望等等。不僅如此，它還要表示出消滅悲哀和痛苦，實現呼籲和希望的唯一的偉大的力。一切人將於它的王國裏得到安息的愉悅，進取的勇氣，人己兩忘的陶醉的妙境」。〔註122〕

　　在文學研究會與創造社展開「為人生」與「為藝術」的爭論時，葉聖陶一針見血地指出，為人生與為藝術並不矛盾，「真的文藝必兼包人生的與藝術的」〔註123〕。中國現代文學史上的論爭往往不乏意氣之爭，葉聖陶客觀、辯證的態度是十分難得的，當時文學研究會中的盧隱，也與葉聖陶的觀點一致，對於「人生的藝術」和「藝術的藝術」「亦正無偏向」〔註124〕。在後來的革命文學論爭中，葉聖陶依然不贊同公式化、概念化的創作，不贊成以文學為宣傳和鬥爭的工具。

　　葉聖陶本人的創作實踐也印證了他的觀點。他的第一本短篇小說集《隔膜》，大部分都是「問題小說」，作者急於揭示社會問題，喚起人們的關注，

---

〔註121〕魯迅：《中國新文學大系・小說二集・導言》，載魯迅編選：《中國新文學大系・
　　　　小說二集》（影印本），上海文藝出版社 2003 年版，第 2 頁。
〔註122〕葉聖陶：《文藝談》，載葉至善等編：《葉聖陶集》（第 9 卷），江蘇教育出版社
　　　　2004 年版，第 11～67 頁。
〔註123〕葉聖陶：《文藝談》，載葉至善等編：《葉聖陶集》（第 9 卷），江蘇教育出版社
　　　　2004 年版，第 24 頁。
〔註124〕盧隱：《創作的我見》，載賈植芳等編：《文學研究會資料》（上），河南人民出
　　　　版社 1985 年版，第 160 頁。

尋求解決的方案。此時的作品，大多數在藝術上還是幼稚的、淺薄的。但是隨著作者對人生思考的深入，藝術上也走向成熟，具體的描寫代替了主觀的議論，客觀寫實的色彩更加濃厚，作者不再直接站出來發表意見，而是將自己對人生的觀察、思考、疑問、困惑融入生動具體的人物形象之中。因此，魯迅稱讚他「有更遠大的發展」〔註125〕。在這一點上，葉聖陶確實較好地將對人生的深入思考與藝術上的潛心探求結合了起來，使二者相得益彰。

40年代以後，葉聖陶的人生視野更為廣闊，他轉到了人民立場上來。葉聖陶曾經提出，「在還有善惡正邪的差別的時代」，必須做到四個「有所」：有所愛，有所惡，有所為，有所不為。如何辨別善惡正邪？葉聖陶認為，要「以人為根據」，這也是其人本位觀念的體現。〔註126〕在他看來，在人民的世紀，以「人」為根據其實也就是以「人民」為根據：「有利於人民的，是是，是善；不利於人民的，是非，是惡。」〔註127〕因此，文藝工作者就是人民中的一員，應該樹立明確的為人民服務的信念。這一看法與他20年代的觀點並不矛盾：在20年代他所說的「有所為」是「為人生」，40年代「有所為有所不為」，「為」是行動而非目的，就目的講還是有所為的，那就是「為人民」，可以看出他對文學的現實功用更為重視了。20年代是為了使文學免於迎合小市民的低級趣味，他強調文藝家要啟蒙民眾，創造民眾文學；到40年代，他的目光已經轉向人民，強調在「人民的世紀」要以人民為本位，為人民服務〔註128〕，早年的啟蒙立場也就逐漸消解了，他強調文藝創作的目的性也就不足為奇了。正因為如此，葉聖陶表示，「反映現實，喊出人民大眾的要求，是文學的時代的使命，這個綱領我極端相信」〔註129〕。況且文學創作必然會受到讀者因素的制約，葉聖陶在此只是更為強調這種制約的影響力而已。但即使如此，葉聖陶也沒有否定文藝家的自我：20年代他提出「無所為」，40年代他認為文藝

---

〔註125〕魯迅：《中國新文學大系·小說二集·導言》，載魯迅編選：《中國新文學大系·小說二集》（影印本），上海文藝出版社2003年版，第2頁。

〔註126〕葉聖陶：《四個「有所」》，載葉至善等編：《葉聖陶集》（第6卷），江蘇教育出版社2004年版，第112～113頁。

〔註127〕葉聖陶：《文藝工作者與教育工作者一個樣》，載葉至善等編：《葉聖陶集》（第6卷），江蘇教育出版社2004年版，第286頁。

〔註128〕葉聖陶：《如果教育工作者發表〈精神獨立宣言〉》《文藝工作者與教育工作者一個樣》，載葉至善等編：《葉聖陶集》（第6卷），江蘇教育出版社2004年版，第276頁、第284頁。

〔註129〕葉聖陶：《〈西川集〉自序》，載葉至善等編：《葉聖陶集》（第6卷），江蘇教育出版社2004年版，第84頁。

作品的首要條件是文藝家要「有所見」，而且是真切地見到，有所見必然是個人對生活的獨特體驗，是不可摹仿的。因此，葉聖陶重提魯迅的四句要訣：「有真意，去粉飾，少做作，勿賣弄」，而且以「有真意」為首要條件。〔註 130〕在文藝欣賞上，他也始終強調要有審美的心態。

　　葉聖陶一直力圖在審美與功利之間保持平衡，在《〈抗戰八年木刻選集〉序》中，葉聖陶高度讚揚了中國現代木刻畫家既能以文藝為鬥爭的武器，又能堅持文學的特性，使之不至於淪為宣傳的工具。在葉聖陶看來，文藝的真正作用是由它的本性自然而然顯現出來的，這一觀點，與魯迅「一切文藝固是宣傳，而一切宣傳卻並非全是文藝」〔註 131〕的主張是完全一致的，體現出他們對文藝工具論的高度警覺。魯迅與葉聖陶的文學實踐也都貫徹了這一主張。

## 二、文藝工作也是教育工作

　　文藝是教育，是葉聖陶對文學功能所作的概括。他認為「就廣義說，出版工作、文藝工作也是教育工作」〔註 132〕。這裡的「教育」，主要是指予人以影響，「受影響就是受教育」，文藝工作者應該認識到自己同時是教育工作者〔註 133〕。

　　在葉聖陶看來，既然予人以影響就是教育，那麼文學就必須重視自己的功能。文學的教育功能應是以文學的本性為立足點，激起讀者興趣，在潛移默化中起到教育作用。葉聖陶特別注意到兒童教育問題，為此他強調要重視兒童文學創作，作品應顧及兒童的本性與心靈，不應含有神怪和教訓的因素：「諄諄告語不如使之自化，兒童既富於感情，必有其特質。文藝家體察其特質，加以藝術的製煉，所成的作品必然深入兒童的心」〔註 134〕。因此，葉聖

---

〔註 130〕葉聖陶：《重讀魯迅先生的〈作文秘訣〉》，載葉至善等編：《葉聖陶集》（第 9 卷），江蘇教育出版社 2004 年版，第 296 頁。

〔註 131〕魯迅：《三閒集》，《魯迅全集》（第 4 卷），人民文學出版社 1981 年版，第 84 頁。

〔註 132〕葉聖陶：《知識分子何以自處？》載葉至善等編：《葉聖陶集》（第 7 卷），江蘇教育出版社 2004 年版，第 286 頁。另見葉聖陶：《關於反對精神污染》，載葉至善等編：《葉聖陶集》（第 11 卷），第 359 頁。

〔註 133〕葉聖陶：《文藝工作者的責任》，載葉至善等編：《葉聖陶集》（第 9 卷），江蘇教育出版社 2004 年版，第 299 頁。

〔註 134〕葉聖陶：《文藝談》，載葉至善等編：《葉聖陶集》（第 9 卷），江蘇教育出版社 2004 年版，第 18 頁。

陶非常關心兒童文學，他身體力行，創作了大量的童話，成為中國兒童文學的先驅之一。葉聖陶還鼓勵教師創作，通過《中學生》、《新少年》等刊物，引導並鼓勵青少年寫出自己的作品。

　　葉聖陶對文學的教育作用的強調，與他的文學家和教育家身份有關。他所說的教育固然是從廣義上著眼，但也與狹義的教育（特別是學校教育）密切相關。葉聖陶並沒有將文學與教育割裂開來，教育是要造就健全的「公民」〔註135〕。從這一目的出發，文藝既應立足自身特性，同時又應順應人的心性，不是把教育變成教訓與說教。這在一定意義上與賀拉斯的「寓教於樂」說是一致的。「五四」時代兒童文學開始受到較為普遍的重視，新文化運動強調個性解放，追求自我，對人的問題給予了前所未有的關注，兒童的成長就成為繞不開的話題。周作人就認為「以前的人對於兒童多不能正當理解，……近來才知道兒童在生理心理上，雖然和大人有點不同，但他仍是完全的個人，有他自己的內外兩面的生活」〔註136〕。兒童不是縮小的成人，也不是不完全的小人，兒童是完全的個人，有自己的思想情感。同時，在新文化運動的浪潮中，教育革命也提上了日程，知識分子對於教育問題也給予了高度的關注並展開了熱烈的討論。從某種意義上說，新文學與新教育是相伴相生的，白話文運動決不只是語體革命，它在文學、教育等諸多領域都引發了尖銳的鬥爭。新文學要在廣大青少年學生中普及，才能真正立住腳跟。這才有劉半農的《應用文的教授》、胡適的《中學國文的教授》《再論中學國文的教授》等文章的產生。與此同時，兒童文學創作也在一定程度上開展起來。兒童文學可以說是文學革命與教育革命相結合的一個產物，但是當時中國的兒童文學作品並不多，主要是翻譯西方作家特別是王爾德、安徒生的童話作品，中國本土的兒童文學刊物和兒童文學作家都不多。葉聖陶當時的情況比較特殊：他從事過實際的小學教學工作，與兒童有過長期的實際接觸，對於兒童的生活與心靈有著較為深入的瞭解。在文學觀念上，他又深受「童心」說的影響，認為文藝家「有個未開拓的世界而又是最靈妙的世界，就是童心」〔註137〕。

〔註135〕葉聖陶：《如果我當教師》，載葉至善等編：《葉聖陶集》（第11卷），江蘇教育出版社2004年版，第133頁。
〔註136〕周作人：《兒童的文學》，載《兒童文學小論》，河北教育出版社2002年版，第37～38頁。
〔註137〕葉聖陶：《文藝談》，載葉至善等編：《葉聖陶集》（第9卷），江蘇教育出版社2004年版，第21頁。

葉聖陶對中國傳統的兒童教育方式極為不滿，認為只是通過神怪、教訓是達不到教育的目的的，無法促進兒童的健康成長。學校裏的教育也只是形式主義，完全不顧及兒童的興趣愛好，扼殺兒童的天性。所有這些，都表現出葉聖陶對兒童、對教育事業的重視與關心，一方面固然是因為新文化運動宣揚個性解放，追求個人的自由與權力，給予他深深的影響；另一方面，在很大程度上也是因為他受到當時杜威實用主義教育思想的影響，以兒童為本位。因而他在強調文學的教育作用時，就不是以居高臨下的姿態說教，而是提出了兩個方面的條件：一是遵循文學自身的規律，不是簡單地以文學為教育工具，而是要創造「真的兒童文藝」〔註138〕；二是教育者與受教育者處於同等地位，從受教育者的實際出發，切實激發其興趣，使其「自生需要」，這樣才能收到教育的效果〔註139〕。

　　以上是就狹義的學校教育而言。就廣義的教育而言，葉聖陶認為，作者要「設身處地地為讀者著想」〔註140〕。作品一經產生，會對讀者產生影響，在葉聖陶看來，這種影響體現在兩個方面：一是思想習慣的訓練，「要達到徹底的瞭解，得用分析的工夫，辨認作者思想發展的途徑，這個工夫同時就訓練了咱們的思想習慣」；二是語言習慣的訓練，他認為思想習慣好也就是語言習慣好，因而對作品來說，「咱們跟作者之間的唯一的橋樑是語言文字，咱們憑藉語言文字瞭解作者所想的所感的……同時就訓練了咱們的語言文字的習慣」〔註141〕。葉聖陶特別強調好的文學作品在語言運用上有示範的作用，可以擔負起「語言教學的責任」〔註142〕。

　　那麼，怎樣才能讓文學收到教育的效果呢？對此，葉聖陶認為，對文學家而言，要立足生活，對生活能夠真切地有所見。這就要做到「修辭立其誠」，也就是從人的世界觀、人生觀著手，培養正確的人生態度。文學家在進行創

---

〔註138〕葉聖陶：《文藝談》，載葉至善等編：《葉聖陶集》（第9卷），江蘇教育出版社2004年版，第18頁。

〔註139〕葉聖陶：《小學國文教授的諸問題》，載葉至善等編：《葉聖陶集》（第13卷），江蘇教育出版社2004年版，第13頁。

〔註140〕葉聖陶：《作品裏涉及工程技術的部分》，載葉至善等編：《葉聖陶集》（第9卷），江蘇教育出版社2004年版，第285頁。

〔註141〕葉聖陶：《大學一年級國文的教學目標和學習方法》，載葉至善等編：《葉聖陶集》（第13卷），江蘇教育出版社2004年版，第144頁。

〔註142〕葉聖陶：《文藝作者怎樣看待現代漢語規範化問題》，載葉至善等編：《葉聖陶集》（第9卷），江蘇教育出版社2004年版，第236頁。

作時，不能夠一味迎合讀者的趣味，為達到普及的目的而犧牲藝術上的要求。對於讀者而言，則應該通過語言文字，理清作者的思路，體會作者的主旨，從而達到與作者心意相通的境界。在 20 年代，葉聖陶更為看重的是創作一方面，強調文藝家的修養，強調創作的自由，反對為求功效而犧牲藝術。40 年代以後，葉聖陶轉到「人民」的立場上來，強調「教育工作者只對人民服務」，「教育工作者也是人民」。〔註 143〕不僅如此，文藝工作者也要為人民服務，文藝工作者是人民中的一員。葉聖陶認為，文藝必然存在「為什麼人服務」的問題：「思想靈感盡不妨藏在心裏；你把思想靈感說出來或寫出來，必然希望他人聽你的，看你的，這在他人就可以判斷你為什麼人服務。再進一步說，即使你把思想靈感藏在心裏，不說也不寫，可是你的思想靈感已經存在，存在必然有個方式，客觀上還是免不了為什麼人服務」〔註 144〕。因此，文藝要為人民服務，要反映人民的生活、思想、情趣，文藝家要真正體驗生活，把自己變為人民中的一分子，這樣的作品人民也就能夠感同身受。此時葉聖陶更為重視的是文學的接受維度，對文學功效的強調更為突出了。由此可見，無論是在 20 年代還是 40 年代，葉聖陶都主張文藝的教育功能的發揮應順應人之本性，遵循文藝規律，是「無所為」的，但是就最終的教育目的來說又是「有所為」的。

　　本章分析了葉聖陶對於文藝問題的總體看法。葉聖陶把文藝置於生活的根基之上，強調充實的生活就是詩，就是藝術。他對於文學自身的特性給予了高度的關注，在 20 年代他強調文學的情感質素，這是「五四」時代思潮的反映，也是葉聖陶堅持自我的地位的結果。到 40 年代，他接受心理語言學的觀點，強調文學是語言藝術。同時他轉向人民立場，要求文學為人民服務。通過文學與科學的比較，葉聖陶肯定了文學的內容與形式不可分割、文學訴諸人的情緒的特點，強調了文學的時代性。對於文學與文章的關係問題，葉聖陶的總體看法是普通文與文藝，次序有先後，程度有淺深。但是其中一個重要的區別是文藝作者應該有「所見」。在葉聖陶看來，文藝應該起到啟蒙民眾的效果，但是這種作用應該通過文藝自身的特性來實現。他的文藝思想的

---

〔註 143〕葉聖陶：《如果教育工作者發表〈精神獨立宣言〉》，載葉至善等編：《葉聖陶集》（第 6 卷），江蘇教育出版社 2004 年版，第 276 頁。

〔註 144〕葉聖陶：《文藝工作者與教育工作者一個樣》，載葉至善等編：《葉聖陶集》（第 6 卷），江蘇教育出版社 2004 年版，第 285 頁。

落腳點是教育。但是一個總的原則是無所為而有所為：文藝家的創作、讀者的欣賞都應該是以審美的心態進行，但是在最終的意義上又能收到實際的效果。

# 第三章　葉聖陶的文藝思想(下)

　　葉聖陶本人是作家，也是評論家、編輯家、教育家，他的觀點不是純理論的，而是融入了他自己的切身體會，是理論與實踐的統一。因此，葉聖陶的文藝觀具有較為鮮明的經驗主義色彩，但是持論較為辯證周全。他對於文學創作問題給予了高度關注，不少觀點是他對自己創作實踐的總結；他視文學作品為一個有機整體，通過意境與傳神表達了自己的審美理想；葉聖陶的文學批評觀念是他的創作論的自然延伸，體現出他對文藝問題觀照的多重角度，同時他也把批評理論與實踐很好地結合了起來。

## 第一節　文學創作論

　　1921 年，葉聖陶在談到文學創作問題時，認為「創作的時候，那唯一的動機便是一種濃厚的情感」〔註 1〕，這種情感是文藝家與外界事物發生共鳴、內心觸動的結果。到發表《作文論》時，葉聖陶的思考就更為成熟，他從生理與心理兩個方面分析文藝創作的動因，認為可以分為兩種情況：一是實際的需要，二是表現的衝動〔註 2〕。不過，無論是實際的需要還是表現的衝動，都是著眼於人與生活的關係，佔據主動地位的是人。因此，文藝創作就是文藝家受到生活觸發的結果。葉聖陶的特色在於，他始終是將文藝置於生活的根基之上，把文藝家的「自我」置於中心位置，以此為主線將各個環節貫穿起來成為一個整體。

〔註 1〕葉聖陶：《文藝談》，載葉至善等編：《葉聖陶集》（第 9 卷），江蘇教育出版社2004 年版，第 24 頁。
〔註 2〕葉聖陶：《作文論》，載葉至善等編：《葉聖陶集》（第 15 卷），江蘇教育出版社2004 年版，第 12 頁。

## 一、高揚「自我」與「修辭立其誠」

葉聖陶在踏上文學道路之初，就明確地表示「不作言情體，不打誑語，雖不免裝點附會，而要有其本事，庶合於街談巷議之倫，而或有小道可觀焉」〔註3〕，並且在文學功效上相信「文非有益於世不作，誠至言也」〔註4〕。在這兩個方面，倒是可以發現葉聖陶的小說觀與中國古代小說觀念之間存在著很大的一致性。中國古代小說長期以來都是以補正史之闕自居，因而小說作者喜歡強調作品的真實性，而評論者也往往是以此為評價尺度。葉聖陶在評論許指嚴的小說時也認為，「近小說之傳實事者，亦能得傳舊輔史之益」；評論托爾斯泰的小說，則認為是「寓意遙深，最能起人之善性也」。〔註5〕中國古代的小說，也是把補益世道人心作為自己追求的目標。

因此，葉聖陶早期創作的文言小說，與中國古代小說存在著不少的一致性。但是，他對於近代小說創作的公式化、模式化十分不滿，要求小說作者要能傳達自己的真實體會與感受，這與他對「我」的重視密切相關。1911年，葉聖陶在日記中就寫到「何事不可為，只在我耳」，表現了他對「大英雄」的敬仰之情〔註6〕。在進步思潮的影響下，葉聖陶萌生了強烈的反君主專制的民主主義思想，特別是他接觸到無政府主義學說，對於個人的肯定、對於未來理想社會的嚮往之情就更加強烈了。他熱烈地讚揚無政府主義：「今之社會黨抱佛之旨而非佛之徒也，不有所謂宗教，唯恃我之自力以達我之宏願，得寸得尺，唯我之力，所以社會主義發展於現世界，日進萬里。」〔註7〕由此，葉聖陶對於自我的重視開始日益明顯，他開始提出「我」最尊貴〔註8〕。但是，

〔註3〕葉聖陶1914年11月12日致顧頡剛書信，載葉至善等編：《葉聖陶集》（第24卷），江蘇教育出版社2004年版，第79頁。

〔註4〕葉聖陶1914年11月23日致顧頡剛書信，載葉至善等編：《葉聖陶集》（第24卷），江蘇教育出版社2004年版，第90頁。

〔註5〕葉聖陶1914年11月20日致顧頡剛書信，載葉至善等編：《葉聖陶集》（第24卷），江蘇教育出版社2004年版，第85頁。

〔註6〕葉聖陶1911年2月28日（陰曆正月二十九日）日記，載葉至善等編：《葉聖陶集》（第19卷），江蘇教育出版社2004年版，第14頁。

〔註7〕葉聖陶1912年2月2日日記，載葉至善等編：《葉聖陶集》（第19卷），江蘇教育出版社2004年版，第90頁。

〔註8〕葉聖陶在致顧頡剛的書信中就明確地表示了自己的這一看法。在1912年12月26日的書信中，葉聖陶提出「人唯自己最尊貴」。在1914年11月12日的書信中，葉聖陶又提到「世間唯吾最貴，崇拜之心最是惡劣」。載葉至善等編：《葉聖陶集》（第24卷）江蘇教育出版社2004年版，第22頁、第80頁。

葉聖陶並沒有因此走向個人主義，事實上他強調自我，是為反抗專制、破除偶像、拒斥迷信。他反對君主專制，並不是為個人謀私利，而是為民眾謀利：「而今以後，君主雖以天下為私產，我卻不得不認之為全國人之公產。」〔註 9〕對於他曾經極度信奉的無政府主義，葉聖陶也表示了懷疑：無政府主義「亦無甚高妙之學說，不過政府之行為，斷不能為吾人造幸福。即果有少數人受其實益，而一般人必不盡能受之，則是無用之長物，又何必令之生存為？」〔註 10〕葉聖陶並沒有把「我」與「群」對立起來，恰恰相反，他是力圖通過肯定個人、以自我的努力為大群造福，他對於大同的理想社會十分嚮往。從他這一時期的思想狀況來看，一種現代意義上的自我意識正在萌動之中。到「五四」時代，隨著個性解放思潮的湧起，個人、自我的價值得到了前所未有的肯定，張揚個性、表現自我成為時代的主旋律。此時的葉聖陶更加高揚自我，在《苦菜》這篇小說中，主人公就感受到「我化了，力就是我，我就是力」〔註 11〕。對「力」的讚美、對泛神論的信奉、對自我的高揚，都是五四時代浪漫精神的體現。

葉聖陶在凸顯自我的同時，強調自我與大群要和諧相處。正如顧頡剛在《火災》序言中所說的，葉聖陶希望人們用自己的愛「把全世界融成一個不可分解的實體，沒有什麼喚做『我』，喚做『人』的界限了」〔註 12〕。葉聖陶認為，要改造世界，那麼「凡是和『庶民主義』、『社會主義』相背的，都要去反對他」，但是關鍵還是在「我」：「我們要改造世界，只重在一個『我』——只重在我的『努力奮鬥』——這是我們近今的覺悟。」〔註 13〕

如此一來也就不難理解葉聖陶為何會在《文藝談》中一再標舉文藝家自我的重要性。在葉聖陶看來，文學是人生的表現，但是文藝家絕不是簡單地摹仿和記錄現實，文藝家不是一切的忠僕和書記官，他有「自我」，以自我接觸一

〔註 9〕葉聖陶 1911 年 3 月 28 日（陰曆二月二十八日）日記，載葉至善等編：《葉聖陶集》（第 19 卷），江蘇教育出版社 2004 年版，第 18 頁。

〔註 10〕葉聖陶 1912 年 2 月 27 日日記，載葉至善等編：《葉聖陶集》（第 19 卷），江蘇教育出版社 2004 年版，第 103 頁。

〔註 11〕葉聖陶：《苦菜》，載葉至善等編：《葉聖陶集》（第 1 卷），江蘇教育出版社 2004 年版，第 152 頁。

〔註 12〕顧頡剛：《〈火災〉序》，載葉至善等編：《葉聖陶集》（第 1 卷），江蘇教育出版社 2004 年版，第 351～353 頁。

〔註 13〕葉聖陶：《吾人近今的覺悟》，載葉至善等編：《葉聖陶集》（第 5 卷），江蘇教育出版社 2004 年版，第 11 頁。

切：首先，文藝家對自己所接觸的事物有選擇的自由，無論是什麼，「只需含有這濃厚的感情，都可以為小說的材料」，成為審美對象；其次，藝術家選取的審美對象，本身已經滲透了文藝家的情感，與文藝家實現了內在生命的溝通，「真的文藝家一定抱與造物同遊的襟懷，他的心就是宇宙的心」；再次，文藝家在創作過程中，對於材料的剪裁、取捨、創作方法的選擇也是自由的。文藝家要進行藝術的制練，無所為而為。在此意義上，葉聖陶提出「文藝家之能事在以『自我』為中心而役使一切」。但是，葉聖陶畢竟是要求文學承擔起啟蒙民眾的責任，文藝家要打破物我界限、人我界限，創造好的文藝品，使人讀過之後，「一切欲求沒有了，一切界限沒有了，小我不存，唯見大我」。〔註14〕

　　如果把葉聖陶此時的文學觀念與其他作家、批評家的觀念加以比較，就可以發現當時文學研究會與創造社在文學觀念上存在著很多的一致之處。茅盾在介紹泰納的學說時，特地在人種、環境、時代三要素之外再加上「作家的人格」。〔註15〕文學研究會的作家如冰心、廬隱、王統照等人也都主張作家要有自己的個性。創造社的郭沫若、郁達夫、鄭伯奇等人，雖然要求文學表現自我，但他們也不贊同文學脫離實際人生。但是此時葉聖陶要求文藝家以「自我」為中心役使一切，這就更接近創造社同人的主張。值得注意的是，葉聖陶雖然提出了這樣的主張，但是他在實際的創作中又與創造社作家不同：他注重描寫人生，選取人生的斷片，把自己的主張寄寓在事件的敘述與人物形象的塑造中。而創造社的郭沫若、郁達夫都傾向於在作品中直抒胸臆，使自己如火的激情迅猛地爆發出來。

　　20年代前期葉聖陶的創作還是非常傾向於主觀的，也確實展現出了作者的個性。但是其中也存在一定的問題，正如朱自清所說，葉聖陶早期的作品有「破碎」的毛病，「聖陶愛用抽象觀念的比喻」，「他又愛用駢句，有時使文字失去自然的風味。而各篇中作者出面解釋的地方，往往太正經，又太多」。但此後他更為注重客觀、冷靜、平實的描寫，葉聖陶「後期作品（大概可以說從《線下》後半部起）的一個重要的特色，便是寫實主義手法的完成。……這時期聖陶的一貫的態度，似乎只是『如實地寫』一點；他的取材只是選擇他所熟悉的，與一般寫實主義者一樣，並沒有顯明的『有意的』目的。……

〔註14〕葉聖陶：《文藝談》，載葉至善等編：《葉聖陶集》（第9卷），江蘇教育出版社2004年版，第7～52頁。
〔註15〕茅盾：《文學與人生》，載《茅盾全集》（第18卷），人民文學出版社1989年版，第271頁。

這時期中的作品，大抵都有著充分的客觀的冷靜，文字也越發精練，寫實主義的手法至此才成熟了」。〔註16〕葉聖陶的這一風格此後基本上保持不變：既注意立足生活，同時也強調作者的「所見」。因此，當葉聖陶在 50 年代回憶自己的創作道路時，他一方面表示：「我不大懂得什麼叫做寫實主義。假如寫實主義是採取純客觀態度的，我敢說我的小說並不怎麼純客觀，我很有些主觀見解，可是寄託在不著文字的處所。」另一方面，他又表示只寫自己熟悉的東西：「空想的東西我寫不來，……我的小說，如果還有人要看看的話，我希望讀者預先存這樣一種想法：這是中國社會二三十年來一鱗一爪的寫照，是浮面的寫照，同時摻雜些作者的粗淺的主觀見解，把它當文藝作品看，還不如把它當資料看適當些。」〔註17〕

　　從這段表述可以看出葉聖陶對於文藝問題所抱的基本態度：他糾正了早年的執著於「有其本事」的追求和捏合事實或見聞點染成篇的做法，也克服了早期過於偏向主觀的傾向，把自己的創作立定在生活的根基之上，同時強調文藝家要積極主動地觀察生活，進行創作。雖然他始終不喜歡談論「寫實主義」，但此時他所表達的，正是真正的現實主義精神。

　　如此一來，就容易理解葉聖陶在 20 年代的文學主張了。葉聖陶認為，文藝家必須具備的條件是擁有「自我」，只有具備自我意識，才能有所見，而且是一己之所見。這一觀念正是「五四」以來追求個性解放的時代思潮的反映，從這一原則出發，葉聖陶指出，「在派別上面，其實不生什麼關係。所謂寫實派和自然派，」作家和作品也是不可分離的。「故作者之精神如何，即從其作品中映像而出。……一切供我以材料，引我之感興。彼輩固有其精神，但至少亦須與我之精神相融和，而後表現於作品之中」〔註18〕。就這一點而言，寫實派與浪漫派其實沒有什麼分別，葉聖陶的這一傾向與王國維是一致的〔註19〕。

---

〔註16〕朱自清：《葉聖陶的短篇小說》，載朱喬森編：《朱自清全集》（第一卷），江蘇教育出版社 1996 年版，第 260～262 頁。

〔註17〕葉聖陶：《〈葉聖陶選集〉（開明版）自序》，載葉至善等編：《葉聖陶集》（第 18 卷），江蘇教育出版社 2004 年版，第 316～317 頁。

〔註18〕葉聖陶：《文藝談》，載葉至善等編：《葉聖陶集》（第 9 卷），江蘇教育出版社 2004 年版，第 34 頁。

〔註19〕王國維在《人間詞話》中論及寫實家與理想家關係時指出：「有造境，有寫境，此理想與寫實二派之所由分。然二者頗難分別。因大詩人所造之境，必合乎自然，所寫之境，亦必鄰於理想故也」。載姚淦銘、王燕編：《王國維文集》（第一卷），中國文史出版社 1997 年版，第 141 頁。

　　葉聖陶由此將創作自由提到了相當的高度，他認為文藝家的創作是有所為與無所為的統一，創作不應受教條的束縛，創作方法也是可以自由選取的。因此，他對於文藝上的「主義」、派別之爭採取置身事外的態度。文學研究會曾為了探究創作方法問題而展開自然主義的討論，茅盾是這一方法的熱心提倡者。顯然，提倡自然主義固然涉及到「寫什麼」的問題，但更多地是為了解決「如何寫」的問題。茅盾痛感當時的文壇存在著浮泛矯情的毛病，缺少對現實的深入觀察與細密描寫，故而引入自然主義以補救其弊〔註 20〕。但素來不喜談主義的葉聖陶則不置一詞。馮乃超認為，「從主張提倡自然主義的一派──文學研究會的團體中，可以抽出葉聖陶」〔註 21〕，這一論斷倒是符合事實。葉聖陶反對只對生活作機械摹寫，因而他一直避免使用容易引起誤解的「寫實主義」這一術語，更何況是自然主義。事實上，聯繫葉聖陶的創作實踐來看，他早期的作品詩化傾向比較明顯，小說中的抒情成分較重，顯然不是那種講究純客觀精確描寫的「寫實主義」。為此茅盾批評葉聖陶：「在最初期，葉紹鈞對於人生是抱著一個『理想』的──他不是那麼『客觀』的。」〔註 22〕從中可以見出葉聖陶與茅盾在創作問題上的分歧。

　　不過，強調創作方法的自由，並不意味著葉聖陶就主張放任自流。他運用的創作方法確實多種多樣，有現實主義、浪漫主義，甚至還有象徵主義的色彩（如小說《夜》）。但是從總體上看，葉聖陶還是傾向於現實主義。他雖然主張文藝家以自我為中心而役使一切，但他主張通過具體的描寫將情感寓於事物、場景之中。就此而論，葉聖陶顯然沒有走向浪漫主義。正如他所說，「把自己表示主張的部分減到最小限度。我也不是想取得『寫實主義』『寫實派』等的封號；我以為自己表示主張的部分如果佔了很多篇幅，就超出了諷它一下的範圍了」〔註 23〕。

　　突出自我，在文藝創作上就是要寫自己熟悉的生活，葉聖陶本人也正是這樣做的。他寫小說，主要取材於自己熟悉的小市民、知識分子以及農民的生活，

---

〔註 20〕關於自然主義的討論，可以參考賈植芳等編：《文學研究會資料》（上），河南人民出版社 1985 年版，第 240～250 頁。

〔註 21〕馮乃超：《藝術與社會生活》，載中國社會科學院文學研究所現代文學研究室編：《「革命文學」論爭資料選編》（上），人民文學出版社 1981 年版，第 116 頁。

〔註 22〕茅盾：《中國新文學大系・小說一集・導言》，載茅盾編選：《中國新文學大系・小說一集》（影印本），上海文藝出版社 2003 年版，第 23 頁。

〔註 23〕葉聖陶：《隨便談談我的寫小說》，載葉至善等編：《葉聖陶集》（第 9 卷），江蘇教育出版社 2004 年版，第 179 頁。

他對於筆下形形色色的灰色人物有著深入的瞭解，因而刻畫他們的心理就能夠細緻入微，活靈活現。到創作《倪煥之》時，葉聖陶的長處與不足就表露得十分明顯：他對教育界的情形十分熟悉，對知識分子有深刻的把握，小說的上半部就能夠揮灑自如，結構嚴密。但是到了下半部，作者在展現中國社會風雲變幻的時局以及革命者的精神風貌時，筆力明顯不足，下半部顯得十分鬆散，革命者的面目也很模糊。如果說對於革命者不熟悉，因而描寫無法深入細緻的話，那麼，缺乏從宏觀上把握時代的能力，則與葉聖陶本人的觀念有很大的關係。

　　寫熟悉的題材能夠使自己的開掘更為深入，但也容易限於一隅而不及其餘。就不斷深入來講，魯迅認為葉聖陶「有更遠大的發展」正是著眼於此；就限於一隅來講，1936 年 2 月 3 日，魯迅在致增田涉的信中稱：「葉（引者注：葉聖陶）的小說，有許多是所謂『身邊瑣事』那樣的東西，我不喜歡。」〔註24〕葉聖陶在寫《倪煥之》時，明顯表現出力不從心的問題，這是自身所限，茅盾批評《倪煥之》時代性不強，也是由於這個原因〔註 25〕。寫自己熟悉的生活，這是葉聖陶創作的宗旨，但也對他造成了不小的束縛，葉聖陶的小說多取材於教育，原因也在這裡，正如他自己所言：

　　　　空想的東西我寫不來，……我在城市裏住，我在鄉鎮裏住，看見一些事情，我就寫那些。我當教師，接觸一些教育界的情形，我就寫那些。中國革命逐漸發展，我粗淺的見到一些，我就寫那些。小說裏的人物差不多全是知識分子跟小市民，因為我不瞭解工農大眾，也不瞭解富商巨賈跟官僚，只有知識分子跟小市民比較熟悉。〔註26〕

　　需要注意的是，魯迅在致增田涉的信中對葉聖陶的這句評價，在研究者那裡得到了不同的解讀。到 20 世紀 90 年代，葉至善寫了《魯迅先生的三句話》一文，提到「有人說，魯迅先生不喜歡的是『所謂「身邊瑣事」那樣的東西』，雖然有『有許多』，並非全部都是。也有人說這兩句話說的是兩碼事，有沒有發展是客觀事實，喜歡不喜歡是個人愛好」〔註 27〕。吳泰昌在為金梅的《論金梅的文學創作》作序時強調他「對魯迅先生談論葉聖陶小說創作的

〔註24〕魯迅：《魯迅全集》（第 14 卷），人民文學出版社 2005 年版，第 382 頁。

〔註25〕茅盾：《讀〈讀倪煥之〉》，載《茅盾全集》（第 19 卷），人民文學出版社 1991 年版，第 208～211 頁。

〔註26〕葉聖陶：《〈葉聖陶選集〉（開明版）自序》，載葉至善等編：《葉聖陶集》（第 18 卷），江蘇教育出版社 2004 年版，第 317 頁。

〔註27〕葉至善：《魯迅先生的三句話》，載葉聖陶研究會編：《葉聖陶研究論文集》，開明出版社 1991 年版，第 275 頁。

那段話，有不敢苟同的地方。喜歡不喜歡，這是個人的欣賞口味的問題，可不討論。主要是立論的那句話。我以為，綜觀葉聖陶小說的全貌，得不出『有許多是所謂「身邊瑣事」那樣的東西』的結論」。他進而從兩個方面加以辨析：首先，從創作理論上講，題材的大小不是決定性的，「關鍵在於題材本身所包涵、所沾濡的社會意義的大小」；其次，「魯迅先生一九三六年對葉聖陶小說作這樣的概括，也不符合葉聖陶小說的發展實際」。吳泰昌認為，「五卅」以後，葉聖陶的這一弱點得到了很大的克服，《倪煥之》就是一個明顯的標誌〔註28〕。有意思的是，金梅則認為葉聖陶「他往往在一系列卑瑣灰色或悲慘苦難的生活情境面前，僅止於憤慨和厭棄，而不能更深入一步，透過現象看到本質，也未能挖掘出造成這一類生活現象的真正根源，這就在一定程度上減輕了對舊中國舊社會生活揭露批判的深度和力度」〔註29〕。

葉至善則強調：「魯迅先生不喜歡『所謂「身邊瑣事」那樣的東西』，在『小說二集』的《序》中已經有所表示了。我父親拘泥於寫自己熟悉的事物，把身邊的小事作為小說的材料，是不可避免的。但是小事不一定就是『瑣事』，魯迅先生自己，不也常常把身邊的事作為小說的材料嗎？我看『小事』與『瑣事』是有區別的，區別大概在於有沒有普遍的社會意義，所以大家並不把魯迅先生的《一件小事》看作『身邊瑣事』。魯迅先生不喜歡的『身邊瑣事』到底指哪一些，倒是個值得研究的問題。……如果把『有許多是所謂「身邊瑣事」那樣的東西』看作『葉的小說』的補語，意思就不是指部分，而是全都不喜歡了」〔註30〕。

從現有的材料來看，研究者爭論的焦點一是「身邊瑣事」，二是魯迅是否對葉聖陶的所有小說都「不喜歡」。要想弄明白魯迅這句話真正的意思，需要對他說這句話時的背景及具體所指有明確的認識。但是，魯迅因何對增田涉提起葉聖陶的小說，現在已經無從查考。葉至善推斷，增田涉「可能收到了『小說二集』，看到了魯迅先生在《序》中提到我父親的那句話，順便問一聲罷了；要不，魯迅先生的答覆決不會這樣簡單的」〔註31〕。但是，即使這樣，

〔註28〕吳泰昌：《〈論葉聖陶的文學創作〉序》，載金梅：《論葉聖陶的文學創作》，上海文藝出版社1985年版，第7～8頁。

〔註29〕金梅：《論葉聖陶的文學創作》，上海文藝出版社1985年版，第141頁。

〔註30〕葉至善：《魯迅先生的三句話》，載《葉聖陶研究論文集》，開明出版社1991年版，第275～276頁。

〔註31〕葉至善：《魯迅先生的三句話》，載《葉聖陶研究論文集》，開明出版社1991年版，第275頁。

也依然無法判定魯迅先生是針對葉聖陶的部分小說還是當時他所看到的葉聖陶的所有的小說作出這樣的評價。

有意思的是，葉聖陶本人也對寫「身邊瑣事」發表了意見。1934 年，葉聖陶發表了《新年偶讀姜白石的元日詞》。他比較姜夔的《丁巳元日》和《揚州慢》這兩首詞，認為二者都有佳句。但是前者只是表現作者的極度的閒適，而後者就不同：「作者觸著了時代的脈搏，不只抒寫了個人的情趣，所以讀者覺得也有他的一份在內了。」葉聖陶進而發出了這樣的感慨：「現在我們不歡喜讀描寫身邊瑣事（著重號為引者所加）的文字，而要求觸著時代的作品，也不是什麼學時髦。處於嚴肅的讀者的地位，誰都要這樣要求的。」〔註 32〕

因此，可以肯定的是，魯迅和葉聖陶其實都不喜歡描寫「身邊瑣事」的作品。正如吳泰昌、葉至善諸位先生指出的，最關鍵的還是在於題材本身所具有的社會意義，所以寫小事不同於寫瑣事。因此，魯迅對葉聖陶的這句評價，其主要的意義還是在於指出了葉聖陶本人創作上的某些特點。葉聖陶在參加新文化陣營之後，開始創作的是一些「問題小說」，力圖揭示並解答人生問題。此後他的小說客觀寫實的色彩逐步加強。從他的創作實際來看，葉聖陶在第一個十年（1917～1927）間創作的作品，取材還是很廣泛的，寫到了小市民、知識分子、勞動群眾，對教育界的弊端進行揭露，對日趨貧困的鄉村農民表示了深切的同情。但是，作者敘述的成分多，又喜歡跳出來議論一番，破壞了作品的整體氛圍。就題材本身說，葉聖陶也不是直接描寫時代，而只是選取時代的側影加以表現。他注重以真實事件為原型，但在創作中主觀色彩又比較濃，而且他的作品，有著對各種不合理的人生現象和制度的控訴，對「愛」與「美」的嚮往，但是時代感確實不很強。而且他坦言「沒有事實，我就不想作小說」〔註 33〕，這自然也會對創作造成束縛。一般而言，研究者都認為葉聖陶在「五卅」之後開始更為積極地直面現實，作品的時代感明顯增強。商金林就認為，「從《夜》開始，作者（指葉聖陶——引者注）著力描寫『現實』」〔註 34〕。葉聖陶本人其實是很傾向於從平凡的人生事件中去發掘意義的，他認為「事實即使淺易平凡，我們如能精密地透入地觀察，

---

〔註 32〕葉聖陶：《新年偶讀姜白石的元日詞》，載葉至善等編：《葉聖陶集》（第 10 卷），江蘇教育出版社 2004 年版，第 19 頁。

〔註 33〕葉聖陶：《文藝談》，載葉至善等編：《葉聖陶集》（第 9 卷），江蘇教育出版社 2004 年版，第 48 頁。

〔註 34〕商金林：《葉聖陶傳論》，安徽教育出版社 1995 年版，第 436 頁。

就可以發見它的深刻和非常」〔註35〕。只是葉聖陶的特別之處在於,「他沒有象契訶夫、莫泊桑那樣,把自己的筆觸伸向更廣泛的題材範圍,而是孜孜不倦地開墾著自己的園地——表現小知識分子的灰色生活。在中國現代文學史上,也許沒有一個人對特定的題材像葉聖陶這樣專注和執著過。這樣做的結果是得失兼具的,一方面,在對轉變中的中國知識分子靈魂的揭示上,葉聖陶達到了大多數同代人難能的深度;另一方面,由於作者視野的限制,他似乎沒能賦予作品以一種更鮮明、更準確的時代背景和時代感」〔註36〕。這段論述確實道出了葉聖陶創作上的特點,即使在《倪煥之》這樣時代感最強的作品中,葉聖陶也不能成功地把表現時代與塑造人物形象完美地融合到一起,這在作品的下半部表現得很明顯。

葉聖陶對此也有清醒的認識,他表示自己「識見有限,不敢放寫亂寫,就把範圍限制在文字和教育上」〔註37〕。為尋求突破,反映現實,葉聖陶也積極努力向深入生活、體驗生活的方向努力。在他看來,如果是為了一定的目的去體驗生活,就必然是被動的。他贊同丁玲的意見,丁玲就認為體驗生活不應只是一個口號,應該成為自覺的指導思想,作家要真正深入生活,融入到人民之中才真正是在生活。〔註38〕葉聖陶再次將文藝與生活的關係問

---

〔註35〕葉聖陶:《文藝談》,載葉至善等編:《葉聖陶集》(第9卷),江蘇教育出版社2004年版,第48頁。

〔註36〕彭曉豐:《創造性背離——葉聖陶小說風格的形成及對外來影響的同化》,載《中國現代文學叢刊》1986年第1期。

〔註37〕葉聖陶:《〈西川集〉自序》,載葉至善等編:《葉聖陶集》(第6卷),江蘇教育出版社2004年版,第84頁。

〔註38〕葉聖陶在1952年12月21日日記中已經提到「『體驗生活』而以旁觀態度出之,事必無濟」。見葉至善等編:《葉聖陶集》(第22卷),江蘇教育出版社2004年版,江蘇教育出版社2004年版,第397頁。

另外,葉聖陶在1953年10月3日日記中又提到丁玲在文協大會上發言,談「體驗生活」。丁玲強調,所謂「體驗生活」,「非緣作家於生活初無所知,於是投入生活,酌取一些,以為寫作之本錢,且將因此而成書,而立作家之名。……作家固宜『落籍』於生活之中,與群眾同其呼吸,同其脈搏,初無著書立說之意,而有堅決鬥爭、爭取美好生活之心。夫是之謂體驗。能若是體驗者,當必有較好之作品出其筆下」葉聖陶對此表示「深佩」。5日,在文代大會上,丁玲發言,大致意思與上次相近,她「勸大家改變生活方式,勿拘拘於小圈子,又謂文藝首在創造人物,使人物活在讀者心中。又謂作者恐受人批評,不敢於作品中淺露其感情,實則苟與群眾打成一片,個人之感情即人民之感情,則隨意傾瀉,必無錯失」。葉聖陶對此深表激賞。分別見葉至善等編:《葉聖陶集》(第23卷),江蘇教育出版社1994年版,第35~36頁、第37頁。

題、文藝家的自覺性問題提到重要的地位，顯然他對題材問題的看法是更為深入了。

在 20 年代，葉聖陶雖然認為文藝家創作時不必顧慮讀者，但也只是就創作過程而言。從總體上看，他仍堅持創作與接受既相互制約，又相互促進，不可能有絕對自由、不受任何限制的創作。他只不過是為了強調創作的自由，反對文藝創作一味迎合讀者的口味。因此，創作的方法也可由作家自由選擇。葉聖陶認為寫自己熟悉的生活是題材上的首選，因而他對於當時一窩蜂地寫黑暗、寫農村、寫勞工、寫婦女的潮流不以為然。在他看來，作家應該從生活中得到真切的體驗與認識，才能寫出真正的文藝作品，這樣才能創新。文藝家本人的自覺也就成為最關鍵的因素，所以創作革命文學作品，最需要的既不是必須以從事社會和政治的革命為題材，也不是專事鼓吹革命，「現在最需要的是革命者」〔註 39〕。

葉聖陶首先是把文藝家看作「人」，既是個人，更是與大群（社會）緊密聯繫、不可分離的個人。因此，文藝家有作為人的天性與自由權利，同時文藝家也有自己的職責與使命。對文藝家而言，樹立正確的世界觀與人生觀就是首要因素，具體說來就是「立誠」。

葉聖陶一再提到「立誠」，認為這是為人處世的根本，並不限於文藝家。在《文藝談》中，他就指出：「我覺得『誠』這個字是無論什麼事業的必具條件。」〔註 40〕以這句古語為修身處世之警戒，葉聖陶對人格修養也就十分重視。在他看來，人生處世，最重要的是為人，要樹立正確的世界觀與人生觀，「誠」即是對人品道德的要求。即使是文藝家，也要將「立誠」作為根本追求，在葉聖陶看來，只有首先符合做人的標準，才能立定一切事業的根基，態度不真誠者，絕不可能成為真正的文藝家。

葉聖陶反覆強調「誠」，但對「誠」的具體內容並沒有詳細說明。不過從他的論述來看，「誠」可以理解為真誠：「我們心情傾注於某事某物，便將我們的全生命浸漬在裏面，視為我們的信仰和宗教，這就能『誠』了。」〔註 41〕

---

〔註 39〕葉聖陶：《「革命文學」》，載葉至善等編：《葉聖陶集》（第 9 卷），江蘇教育出版社 2004 年版，第 99 頁。

〔註 40〕葉聖陶：《文藝談》，載葉至善等編：《葉聖陶集》（第 9 卷），江蘇教育出版社 2004 年版，第 7 頁。

〔註 41〕葉聖陶：《文藝談》，載葉至善等編：《葉聖陶集》（第 9 卷），江蘇教育出版社 2004 年版，第 7～8 頁。

在葉聖陶看來，魯迅先生之所以能取得偉大的成就，首先就在於他的「真誠的態度」〔註42〕。「誠」又往往與「敬」相連，同時還應講究表裏如一、即知即行：「誠」相當於「實事求是」，「敬」則是「當一回事」〔註43〕。葉聖陶認為孔子、宋儒、顏李學派做到了這一點，〔註44〕王陽明也是如此〔註45〕；他欽敬蔡元培，而蔡元培正是被視為儒家君子人格的典範〔註46〕。由此可以看出葉聖陶對於「誠」的理解明顯受到儒家思想的影響。

「立誠」在為人處世這一層面是一般性的規定，具體到文藝創作中則要求「修辭立其誠」，它出自《易傳》。從這一點來看，「修辭立其誠」與「文如其人」是一脈相承的，不過文藝活動中的求誠還有新的規定。在葉聖陶看來，「誠」是講求內心修養，因而真誠的情感思想外化為語言文字，就是真的文學。具體說來，「作者持真誠的態度的，他必深信文藝的效用在喚起人們的同情，增進人們的瞭解、安慰和喜悅；又必對於他的時代、他的境地有種種很濃厚的感情，他下筆撰作，初無或恐違此、勉為留意的必要，而自然成為含有普遍性的真文藝」〔註47〕。葉聖陶認為，這是「求誠」的文藝家對於文藝所抱的根本態度，體現在創作之中，就是所思所想都來自於生活，是自身的真切體驗，而表達之時也崇尚樸實自然，不矯情賣弄：「想得認真，是一層。運用相當的語言文字，把那想得認真的心思表達出來，又是一層。兩層工夫合起來，就叫做『修辭立其誠』」〔註48〕。「修辭立其誠」也就是「言之有物」、

〔註42〕 葉聖陶：《學習魯迅先生的真誠態度》，載葉至善等編：《葉聖陶集》（第12卷），江蘇教育出版社2004年版，第125頁。

〔註43〕 葉聖陶：《誠於中而形於外》，載葉至善等編：《葉聖陶集》（第17卷），江蘇教育出版社2004年版，第165頁。

〔註44〕 葉聖陶：《深入》，載葉至善等編：《葉聖陶集》（第6卷），江蘇教育出版社2004年版，第289頁。

〔註45〕 葉聖陶談王陽明的「誠」，見《〈傳習錄〉注釋本緒言》：「像守仁所想的這個『誠』，內與外一致，動機與效果一致，卻永久是有價值可寶貴的。」載葉至善等編：《葉聖陶集》（第18卷），江蘇教育出版社2004年版，第307～308頁。

〔註46〕 葉聖陶：《讀〈蔡子民先生傳略〉》，載葉至善等編：《葉聖陶集》（第6卷），江蘇教育出版社2004年版，第31～32頁。

〔註47〕 葉聖陶：《文藝談》，載葉至善等編：《葉聖陶集》（第9卷），江蘇教育出版社2004年版，第8頁。

〔註48〕 葉聖陶：《談文章的修改》，載葉至善等編：《葉聖陶集》（第15卷），第116頁。葉聖陶還多次談到「修辭立其誠」，如《〈我〉序》《國文隨談》，分別見《葉聖陶集》第18卷，第223頁；《葉聖陶集》第13卷，第81頁。

「言之由衷」之意〔註 49〕。葉聖陶強調的有誠意，其實也對創作方法作出了一定的規定，就是偏重於辭達而已的白描法。

在葉聖陶看來，「誠」是立身處世的基本原則，也惟有求誠才能實現個體獨立，因為「誠」是忠於生活，同時又忠於自己的。不忠於生活就會有膚淺浮泛的毛病，自身就會所感甚淺甚至毫無所感，這就喪失了文藝的靈魂。

## 二、直覺與想像

「立誠」是對主體素養提出的根本要求，而在此基礎上真正深入到審美層面的還是葉聖陶對於創作心理的研究。「五四」時代高揚自我、推崇個性，要求對人有全新的認識，這就必然會深入人的心靈世界，展現真實的自我。創作上如此，研究上也是如此。不過葉聖陶主要是從普通心理學層面來探討，雖然他對弗洛伊德學說也有所瞭解，但他並沒有過多地涉及潛意識，也剔除了其中的非理性主義與神秘主義因素。葉聖陶對創作心理的探討主要涉及兩個方面：一是直覺，二是想像。

葉聖陶認為，文藝家對世間一切，不僅要有外在的觀察，還要深入內在的生命。這種觀察是與萬物達到生命的融合，實現物我為一，不是以邏輯的、分析的方式去把握，而是注重直覺與整體感知。因此，文藝家視外物為有生命之物並與之融為一體，達到與造物同遊、純任自然的境界。可見葉聖陶的「直覺」論，更多地帶有東方生命哲學與天人合一的色彩，與道家回歸自然的美學觀相契合。當然葉聖陶也注意到西方人本主義哲學的價值：「柏格森以為唯直覺可以認識生命之真際，我以為唯直覺方是文藝家觀察一切的法子。」〔註 50〕不過葉聖陶在此主要還是借用柏格森的「直覺」概念，他對於「直覺」的理解與闡釋主要還是從中國傳統文化中提取資源，這表現在他使用「赤子之心」與「童心」這樣的概念。

葉聖陶在論及創作心理時，將兒童與文藝家聯繫起來。他認為「兒童的心裏似乎無不是純任直覺的，他們視一切都含有生命。……這就是文藝家的宇宙觀」，「文藝家有個未開拓的世界而又是最靈妙的世界，就是童心。兒童不能自為抒寫，文藝家觀察其內在的生命而表現之；或者文藝家自己永葆其赤子之心，

---

〔註49〕葉聖陶：《答林井然》，載葉至善等編：《葉聖陶集》（第 25 卷），江蘇教育出版社 2004 年版，第 20 頁。

〔註50〕葉聖陶：《文藝談》，載葉至善等編：《葉聖陶集》（第 9 卷），江蘇教育出版社 2004 年版，第 20 頁。

都可以開拓這個最靈妙的世界」〔註51〕。明代思想家李贄標舉「童心」，以童心為「絕假純真，最初一念之本心也」，惟有具備童心而不被世俗沾染者，才能著天下之至文〔註52〕。清代王國維則融合中西，提出「詞人者，不失其赤子之心者也」〔註53〕。葉聖陶明顯受到了李贄和王國維的影響，同時也吸收了西方人本主義哲學的積極因素。在實用主義思潮的影響下，知識很容易變成謀求生計的工具，將一切視為機械的、物質的，失去了對生命的體認，失去了人文情懷。因此，赤子之心就顯得彌足珍貴，它最主要的特點就是實現了物我為一，拋去實際功利計較，純任自然，返於本真。因此，童心與赤子之心意味著要以真正審美的眼光來觀照世界，這種方式就是直覺。在心物關係上，文藝家固然要受外物的觸發，但是只有那些與其內心情感相應的事物才能真正使其觸動，一旦受到觸動，文藝家又能夠與物同遊，從中獲得美的感受，這也就是心物交感的特點。劉勰就已經注意辯證地認識心物關係，他在《文心雕龍》的《神思》《物色》篇中提出的「物以貌求，心以理應」、「隨物以宛轉」、「與心而徘徊」正是對二者關係的深刻揭示。葉聖陶對於心物交融問題的看法與劉勰是一致的。

　　從葉聖陶的論述來看，直覺具有三個特點：直觀的、感性的、整體的。直觀意味著文藝家的觀察是要直面宇宙人生，對萬物的體認就不是抽象的，重在直接的把握，生命的契合，這也就是葉聖陶強調的與造物同遊；感性意味著文藝家不是從知識的角度加以把握，而是更重視具體的審美感受；整體意味著文藝家不是把對象僅僅作為一個認識對象來分析，而是將其作為一個有內在生命的整體加以把握，即葉聖陶所說的「人生化」。

　　除了直覺，葉聖陶還談到了另一個重要因素：想像。葉聖陶對想像的評價極高，認為「世界之廣大，人類之渺小，賴有想像得以勇往而無懼怯」。對於文藝家來說更是如此，在創作過程中尤賴有想像的助力。葉聖陶認為「兒童在幼年就陶醉於想像的世界，一事一物，都認為有內在的生命，與自己有緊密的關聯，這就是一種宇宙觀，對他們的將來大有益處」〔註54〕。兒童的

---

〔註51〕葉聖陶：《文藝談》，載葉至善等編：《葉聖陶集》（第9卷），江蘇教育出版社2004年版，第21頁。

〔註52〕李贄：《童心說》，載張建業主編：《李贄文集》（第一卷），社會科學文獻出版社2000年，第92頁。

〔註53〕王國維：《人間詞話》，載姚淦銘、王燕編：《王國維文集》（第一卷），中國文史出版社1997年，第145頁。

〔註54〕葉聖陶：《文藝談》，載葉至善等編：《葉聖陶集》（第9卷），江蘇教育出版社2004年版，第18頁。

宇宙觀就是童心，其感受世界的方式就是直覺。想像同樣需要對宇宙間事物作生命的把握，打破現實世界的束縛與隔膜，打破人與我、我與物之間的界限，實現物我為一、自由遨遊。想像同樣是文藝家把握世界的重要方式。

但是，葉聖陶對於想像與直覺還是有所區分。在他看來，文藝中的想像有其獨特性。想像不僅是文藝家創作時的重要手段，也是讀者接受的前提。由於文學的物化形態是語言文字的集合體，因而作家創作必須作想像的安排，這種想像除了具有與直覺一致的特色外，還具有修辭上的功能。在《作文論》中，葉聖陶指出，取譬、移情、誇飾、聯想都離不開想像，聯想也是想像的一種〔註 55〕。作者把想像所得化為文字，對於讀者而言，就要通過讀解文字還原作者的思想情感，借用葉聖陶的話，就是「驅遣著想像來看，這才接觸到作者的意境」〔註 56〕。就此而論，葉聖陶已經注意到文學與其他藝術的區別了：文學必須借助於語言文字，語言文字可以蘊含作者的想像，也可以激發讀者的想像，這是其他各門藝術所不具備的。

從葉聖陶的論述來看，想像與直覺的區別主要有兩點：一是想像貫穿於創作與接受的過程，而直覺則主要是針對創作而言；二是語言文字所具有的包孕、激發想像的功能可以將文學與其他藝術區分開來，直覺就做不到這一點。因此，想像與直覺有相通之處，也存在著區別，它們是葉聖陶對創作心理研究作出的巨大貢獻。

文藝家為外物觸動，發揮直覺與想像，在心中逐步構想出能代表其所見所感的形象，葉聖陶稱之為「意象」。不過他在這裡所說的「意象」並非是實在表現出來的形象，而是意中之象，也就是劉勰在《文心雕龍·神思》中提到的「窺意象而運斤」的「意象」。葉聖陶認為，意象是「存在心裏頭的」東西，「把意象化為語言文字就是文藝」。〔註 57〕對於讀者來說，接觸到語言文字，引發想像，從而在內心有所得，這就是「讀者的意象」〔註 58〕。葉聖陶對意象並沒有作更多的解釋，但可以看出他所說的意象與劉勰基本一致。意

〔註55〕葉聖陶：《作文論》，載葉至善等編：《葉聖陶集》（第 15 卷），江蘇教育出版社 2004 年版，第 51～53 頁。

〔註56〕葉聖陶：《文藝作品的鑒賞》，載葉至善等編：《葉聖陶集》（第 10 卷），江蘇教育出版社 2004 年版，第 31 頁。

〔註57〕葉聖陶：《文藝創作》，載葉至善等編：《葉聖陶集》（第 9 卷），江蘇教育出版社 2004 年版，第 253～254 頁。

〔註58〕葉聖陶：《文藝寫作漫談》，載葉至善等編：《葉聖陶集》（第 9 卷），江蘇教育出版社 2004 年版，第 235 頁。

象是存於內心的，包含著人的思想與情感，同時也結合著語言文字。因而「意象」是人的思想情感的依託，它既不抽象，也不完全是具體的。不過葉聖陶在劉勰的基礎上又推進了一步，將意象用於讀者身上。葉聖陶將直覺與想像作為文藝創作中必不可少的因素，對於創作心理的研究大有幫助。

## 三、言意關係的探討

　　語言問題自古以來就涉及到人類生存活動、思想文化的方方面面，語言與思想的關係問題也成為延續千年的文化難題。在中國，有言不盡意的感慨，故有立象以盡意的解決方案；西方古典語言哲學則是以語言為表達思想的工具。晚清時代的改良主義者，推崇言文一致，大力提倡白話文；新文化運動時期，「文學革命」以語言形式為突破口，語言問題再度成為焦點。對此，葉聖陶積極地參與討論，發表自己的見解。他對語言文字問題的關注，最初也是著眼於言文一致的追求。他的探討，立足於生活的需要，從文章的角度入手，在這個大框架中觸及文藝。因而葉聖陶的探究，涉及到了文學創作、接受、作品等方面，也涉及到了包括文學在內的文章，在具體的歷史語境中，涵蓋了思想／語言、內容／形式、文言／白話、口語／書面語、語言／文字、語言／文章等一系列範疇之間的關係問題。

　　葉聖陶最初注意到語言文字問題，並不是出於對文學的考慮，而是為了解決言文分離這個困擾著晚清與五四學人的問題，這個問題又是葉聖陶在提倡教育革新時遇到的。他將矛頭直接指向了「言文異致」：「我國文字之難習，言文之異致實為其主因。……欲去此障礙，唯有直書口說，為今之計，使之較近口說。」葉聖陶對於言文分離的抨擊以及提出的直書口說的解決方案，與晚清及五四學人的思路是一致的。同時，在教育革新的情況下提出這一問題，又帶有啟蒙的意味。葉聖陶還指出：「作文之形式為文字，其內容實不出思想情感兩端。……文字本濟語言之窮者」，「覘學生作文之進步與否，……此全屬作文內容之事，而非形式之事。」〔註 59〕這就明確地將語言文字歸為形式問題，並且確立起了內容／形式、思想情感／語言文字的二元格局，前一項是決定性因素，能否具備現代的思想情感是區分現代與古典的根本標誌。

　　這一思路反映到創作上，葉聖陶就強調首先要把握的是內容──情感。

---

〔註 59〕葉聖陶：《對於小學作文教授之意見》，載葉至善等編：《葉聖陶集》（第 15 卷），江蘇教育出版社 2004 年版，第 5～8 頁。

葉聖陶在《文藝談》中認為情感的衝動是文藝的生命，文藝創作要純任自然，因而言意之間的矛盾在他看來是很容易解決的。雖然他也明確指出，情感如球體，作品連綴文字而成，有如直線，但是把情感化為語言文字的困難在他看來是可以克服的：「以直線描繪球體，既不失其原形，又無礙其生機，這就是文藝家最高的手腕。」〔註60〕

　　推崇這樣一種揮灑自如的創作狀態，表現出葉聖陶對人的心靈的重視，更可以見出他對天才的嚮往：天才創作出來的作品往往能夠達至自然天成之美，因而葉聖陶極力倡導創作時的無所為，表現自我，不為教條所束縛。在他看來，天才是不為法度所拘束卻能創造法度的人。20世紀20年代的文壇，盛行「做小說」與「寫小說」之爭，前一派主張小說必須刻意經營，用心做出；後一派則強調小說是自然天成、率性而成的。就創作主張看，葉聖陶屬於後一派。1922年，《文學》主編鄭振鐸收到署名「汝卓」的讀者來信，信中稱「葉聖陶為主張以做詩的態度做小說的最力的一人。但他所有的作品，我們與其稱之曰小說，無寧稱之為散文詩呢」。鄭振鐸為葉聖陶辯解，聲稱葉聖陶創作的小說並不是散文詩，重申了他們關於「寫小說」的立場〔註61〕。實際上，汝卓認為葉聖陶的小說是散文詩，倒是準確地指出了包括葉聖陶在內的眾多「五四」作家小說的詩化傾向，因為他們的不少作品中確實存在濃鬱的抒情氛圍與主觀色彩。葉聖陶主張「寫」小說，自然天成，隨心揮灑，但聯繫他的創作實際來看，其理論與實踐之間存在著極大的反差。葉聖陶坦承自己的創作態度是嚴肅的，創作過程十分辛苦：「在我，寫小說是一件苦事。下筆向來是慢的；寫了一節要重複誦讀三四遍，多到十幾遍，……一天一篇的記錄似乎從來不曾有過，已動筆而未完篇的一段時間裏的緊張心情，誇張一點說，有點像呻吟在產褥上的產婦。」〔註62〕他還特別提到自己注意作品的結局，「結局得當，把全篇的精神振起，給讀者一個玩味不盡的印象，是很有效果的」〔註63〕。如此用心雕琢、苦心經營，很難說他採取的是「寫小說」

〔註60〕葉聖陶：《文藝談》，載葉至善等編：《葉聖陶集》（第9卷），江蘇教育出版社2004年版，第26頁。

〔註61〕鄭振鐸：《鄭振鐸全集》（第十六卷），花山文藝出版社1998年版，第493～495頁。

〔註62〕葉聖陶：《隨便談談我的寫小說》，載葉至善等編：《葉聖陶集》（第9卷），江蘇教育出版社2004年版，第180頁。

〔註63〕葉聖陶：《雜談我的寫作》，載葉至善等編：《葉聖陶集》（第9卷），江蘇教育出版社2004年版，第233頁。

的態度。葉聖陶顯然不是他所向往的天才型作家。

或許正是寫作的艱辛促使葉聖陶對形式問題作更深入的思考。1924 年，在《作文論》中，葉聖陶大力強調組織的重要性，詳細列舉了多種方法，為寫作也為文學創作提供了指導意見。對此他從三個方面加以解釋：一、「材料空浮與否，結實與否，不經組織，將無從知曉」；二、「思想、情感之自然未必即與文字的組織相同」；三、「蓄於中的情思往往有累贅、凌亂等等情形；而形諸文字，必須不多不少、有條有理才行」〔註 64〕。此時的葉聖陶雖然注重內容，但也不輕視形式，他對各種寫作手法都作了詳盡的分析。

到 30 年代，葉聖陶逐步意識到只強調內容是片面的，轉而提醒人們注意形式。在 1938 年為《國文百八課》所做的說明中，葉聖陶即指出「這是一部側重文章形式的書，所選取的文章雖也顧到內容的純正和性質的變化，但文章的處置全從形式上著眼」。〔註 65〕即使如此，葉聖陶也沒有走向極端，1939 年，在致夏丏尊的一封書信中，葉聖陶特別提到：「我們固標榜國文教學注重在形式方面，但實際上形式與內容不可分離。」〔註 66〕為他的轉變提供理論支持的是西方的心理語言學、馬克思主義語言學。就前者而言，葉聖陶在二十世紀 40 年代就已經瞭解到這一學說，特別作了引述：「有一派心理學者說，思想是不出聲的語言。」因此，語言與思想是二而一的東西。〔註 67〕就後者而言，葉聖陶瞭解到的是馬克思在《德意志意識形態》中所說的語言是思想的直接現實。但是，對他影響更大的其實是斯大林的語言觀。〔註 68〕

〔註 64〕 葉聖陶：《作文論》，載葉至善等編：《葉聖陶集》（第 15 卷），江蘇教育出版社 2004 年版，第 26 頁。

〔註 65〕 葉聖陶、夏丏尊：《關於〈國文百八課〉》，載葉至善等編：《葉聖陶集》（第 16 卷），江蘇教育出版社 2004 年版，第 31 頁。

〔註 66〕 葉聖陶 1939 年 7 月 15 日致夏丏尊書信，載葉至善等編：《葉聖陶集》（第 24 卷），江蘇教育出版社 2004 年版，第 215 頁。

〔註 67〕 葉聖陶：《論中學國文課程的改訂》，載葉至善等編：《葉聖陶集》（第 16 卷），江蘇教育出版社 2004 年版，第 52 頁。

〔註 68〕 葉聖陶在 1951 年 10 月 4 日日記中記載他聽過蘇聯尤金博士的講演：《斯大林語言學論文與社會科學之關係》。1953 年 4 月 25 日日記中記載：「余重讀《馬克思主義與語言學問題》一遍。」分別見《葉聖陶集》（第 22 卷），第 233 頁、第 445 頁。在《文學工作和語言教育》這篇文章中，葉聖陶說得更為清楚：「斯大林的《馬克思主義與語言問題》的譯本出版之後，我讀了兩三遍」。見《文學工作和語言教育》，載葉至善等編：《葉聖陶集》（第 17 卷），第 50 頁。葉聖陶不僅經由斯大林引述了馬克思的論斷，他也贊同斯大林的語言觀，認為語言是思想的定型，語言是工具。他的語言觀念至此也基本定型。

　　葉聖陶綜合種種觀點，形成了自己的看法。他認為思想、語言其實是一元的，思想不能離開語言，必須借助後者表現出來，並且思想就是借助語言才得以開展。思想的過程就是語言的過程，其成果就是具體的語言文字。因此，在葉聖陶看來，想清楚了就是已經形成了明晰準確的語言，直接寫錄下來就是作品。如此一來，言意之間的矛盾仍然不難解決，關鍵是要想清楚。

　　對於內容與形式的關係問題，葉聖陶提出「一元論」：「內容寄託在形式裏頭，形式怎麼樣也就是內容怎麼樣。」〔註69〕這一主張確實避免了割裂思想與語言、內容與形式的毛病，提升了語言、形式的地位，並且從思維過程來看，思維確實需要結合語言來進行。劉勰在《文心雕龍·神思》中也認為「神居胸臆，而志氣統其關鍵；物沿耳目，而辭令管其樞機」。在葉聖陶看來，語言問題已不僅僅是形式問題，而是與思想相關聯，這就突破了傳統的語言工具論，對於語言的意義有了新的認識。葉聖陶不僅接受了西方語言觀及馬克思主義語言學，還作了一定的提升，有了自己的心得〔註70〕。這種自覺而積極的思考無疑有助於探討的深入。葉聖陶根據自己的體會，一再主張不應視語言為末節，在他看來，引導學生體驗生活，有所見，著為文字即是好文章。對於創作中出現的言意矛盾，葉聖陶在 30 年代認為解決的辦法在於多多練習，苦心經營，當「我組織而成的一串文字剛好是我的材料的化身，我就有了好文章了」〔註71〕。到 50 年代，有人再次提出寫下來的不能完全表達所想的，葉聖陶指出，這種意見的錯誤在於割裂內容與形式，否認語言跟思維的聯繫。在他看來，「固定下來的形式就是內容的全貌」，「思維的結果是內容和形式的同時完成」〔註72〕。這就需要想得明確，同時要多實踐。針對「言外之意」的問題，葉聖陶指出，「話沒明說，只要讀者想得深些透些，也就能夠體會。可是言外之意總得含蓄在明說出來的話裏頭，讀者才能

〔註69〕 葉聖陶：《〈葉聖陶選集〉（開明版）自序》，載葉至善等編：《葉聖陶集》（第18卷），江蘇教育出版社 2004 年版，第 319 頁。

〔註70〕 葉聖陶 1952 年 5 月 14 日到俄文編譯局演講，「提出數語為以前未嘗說過者。謂『思想拿不出來，而語言為拿得出來之思想』。謂『語言是思想的定型』。謂『我人憑藉外國語言之習慣，瞭解外國人之講話或著作。憑此瞭解，以中國語言之習慣思維之，然後述之以筆舌。若此工作，即為翻譯。』」載葉至善等編：《葉聖陶集》（第22卷），江蘇教育出版社 2004 年版，第 322 頁。

〔註71〕 葉聖陶：《戰時文談》，載葉至善等編：《葉聖陶集》（第9卷），江蘇教育出版社 2004 年版，第 216 頁。

〔註72〕 葉聖陶：《文藝作者怎樣看待現代漢語規範化問題》，載葉至善等編：《葉聖陶集》（第17卷），江蘇教育出版社 2004 年版，第 240 頁。

夠體會」〔註73〕。葉聖陶力圖以此證明思維與語言的一致性。

葉聖陶雖然走向了一元論，卻依然沒有完全擺脫工具論。在他看來，「生活是根源，語言是手段」。〔註74〕語言的工具性體現在「就個人說，是想心思的工具，是表達思想的工具；就人與人之間說，是交際和交流思想的工具。」〔註75〕至於文字，更是附屬於語言：「語言是交流思想的工具，文字是記錄語言的工具。」〔註76〕如此一來，葉聖陶就確立了思想／語言／文字層層決定的體系。他始終堅持語言是工具，是思維的工具。相對於傳統的工具論，這種工具論並沒有將思想與語言割裂開來，不再認為語言是外在於思想、被動地承載與傳達意義的工具。這種觀念力圖把思想與語言統一起來，但又是以思想居於決定地位、否定語言的相對獨立性為代價，語言仍然只是作為工具而存在。傳統言意矛盾命題中語言的豐富性、複雜性就被遮蔽了。馬克思只是提出「語言是思想的直接現實」，卻沒有認為思想就一定全部外化為語言、思想與語言是同一的。這也就表明馬克思並沒有以語言為思想的惟一根據。葉聖陶顯然忽視了這一點。

語言工具論還存在一個問題，那就是對於情感的輕視。葉聖陶早年是極為重視文藝創作中的情感要素的，甚至以情感為文學的本體，對文學的本質有著深刻的認識。到40年代以後，葉聖陶開始越來越強調思想，從他的一元論出發，從思想到語言就是直線式的，這一點與他早年認為從情感到語言也是自然轉化的觀點極為相似。只不過文學創作活動中，不僅有抽象的邏輯思維，也有感覺、情感、想像等因素在起作用，這些因素與語言並不是完全同一的。

事實上，語言不僅是思維與交流的工具，也是思想文化的重要組成部分，這早已為現代語言哲學所揭示。語言是人類社會的產物，一經產生，對於個人而言就具有先在性，既為個人的思維活動提供條件，卻也在一定意義上限制了個人的自由發揮。這就是語言的痛苦。同時，就語言本身的特性而言，

---

〔註73〕葉聖陶：《關於使用語言》，載葉至善等編：《葉聖陶集》（第9卷），江蘇教育出版社2004年版，第267頁。

〔註74〕葉聖陶：《文藝寫作必須依靠語言》，載葉至善等編：《葉聖陶集》（第9卷），江蘇教育出版社2004年版，第267頁。

〔註75〕葉聖陶：《認真學習語文》，載葉至善等編：《葉聖陶集》（第13卷），江蘇教育出版社2004年版，第180頁。

〔註76〕葉聖陶：《文字改革和語言規範化》，載葉至善等編：《葉聖陶集》（第17卷），江蘇教育出版社2004年版，第213頁。

語言有抽象、明晰、準確的一面，也有形象、模糊、多義的一面，因而「意」與「言」之間的關係就顯得錯綜複雜，言意矛盾並不容易解決。葉聖陶也注意到了言外之意的存在，這是解決言意矛盾的一個辦法，只可惜他沒有作深入的開掘。

在五四時代，還有一個問題具有深廣的文化意義，那就是文言與白話之爭。在這個問題上，葉聖陶始終支持白話文，他自己也身體力行，創作了大量的白話作品，表現出作為一名新文化人的堅定立場。葉聖陶認為，「自由發表思想和感情究竟偏重在使用語體」，破除形式的桎梏才能自由地展現個人的思想情感。這是從創造新文化的立場而言。同時，為了傳承固有文化，葉聖陶認為需要學習文言，只不過再沒有必要使用文言文。故而葉聖陶在編選課本時，同意梁啟超的觀點，兼採文言文和白話文。〔註77〕

葉聖陶反對使用文言，卻又為文言留有餘地，看似矛盾，其實問題並不簡單。一方面固然是堅持創造新文化與傳承固有文化的辯證統一，另一方面則反映出「五四」一代學者在語言問題上的困惑：他們既以語言為工具，又朦朧意識到語言的思想文化意義。梁啟超認為，「文章但看內容，只要能達，不拘文言白話，萬不可有主奴之見」〔註78〕。葉聖陶也認為文言白話並無優劣之分，在這一點上主要還是著眼於語言的工具意義。但是葉聖陶認為只有白話才能傳達現代人的思想情感，顯然又觸及到了語言的思想文化意義，正如他指出的：「文言並不是純工具，你要運用它，就不能不多少受它的影響，……白話也不是純工具，新的文體必然帶來一種新的精神。」〔註79〕白話與文言其實各自代表了不同的思想文化體系。

問題的關鍵在於，葉聖陶主要是從工具論的立場來看待語言文字，帶有濃厚的經驗主義、實用主義傾向，這從他對待白話文的態度即可以看出來。葉聖陶認為，問題的關鍵在於「文言的源頭在目，改換過來就得在口在耳，才能夠切合當前的生活，表達現代的心聲」〔註80〕。他指出，「五四」以來的

〔註77〕葉聖陶：《關於〈初中國語教科書〉的陳述》，載葉至善等編：《葉聖陶集》（第16卷），江蘇教育出版社2004年版，第9頁。

〔註78〕梁啟超：《中學以上作文教學法》，載夏曉虹編：《〈飲冰室合集〉集外文》，北京大學出版社2005年版，第899頁。

〔註79〕葉聖陶：《「五四」文藝節》，載葉至善等編：《葉聖陶集》（第6卷），江蘇教育出版社2004年版，第140～141頁。

〔註80〕葉聖陶：《回憶瞿秋白先生》，載葉至善等編：《葉聖陶集》（第6卷），江蘇教育出版社2004年版，第325頁。

白話不是從口耳著手的,這一論斷無疑是正確的。五四以來的白話,本來就不是為了解決口耳的問題,而是作為一種全新的書面語代替文言這種舊的書面語。因此,現代白話在當時不僅沒有縮小文學與民眾之間的距離,反而拉大了距離。其實,早在晚清時代,黃遵憲即已提出「我手寫我口」,不過他意在突破古來束縛,直接抒寫個人情懷。但是他對言文一致的倡導極大地影響了晚清知識界,也為五四知識分子所繼承。葉聖陶對「口耳」的強調,也是從這一思路發展而來。在他看來,既然生活在現代,就應該運用現代的語言表達人的思想情感,這種語言不僅應該口上能說,而且筆下能寫,說與寫相一致。這種語言就是「活的語言」,也就是「現代各色人等口頭說的語言」〔註81〕,由此寫成的文章也就是能讀的文章。因此,葉聖陶認為「語體文的最高境界就是文章同說話一樣」〔註82〕。他也注意到日常說話與文章的不同,寫作要追求精練,這也就是要求文章「上口」。依據這個標準,五四時代不少的白話文顯然還不合格。為此葉聖陶支持大眾語運動和「大眾語文字」,批評白話文承襲了文言的腔調。〔註83〕

　　葉聖陶是從語言的功能與形式層面來考察白話文的,他沒有意識到「五四」以來的現代白話與文言、古白話之間的根本區別。文言與古白話是古代漢語的組成部分,而「五四」以來的現代白話則是屬於現代漢語體系。現代白話是吸收了文言、古白話、歐式語言等成分而形成的一種全新的語言,承載的是現代思想文化與價值觀念。在現代白話發展的初期,它確實存在拗口、難懂、難讀的問題,但這是一個必須經歷的歷史過程,這並非意味著它是對文言的承襲。事實上,文言、古白話、現代白話依託的都是同一套文字體系,因而所謂的「言文一致」,追求的還是口語與書面語的一致。問題是,晚清與五四時代的知識分子,往往把「言文一致」當作解決語言、文學乃至文化問題的不證自明的前提。由於缺乏對「言」與「文」的明確界定,導致了理解上的混亂,在實際論述中,言／文往往被置換為語言／文字、語言／文章、白話／文言、口頭語／書面語……但是這些關係項顯然不是一一對應的。即

〔註81〕 葉聖陶:《經驗和語言》,載葉至善等編:《葉聖陶集》(第9卷),江蘇教育出版社2004年版,第256頁。

〔註82〕 葉聖陶:《怎樣寫作》,載葉至善等編:《葉聖陶集》(第15卷),江蘇教育出版社2004年版,第79頁。

〔註83〕 葉聖陶:《回憶瞿秋白先生》,載葉至善等編:《葉聖陶集》(第6卷),江蘇教育出版社2004年版,第325頁;葉聖陶:《雜談讀書作文和大眾語文字》,《葉聖陶集》(第17卷),第5頁。

使在葉聖陶那裡，這個問題也沒有得到明確的解答。

不過，葉聖陶提出的作文如說話、文章應上口的意見還是值得重視的。他並非是要文章如同日常說話一樣淺白。文章與日常說話不同，缺乏種種輔助手段，講求精練、結構嚴謹、語言精粹。葉聖陶所說的「上口」，「並不是說照文章逐字逐句念出來，是說念出來跟咱們平常說話沒有什麼差別，非常順，叫聽的人聽起來沒有什麼障礙，好像聽平常說話一樣」〔註84〕。符合這一要求的就是葉聖陶所說的「文學語言」：「『文學語言』這個術語跟古時候所謂『雅言』相近，就是大家通曉的、了無隔閡的語言，可以用來談話、演說、作報告，也可以用來寫普通文章和文藝作品。」〔註85〕文學語言並不是一種單獨的語言體系，也不是只能在文學創作中運用的語言，它是一種精粹、洗練，書面與口頭、讀與寫合一的語言。這樣的語言才能更好地解決言意之間的矛盾，傳達現代人的思想情感。

## 第二節　意境與傳神──文學的審美追求

在葉聖陶看來，對文章而言，「上口順耳」、「言之有物」是兩個起碼的要求〔註86〕。但是，在泛論文章之時，葉聖陶還時時注意揭示文學作品的特點，在他看來，與普通文章相比，文學作品是更高層次的文化產品，是語言的藝術。藝術世界的營構，需要一定的審美追求為之指引，葉聖陶在闡發自己的文藝觀點時，也提出了他的審美追求：真切之意境與傳神之人物。意境顯然偏重於抒情類作品，人物顯然偏重於敘事類作品。但在葉聖陶的論述中，二者並非涇渭分明，這從他把意境引入小說評論就可以看出，抒情類作品也可以通過細緻的人物描寫來傳達作者的情感。無論是意境還是人物，都是主觀情感與客觀描寫融合的產物。

### 一、讚賞有意境之作

「意境」說在中國文論史上可謂是源遠流長，《詩格》中已提出，劉禹錫、

---

〔註84〕 葉聖陶：《寫話》，載葉至善等編：《葉聖陶集》（第 15 卷），江蘇教育出版社 2004 年版，第 124 頁。

〔註85〕 葉聖陶：《從〈語法修辭講話〉談起》，載葉至善等編：《葉聖陶集》（第 15 卷），江蘇教育出版社 2004 年版，第 140 頁。

〔註86〕 葉聖陶：《為了聽眾，為了讀者》，載葉至善等編：《葉聖陶集》（第 17 卷），江蘇教育出版社 2004 年版，第 48 頁。

皎然、司空圖等人都對「意境」提出了自己的見解，使「意境」逐漸成為中國古典文論的一個重要範疇。晚清時代王國維融會中西，建立了以「境界」為核心的詩學體系，把意境說提高到了前所未有的高度，成為「境界」（「意境」）論的集大成者。但是，這並不意味著「意境」說就此終結。自「五四」以來，新文化運動的倡導者和參與者在促進新文學創作的同時，也啟動了中國文論的現代進程，葉聖陶「意境」說就是一例。

早在 1921 年葉聖陶就在《晨報副刊》上發表了四十則《文藝談》，使用了「意境」這一範疇。在此後六十多年的生涯中，葉聖陶對「意境」說提出了自己的看法，不斷補充並完善自己的觀點。從總體上看，他在兩個方面推進了「意境」說：

首先是從寬泛的意義上使用這個概念。葉聖陶標舉「意境」，以之作為衡量文藝作品藝術水準的尺度，始見於 1921 年發表的《文藝談》。他批評當時的文藝創作題材狹窄，「群趨於此，意境又大略相似，就可知其中不盡含有深切的印象和精微的靈感，而半由於趨時了」〔註87〕。1927 年，葉聖陶再次提出，意境可以說是「文章的靈魂」〔註88〕。在論述文藝問題時，葉聖陶還一再以與「意境」內涵相關相近的「境界」、「情境」、「意趣」等作為文藝創作所應努力達到的水準，視為文藝作品展現的特殊的藝術世界。

但是，「五四」時代以「意境」論小說並非只有葉聖陶一人。正如有的研究者指出的，「意境」是「現代小說家的一種較為普遍的美學追求，也是對初期抒情性小說的直露少回味的糾偏」：中國現代抒情性小說自覺追求意境並以意境論小說，如周作人認為廢名創造了獨有的意境，王統照認為可以從風格、趣味、意境、思想中尋找作品中間的骨子，蘇雪林以意境評郁達夫、葉鼎洛的小說，李健吾認為廢名在追求一種超脫的意境，楊剛認為盧焚的小說在追求意境與神韻，艾蕪希望讀者探尋魯迅小說中的意境形象，這些都是明顯的例證〔註89〕。

從具體論述來看，葉聖陶所說的「意境」，主要有兩個方面的涵義：一是

〔註87〕葉聖陶：《文藝談》，載葉至善等編：《葉聖陶集》（第9卷），江蘇教育出版社2004年版，第5頁。

〔註88〕葉聖陶：《詞兒和字眼》，載葉至善等編：《葉聖陶集》（第9卷），江蘇教育出版社2004年版，第176頁。

〔註89〕方錫德：《現代小說家的「意境」追求》，載《中國現代文學研究叢刊》1989年第3期。

情景交融的藝術世界，是主觀之「意」與客觀之「境」的結合。1936 年，葉聖陶在賞析劉延陵《水手》一詩時提出的「情境」，其實就是「意境」：「情指情感、情緒、情操等，總之是發生在我們內面的。境就是境界，包括環繞在我們周圍的事物。」〔註90〕1944 年，葉聖陶在《讀〈虹〉》一文中明確提出「意境不僅指一種深善的情旨，同時還要配合一個活生生的場面，使那情旨化為可以感覺的」〔註91〕。情與景顯然是意境不可或缺的元素。

「意境」另一個方面的涵義是作者的內心所得、所見所感，既可能是情感，也可能是思想觀念，重點在「意」上。1947 年，在回答《文藝知識連叢》編者問時，葉聖陶對意境的解說是：「接觸事物的時候，自己得到的一點什麼，就是『意境』。也就是『君子無入而不自得』一句話裏那個『自得』的東西。」〔註92〕這與他後來談到的「意象」是相通的：從實際生活中「想著了什麼東西，要讓人家知道，那就非創作不可，……所謂的什麼東西是存在心裏頭的意象，把意象化為語言文字就是文藝」。〔註93〕此處的「意象」，與劉勰在《文心雕龍‧神思》中「窺意象而運斤」的「意象」含義一致，都是指內心意象，而非表意之象。因而這一層意義上的意境，存於主體心中，尚未外化於作品之中。《詩格》中談到意境時，認為是「張之於意而思之於心，則得其真矣」。〔註94〕葉聖陶對意境的第二種解說應是這一層意義上的，這種意境其實就是作者的旨趣。葉聖陶在論及文藝作品的鑒賞時提到讀者要驅遣著想像才能接觸到「作者的意境」，其實也就是作者的所見所感。

中國古典意境論主要是以「意境」論詩，到王國維時則標舉「境界」，作為詞的最高美學標準，但他也以「意境」分析元曲。梁啟超也把「意境」用於小說研究。這些都體現了「意境」的泛化，但是葉聖陶不僅以「意境」論詩詞，還使之覆蓋了散文、戲劇、小說等文學體裁。在《文藝談》中他談到

〔註90〕葉聖陶：《劉延陵的〈水手〉》，載葉至善等編：《葉聖陶集》（第 10 卷），江蘇教育出版社 2004 年版，第 259 頁。

〔註91〕葉聖陶：《讀〈虹〉》，載葉至善等編：《葉聖陶集》（第 10 卷），江蘇教育出版社 2004 年版，第 106 頁。

〔註92〕葉聖陶：《關於散文寫作》，載葉至善等編：《葉聖陶集》（第 9 卷），江蘇教育出版社 2004 年版，第 246 頁。

〔註93〕葉聖陶：《文藝創作》，載葉至善等編：《葉聖陶集》（第 9 卷），江蘇教育出版社 2004 年版，第 318～319 頁。

〔註94〕王昌齡：《詩格》，載郭紹虞主編：《中國歷代文論選》（第二冊），上海古籍出版社 2001 年版，第 89 頁。

「意境」，是就文藝而言，並不專指某一類文學體裁。尤其值得注意的是繼梁啟超之後，葉聖陶也明確地以意境論小說，意義十分重大。

在 1924 年出版的《作文論》中，葉聖陶就已經把描寫的對象分為「境界」與「人物」，引入小說分析中：「史傳裏邊敘述的是以前時代的境界。如小說裏邊敘述的是出於虛構的境界，都不是當前可見的。」〔註 95〕當然這裡所說的「境界」主要是指時代環境，與「人物」相對。但是到 1944 年，葉聖陶在《讀〈虹〉》一文中明確提出「構成意境和塑造人物，可以說是小說的必要手段」。〔註 96〕此處的「意境」顯然不僅僅只是環境，更具有情景交融的特點。以抒情文學的「意境」來衡量作為敘事文學的小說，其中的意義值得深思，至少反映了中國小說兩個方面的重大變化：

首先是小說地位的變化。自晚清以來，在梁啟超等人的大力倡導下，小說逐步由小道成為文學之最上乘。其實在葉聖陶之前，梁啟超就已經將「境界」、「意境」用於小說分析。1902 年，在《論小說與群治之關係》中，梁啟超就指出，小說之所以吸引人，在於「常導人遊於他境界，而變換其常觸常受之空氣也」，且能摹寫引發「所懷抱之想像，所經閱之境界」。〔註 97〕梁啟超在《〈新小說〉第一號》中提出「新小說之意境，與舊小說之體裁，往往不能相容」。〔註 98〕從中可以見出在晚清時代，梁啟超就已經試圖以「意境」建構起全新的小說理論體系。但在當時，新小說創作匱乏，對小說的鄙視依然盛行。直到「文學革命」興起，中國現代小說才真正佔據文學格局的中心位置。在這樣的情形之下，如何深入探討小說的美學特徵，制定小說藝術水準的標尺，就成為一個重大的理論問題。葉聖陶選擇了「意境」與「人物」，可說是對這一問題的回應。

另一方面，現代小說的全新面貌也為這一範疇的使用提供了條件。葉聖陶並非僅僅是搬用一個概念，他對文學現實有著清醒的認識。中國小說從古典形態過渡到現代形態，不僅是地位的上升，也是從內容到形式各方面的全

---

〔註 95〕 葉聖陶：《作文論》，載葉至善等編：《葉聖陶集》（第 15 卷），江蘇教育出版社 2004 年版，第 47 頁。

〔註 96〕 葉聖陶：《讀〈虹〉》，載葉至善等編：《葉聖陶集》（第 10 卷），江蘇教育出版社 2004 年版，第 106 頁。

〔註 97〕 梁啟超：《論小說與群治之關係》，載《飲冰室合集·文集之十》，中華書局 1989年版，第 6 頁。

〔註 98〕 《新小說》第一號，載陳平原、夏曉虹編：《二十世紀中國小說理論資料》（第一卷），北京大學出版社 1997 年版，第 57 頁。

新革命。現代小說中有不少作品都擺脫了情節中心，以人物為中心，由敘事為主轉為強調「詩趣」，抒情成分大大增強〔註 99〕。從這個意義上來講，「意境」恰恰反映出五四小說所具有的新質。可見葉聖陶試圖以「意境」來整合以小說為中心的中國現代文學新格局。

　　但是，這種泛化也有流於空虛的危險，一旦無所不包就會失去自身的特質。葉聖陶在分析小說時，也仍然不得不以「人物」與「意境」對舉，畢竟現代小說是以人物為中心的，而梁啟超則獨舉出「意境」，由此可以見出葉聖陶對「意境」的理解顯然更勝一籌。但是問題的關鍵在於他對意境的界定仍然缺乏邏輯性與嚴密性，並且「意境」與「境界」、「情境」、「意趣」、「意象」等相關概念混用，妨礙了研究的深入。

　　其次，對「意境」進行科學的界定與解釋。葉聖陶對意境的研究其實非常具體，集中於創作與欣賞兩方面。作為一位作家、評論家、編輯家、教育家，葉聖陶對創作與欣賞都深有體會，他的論說也融入了自己的思考，具有鮮明的特色。從總體上看，他突出了兩個維度：一是心理，二是語言。他引入了心理學、教育學、語言學等成果，以科學的方法研究文學，彌補中國古典文論之不足。

　　葉聖陶所說的「意境」既是文藝家內心所得之意象，又是作品中呈現出的情景交融的藝術世界。因此要創造出意境，文藝家這一環節至關重要。對文藝家而言，生活充實是根基，這是成為一個健全合格的公民的前提。在這樣的公民之中，「有些人生活既充實，又能從生活之間發覺些什麼，領悟些什麼，並且運用文字把它們具體的敘寫出來，那才是文藝家」〔註 100〕。進入具體的創作階段，葉聖陶強調「直覺」，這種直覺同時又是以心接物，與造物同遊，從中又可以見出莊子「物化」說的影響。同時直覺也與想像相關聯，葉聖陶充分肯定了想像的作用，同時他沒有使直覺流於非理性主義與神秘化。葉聖陶正是從心理的角度來分析，取得了研究上的突破。

　　傳達也是文藝創作的一個重要環節，葉聖陶認為對結構、語言的把握是極為重要的，必須重視技巧。他強調「意境不僅指一種深善的情旨，同時還

---

〔註99〕關於這一點可以參考陳平原《中國小說敘事模式的轉變》中論「詩騷」傳統的部分，見該書第 223〜253 頁。另有楊聯芬：《中國現代小說中的抒情傾向》，北京師範大學出版社 1996 年版。

〔註100〕葉聖陶：《愛好和修養》，載葉至善等編：《葉聖陶集》（第 9 卷），江蘇教育出版社 2004 年版，第 112 頁。

要配合一個活生生的場面,使那情旨化為可以感覺的」〔註101〕。作者要表達自己的意境,「不但選擇那些最恰當的文字,讓它們集合起來,還要審查那些寫了下來的文字,看有沒有應當修改或是增減的。總之,作者想做到的是:寫下來的文字正好傳達出他的所見所感」〔註102〕。

葉聖陶進一步把心理與語言連接了起來。他強調「言語的根本是情意」〔註103〕,40 年代他克服了內容/形式二元論之後,意識到思想與語言的一致,心理活動與語言活動是同步的、共生的。因此「意象與語言文字並非兩件東西。離開了語言就沒有意象,心裏頭有這麼一個意象,就是心裏頭有這麼一番語言」〔註104〕,記錄下來就是文藝作品。

葉聖陶也從心理與語言角度分析意境的欣賞,並且兩個方面也是相輔相成的。文字是溝通作者與讀者的橋樑,文學創作要作想像的安排,讀者就不能拘泥於字面意義,必須「驅遣著想像來看,這才接觸到作者的意境」〔註105〕。這裡所說的「作者的意境」其實就是葉聖陶所說的「意象」即內心意象。在這一過程中,語言也不可忽視。為此葉聖陶提出要培養語感,最根本的辦法是培養深切的生活經驗,這是生活的需要:「要求語感的銳敏,不能單從語言文字上去揣摩,而要把生活經驗聯繫到語言文字上去。一個人即使不預備鑒賞文藝,也得訓練語感,因為這於治事接物都有用處。為了鑒賞文藝,訓練語感更是基本的準備。有了這種準備,才可以通過文字的橋樑,和作者的心情相契合。」不僅如此,葉聖陶還指出,讀者「應該處於主動的地位,對文藝要研究、考察……不但說了個『好』就算,還要說得出好在哪裏,不但說了個『不好』就算,還要說得出不好在哪裏」。〔註106〕葉聖陶克服了中國古典文學批評中重直覺觀感而邏輯分析不足的弊病,推進了「意境」研

---

〔註101〕葉聖陶:《讀〈虹〉》,載葉至善等編:《葉聖陶集》(第 10 卷),江蘇教育出版社 2004 年版,第 106 頁。

〔註102〕葉聖陶:《文藝作品的鑒賞》,載葉至善等編:《葉聖陶集》(第 10 卷),江蘇教育出版社 2004 年版,第 28 頁。

〔註103〕葉聖陶:《文藝談》,載葉至善等編:《葉聖陶集》(第 9 卷),江蘇教育出版社 2004 年版,第 51 頁。

〔註104〕葉聖陶:《文藝創作》,載葉至善等編:《葉聖陶集》(第 9 卷),江蘇教育出版社 2004 年版,第 254 頁。

〔註105〕葉聖陶:《文藝作品的鑒賞》,載葉至善等編:《葉聖陶集》(第 10 卷),江蘇教育出版社 2004 年版,第 31 頁。

〔註106〕葉聖陶:《文藝作品的鑒賞》,載葉至善等編:《葉聖陶集》(第 10 卷),江蘇教育出版社 2004 年版,第 24~36 頁。

究的科學化。

那麼，意境對文學到底有怎樣的意義呢？葉聖陶指出，「綜觀自來的文藝，意境是逐漸地開拓，材料是逐漸地豐富。平庸的人作文藝，只在舊的意境裏討生活，舊的材料裏做工夫；……天才就不然。天才常是新意境的開闢者，新材料的採集者。文藝因有新的意境，新的材料，就有更壯大的生命力，放出攝引人的光彩。於是平庸的人的眼界跟著寬廣了，心思跟著解放了，作起文藝來也要涉足於新的範圍裏。這是文藝的一度的發展。」〔註107〕

意境與材料首先是來源於一定的歷史環境，文藝家則在自身所處的環境中見人之所未見，發人之所未發，採掘新的材料，創造新的意境，由此開創出一種全新的局面。葉聖陶舉香草美人的託喻是從楚辭而來；山水抒寫，是從二謝等人而來。香草美人與山水在自然界與人類社會中早就存在，不是直到屈原與二謝的時代才出現的，但是以香草美人來託喻，以山水為創作題材，卻是到楚辭與二謝時代才開創了新的局面的。其中作家的審美觀念起到了極為重要的作用。這就是新意境與新材料對文學發展作出的貢獻。

在葉聖陶看來，蘇軾與辛棄疾對宋詞的開拓之功也是如此。在此之前，《花間集》代表了宋初詞的創作成就，詞從主旨、題材與風格都形成了自己的特色。從主旨上看，詞主要描寫個人遭際、悲歡離合、幽怨愁思，取材多為個人生活、香閨女性，風格上柔婉香豔。到了蘇軾與辛棄疾的時代，他們極大地擴充了詞的題材，打破了詞的格律，使詞的風格一變而為豪壯深沉。並非是說在此之前他們詞中的題材就不存在於現實之中，但只有到他們手中，詞才真正實現了這種革新。

其實，就葉聖陶自身的創作實踐來看，他也是在探尋「新意境」與「新材料」的基礎上對現代文學的發展作出了自己的貢獻。葉聖陶自稱早年接觸過中國古典文學，卻不能領會，直到讀了歐文的《見聞雜記》以及翻譯作品（主要是林紓翻譯的西洋小說），才真正對文學產生了興趣：「那富於詩趣的描寫，那看似平淡而實有深味的敘述，當時以為都不是讀過的一些書中所有的」，對於此前看過的中國古典小說如《水滸》《三國演義》《紅樓夢》等，他「只是對於故事發生興趣而已，並不覺得寫作方面有什麼好處」〔註108〕。翻

〔註107〕葉聖陶：《〈蘇辛詞〉緒言》，載葉至善等編：《葉聖陶集》（第18卷），江蘇教育出版社2004年版，第283頁。

〔註108〕葉聖陶：《雜談我的寫作》，載葉至善等編：《葉聖陶集》（第9卷），江蘇教育出版社2004年版，第224頁。

譯作品也起到很重要的作用:「簡直在經史百家以外另有一種境界」〔註 109〕。自此以後,葉聖陶在創作上開始有意摹仿歐文,力圖營造一種詩意的境界。葉聖陶的感受當然是真實的,不過從中也可以發現,中國古典文學對他的影響其實是很深的。他對於古典詩詞的愛好終身以之,而他的感受也揭示出了中國古典小說重情節的特徵,這也影響到了葉聖陶早期的文學創作尤其是他的文言小說。當然,葉聖陶是在直接接觸到西方文學以後,一種全新的文學打動了他,使他領略到了截然不同的「意境」,從而走上了一條新的文學道路。事實上,葉聖陶從西方小說中領略到的「詩趣」,正是「五四」時代中國現代小說的一個顯著特點,新的時代也為作家提供了新材料,因而新意境與新材料使得中國現代文學呈現出一種全新的面貌。葉聖陶本人的文學創作即是如此,他的作品中所展現出來的人道主義、民主思想、個性解放、孤獨苦悶、同情民眾等等,都是「五四」精神的體現,而白話寫作、深入心理、情節淡化、抒情筆調則是形式技巧上的革新。並且當葉聖陶在西方文學的影響下獲得了新的視角,再以此反觀中國古典文學時,他就自然地產生了新的感覺,重新發現了中國古典文學描寫世態人情的意義,他早年沉浸於古典文化氛圍時是體會不到這一層的。因此,意境與材料的革新還需要作家本人有深切的感受才行。

葉聖陶強調接觸作者的意境,但是對意境本身具有的虛實相生、朦朧多義的特點重視不夠。意境的這種特徵,既在於人的心理的精微複雜,也與語言的特性有關。就語言而言,葉聖陶雖然較多地注意到其邏輯性與明晰性,但對其多義性、朦朧性的一面沒有進行深入的揭示。而且,語言先於個人而存在,既為個人理解和運用語言提供了條件,也造成了限制。因此,意境的內蘊有可能超出作者的意圖,而讀者的理解也可能見仁見智。這樣倒是司空圖所言的「象外之象,景外之景」更為準確地揭示了意境的特徵。

## 二、追求傳神的境界

葉聖陶雖然重視意境,但他也強調人物的重要性,正如他所說,「構成意境和塑造人物,可以說是小說的必要手段」〔註 110〕。需要指出的是,「人物」

---

〔註 109〕葉聖陶:《〈葉聖陶選集〉(開明版)自序》,載葉至善等編:《葉聖陶集》(第 18 卷),江蘇教育出版社 2004 年版,第 316 頁。

〔註 110〕葉聖陶:《讀〈虹〉》,載葉至善等編:《葉聖陶集》(第 10 卷),江蘇教育出版社 2004 年版,第 106 頁。

在葉聖陶筆下往往並不單指「人」，也涉及「物」，都是客觀描寫的對象。

　　早在創作文言小說之時，葉聖陶就喜歡觀察世間人事，代為推測，他稱之為「偵探術」：「於廣座之中，默聆各人之言論，即可以偵知其隸何黨籍，小試偵探術，亦一消遣法已。」〔註111〕這種觀察生活的方法為他以後的創作打下了堅實的基礎，使其具有很強的洞察力，夏志清就認為葉聖陶「文筆的長處乃在於觀察力」〔註112〕。在發表《文藝談》時，情感、自我成為葉聖陶論文藝的主調，帶有強烈的浪漫主義色彩。但在他看來，以自我為中心與深入體察萬物並不矛盾，這種由己及物、心物合一的觀念促使葉聖陶努力把握事物的內在生命。「人們因為實際生活上的便利，很容易看宇宙一切僅為機械的，物質的，不復能透入它們的內心，與之同化而認識它們真實的生命」〔註113〕，文藝創作就不同，需要對事物的整體加以把握，而這種把握需要抓住事物內在的、最本質的特徵，同時也是人與物的生命的交融。因此，文藝家筆下的事物就具有了生氣與靈性，富有鮮明的特徵。

　　葉聖陶認為，要達到這一目標，「還是那句話——深入生活」，但文藝家既要入乎其內，又要出乎其外，審視事物而不為外物所圍，這也就是「超以象外」的態度〔註114〕。文藝家在體察事物時，達到心與物化，入於自然之境，與造物同遊。這是一種擺脫束縛、純任自然的狀態。莊子在《庖丁解牛》中曾經提出在觀照外物時，要做到以神遇而不以目視，以之為技進乎道之途徑。這樣才能擺脫外在的束縛，入於生命的真際，實現生命的交流。如此一來才可以做到體物得神。這樣的作品發自人的內心，出自人的生命體驗，處於真正的自然狀態，才能打動人的靈魂，引起人的共鳴。因此，文藝家描繪事物時，固然也可以細緻描畫外物的形貌，達到形似。但在葉聖陶看來，追求「形似」還只是「貌寫」而非「神摹」，不是最高境界〔註115〕，正如他指出的：「畫龍的事也可以

---

〔註111〕葉聖陶1913年5月10日致顧頡剛書信，載葉至善等編：《葉聖陶集》（第24卷），江蘇教育出版社2004年版，第39頁。

〔註112〕夏志清：《中國現代小說史》，劉紹銘等譯，復旦大學出版社2005年版，第52頁。

〔註113〕葉聖陶：《文藝談》，載葉至善等編：《葉聖陶集》（第9卷），江蘇教育出版社2004年版，第21頁。

〔註114〕葉聖陶：《迎接大變革的時代》，載葉至善等編：《葉聖陶集》（第8卷），第129～130頁。

〔註115〕葉聖陶：《浣溪沙‧孫功炎繪吳中園林卷見貽》，載葉至善等編：《葉聖陶集》（第8卷），第328頁。

借用，頭角鱗甲，張爪曲躬，纖屑靡遺，無筆不工，偏偏漏畫了全神集注的雙瞳。」〔註 116〕失去了對事物本質特徵的把握，就無法做到得神傳神。因為正是特徵能夠展現事物的內在神韻與生命，抓住了特徵就把握了事物的全體與靈魂。因此，即使是「神似」之說，葉聖陶也覺得還未完全揭示「得其神」的真義：「神似之說或未諦」〔註 117〕。真正的傳神之作，要求文藝家將融入了自身情感之物的特徵準確地描畫出來，他讚美張大千畫作「神跡兩無遺」，李可染之畫「因物創境」，孫功炎「神摹」、工筆寫真而能「得其神」，王以鑄作詩「體物得其神」〔註 118〕。可以見出，「神」主要是指事物之神韻。

葉聖陶標舉的「得其神」，主要是借鑒了中國古代的文藝思想。值得注意的是，葉聖陶本人有著深厚的藝術素養，他所論「傳神體物」，多是指畫作而言。而以「神」為藝術作品追求的境界，恰恰是來自於中國古代的畫論。傳神論的提出，是受了漢末魏初名家「言意之辨」和魏晉玄學的影響，名家與玄學家都重神而輕形。隨著山水畫的興盛，六朝之時「神」就已經用於畫作品鑒，顧愷之就提出了「傳神寫照」〔註 119〕、「以形寫神」的主張〔註 120〕。此後傳神論逐步應用到文學領域，當時所論之「神」，包含了多種意義，但對於傳神之作的推崇卻是經久不衰。蘇軾曾指出，「論畫以形似，見與兒童鄰。賦詩必此詩，定非知詩人。詩畫本一律，天工與清新」〔註 121〕。顧愷之認為要傳神就要畫人物的眼睛，蘇軾則認為顴骨和面頰也能傳神：「傳神之難在目。……其次在顴頰。吾嘗於燈下顧自見頰影，使人就壁模之，不作眉目，見者皆失笑，知其為吾也。目與顴頰似，餘無不似者。」〔註 122〕「神品」也

〔註 116〕葉聖陶：《迎接大變革的時代》，載葉至善等編：《葉聖陶集》（第 8 卷），江蘇教育出版社 2004 年版，第 130 頁。

〔註 117〕葉聖陶：《觀李可染畫展》，載葉至善等編：《葉聖陶集》（第 8 卷），江蘇教育出版社 2004 年版，第 251 頁。

〔註 118〕葉聖陶：《張大千臨摹敦煌壁畫展覽》《觀李可染畫展》《浣溪沙·孫功炎繪吳中園林卷見貽》《題孫功炎〈瓠落齋詩詞稿〉》《題王以鑄〈咸寧雜詩〉》，分別載葉至善等編：《葉聖陶集》（第 8 卷）第 200 頁、第 251 頁、第 328 頁、第 330 頁、第 401 頁。

〔註 119〕劉義慶著、余嘉錫箋疏：《世說新語箋疏》（下冊），中華書局 2007 年版，第 849 頁。

〔註 120〕張彥遠：《歷代名畫記》（卷第五），遼寧教育出版社 2001 年版，第 53 頁。

〔註 121〕蘇軾：《書鄢陵王主簿所畫折枝二首》，載蘇軾著、馮應榴注：《蘇軾詩集合注》（中），上海古籍出版社 2001 年版，第 1437 頁。

〔註 122〕蘇軾：《傳神記》，載蘇軾：《蘇軾文集》（第一冊），中華書局 1986 年版，第 401 頁。

成為中國古代藝術家對藝術品的至高讚譽。葉聖陶在這一點上與中國古代的畫論家、文論家的審美觀念是一致的。只不過他將體物傳神明確地建立在生活的根基之上，強調超以象外，以一種泛神論式的生命哲學觀照外物，不以神似為至境，看重的是以「神遇」，認為這樣才能達到傳神的境界。

葉聖陶對於觀照外物、體物得神的論述，雖然主要是針對「物」而言，但是他所論涉及宇宙間一切事物，自然包括「人」在內，只不過他沒有指明這一點。在《作文論》中，葉聖陶明確指出境界描寫與人物描寫的原則，在葉聖陶看來，人物描寫最關鍵的是要突出人物的個性，因為「假若只就人的共通之點來寫，則只能保存人的類型，不能表現出某一個人」，這就必須「抓住他給予我們的特殊的印象」〔註123〕。人物描寫可以寫外在方面，這同境界描寫是一樣的，可以工筆寫真，但是更重要的是對人物內在方面的展現。人物的內在方面寄託於動作、談話，所以描寫人物，必須著眼於這兩個方面，這樣才能表現出人物的個性。

如何才能真正表現出人物的個性？葉聖陶認為，「性格的表現於畫幅，在於將最能傳神的部分充分發揮寫，而不重要的部分竟可棄去不寫」〔註124〕，這就是要求文藝家抓住最能體現人物個性的部分加以重點表現。在這一點上，葉聖陶的觀點同黑格爾倒是很一致。黑格爾曾經盛讚希爾特的「特徵」論，依據希爾特的說法，特徵是「組成本質的那些個別標誌」，「藝術形象中個別細節把所要表現的內容突出地表現出來的那種妥貼性」〔註125〕。葉聖陶以《愛的教育》為例說明特徵的重要性：「本書卻注重在性態的某幾點，並不注重在進展。一個人的性態不容易一下子描寫盡致，所以分開幾處寫；在不同的事件和場合上，把性態的某幾點再三刻畫，於是性態不是平面的而是立體的了。」〔註126〕那麼文藝家怎樣才能抓住這樣的關鍵點呢？葉聖陶認為，作家要能「深入他們的內心，所以虛構出來的他們的行動和語言都與他們適合。……創作家不但對於熟識的人、連不熟識的也能描寫得恰如其分，神情

---

〔註123〕葉聖陶：《作文論》，載葉至善等編：《葉聖陶集》（第15卷），江蘇教育出版社2004年版，第48頁。

〔註124〕葉聖陶：《創作的要素》，載葉至善等編：《葉聖陶集》（第9卷），江蘇教育出版社2004年版，第158頁。

〔註125〕轉引自〔德〕黑格爾：《美學》（第一卷），朱光潛譯，商務印書館1979年版，第22頁。

〔註126〕葉聖陶：《〈愛的教育〉指導大概》，載葉至善等編：《葉聖陶集》（第14卷），第209頁。

畢肖。其難能可貴就在於此」。體察人物歸根到底還是在於以生活為根底,「最重要還在深入生活,把接物觀人包容在生活項目裏頭」。〔註127〕從對話與行動中就「可以知道人物的全部生活——不僅是生活的外表,而且是生活的根柢」〔註128〕。因此,文學作品中的人物,應該既富有自身個性,又要能展現一定時代的生活,不僅注重外表的真實,更應重視實質精神。這樣的人物其實就是「典型」,只不過葉聖陶在實際論述中很少運用這一術語。葉聖陶曾以《叔孫通定朝儀》為例分析人物對話、以魯迅《風波》為例分析人物行動,他指出對話與行動描寫都是為表現人物服務的。

## 第三節　文學批評

　　葉聖陶曾經寫下了大量的文學批評文章,較為自由活潑的鑒賞性文章更是難以勝數。但是他卻一再表示:「我絕無批評家的才能」,「我不懂文藝理論」,「我真的不懂文學批評」〔註129〕。這當然含有謙遜的成分在內,但也表現了葉聖陶本人對於文學批評的態度。首先,在他看來,無論是文學創作還是文學批評,都不能簡單地套用理論,使作品變成理論的例證。文學批評必須扎根於生活,從具體的文學現象出發;其次,葉聖陶對文學批評的定位是:創作與批評應是相輔相成的,文學家與批評家應該相互理解尊重,平等對話。葉聖陶反對批評家居高臨下地評判作家作品並以一己之見為權威。30 年代革命文學的倡導者對於葉聖陶及其作品就採取了這樣一種簡單粗暴的態度。相反,葉聖陶本人主張批評家要做到公正與寬容;再次,葉聖陶不認為文學事業是什麼了不得的大事,不將其神化,文學創作與批評也就是很平常的事情。他認為文學鑒賞能力是人人應具備的,若沒有即是人生的缺陷。文學批評則可以起到引導民眾的作用。但是他早年更注重創作問題,強調創作的自由。到 40 年代以後,葉聖陶轉到人民的立場上來,強調文藝為人民服務,對於批評問題的關注就大大加強了。

---

〔註127〕葉聖陶:《夢的創作》,載葉至善等編:《葉聖陶集》(第 9 卷),江蘇教育出版社 2004 年版,第 248～250 頁。

〔註128〕葉聖陶:《讀〈叔孫通定朝儀〉》,載葉至善等編:《葉聖陶集》(第 14 卷),江蘇教育出版社 2004 年版,第 395 頁。

〔註129〕葉聖陶:《〈雉的心〉序》《〈春暖花開〉序》《〈葉聖陶文集〉(人文版)前記》,分別載《葉聖陶集》(第 5 卷),第 68 頁;《葉聖陶集》(第 6 卷),第 96 頁;《葉聖陶集》(第 18 卷),第 324 頁。

　　葉聖陶無疑是一位出色的文學批評家，他不僅從理論上探討了文學批評的實質、原則與方法，還開展了具體的文學批評活動。同時，他的多重職業身份也使他在文學批評領域佔有一定的優勢：他本人是作家，對於文學作品的理解自然更能細緻入微，體會同行的甘苦；同時他又長期從事編輯、出版和教育工作，以編輯、教師這樣的身份讀解作品，他的文學批評活動就顯得角度多樣、形式靈活，並能做到客觀、公正、寬容。葉聖陶的文學批評跨越中西，縱論古今，他尤其注意總結新文學成果，關注現代作家，極富歷史使命感，為中國現代文學批評事業作出了卓越的貢獻。

## 一、文學批評理論

　　參加新文學運動以前，葉聖陶就已經對文學產生了濃厚的興趣，他創作文言小說，同時也對古今文學作品有了一定的體會與感受，形諸文字即是他早年的鑒賞文章。但是直到 1921 年發表《文藝談》，葉聖陶才自覺地從理論上探討文學批評問題。

　　葉聖陶意識到文學批評的作用，與他對文學創作認識的深化密切相關。葉聖陶認為，文藝家創作應無所容心，摒棄一切顧慮，包括批評家的評論。但是葉聖陶還是點出了批評家對文藝家的意義：「倘若欲以示人，或者我以為此已最好而實有視此更好的可能；則文藝家就有待於批評家的幫助了。」這時批評家就可以發揮他的作用了：「用分析的方法衡量其各部之是否完美，更以整個的印象而批判其是否渾凝，據其所得撰為評論。」葉聖陶沒有一味強調創作而完全排斥接受的作用，為文學批評留下了一席之地，這也是「為人生」的文藝觀必然導致的結果。因為文藝要起到「為人生」、啟蒙民眾的作用，就不能不顧及讀者。只是葉聖陶仍然堅持認為批評家的作用要在文藝家創作完成之後才得以發揮，這樣既可以確保文藝家創作的自由，又能夠通過批評使創作達到更高的境界。「批評家與文藝家是相輔而行的」，這是此時葉聖陶對文學批評的基本態度。〔註130〕

　　促使葉聖陶認識到文學批評重要性的另一個因素是讀者，更準確地說是一般讀者即群眾。葉聖陶在探尋中俄兩國文藝遭遇不同境遇的原因時發現，在中國，群眾對於文藝十分冷漠，對文藝抱著消遣的目的，因而真的文藝在中國備

---

〔註130〕葉聖陶：《文藝談》，載葉至善等編：《葉聖陶集》（第 9 卷），江蘇教育出版社
　　　　2004 年版，第 38～39 頁。

受冷遇。葉聖陶呼籲批評家發揮他們的作用：「以清明的眼光，誠懇的意思，介紹真的文藝品於群眾，逐漸導他們於嗜好文藝，視文藝為生活上必需品之途徑，一方竭力抨擊供應人以消遣的作品，使之漸就減少而終達於零。如是，文藝才能和群眾接近起來。」批評家對於群眾的引導作用顯然不可忽視。從這一段論述中，可以看出葉聖陶主張文藝為普通人生活中的必需品，因此包含了這樣的意思：群眾固然有待批評家的引導，但自身也「不可不有領略文藝家精心結撰的作品的能力」，這為葉聖陶日後強調文學鑒賞力的培養奠定了基礎。〔註 131〕

　　結合文藝家與民眾雙重因素來考慮，葉聖陶提出：「文藝批評是文學上極重要的一種業務。文學進步的民族對於這一事剖析精微，綜觀指歸，和治科學的抱一樣的精神。」這是要求文學批評具有科學性。但是，文學批評雖然重要，在中國卻遭遇了窘境：新文學初期的大作家不多，批評的效果難以實現。葉聖陶不得不對批評家提出這樣的要求：「不妨只講大體，但就作品之精神方面衡量，而置精微於不論，列藝術手腕於次要。」具體說來就是「最重要的是那位作者的人生觀須是在水平線以上，作品差些還是其次。」〔註 132〕說到底也就是從作品思想內容入手，見出作者的人生觀，由此評判藝術品的價值，至於藝術形式技巧則是次要問題了。這在當時是情有可原的：在新文學的草創時期，創作本來就十分匱乏，真正的上乘之作更是少之又少，一般作品都是注意題材、主旨，藝術手法還很稚嫩。在這種情形之下，強調作品的思想內容也是理所當然。作為文學研究會最重要的批評家的茅盾，在評論1921 年 4 月至 6 月的創作時也感慨作品的稀缺，而已有的作品中「描寫男女戀愛的小說佔了百分之八九十呢」，更嚴重的是，這些作品又存在公式化、模式化的問題，像魯迅《故鄉》那樣的作品簡直就是鳳毛麟角。〔註 133〕

　　葉聖陶在談論文學批評問題時，也是從生活的角度加以論述。在他看來，文學是人生的表現，文學創作立足於生活，因而真正的文藝作品可以起到變革人心的作用，使人對人生有更真切的認識。文學批評介紹與評論真正的文藝作品，正可以引導民眾，使他們入於正當的人生。不過，在葉聖陶看來，

---

〔註 131〕葉聖陶：《文藝談》，載葉至善等編：《葉聖陶集》（第 9 卷），江蘇教育出版社2004 年版，第 11～47 頁。

〔註 132〕葉聖陶：《文藝談》，載葉至善等編：《葉聖陶集》（第 9 卷），江蘇教育出版社2004 年版，第 47 頁。

〔註 133〕茅盾：《評四、五、六月的創作》，載《茅盾全集》（第 18 卷），人民文學出版社 1989 年版，第 133 頁。

人要取得真正的獨立性，就不僅要靠「外爍「（外部條件激發），更要依靠「自覺」（自我主動的生發），化為自身的血肉，成為生命的一部分。在他看來，文學是藝術的一部分，「一個人即不為文藝家，也須具有欣賞文藝的能力」〔註134〕，這是生活的要求，否則就是人生的缺陷。因而此後不久，葉聖陶逐漸將關注的重心轉到文藝欣賞上來：「現在就文藝一端說，我們且不要斥責著作家的太不顧人家，且不要怨恨批評家的不給人引路；我們還是使用固有的權柄來養成自己的欣賞力吧。」〔註135〕文藝欣賞同樣是以生活為根基：就態度而言，要求真誠，而真誠本是實際生活的要求，並不是專為文學欣賞而設；欣賞文藝，是「固有的知識智慧感情經驗與文藝裏邊的情事境界發生感應」〔註136〕，而個人的知識智慧感情經驗都是來源於生活的。

葉聖陶所論之文學批評與文學欣賞還是有一定的區別的：文學批評是批評家的專職，文學欣賞則是人人可以做到的；文學批評與創作相輔相成，引導一般讀者，文學欣賞則不需要承擔這樣的責任。但是這並不意味著葉聖陶就將二者截然分開，實際上他對文學欣賞問題所發表的意見，大多與他對於文學批評的看法是相通的。

在論述了文藝鑒賞的必要性之後，葉聖陶還分析了文藝鑒賞的可能性：「文藝鑒賞並不是一樁特別了不起的事，不是只屬於讀書人或者文學家的事」，「可見文藝鑒賞是誰都有份的」。但是文藝鑒賞也不是一樁簡單的事，要研究作者描寫的原因和效果，「不但說了個『好』就算，還要說得出好在哪裏，不但說了個『不好』就算，還要說得出不好在哪裏。這樣，才夠得上稱為文藝鑒賞」。〔註137〕這也是對文藝鑒賞提出科學性的要求。

在葉聖陶看來，文藝欣賞不能離開具體的歷史文化語境。他一再稱引陳寅恪「瞭解之同情」的觀點〔註138〕。在指導略讀時，葉聖陶以古書為例指出，

〔註134〕葉聖陶：《文藝談》，載葉至善等編：《葉聖陶集》（第9卷），江蘇教育出版社2004年版，第23～41頁。
〔註135〕葉聖陶：《第一口蜜》，載葉至善等編：《葉聖陶集》（第10卷），江蘇教育出版社2004年版，第3頁。
〔註136〕葉聖陶：《第一口蜜》，載葉至善等編：《葉聖陶集》（第10卷），江蘇教育出版社2004年版，第4～5頁。
〔註137〕葉聖陶：《文藝作品的鑒賞》，載葉至善等編：《葉聖陶集》（第10卷），江蘇教育出版社2004年版，第23～25頁。
〔註138〕葉聖陶：《略讀的指導》，載葉至善等編：《葉聖陶集》第14卷，江蘇教育出版社2004年版，第174頁。

「閱讀它而要得到真切的瞭解，必須明瞭古人所處的環境與所懷的抱負」，這樣才不致盲從或抹殺古人，也就是「還它個原來的面目」〔註139〕。葉聖陶認為這也就是「知人論世」，不以現在的尺度去衡量古人〔註140〕。據此，葉聖陶反對任意曲解或過分苛求研究對象，體現出他的科學精神與歷史意識：文學作品是要用「生活經驗去對付的，一個人的生活經驗沒有止境，所以一部古典或文學作品，可以終身閱讀而隨時有心得。……抱著拘泥的態度讀它當然流為迂腐，但抱著融通的態度讀它卻是真實的受用。」〔註141〕

但是，瞭解作者還只是獲得了背景方面的知識，是為閱讀作品做準備。在葉聖陶看來，語言文字是連接作者與讀者的惟一橋樑：作者通過想像，驅遣語言文字表達他的思緒；讀者則通過讀解語言文字，發揮想像，體會作者的意境。無論是文中之意還是言外之意，都要借助於語言文字。因此，「要領略作品的一切方面，只有去讀作品本身」〔註142〕，需要「潛心會本文」〔註143〕。

對於作品的閱讀、欣賞，葉聖陶曾作過詳細的闡述。雖然他的表述在不同時期有所不同，但從總體上看，他把這一過程分為兩大步驟：首先是要分析作品：「分析的讀法可以得到理解」，屬於「知」的一面；其次是綜合的讀法，「綜合的讀法可以引起感應」，屬於「情」、「意」方面〔註144〕。要「把篇中說明的什麼徹底瞭解」〔註145〕，包括詞、對話、比喻、穿插、照應、人物和環境的交互關係等等，也就是要透徹瞭解整篇文章。

完成這一步之後，進而「體會作者意念發展的途徑及其辛苦經營的功力」。至於體會，「得用內省的方法，根據自己的經驗，而推及作品；又得用

---

〔註139〕葉聖陶：《介紹〈經典常談〉》，載葉至善等編：《葉聖陶集》（第14卷），江蘇教育出版社2004年版，第30頁。

〔註140〕葉聖陶：《詩人節致辭》，載葉至善等編：《葉聖陶集》（第6卷），江蘇教育出版社2004年版，第146頁。

〔註141〕葉聖陶：《〈孟子〉指導大概》，載葉至善等編：《葉聖陶集》（第14卷），江蘇教育出版社2004年版，第193～194頁。

〔註142〕葉聖陶：《讀〈虹〉》，載葉至善等編：《葉聖陶集》（第10卷），江蘇教育出版社2004年版，第103頁。

〔註143〕葉聖陶：《語文教學二十韻》，載葉至善等編：《葉聖陶集》（第8卷），江蘇教育出版社2004年版，第249頁。

〔註144〕葉聖陶：《作一個文藝作者》，載葉至善等編：《葉聖陶集》（第12卷），江蘇教育出版社2004年版，第161頁。

〔註145〕葉聖陶：《愛好和修養》，載葉至善等編：《葉聖陶集》（第9卷），江蘇教育出版社2004年版，第110頁。

分析的方法，解剖作品的各部，再求其綜合」。〔註146〕葉聖陶認為，在指導學生閱讀時，對於各類文章都可以運用這種方法。這是因為在他看來，在語文教學中，文學與非文學界限並不很嚴，這種閱讀方法適合於文學作品與普通文章。此後，葉聖陶指出，文藝作品的閱讀，更應該注意綜合的讀法，因為在他看來，「文藝作品裏頭含蘊著作者的人生和作者所見的人生，讀的時候務求與作者的人生精神相通，如對於一個朋友一樣，務求與作者所見的人生聲息相關，如對於展開在自身面前的人生一樣」〔註147〕。可以說到這個時候，葉聖陶才真正從文藝自身的特性找到了閱讀文藝的特殊方法。文學是表現人生的，文學所表現的人生是文藝家的人生和文藝家所見的人生，反映在作品中的是整個的人生，也是具體的人生，其中飽含著作者的情感與思想。因而文學作品的閱讀與普通文不同，讀者需要透過字面意義去體會作品的深層意蘊與整體氛圍。由此可以見出，文學欣賞需要理性的分析，但也需要情感的投入，需要感知與想像，這樣才能真正理解文學作品的意義與價值。

　　葉聖陶認為，文藝欣賞要求讀者把握文章的意義，與作者心意相通，體會作者的意境。但是他並沒有將讀者置於被動的地位。在他看來，「純處於被動的地位的，也談不到文藝鑒賞」〔註148〕。文藝鑒賞要求讀者能夠做出獨立的評判，讀者與作者的契合體現出平等的對話與交流，並沒有哪一方居於支配地位。葉聖陶甚至還注意到文學作品價值的實現還有賴於讀者，在討論文學的永久性問題時，他認為文學具有訴於情緒的力，情緒不能持續，但可以重新激起，這顯然有待於讀者的共鳴。讀者在欣賞作品時，知解力與感悟力同時發揮作用，也需要想像，這正是讀者發揮主動性的表現。葉聖陶還指出，讀者在欣賞作品時，如果採取不同的角度，作品也就呈現不同的面貌：如《莊子》論內容是哲學書，論寫作技術是文學書；《水經注》論內容是地理書，論寫作技術是文學書；《史記》本是史書，但如果偏重於篇章結構、語言文字，就是文學著作了。「從文學的觀點讀，……只須注重在詞句的運用、篇章的安排、以及人情事態的描寫等項就是了」，〔註149〕這並非意味著讀者就可以決定

〔註146〕葉聖陶：《論國文精讀指導不只是逐句講解》，載葉至善等編：《葉聖陶集》（第14卷），江蘇教育出版社2004年版，第9頁。
〔註147〕葉聖陶：《作一個文藝作者》，載葉至善等編：《葉聖陶集》（第12卷），江蘇教育出版社2004年版，第161頁。
〔註148〕葉聖陶：《文藝作品的鑒賞》，載葉至善等編：《葉聖陶集》（第10卷），江蘇教育出版社2004年版，第27頁。
〔註149〕葉聖陶：《〈史記菁華錄〉指導大概》，載葉至善等編：《葉聖陶集》（第14卷），

作品的性質，只是說在側重點上可以選擇。

## 二、文學批評實踐

　　葉聖陶一向提倡知行合一，他不僅從理論上對文學批評進行探討，還從事實際的批評活動，把理論與實踐結合起來。葉聖陶的文學批評實踐有這樣幾個特點：一是持續時間長。早在清末民初他就有意識地評論古今作品，直至晚年仍關心文壇狀況，評論新人新作；二是涉及面廣。葉聖陶的文學批評在某種意義上可稱為文章批評，涉及各類文體，既有文學作品，也有非文學作品。在評論文學作品時，他的視野涵蓋了小說、詩歌、散文、劇本各類體裁，甚至包括報告文學、傳記文學。除了文學，他的藝術愛好也是廣泛多樣，對於繪畫、書法、戲劇、電影時有涉及。三是形式靈活多樣。葉聖陶的評論文章不僅有嚴謹規範的論文，也有書信、日記、序跋、廣告、教材、教輔等多種形式，還有以文學作品面貌出現的評論文章如小說、詩、詞、散文等，《文心》就是其中一項重要成果。在這些體式各異的文章中，葉聖陶對自己觀點的闡發也是十分靈活：或是就作品論作品，或是借評論提煉出理論觀點；或是全面解析，或是抓住最具特色的一點深入開掘；四是方法不拘一格。葉聖陶強調要有「瞭解之同情」的態度，要「潛心會本文」，反對教條主義。在批評實踐中，他或是探尋文章的主題，或是追蹤作者的思路，或是挖掘語言的妙處，或是把握結構的特徵，或是分析文體的特色，或是體察人物的性格。有時他運用一種批評方法，有時則使用幾種方法。總之，切入的角度不同，運用的方法也就根據實際需要而定。在這一點上，葉聖陶的文學批評顯得異常豐富多彩。

　　早在參加新文學運動之前，葉聖陶就開始了文學創作。在接觸大量的文藝作品的同時，他也寫下了很多評論文章，但有不少只是零星、片斷的讀後感，說不上是正式的文藝批評。但是他的評論往往一語中的，如從主題著眼，認為「屈翁山之詩，亡國之音，淒慘彌甚，可歎也」〔註150〕；從語言技巧評李白《憶秦娥》：「覺音節有說不出之好處」〔註151〕；評《美人手》：「情節離

---

　　　　江蘇教育出版社 2004 年版，第 278 頁。

〔註150〕葉聖陶 1911 年 7 月 20 日（陰曆六月廿五日）日記，載葉至善等編：《葉聖陶集》（第 19 卷），江蘇教育出版社 2004 年版，第 24 頁。

〔註151〕葉聖陶 1911 年 8 月 4 日（陰曆閏六月初十日）日記，載葉至善等編：《葉聖陶集》（第 19 卷），江蘇教育出版社 2004 年版，第 24 頁。

奇，雖非小說中上乘，亦佳構也。」〔註152〕對於戲劇，他認為「假優孟之衣冠，攝人間之真影，戲劇乃為有價」〔註153〕。

但是葉聖陶並沒有止於此，他力圖使自己的批評條理化、科學化。1913年，葉聖陶對《玉梨魂》進行了批判：「是書敘一少年設帳某氏，而與其寡居之主婦纏綿情事，雖不及於亂，而殊為筆孽之尤。……由余觀之，……其事其文都無足傳之處。晚近小說恒有一種腔拍，如製藝之有爛調。此書復中之最深，徒取幾許辭藻陳舊豔語，以佔延其篇幅。即此一端，在小說中已為格之最卑者矣」〔註154〕。從文須有益於世、堅決反對文學商業化的立場來說，葉聖陶批判這部作品是必然的，但是他的批判重點是小說的公式化以及缺乏內在精神。結論的正確與否姑且不論，重要的是他實際上藉此逐步樹立起了自己的「有其本事」、「有益於世」、講求創新自得的批評標準。1912～1914年間，葉聖陶在閱讀歐美小說之時，也對當時的創作狀況十分不滿，特別是讀了《孽海花》之後，他發出了這樣的感慨：《孽海花》「羅數十年之掌故，呼民魂以歸來，洵是能手，允稱名著」，然而「近日稗官之書充塞乎書肆，類皆鄙俗惡陋」，「吾觀中國藝事皆今弗如昔，時愈近則藝愈下。」〔註155〕他對當時小說的批評集中體現在《正小說》一文中，他指出當時的小說「皆一丘之貉」，「皆自抄襲得來」〔註156〕，這與他對《玉梨魂》的批判是一脈相承的。從這些批評文章中，已經可以見到日後葉聖陶文藝主張的萌芽。葉聖陶此時的注目點在主旨、結構、語言等方面，對情感因素很重視，因而葉聖陶當時十分偏愛寫真情的作品。在他看來，《紅樓夢》《碎琴樓》《斷鴻零雁記》《花月痕》《浮生六記》等都是難得的佳作。

參與新文學運動以後，葉聖陶更為自覺地從事文學批評，他的視野也從文學作品擴大到了各類文章。他發現當時的批評存在一定的問題：有一些批

〔註152〕葉聖陶 1911 年 11 月 16 日（陰曆九月廿六日）日記，載葉至善等編：《葉聖陶集》（第 19 卷），江蘇教育出版社 2004 年版，第 57 頁。

〔註153〕葉聖陶 1916 年 1 月 2 日日記，轉引自商金林：《葉聖陶傳論》，安徽教育出版社 1995 年，第 188～189 頁。

〔註154〕葉聖陶 1913 年 12 月 7 日日記，轉引自商金林：《葉聖陶傳論》，安徽教育出版社 1995 年，第 176 頁。

〔註155〕葉聖陶 1914 年 8 月 29 日日記，載葉至善等編：《葉聖陶集》（第 19 卷），江蘇教育出版社 2004 年版，第 131 頁。

〔註156〕葉聖陶 1914 年 11 月 20 日致顧頡剛書信，載葉至善等編：《葉聖陶集》（第 24 卷），江蘇教育出版社 2004 年版，第 85～86 頁。

評文章多用形容詞品評作品,「讀者從這種形容詞所能得到的幫助很少」,「文藝閱讀者最需要看的批評文章是切切實實按照作品說話的那一種」〔註157〕。葉聖陶後來收入《揣摩》《讀後集》《文章例話》的文章都是以此為努力方向的。他提出了兩步閱讀法:首先是「理解詞句」,其次體會「含蓄在話裏的意思和情趣」〔註158〕。在這些文章中,葉聖陶還總結出一些規律性看法:一、「意境」需要通過具體的場景描寫展現出一種特別的情旨,為此他激賞陶淵明「良辰入奇懷」的「入」字、元稹悼亡詩的情深意切、周邦彥的《關河令》、孟郊的《遊子吟》、小說《虹》等等。二、從對話、動作描寫來體會人物性格(如《讀〈叔孫通定朝儀〉》《讀〈風波〉》)。三、從結構來提取關鍵性詞句(如《〈孔乙己〉中的一句話》)。四、從文學與非文學的區分來揭示文學自身的特質(如《話劇〈關漢卿〉插曲〈蝶雙飛〉欣賞》《讀〈虹〉》《介紹〈斯巴達克思〉》)。五、從語言的角度看,他十分重視節奏韻味即「氣」(如《讀〈石榴樹〉》)。六、語言應是上口的、可念的(如《短篇小說集〈老長工〉》《我聽了〈第一個回合〉》)。

葉聖陶 30 年代所作的《文章例話》,稱得上是文體批評著作。作者精心挑選了 24 篇文章,涉及散文、小說、書信、詩、說明文、記敘文、傳記、報告文學、隨筆、旅行記、議論文、話劇、演說詞、論文、序文等體裁。在他看來,「閱讀和寫作都是人生的一種行為」,「寫文章不是生活的點綴和裝飾,而就是生活本身」。葉聖陶所選的都是現代文,是為了「切近少年的意趣和觀感」,而選入的這些現代文又都是「作者生活的源泉裏流出來的一股活水」,是可以為現代人的閱讀與寫作提供有效的幫助的,選取各類文體也正是為了應付實際生活的需要。〔註159〕雖然各類文體的歸類還有待商榷,但葉聖陶是藉此將選文作為各類文體的範例,從文體的角度解讀作品,揭示各類文體的特徵,因而可以看作是文體批評方法的實際應用。

葉聖陶將自己的工作重點轉向教育以後,他並沒有因此而放棄文學批評工作。事實上他所撰寫的各類教材、閱讀與寫作指導文章都可以看作是文學

---

〔註157〕葉聖陶:《文藝作品的鑒賞》,載葉至善等編:《葉聖陶集》(第 10 卷),江蘇教育出版社 2004 年版,第 37 頁。

〔註158〕葉聖陶:《讀〈飛〉》,載葉至善等編:《葉聖陶集》(第 14 卷),江蘇教育出版社 2004 年版,第 375 頁。

〔註159〕葉聖陶:《〈文章例話〉序》,載葉至善等編:《葉聖陶集》(第 10 卷),江蘇教育出版社 2004 年版,第 217～220 頁。

批評的具體成果，《精讀指導舉隅》《略讀指導舉隅》就是典型的例子。只是葉聖陶此時仍然是從文章學的角度來選文章，因而他的分析鑒賞也屬於文章評論。但在葉聖陶看來，「文學與非文學，界限本不很嚴，即使是所謂普通文，他既有被選為精讀教材的資格，多少總帶點文學的意味」〔註160〕。葉聖陶所做的文章批評與文學批評是相通的，都遵循基本的原則與規範。文學批評首先講求知人論世，這一點葉聖陶是通過交代文章寫作背景和作者的性格、品行等基本情況而獲得解決的。這是因為「看一篇文字，要知道作者的觀點與立場，要知道他處在怎樣的一種思想環境與現實環境之中，才會得到客觀的理解」〔註161〕，這對於中學生來說是十分必要的。為此，葉聖陶在指導《瀧岡阡表》的閱讀時介紹了歐陽修的身世及思想，在分析《我所知道的康橋》時，認為「本篇作者所以能寫出這樣的文體，一半從他的品性，一半從他的教養」〔註162〕。在略讀指導中，他對於各種著作，首先都介紹了作者與作品的基本情況，使讀者有大致的瞭解。

瞭解背景還只是基礎工作，解讀作品才是最重要的。葉聖陶認為，瞭解文義是第一步，這一步需要分析。進一步是理解言外之意，用綜合法。葉聖陶對於選取的文章，首先把握文章的大意，從字義、語句、結構、主題、思路等各個方面加以把握，進而體會文句背後包蘊的情感。例如在指導閱讀《瀧岡阡表》時，葉聖陶就指出作者運用的手法營構出了「一種真切的境界」，「顯示一個生動的人物」〔註163〕，對《我所知道的康橋》則緊緊扣住作者意念發展的線索。在分析各篇文章時，葉聖陶並非面面俱到，他也常常抓住其中最具特色的方面加以重點論述。在指導閱讀《愛的教育》時，他就重點分析了作者描寫人物的手法，指出該書的特色在於寫人物「注重在性態的某幾點，並不注重在進展」〔註164〕。在指導閱讀《吶喊》時，葉聖陶就緊緊扣住短篇

〔註160〕葉聖陶：《論國文精讀指導不只是逐句講解》，載葉至善等編：《葉聖陶集》（第14卷），江蘇教育出版社2004年版，第9頁。

〔註161〕葉聖陶：《歐陽修〈瀧岡阡表〉指導大概》，載葉至善等編：《葉聖陶集》（第14卷），江蘇教育出版社2004年版，第112頁。

〔註162〕葉聖陶：《徐志摩〈我所指導的康橋〉指導大概》，載葉至善等編：《葉聖陶集》（第14卷），江蘇教育出版社2004年版，第138頁。

〔註163〕葉聖陶：《歐陽修〈瀧岡阡表〉指導大概》，載葉至善等編：《葉聖陶集》（第14卷），江蘇教育出版社2004年版，第129頁。

〔註164〕葉聖陶：《〈愛的教育〉指導大概》，載葉至善等編：《葉聖陶集》（第14卷），江蘇教育出版社2004年版，第209頁。

小說的特色，在胡適的基礎上推進一步。胡適認為，「短篇小說是用最經濟的文學手段，描寫事實中最精彩的一段，或一方面，而能使人充分滿意的文章」〔註165〕。葉聖陶認為還有需要補充說明的地方：一、短篇小說多出於虛構；二、小說家要「有所見」；三、「所見」要藉故事來發揮，因而所謂「最經濟的文學手段」便是把題旨「形象化」；四、讀者在受形象感動之餘，還應探索形象背後的題旨〔註166〕。如此一來，葉聖陶就把自己的觀點提升到了理論的高度。

作為一名編輯出版家，葉聖陶為眾多作家的作品都寫過廣告、序跋，還為期刊雜誌寫過編務方面的文字，有不少都是非常精彩的評論文章。因此，有必要認真清理這些文章，從中瞭解葉聖陶的實際觀念。葉聖陶認為「序文的責務，最重要的當然在替作者加一種說明，使作品的潛在的容易被忽視的精神很顯著地展開於讀者的心中。這是所謂批評家能夠勝任的工作」〔註167〕。葉聖陶往往借序跋發表他對於某一問題的實際見解，並能從史的角度爬梳整理。例如在《〈中國體育史〉序》中，他就指出了史的眼光的重要性，又分析了中國體育的現狀。《〈水晶座〉序》探討了詩的本質，表達了葉聖陶對詩的看法。《〈抗戰八年木刻選集〉序》更是通過對木刻藝術的歷史回顧與中西比較，深刻地揭示了中國現代木刻藝術的時代色彩與藝術特質。《〈掙扎〉序》則宣示了作者的文藝觀：「說自己的話，無所為而有所為。」〔註168〕有些序跋則是以文章為範本，對閱讀與寫作進行指導如《〈熟悉的人〉序》《〈我和姐姐爭冠軍〉序》。此外，《〈天方夜譚〉序》《〈蘇辛詞〉緒言》《〈周姜詞〉緒言》涉及到文學史、中西文學比較問題；《〈荀子〉選注本緒言》《〈禮記〉選注本緒言》《〈傳習錄〉注釋本緒言》則涉及到葉聖陶本人的文化與哲學觀念。

值得注意的是，葉聖陶為自己作品寫的序言，既回顧了自己早年的創作道路，又總結了他的文藝思想，成為研究其文藝思想的重要資料。在《〈葉聖陶選集〉自序》中，葉聖陶就分析了自己走上文學道路的原因：受到了西方

〔註165〕胡適：《論短篇小說》，載歐陽哲生編：《胡適文集》（2），北京大學出版社1998年版，第104頁。

〔註166〕葉聖陶：《〈吶喊〉指導大概》，載葉至善等編：《葉聖陶集》（第14卷），江蘇教育出版社2004年版，第231～234頁。

〔註167〕葉聖陶：《〈雉的心〉序》，載葉至善等編：《葉聖陶集》（第5卷），江蘇教育出版社2004年版，第68頁。

〔註168〕葉聖陶：《〈掙扎〉序》，載葉至善等編：《葉聖陶集》（第18卷），江蘇教育出版社2004年版，第221頁。

文學的啟發，並且他還談到了自己的創作傾向與指導思想等〔註169〕。

　　葉聖陶主編、參編過《詩》《文學》《蘇州評論》《小說月報》《婦女雜誌》《中學生》《中學生文藝》《新少年》《國文雜誌》《開明少年》《進步青年》等刊物，參與過開明書店的工作，寫過不少的編務文章和廣告，這些文章和廣告看似零碎、雜亂，卻透露出葉聖陶的文學思想以及他對具體的文學作品的看法。這些文章和廣告主要有三個方面的特點：一是用生動、精練的語言表達他的觀念與主張。如《小說月報》14卷1號和2號的《卷頭語》號召大家做「農人」，積極開墾「文藝的園」〔註170〕。14卷3號則寫道：

　　　　誰耐守著空虛的心？

　　　　誰耐長此平淡且寂定？

　　　　好的文藝彷彿一支箭，

　　　　一支深入心坎的箭，

　　　　即使引起人劇烈的哀苦，

　　　　但同時也感到無上的美。〔註171〕

　　詩一般的語言傳達的是葉聖陶對審美心理效果的見解。葉聖陶為《小說月報》所寫的編後和預告文字，也具有這一特點；二是注重對中國現代作家、學者與外國作家的介紹、研究。對於現代作家，葉聖陶博採眾家，既看重已成名作家，也推出新人新作。對於外國作家，葉聖陶也廣受博取，既收作家作品，也登評論文章，外國作家有日本芥川龍之介、夏目漱石、俄國屠格涅夫、英國蕭伯納等。芥川龍之介自殺身亡後，《小說月報》第18卷8號就預告下一期將刊載他的作品，紀念這位傑出的日本作家〔註172〕。葉聖陶還參與文學研究會

---

〔註169〕葉聖陶：《〈葉聖陶選集〉（開明版）自序》，載葉至善等編：《葉聖陶集》（第18卷），江蘇教育出版社2004年版，第316頁。重要的回憶文章還有《過去隨談》《隨便談談我的寫小說》等。在這些文章中，葉聖陶回憶自己是如何走上小說創作的道路，提到了自己的創作主張，道出了創作的甘苦。《我和兒童文學》《〈葉聖陶童話選〉後記》《〈葉聖陶童話選〉英譯本自序》《〈葉聖陶童話選〉阿譯本自序》，則是葉聖陶回憶自己創作童話的歷程及創作觀念的文章。

〔註170〕葉聖陶：《〈小說月報〉的〈卷頭語〉》，載葉至善等編：《葉聖陶集》（第18卷），江蘇教育出版社2004年版，第3～4頁。

〔註171〕葉聖陶：《〈小說月報〉的〈卷頭語〉》，載葉至善等編：《葉聖陶集》（第18卷），江蘇教育出版社2004年版，第4頁。

〔註172〕葉聖陶：《第十八卷第八號的〈最後一頁〉》，載葉至善等編：《葉聖陶集》（第18卷），江蘇教育出版社2004年版，第21頁。

發行文學家明信片的工作，撰寫廣告詞，涉及眾多作家，如泰戈爾、拜倫、葉芝、法郎士、陀思妥耶夫斯基、高爾基、普希金、歌德、席勒、愛倫·坡、惠特曼等〔註173〕；三是他對於作家作品往往有較為深刻的評析，並且有些評論還形成了一個系列（如他對茅盾、沈從文的評論就是如此）。葉聖陶十分重視茅盾的作品，在《小說月報》上多次預告、介紹茅盾的作品，主持《中學生》時一再向茅盾約稿，後來又為茅盾的小說寫廣告詞。1927 年《小說月報》18卷 8 號預告茅盾的《幻滅》：「篇中的主人翁是一個神經質的女子，她在現在這不尋常的時代裏，要求個安身立命之所，因留下種種可以感動的痕跡」。緊接著 19 卷 1 號預告茅盾的《動搖》：「年來革命的壯潮，沖打在老社會的腐朽的基礎上，投射在社會各方面人的心境上，起了各色各樣的反映，在這篇小說裏有一個精細的分析。」19 卷 6 號預告茅盾的《追求》，強調這也是對現代青年的描寫，指出「在青年心理變動這一點上，本篇和〈動搖〉仍是聯結的」。〔註174〕葉聖陶細緻分析了從《幻滅》到《動搖》再到《追求》的變化。因此，當茅盾的這三部作品合為《蝕》出版時，葉聖陶借為《蝕》所作的廣告，高度評價了茅盾的成就：「革命的浪潮打動古老中國的每一顆心。攝取這許多心象，用解剖刀似的鋒利的筆觸來分析給人家看，是作者獨具的手腕。由於作家的努力，我們可以無愧地說，我們有了寫大時代的文藝了。」〔註175〕這就把此前的評論加以綜合而又昇華到新的高度。葉聖陶如此重視茅盾的作品，除了他們私交甚篤，也是因為茅盾的創作符合葉聖陶的創作理想：表現時代生活。

如果說茅盾的作品是正面表現大時代的變動，那麼沈從文的作品則又呈現出另一種不同的風貌。葉聖陶也注意到了這一點，在《小說月報》上發表了沈從文的不少作品，向他約稿，為他的作品寫廣告詞。不過葉聖陶對沈從文的風格有一個逐步理解的過程。30 年代，葉聖陶欣賞的主要還是沈從文高超的寫景筆法，他在《文章例話》中選錄沈從文的文章，取名為《辰州途中》，看重的正是這一點。葉聖陶在日記中寫道：「看沈從文之《邊城》，寫湘西風物頗為美好，如白描畫。然其寫人物，恐非寫實手法也。」〔註176〕到 1948

〔註173〕商金林：《葉聖陶傳論》，安徽教育出版社 1995 年版，第 266～268 頁。

〔註174〕葉至善等編：《葉聖陶集》（第 18 卷），江蘇教育出版社 2004 年版，第 22～24 頁。

〔註175〕葉至善等編：《葉聖陶集》（第 18 卷），江蘇教育出版社 2004 年版，第 345 頁。

〔註176〕葉聖陶 1945 年 3 月 10 日日記，載葉至善等編：《葉聖陶集》（第 20 卷），江蘇教育出版社 2004 年版，第 373 頁。

年，在為沈從文作品集寫廣告時，葉聖陶對他的風格終於有了準確的把握了：「以體驗為骨幹，以哲理為脈絡，揉合了現實跟夢境，運用了獨具風格的語言文字，才使他的故事成了『美妙』的故事。我國現代文藝向多方面發展，作者代表了其中的一方面，而且達到了最高峰。」〔註 177〕這些評論深入到沈從文作品的藝術世界，確實精當。在評論屠格涅夫的《羅亭》時，葉聖陶從時代的角度分析主人公：「那時黑智兒（指黑格爾──引者注）學說正流行於俄國社會，一般少年競尚空談，毫無實際的工作。羅亭即可為這般少年的代表。」〔註 178〕對於戴望舒的《雨巷》，葉聖陶認為它「替新詩底音節開了一個新的紀元」，毅然決定採用〔註 179〕。這在當時重主旨而輕形式的文壇，確是驚人之舉，戴望舒也由此獲得「雨巷詩人」的美稱，在文壇傳為佳話。1933 年，杜衡為《望舒草》作序，還提及此事：「說起《雨巷》，我們是很不容易把葉聖陶先生底獎掖忘記的。……聖陶先生一看到這首詩就有信來，稱許他替新詩底音節開了一個新的紀元」，「聖陶先生底有力的推薦使望舒得到了『雨巷詩人』這稱號，一直到現在。」〔註 180〕

　　葉聖陶的評論文字都較為簡短然而精練。他評巴金的《滅亡》：「這是一位青年作家的處女作，寫一個蘊藏著偉大精神的少年的活動與滅亡。」介紹朱自清的《歐遊雜記》：「所記多為觀賞名勝和藝術品的印象，至堪玩味。文字益趨於平淡，而造詣更深。」葉聖陶很欣賞李健吾的劇本，指出「他的取材獨闢蹊徑，而能宣示社會的一種形相；文字絕對不是『白話文』，念在口頭，句句都是活生生的恰如其人身份的語言；他又有舞臺經驗，自己上過臺，所以他的劇本不是書齋裏的讀物而是劇團裏的至寶」。〔註 181〕

　　葉聖陶在主編《中學生》時，特闢《青年與文藝》特輯，向廣大青年徵文。但他對結果感到有些失望，因為好的作品太少，葉聖陶也藉此表達了自己的文藝觀念，他特別提到「沒有選錄詩歌，因為寄來的多量的詩歌中間實

〔註 177〕載葉至善等編：《葉聖陶集》（第 18 卷），江蘇教育出版社 2004 年版，第 354 頁。

〔註 178〕葉聖陶：《第十九卷一號的〈要目預告〉》，載葉至善等編：《葉聖陶集》（第 18 卷），江蘇教育出版社 2004 年版，第 22 頁。

〔註 179〕轉引自商金林：《葉聖陶傳論》，安徽教育出版社 1995 年版，第 309 頁。

〔註 180〕杜衡：《〈望舒草〉序》，載戴望舒：《望舒草》，人民文學出版社 2000 年版，第 4～5 頁。

〔註 181〕葉至善等編：《葉聖陶集》（第 18 卷），江蘇教育出版社 2004 年版，第 25～26 頁、第 48 頁、第 95 頁。

在選不出一首比較可讀的詩歌來，他們寫的無非極平凡的印象，極浮泛的情感，語句又那樣地不加琢磨，音節又那樣地拙劣少致」〔註182〕。這對於廣大文藝青年來說，無疑是個極大的警醒。

葉聖陶評論的範圍雖然廣泛，但是他對某些作品卻是情有獨衷，《紅樓夢》就是其中一例。從他不同時期的評論，可以看出葉聖陶本人的文藝觀念的變遷。葉聖陶回憶自己初讀中國古典小說如《水滸》、《三國演義》、《紅樓夢》時，他「只是對於故事發生興趣而已，並不覺得寫作方面有什麼好處」〔註183〕，因而還難以領會《紅樓夢》的精妙之處。讀了歐文的《見聞雜記》，感到眼前展現了一個新的境界。這種淡化情節、重視心理刻畫、營造詩意氛圍的藝術追求，與中國古典小說之間存在巨大差異，葉聖陶自然為之神往。當然，葉聖陶從來也沒有否定《紅樓夢》的藝術成就。正是出於古典文化的薰染、對賣文為生的羞恥、對近世小說的鄙棄，葉聖陶對於中國古典小說依然懷有深厚的感情。在評論讀過的作品時，葉聖陶常常以《紅樓夢》為標尺。1912年，葉聖陶評《碎琴樓》：「以兒女家常之事，運奇異驚人之筆，尤多閱世語及哲學家言，以余評之，當不讓《紅樓夢》獨稱美於前也。」〔註184〕1913年，他評《花月痕》：「言情之縝密，設局之幽奇，近世至文，價值當不減石頭一記也。」〔註185〕在1913年9月22日致顧頡剛的書信中，葉聖陶認為《紅樓夢》「描寫兒女之情，近亦以為不過爾爾，而世態描來卻是絕肖，讀到佳處，抵掌一笑，較之翻閱報章，觸動閒氣，此則為有益身心矣」〔註186〕，這還只是對《紅樓夢》描寫現實的肯定。到1914年，葉聖陶轉而著重稱讚了《紅樓夢》的寫情藝術：「此書真云百讀不厭，我今乃節其情文最勝者而讀之，頓覺心神大快，如飲靈藥。」〔註187〕抗日戰爭期間，葉聖陶也不忘讀《紅樓夢》，1940

---

〔註182〕葉聖陶：《〈中學生〉的〈編輯後記〉》，載葉至善等編：《葉聖陶集》（第18卷），江蘇教育出版社2004年版，第106頁。

〔註183〕葉聖陶：《雜談我的寫作》，載葉至善等編：《葉聖陶集》（第9卷），江蘇教育出版社2004年版，第224頁。

〔註184〕葉聖陶1912年7月31日日記，轉引自商金林：《葉聖陶傳論》，安徽教育出版社1995年版，第145頁。

〔註185〕葉聖陶1913年2月26日日記，轉引自商金林：《葉聖陶傳論》，安徽教育出版社1995年版，第146頁。

〔註186〕葉聖陶1913年9月22日致顧頡剛書信，載葉至善等編：《葉聖陶集》（第24卷），江蘇教育出版社2004年版，第49～50頁。

〔註187〕葉聖陶1914年9月16日日記，載葉至善等編：《葉聖陶集》（第19卷），江蘇教育出版社2004年版，第137頁。

年還「看《紅樓夢》數回」〔註188〕。晚年與俞平伯通信，葉聖陶也多次提到《紅樓夢》，歸結為一點就是「曹雪芹之小說再細看一遍，實為至樂，覺所見若干外國名說部，未有勝於『紅樓』者」〔註189〕。《紅樓夢》在葉聖陶心目中的地位終於超過了外國小說，這個轉變的歷程是漫長的，意味著中國現代知識分子在重估傳統文化遺產過程中所經歷的曲折歷程。他們最初大多浸染於傳統文化氛圍中，因而在接觸西方文化之初，往往趨新棄舊。但是當他們超越了新舊之爭，在融匯中西的基礎上再來重新審視中國傳統文化時，往往能夠重新發現以往所忽略的價值與意義。

葉聖陶眼光的敏銳與他對審美的堅持有關。他主張文學要反映時代，但他並不認為因此就要犧牲文學的審美特性。事實上，就他的審美趣味而言，他也欣賞具有極高藝術成就的作品，周邦彥和姜夔的詞就是例證。葉聖陶少年時就很喜愛周邦彥的作品，在1914年致顧頡剛的信中提到了他〔註190〕。葉聖陶還細緻地解讀過周邦彥的《關河令》，認為是有「意境」之作〔註191〕，姜夔的《揚州慢》則是「觸著時代」的作品〔註192〕。1927年，在《〈周姜詞〉緒言》中，葉聖陶讚揚周邦彥有詩人的天才，作品的意境深遠；姜夔的詞作音節優美，意境淡遠清空〔註193〕。在與俞平伯通信時，葉聖陶還稱讚周邦彥的詞有「深至」之美〔註194〕。葉聖陶對周、姜詞的重視與喜愛，在於他們詞作意境的深遠、音律的優美，這正體現了葉聖陶對文學的藝術本性的尊重。

葉聖陶對於文藝作品的評論有自己的取捨標準，堅持客觀公正、獨立思考，因而有時顯得與眾不合。他評論茅盾《清明前後》：「似不能為高品，亦

〔註188〕葉聖陶1940年7月9日日記，載葉至善等編：《葉聖陶集》（第19卷），江蘇教育出版社2004年版，第267頁。

〔註189〕葉聖陶1978年1月16日致俞平伯書信，載葉至善等編：《葉聖陶集》（第25卷），江蘇教育出版社2004年版，第202頁。

〔註190〕葉聖陶1914年1月27日致顧頡剛書信，載葉至善等編：《葉聖陶集》（第24卷），江蘇教育出版社2004年版，第64頁。

〔註191〕葉聖陶：《讀周邦彥〈關河令〉》，載葉至善等編：《葉聖陶集》（第10卷），江蘇教育出版社2004年版，第45頁。

〔註192〕葉聖陶：《新年偶讀姜白石的元日詞》，載葉至善等編：《葉聖陶集》（第10卷），江蘇教育出版社2004年版，第19頁。

〔註193〕葉聖陶：《〈周姜詞〉緒言》，載葉至善等編：《葉聖陶集》（第18卷），江蘇教育出版社2004年版，第290～294頁。

〔註194〕葉聖陶1979年5月21日致俞平伯書信，載葉至善等編：《葉聖陶集》（第25卷），江蘇教育出版社2004年版，第220頁。

是應時之作，難免化裝演講之嫌。」〔註 195〕他並沒有因為私人關係就讚美這部作品，而是堅持自己的藝術評判。影片《八千里路雲和月》譽之者甚眾，葉聖陶卻認為它「實極平常，材料瑣碎，不成整體。平鋪直敘，了無表現」〔註 196〕。對於《約翰‧克里斯朵夫》這部外國小說，有人認為它有尼采思想，對我國爭取民主不利。葉聖陶不以為然，認為「無論何書，善觀之皆無害，不善觀之未免不發生壞影響者。不宜以此責《約翰‧克里斯朵夫》與其譯者也」〔註 197〕。正是因為對文藝本性的尊重、對批評客觀性的強調，葉聖陶的文學批評才如此富有光彩。

本章分析葉聖陶對於文藝創作問題、文學的審美追求、文學批評問題的看法。在葉聖陶看來，文學創作過程中，文藝家是最關鍵的因素。文藝家首先要成為一個人，必須高揚自我，求誠，具體到文藝創作中則要修辭立其誠。葉聖陶還分析了文藝家的創作心理即直覺與想像，對於言意矛盾這個古已有之的難題提出了自己的看法。他早期提出任情感之自然，40 年代以後提出思想與語言的一致性，因而他認為言意矛盾不是不能解決的，當然他也注意到了講究形式技巧的重要性。葉聖陶把文學作品視為一個有機整體，以「意境」和「傳神」作為文學的審美追求，既借鑒了中國古代文論，也吸收了西方的生命哲學。葉聖陶對於文學批評也很重視，認為批評與創作相輔相成。他提出批評的原則是「瞭解之同情」，要抱寬容的態度。葉聖陶指出，批評活動可以分為兩大步：首先是知人論世，其次是解讀作品，後者是關鍵。而讀作品，不僅要分析，獲得「知」；更重要的是綜合體會，有所感。葉聖陶還從事了實際的批評活動，把自己的理論貫徹到實踐中去，始終堅持文學的審美本性。

---

〔註 195〕葉聖陶 1945 年 10 月 10 日日記，載葉至善等編：《葉聖陶集》（第 20 卷），江蘇教育出版社 2004 年版，第 462 頁。

〔註 196〕葉聖陶 1947 年 3 月 17 日日記，載葉至善等編：《葉聖陶集》（第 21 卷），江蘇教育出版社 2004 年版，第 171 頁。

〔註 197〕葉聖陶 1948 年 3 月 7 日日記，載葉至善等編：《葉聖陶集》（第 21 卷），江蘇教育出版社 2004 年版，第 263 頁。

# 第四章　葉聖陶的文學教育思想


　　葉聖陶有著文學家、教育家、編輯出版家、社會活動家等多重身份，但其核心卻在教育，這與他少年時就立志投身教育事業是分不開的。葉聖陶早年提倡「革心」以實現社會變革，但如何革心？他心中並無具體方案。1911 年 12月，他終於找到「社會教育」這一途徑：要創建民主國家，首要任務是革心，而革心要以教育為途徑。因此他決心「此身定當從事於社會教育，以改革我同胞之心」〔註1〕，從此與教育結下了不解之緣，成為語文教育的一代宗師。葉聖陶從事教育，既包括了狹義上的學校教育教學及教研活動，也包括廣義上的教育——他認為「就廣義說，出版工作、文藝工作也是教育工作。」〔註2〕所謂「就廣義說」，是指文藝作品是為讀者而寫，必然會使人受影響，「受影響就是受教育」〔註3〕。就這一點而言，教育的範圍就極為廣闊了，甚至包括政治：「進步的政治必然跟教育漸漸並家，發展到極點，整個兒政治將會等於教育」，「一切政治化為最廣意義的教育」。〔註4〕因此，在葉聖陶看來，文學、編輯出版、社會活動等各項活動都屬於「教育」事業（廣義的）。在他那裡，文學與教育是交融互滲的：作為文學家，葉聖陶把教育作為其創作的主要題材，在作品中表達了自己的教育觀念與理想；作為教育家，他又把自己的教育經歷、教育

---

〔註1〕葉聖陶 1911 年 12 月 2 日（陰曆十月十二日）日記，載葉至善等編：《葉聖陶集》（第 19 卷），第 65 頁。

〔註2〕葉聖陶：《知識分子何以自處》，載葉至善等編：《葉聖陶集》（第 7 卷），江蘇教育出版社 2004 年版，第 286 頁。

〔註3〕葉聖陶：《文藝工作者的責任》，載葉至善等編：《葉聖陶集》（第 9 卷），江蘇教育出版社 2004 年版，第 299 頁。

〔註4〕葉聖陶：《〈進步青年〉發刊辭》，載葉至善：《葉聖陶集》（第 18 卷），江蘇教育出版社 2004 年版，第 185～186 頁。

理念用文學的方式表達出來，用文學的形式承載教育內容，在語言上有著漢語規範化的審美訴求。當然其中也不可避免地存在一些問題。〔註 5〕編輯出版事業、社會活動則為葉聖陶開展教育活動、傳達教育理念提供了平臺。

本章著重探討葉聖陶的文學教育思想，它是葉聖陶的文學思想與教育思想結合的產物，是他的文學思想在教育領域的體現，而這些也要借助於他的編輯出版活動得以實現。需要注意的是，葉聖陶的教育思想中最有爭議性的是他的工具論，這一主張也在他的文學教育思想中體現出來，需要認真辨析。

# 第一節 「民國老課本熱」與語文大論爭

自 2010 年起，中國圖書市場上出現了一個引人注目的現象，那就是民國老課本受到熱捧。這裡所說的民國老課本，最主要的還是當時的小學語文教材。這一熱潮源起於 2005 年上海科學技術文獻出版社推出了三套民國國語教材：商務印書館出版的《商務國語教科書》（莊俞等編寫，張元濟校訂）、世界書局出版的《世界書局國語課本》（魏冰心等編，薛天漢等校訂）和開明書店出版的《開明國語課本》（葉聖陶編，豐子愷繪畫）。剛開始銷售並不太理想，但到了 2008 年開始上揚，2010 年達到異常火爆的境地。一時間，不少出版社紛紛出版「民國老課本」，甚至為此產生了版權糾紛。「教」的一面受到肯定，而作為「學」的成果，民國學生的作文也得到青睞，2011 年廣西人民出版社出版了《民國小學生作文》系列圖書，採錄了民國時期 300 多篇優秀的小學生作文。「民國風」已強勢襲來。

在這股「民國風」面前，社會各界反響很強烈，教師、家長、學生、文化界人士等開展了熱議，各大媒體如人民網、鳳凰網、中國廣播網、南方教育網、新浪網、《中國青年報》《中華讀書報》《京華時報》《羊城晚報》《南方都市報》《新商報》等也對此展開了深度報導，2012 年 10 月 26 日鳳凰衛視「文化大觀園」欄目還為此播出了專題節目《民國老課本》，採訪了鄧康延（他的《老課本　新閱讀》由讀者出版集團、甘肅人民出版社 2011 年出版）。各種意見雖不盡一致，但都涉及到相輔相成的兩個方面：一是對民國教育理念和教育成果的評價，二是對教育現狀的反思。就第一點而言，肯定的聲音佔了很大的比重，集中於老課本的人文性、趣味性等方面，而且像張元濟、蔡元培、

---

〔註 5〕參見歐陽芬：《葉聖陶：在文學與教育之間》，蘇州大學博士學位論文，2010 年，第 130～153 頁。

葉聖陶、豐子愷、莊俞這樣的名人參與小學教材編寫，可見當時的文化精英對語文教育的重視，教材的質量可想而知。人們還認為老課本雖然把道德教育放在首位，但它們是以生動形象的方式來傳達現代的國民、民主精神，文字生動活潑，教材編排設計合理科學，注重循序漸進，課文貼近兒童生活，合乎兒童心理，沒有灌輸、說教和應考的弊病。鄧康延《老課本　新閱讀》的扉頁上寫著：「民國年間，縱是兵荒馬亂，卻有人心淡定。上有信念，下有常識，小學課本集二者於一身。」當然也有人提出質疑，認為「民國風」也是理想化和炒作的結果，民國教育也有其缺陷。

　　人們對民國教育的評論，最終落腳點還是第二點即當今的教育。在這一點上，各界的聲音比較一致，都表現出對教育現狀的焦慮乃至某種不滿，一些人士甚至還提出了尖銳的批評意見。郭初陽等的《救救孩子：小學語文教材批判》由長江文藝出版社 2010 年出版，書中毫不客氣地指出小學語文教材的「四大缺失」（經典的缺失、兒童視角的缺失、快樂的缺失和事實的缺失）。至於應試教育、說教氣息、灌輸教學等，更是被詬病了無數次的老問題。而郭初陽、常立、蔡朝陽、蔣瑞龍等創作的「新童年啟蒙書」（廣西師範大學出版社 2013 年版）、葉開的《對抗語文：讓孩子讀到世界上最好的文字》（復旦大學出版社 2011 年版）則是在批評之後的建設成果。

　　這種熱議逐漸趨於理性化，各界人士普遍認為民國老課本可以作為當下的參考和課外讀物，但時過境遷，它們不可能取代今天的教材。眼下最重要的，是借鑒這些教材的成功經驗，積極改進當下的教育教學狀況。

　　值得注意的是，關於語文教育乃至整個教育狀況的論爭都很早就已開始。1997 年就爆發過語文大討論，引發廣泛的社會關注。而葉聖陶恰恰也都和這兩次論爭有關聯。三套民國老課本中，以葉聖陶編寫的《開明國語課本》最為暢銷。商金林就指出了這套教材的三個特點：一是編寫指導思想純正，在「符合語文訓練的規律和程度」的前題下，讓學生得到實實在在的「教育」；二是從兒童的性情出發，用的是孩子們喜愛的口吻，處處彰顯孩子們特有的童心、童真和童趣；三是對於各種文體，兼容博採。〔註 6〕而在 2010 年前後，葉聖陶主編或參編的語文教材、教輔著作和參考讀物也由人民文學出版社、人民教育出版社、中華書局、三聯書店、中國青年出版社等陸續推出，

〔註 6〕商金林：《小學語文教材的經典：葉聖陶編〈開明國語課本〉》，載《南京師範大學文學院學報》2013 年第 1 期。

有的甚至被多家出版社多次重印〔註7〕。人們對他的教育理念也予以認同，也肯定老課本不是只把語文學科當做工具。但是，葉聖陶本人恰恰是提出了「工具論」的，在 1997 年及其後的討論中，葉聖陶的「工具論」引發了極大的爭議。

　　那麼，到底該如何看待葉聖陶的教育思想呢？這一問題，已經有不少學者專門討論過。本書則選擇葉聖陶的文學教育思想這一角度切入，正是在這一點上，他的「工具論」的實質、合理性與侷限得到了充分的顯現。他對待文學教育的態度，是理解葉聖陶教育思想乃至他的思想整體的一條重要線索。但在正式展開討論之前，有必要先分析「文學教育」及相關的「美育」概念。

　　要研究葉聖陶的文學教育思想，首先必須瞭解「文學教育」的確切涵義以及葉聖陶對文學教育問題的基本看法。葉聖陶本人在 20 世紀 50 年代曾經使用了「文學教育」這一術語。當時在蘇聯教育的影響下，中國語文教育界開始實行漢語、文學的分科教學試驗。作為教育界的領導人物之一，葉聖陶對此極為重視，多次談到文學教育的問題。從廣義教育（受影響就是受教育）的角度講，文學家在語言教育上會起到帶頭作用，因為文學作品是具有示範作用的，也能促成中國現代的文學語言盡早形成。出版的書「對讀者進行社會科學自然科學文學美術種種方面的教育，同時對讀者進行語言的教育」，語文教師及各類文化工作者也「全都擔負著語言教育的責任」。語言又是思維的工具，語言教育成功，人的思維也就能夠清晰了。〔註8〕就狹義教育（學校教育）來說，早在 1947 年，葉聖陶就認為「文藝的讀寫與語文教學有密切關係」，「把文藝的精神注入語文這個軀殼，教學上將有許多方便與實效」〔註9〕。1955年葉聖陶作了《關於語言文學分科的問題》的講話，論證分科教學的必要性。

〔註7〕這裡僅舉數例，如《開明新編國文讀本》有經濟日報出版社 2000 年版、人民文學出版社 2011 年版、武漢出版社 2011 年版等；《開明國文講義》有人民教育出版社 1986 年版、1991 年版、經濟日報出版社 2000 年版、人民文學出版社 2011 年版等；《精讀指導舉隅》《精讀指導舉隅》，有河南教育出版社 1989 年版、中華書局 2013 年版等。《文心》有中國青年出版社 1983 年版、浙江文藝出版社 1993 年版，開明出版社 1996 年版、三聯書店 1999 年版、2005 年版、2008 年版等。《文言讀本》有上海教育出版社 1980 年版、1982 年版、語文出版社 1985 年版、三聯書店 2010 年版等。

〔註8〕葉聖陶：《文學工作和語言教育》，載葉至善等編：《葉聖陶集》（第 17 卷），江蘇教育出版社 2004 年版，第 51～56 頁。

〔註9〕葉聖陶：《關於〈中學生與文藝〉筆談會》，載葉至善等編：《葉聖陶集》（第 12 卷），江蘇教育出版社 2004 年版，第 250 頁。

葉聖陶指出,「要進行系統的語言和文學的教學,語言文學非分科不可。……從進行語言教育和文學教育的觀點看,現在用的課本缺點更多」,「語言文學分科問題的提出,目的在加強中學的語言教育和文學教育,提高語文教學的質量」。〔註10〕此後葉聖陶再次指出,「今後中小學的語文功課要分成兩部分,一部分是文學,一部分是漢語。文學教學的目的不僅是指導學生認識各個時代、各個方面的生活,從而培養他們的思想、品德,同時也擔負語言教學的責任」。這是因為「凡是好的文學作品必然合乎運用語言的規範,同時它的語言的準確、精密、生動超過一般的語言,所以它本身又是運用語言的規範」。在教學效果上最終是提高學生的說話和寫作能力。〔註11〕

　　從歷史上看,中國古代的「文學教育」是屬於文化教育的組成部分。20世紀初語文才單獨設科,但教學內容依然還很駁雜,文學作品與非文學作品並存。在這種情形之下,教育界、學術界雖然沒有提出「文學教育」這一術語,但各界人士對於文學教育問題已經表示了極大的關注,這不僅涉及到教材選文的分配問題、教學目標與方法的問題,更是從根本上體現出當時的文學觀念與教育理念,同時也與新舊文化陣營的鬥爭相關。〔註12〕「文學教育」的正式推行,時間很短暫。學界對於「文學教育」也是意見紛紜,難有定論〔註13〕。但是,

〔註10〕葉聖陶:《關於語言文學分科的問題》,載人民教育出版社中學語文編輯室編:《中學語文教材和教學》,人民教育出版社1981年版,第138～139頁。

〔註11〕葉聖陶:《文藝作者怎樣看待現代漢語規範化問題》,載葉至善等編:《葉聖陶集》(第17卷),江蘇教育出版社2004年版,第236～237頁。

〔註12〕關於這個問題,可以參考饒傑騰:《「定位」與「到位」——20世紀前期語文教育家論文學教育述評》,載《中學語文教學》2001年第2期。在這篇文章中,作者指出,當時的語文教育界存在著應用文與美術文之爭,文學教育在語文學科中的地位也就始終無法確定。主要的觀點有:一、主「實用」說,有蔣維喬、潘樹聲、劉半農、呂思勉等人;二、重「實用」說,有陳啟天等人;三、「實用」、「文學」兼重說,有孫本文等人;四、重「文學」說,有孫俍工等人。由此在教材選文問題上,胡適、何仲英等主張多選文學作品,陳啟天則不同意,張文昌強調應平等對待。宋文翰則首先確立了教材中文言文與白話文的比例。更重要的是,持論者都注意到了文學教育對人的精神薰陶的作用,也認為學生在學習中應該處於主動地位。

〔註13〕王保升在《試析文學教育的基本內涵》一文中,梳理了近年版來所提出的各種「文學教育」的定義,把它們分為下列三種類型:(1)認為文學教育就是語文審美教育或情感教育;(2)認為文學教育就是文學教學,甚至認為「文學教育」是個錯誤的概念;(3)認為文學教育就是語文審美能力的教育,特別是文學審美能力(尤其是文學鑒賞能力)的教育。王保升對它們一一進行辨析,認為這些定義都存在片面性,他進而提出了自己的看法:「從本體論

對於文學教育的一些基本問題，學界觀點較為一致，例如文學教育離不開文學作品，是對作品的分析與體悟，文學教育是語文學科肩負的任務，目的在於使學生得到審美愉悅，成為健全發展的人。〔註14〕

　　葉聖陶對於文學教育問題的看法大體上也是如此。但是在分析葉聖陶的文學教育思想時，不能忽略這樣一個前提：他是如何提出文學教育這一問題來的？也就是他是如何尋找到文學與教育之間的連接點的？這就必須從葉聖陶的文學思想與教育思想中尋找答案。

　　葉聖陶認為，文學是無所為而有所為，為的是人生，文學可以提升民眾的精神入於向上之途，創造美好生活。因此，文學並不帶有直接的功利目的，卻可以通過自己的藝術特性發揮一定的功效。「反映現實，喊出人民大眾的要求，是文學的時代的使命」〔註 15〕，基於這樣的認識，葉聖陶提出文藝工作

上說，筆者認為，文學教育是指語文教學中以文學作品的審美屬性為基點，以文學接受為形式，以高效、順暢的狀態系統為標誌，全面培養學生的語文素養和語文能力，以學生的能力發展和人格建構的整合為目標和歸宿的一種教育思想的行為。這個定義，用系統論的方法，把文學教育作為一種教育目的、教育手段和教育效果相統一的教育過程來界定，突出了文學教育的基本屬性。」見王保升：《試析文學教育的基本內涵》，載《陝西廣播電視大學學報》2002 年第 1 期。應該說，他的這一定義確實是比較全面而科學的。

〔註14〕 目前的論者對文學教育的功用的看法雖然還有不同之處，但在總體上支持文學教育的意見還是主流。例如魯定元是從知識、情感、審美、人性的角度來肯定文學教育的作用，他認為文學教育「更主要的是一種審美教育、情感教育和人性薰陶。文學教育具有一定的社會組織功能和社會調節功能」，「文學教育對人的成長的影響具有全面性」。見魯定元：《文學教育芻議》，載《內蒙古師範大學學報》2005 年第 1 期。

陳國平是從文學的立場出發談論文學教育的作用，他認為，「文學教育是讓受教育者廣泛接受文學的滋養，在文學審美實踐中去提高鑒賞和創造文學美的能力，培養健康的審美情趣，樹立正確的文學觀」。見陳國平：《文學教育的涵義解讀和實際操作》，載《海南廣播電視大學學報》2005 年第 2 期。

馬麗是從語文的「人文性」角度談論文學教育的作用，她認為文學教育是「情感教育，是審美教育，是主體性教育，是創造性教育」，同時文學教育還是一種「終身教育」。它的作用主要體現在對於訓練學生的語感和思維，優化學生的思維品質，提高閱讀能力，培養審美情趣和審美能力，促進學生優良人性的形成和發展。文學教育的任務是使學生從文學作品中瞭解生活，感受命運，體驗痛苦與幸福，培養高尚的情操和美好的人格，並引起學生對文學和人生的興趣愛好，這主要是語文的「人文性」所決定的任務。見馬麗：《重新審視文學教育，回歸文學教育本位》，載《廣東教育學院學報》2005 年第 2 期。

〔註15〕 葉聖陶：《〈西川集〉自序》，載葉至善等編：《葉聖陶集》（第 6 卷），江蘇教育出版社 2004 年版，第 84 頁。

者與教育工作者一個樣，都是在為人民服務，文藝工作者「應當認識到自己同時是一個教育工作者」〔註16〕，「就廣義說，出版工作、文藝工作也是教育工作。」〔註17〕所謂「就廣義說」，是指文藝作品是為讀者而寫，必然會使人受影響，「受影響就是受教育」〔註18〕。從狹義上講，優秀的文學作品可以選入教材或作為課外讀物，對學生起到良好的教育作用。

對於教育問題，葉聖陶早年認為教育就是使學生樹立正確的「人生觀」，後來則認為教育就是使人養成「好習慣」〔註19〕。從人生觀到好習慣，可以說是將教育的目標落到了實處，把理論與實踐、知識與技能緊密地結合了起來。但是在葉聖陶看來，教育本身還不是目的，教育的目的是為了培養健全發展、個性獨立的「自由人」，「教育要和每人的整個生活發生交涉，教育要為生產勞動而設計」。〔註20〕

於是，文學與教育由「為人生」而連接到了一起，而且文學工作本身就是教育工作，文學教育由此獲得了存在的價值與意義。從葉聖陶的思路可以看出，他是把文學的落腳點歸為教育，因而他所論述的文學教育，從根本上講是他的教育思想的一部分，文學教育也是在教育這一領域得到具體實施與總體定位的。

與文學教育密切相關的是美育。但葉聖陶對美育恰恰是不認可的。1795年，德國的席勒發表了《美育書簡》，第一次提出了「美育」這一概念，使審美教育成為科學研究的對象。但在此之前，審美教育在中西歷史上已是源遠流長。在儒家那裡，美育是禮樂教化的一部分，服從道德修養的需要。儒家的美育思想對後世影響深遠，但是直至晚清時代，在西方文化思潮的衝擊下，

〔註16〕 葉聖陶：《文藝工作者的責任》，載葉至善等編：《葉聖陶集》（第9卷），江蘇教育出版社2004年版，第299頁。

〔註17〕 葉聖陶：《知識分子何以自處》，載葉至善等編：《葉聖陶集》（第7卷），江蘇教育出版社2004年版，第286頁。

〔註18〕 葉聖陶：《文藝工作者的責任》，載葉至善等編：《葉聖陶集》（第9卷），江蘇教育出版社2004年版，第299頁。

〔註19〕 1919年，葉聖陶在《今日中國的小學教育》中提出，「小學教育的價值，就在於打定小學生一輩子有真實明確的人生觀的根基」。載葉至善等編：《葉聖陶集》（第11卷），江蘇教育出版社2004年版，第9頁。葉聖陶並非只著眼於小學教育，30年代，他提出學校教育的目的就在於使學生養成正確的人生觀。到40年代，葉聖陶就明確提出教育的目的就是使學生「養成好習慣」。見葉聖陶：《如果我當教師》，載《葉聖陶集》（第11卷），第129頁。另見葉聖陶：《教育改造的目標》，載《葉聖陶集》（第12卷），第227頁。

〔註20〕 葉聖陶：《「教育的目標」的問題》，載葉至善等編：《葉聖陶集》（第12卷），江蘇教育出版社2004年版，第50頁。

現代意義的美育才在中國得以產生。王國維首倡美育，明確提出美育要與其他教育相輔相成，以培養「完全之人物」〔註21〕。蔡元培則第一次系統地探討了美育問題，明確提出「以美育代宗教」〔註22〕，在實踐上大力推進美育，使美育擁有了獨立的地位，成為教育系統中一個不可缺少的環節。

葉聖陶對於教育極為重視，但在美育問題上卻很少直接發表意見。研究者主要是從他的文學觀、教育觀去發掘他的美育觀，如文藝創造與欣賞中的審美問題、文學的教育功能、兒童文學與青少年文藝創作問題、中學生的課外讀物問題、國文（語文）教育中文學作品的鑒賞問題、藝術教育問題、閱讀教學中的「美讀」問題等等〔註23〕。應該說，這些研究都是極有價值的。

但是，1980年葉聖陶寫下了《體育‧品德‧美》一文。在這篇直接探討美育問題的文章中，葉聖陶雖提及美育，也提到蔡元培「以美育代宗教」的主張等，他卻提出了這樣的意見：美育可以包括在德育裏頭，原因有三點：「跟德育一樣，空無依傍的美育似乎也是沒有的，這是一。假如把道德品質這個概念的範圍擴大些，那麼德育是個大圈圈，美育是個可以包容在裏面的小圈圈，這是二。多立名目未必就多見實效，德智體三育既經公認，通行已久，就不須更改了，這是三。」〔註24〕這其實就是要取消美育的獨立地位。

葉聖陶的這一提法讓人感到困惑，這三條理由都難以讓人信服：首先，美育、德育、體育、智育都不是空無依傍的，它們各自的目的是明確的：美育培養人的審美情趣，德育樹立人的道德，體育鑄就人的體魄，智育訓練人的智力。它們都要依託具體的教學實踐，在現代分科體制下在具體學科中實現其目的。其次，葉聖陶認為德育包括美育。在中國古代，儒家確實是將善置於美之上。但自晚清以來，隨著啟蒙教育家、美學家的倡導，美育的獨立性已經得到了廣泛的認可，蔡元培的「美育代宗教」說更是深入人心，教育

---

〔註21〕 王國維：《論教育之宗旨》，載姚淦銘、王燕編：《王國維文集》（第三卷），中國文史出版社1997年版，第59頁。

〔註22〕 蔡元培：《以美育代宗教》，載《蔡元培全集》（第3卷），浙江教育出版社1997年版，第57頁。

〔註23〕 如蔣念祖《葉老語文教育論中的美育思想》、湯鍾音《接受美感的經驗，得到人生的受用——學習葉聖陶關於語文審美教育的論述》，載劉國正、畢養賽主編：《葉聖陶語文教育思想研究》，江蘇教育出版社1990年版；陳光宇主編：《語文美育學》，中國工人出版社2004年；張慧：《葉聖陶語文美育思想初探》，貴州大學碩士學位論文，2007年。

〔註24〕 葉聖陶：《體育‧品德‧美》，《葉聖陶集》（第11卷），載葉至善等編：《葉聖陶集》（第11卷），江蘇教育出版社2004年版，第300頁。

界已經意識到美育的不可替代性；再次，葉聖陶認為德、智、體三育的說法通行已久，不必再提美育，這就完全不是科學的態度了。德智體美四育同樣是通行的，美育受到冷落有歷史的原因，是教育向德育與智育傾斜造成的後果，這一做法本身是與培養全面發展的人的教育宗旨背道而馳的。

問題是，這篇文章是《晴窗隨筆》中的一則。此時的葉聖陶，思想已經完全成熟，《晴窗隨筆》既是他針對中國教育問題思考的成果，也是其教育思想的總結。但他卻得出了這樣的結論，於情於理都不合。當然單從這一篇文章來分析葉聖陶的美育思想並加以否定還是過於簡單了。

在這篇闡發自己美育觀的文章中，葉聖陶提到了蔡元培「以美育代宗教」的主張，雖然他未作評論，但可以看出他是瞭解蔡元培的美育思想的。不僅如此，葉聖陶對蔡元培其實還充滿了欽敬之情。早在民國時代葉聖陶就曾受蔡元培之聘任北京大學預科講師，雖然時間短暫，蔡元培對葉聖陶卻是有知遇之恩〔註25〕。他們私交不深，但葉聖陶一直對蔡元培印象很好，也欣賞他的文章。在《文章例話》《範文選讀》中他都曾選入蔡元培的文章，在《讀〈蔡子民先生言行錄〉》一文中，葉聖陶對蔡元培的道德文章更是直接表示感佩。馮友蘭認為蔡元培是體現了儒家理想人格的典範，葉聖陶對此深表贊同〔註26〕。

即使是在這樣的情形之下，葉聖陶對待美育的態度卻與蔡元培大相徑庭，這不能不引人深思。個中緣由，或許可以從以下兩個方面來探討：

### 1. 美育思想的出發點

蔡元培的美育思想基於他的啟蒙信念與教育救國的理想在他看來，教育是實現這一目標的重要途徑，教育改革的重點是「養成健全人格，提倡共和精神」〔註27〕。早在 1907 年，王國維在《論教育之宗旨》一文中明確地提出了美育。蔡元培則真正推動了美育在制度層面上的實施，促成教育部將美育列入教育方針，確立了美育的獨立地位。在他看來，美育的作用是「陶養吾

---

〔註25〕1922 年 2 月，葉聖陶應蔡元培和中文系主任馬裕藻的聘請，任北大預科講師，主講作文課。見商金林：《葉聖陶傳論》，安徽教育出版社 1995 年版，第 195～196 頁。另見劉增人：《葉聖陶傳》，東方出版社 2009 年版，第 45 頁。

〔註26〕在《文章例話》中，葉聖陶收入了蔡元培的《杜威博士生日演說詞》，見《葉聖陶集》第 10 卷，第 331～335 頁；在《範文選讀》中，葉聖陶收入蔡元培的《責己重而責人輕》，見《葉聖陶集》第 14 卷，第 299～308 頁。《讀〈蔡子民先生傳略〉》一文，見《西川集》，《葉聖陶集》（第 6 卷），第 31～36 頁。

〔註27〕蔡元培：《在北京高等師範學校〈教育與社會〉雜誌社演說詞》，載中國蔡元培研究會編：《蔡元培全集》（第 4 卷），浙江教育出版社 1997 年版，第 82 頁。

人之感情，使有高尚純潔之習慣，而使人我之見，利己損人之思念，以漸消沮者也」〔註28〕。此後他進一步提出了「以美育代宗教」的主張，影響極大〔註29〕。無論是王國維還是蔡元培，他們對美育自身的規律與特點都是十分重視的，強調美育重在培養人的審美情感，與智育、德育相輔相成，促使人的知、情、意都能健全發展。

葉聖陶在早年也有教育救國的理想，但後來終於認識到教育與其他事業相互關聯，教育變革需要社會的根本變革。他的審美感受力最初是由對文藝的愛好培養起來的。在時代思潮的影響下，他萌發了文學「革心」的志願，想以文藝喚醒民眾、催生英雄。此後他就樹立了社會教育的信念並真正走上了教育之途。在人生歷程中，他也曾傾心於教育救國的理想。新文化運動使他在文學與教育之間找到了現實結合點，而音樂、唱歌、美術等藝術課程的設立以及文學本身蘊含的審美特性也使他注意到了美育問題。但隨著對現實政治的失望及個人遭遇的挫折，葉聖陶的教育救國夢歸於破滅，這一點在《倪煥之》中得到了形象而生動的揭示。葉聖陶逐漸認識到教育「不是孤立的事項，在如今的現實情況之下，教育不良不能全怪教育者」〔註30〕，為此他義無反顧地投身於民主鬥爭的洪流之中。但是對他而言，安身立命的還是文化事業，他始終把教育當作為人生與立人的事業。他切實地注意教育與人生的關聯，強調學生要即知即行，把所學的知識技能化為自身的血肉，這是教育的宗旨，也是美育的宗旨，教育的現實功能得到了明確的強調。

因此，葉聖陶的美育思想就不像蔡元培那樣有深厚的哲學美學思想作基礎，在儒家思想及實用主義教育思想影響下，他關注得更多的是現實問題的解決。蔡元培關心的是以美育代宗教對人的發展所起的作用，而葉聖陶的美育思想與他的人生觀有關，他是從現實需要的角度加以論證的。

## 2. 對美育的定位

1912 年，蔡元培在《對於教育方針的意見》一文中提出了五育：軍國民

---

〔註28〕 蔡元培：《以美育代宗教說》，載中國蔡元培研究會編：《蔡元培全集》（第 3 卷），浙江教育出版社 1997 年版，第 60 頁。

〔註29〕 參見蔡元培《以美育代宗教說》《關於宗教問題的談話》《美育代宗教》等文。蔡元培的「美育代宗教」說，學界已經有大量研究，筆者出版的專著《蔡元培美育思想研究》（華中師範大學出版社 2011 年版）也詳細探討了這一問題，茲不贅述。

〔註30〕 葉聖陶：《〈西川集〉自序》，載葉至善等編：《葉聖陶集》第 6 卷，江蘇教育出版社 2004 年版，第 84 頁。

教育、實利主義教育、公民道德教育、世界觀教育、美育，後來他又明確概括為德、智、體、美四育。在四育之中，居於核心的當然是德育，但是美育也不可忽視，美育「為近代教育之骨幹」〔註31〕，「與智育相輔而行，以圖德育之完成者也」〔註32〕。

但是，在當時中國現實的政治條件下，美育恰恰是最受冷落的。因而蔡元培在講演與著述中一再強調美育，除了對「美育代宗教」說進行反覆闡發說明之外，他還在《文化運動不要忘了美育》一文中再次提醒人們美育的重要性〔註33〕。在他設計的教育格局中，美育佔有舉足輕重的地位。為了切實推廣美育，蔡元培還從學校美育、家庭美育、社會美育等角度論證美育的必要性與可行性。

相比之下，葉聖陶很少明確地使用德育、智育、體育、美育等術語，他主要是從學科課程的角度論述教育問題，對於教育教學中的實際問題更感興趣。他並非不重視美育，也不是不承認美育的地位，但對於美育重要性的認識顯然不如蔡元培深刻。同樣是受儒家倫理道德思想影響，蔡元培強調倫理與道德的養成有賴於美育，更注重的是美善結合，強調這是人對「情」的需要：「我們提倡美育，便是使人類能在音樂、雕刻、圖畫、文學裏又找見他們遺失了的情感」〔註34〕。美對善雖有輔助功用，卻自有不可替代的價值。葉聖陶則重視美對善所起的工具性作用，從而忽視了其本身應有的獨立地位與價值，最終走向了取消美育的結論。

這裡就有一個問題需要辨析：文學教育與藝術教育、美育之間存在怎樣的關係。應該說，它們之間既有聯繫又有區別。文學教育與藝術教育都是按照教學內容來劃分的，是現代學科體制的產物。文學教育與藝術教育其實都是以文藝為教學內容，使學生掌握基本的文藝知識與技能，具備一定的文藝素養。這是使人和諧、全面發展的一個重要步驟，不可或缺。只是文學教育的內容是文學，中小學藝術教育則以音樂、美術為主，涉及不同的藝術門類。

〔註31〕蔡元培：《創辦國立藝術大學之提案》，載中國蔡元培研究會編：《蔡元培全集》（第6卷），浙江教育出版社1997年版，第133頁。

〔註32〕蔡元培：《美育》，載中國蔡元培研究會編：《蔡元培全集》（第6卷），浙江教育出版社1997年版，第599頁。

〔註33〕蔡元培：《文化運動不要忘了美育》，載中國蔡元培研究會編：《蔡元培全集》（第3卷），浙江教育出版社1997年版，第739頁。

〔註34〕中國蔡元培研究會編：《蔡元培全集》（第6卷），浙江教育出版社1997年版，第614頁。

同時，文學教育又屬於語文學科，是語文教育的組成部分。

文學教育同美育的關係較為複雜。美育同德育、智育、體育等並列，並不是具體的學科，而是根據現實社會對人的不同方面的發展要求而設計的。最早提出的王國維就是根據人的知、情、意三方面的發展要求而提出設立智育、美育、德育的。蔡元培則提出了五育：軍國民教育、實利主義教育、公民道德教育、世界觀教育、美育。不管種類有多少，它們都必須依託具體的學科才能真正得到實施，滲透於各科教學之中。因而美育就可以在語文、數學、歷史、地理等等學科中得到體現，各門學科根據自身的學科特點，挖掘其中的美的質素，使學生獲得美的感受。但是，只有文學教育與藝術教育才能最集中地體現美育的內在要求。葉聖陶顯然也認識到了這一點，他認為藝術教育應該具有美的質素，滿足學生「感美的天性，藝術的本能」〔註35〕。葉聖陶認為，音樂在各門藝術中「可以說是群性最豐富的藝術」〔註36〕，因而音樂教育可以使人獲得美的感受，感情上發生共鳴，道德、情感上都得到提升，這就是德育、美育的具體實現。此後，葉聖陶繼續談到藝術教育的重要性，但他發現現實情況不理想，圖畫、音樂課尤其糟糕，葉聖陶由此強調

> 普通學校設藝術學科，目的當然不在於使學生成為畫家、音樂家。教學生學習圖畫，在於使他們精密地觀察物象，辨認形象的美和醜，和諧和凌亂，並且能夠把所見所感的約略地記錄下來。教學生學習音樂，在於使他們能用聲音表出感情和意志，尤其當合奏合唱的時候，個體融和在群體之中，可以收到人格擴大的效果。〔註37〕

藝術教育如果落到實處，學生必定受益匪淺：「就個人說，就將終身受用不盡，就社會說，就是進入美善的一個重要因素。」〔註38〕

葉聖陶認為，在文學教育中，學生首先可以掌握基本的語言文字知識，訓練自己運用語言文字的基本技能，這是語文學科教學的基本要求。學生進而可以瞭解文學史、作家作品、各類文學體裁的知識，瞭解各類文學作品的

〔註35〕葉聖陶：《文藝談》，載葉至善等編：《葉聖陶集》（第9卷），江蘇教育出版社 2004 年版，第 30 頁。

〔註36〕葉聖陶：《略談音樂與生活》，載葉至善等編：《葉聖陶集》（第 12 卷），江蘇教育出版社 2004 年版，第 197 頁。

〔註37〕葉聖陶：《改革藝術教育》，載葉至善等編：《葉聖陶集》（第 11 卷），江蘇教育出版社 2004 年版，第 181～182 頁。

〔註38〕葉聖陶：《改革藝術教育》，載葉至善等編：《葉聖陶集》（第 11 卷），江蘇教育出版社 2004 年版，第 182 頁。

特點，在閱讀文學作品時，通過分析而瞭解作品的內容大意、結構技巧等方方面面。但是這還只是文章學習的要求。文學教育最關鍵的還是對作品的感悟、體會，這才是文學欣賞。瞭解作品是欣賞的基礎，但只有欣賞作品才是文學教育的核心所在。因為通過對作品的欣賞，讀者才能真正得到審美感悟與體會。葉聖陶認為小說在教育上有價值，一個重要的原因就在於他認為「好的小說都有充量的文藝性。所謂文藝性，粗淺的說，就是它不但教人『知』，而且教人『感』；不但教人看了就完事，而且留下若干東西，教人自己去思索，自己去玩味」〔註39〕。在葉聖陶看來，審美感悟與體會是作用於人的心靈的，是對人格的提升。文學作品的欣賞不同於知識的傳授，講究的是對人的情感的薰染、主體人格的塑造，是對美的領略與欣賞。事實上，以語言藝術為文學定位，也就等於承認文學是以「美」作為自己最本質的特徵，因而其他各科教育雖然與文學教育、藝術教育一樣都可以體現美育的要求，但是文學教育與藝術教育是最適合的，中小學的美育也就主要是靠文學教育與藝術教育來實現。

那麼，再回到文學本身的藝術特質，它在哪些方面契合教育的要求呢？這就涉及到文學教育與語文教育的關係。葉聖陶對這一問題的論述主要是從兩個方面展開的：一是考察晚清以來語文學科的發展，在重點分析國文科的教學目標時提出文學教育的問題；二是探討文學自身的特性對於教育所具有的意義（由此指出分科體制的弊端）。

首先來看葉聖陶對語文學科的認識。中國古代並沒有獨立的語文學科，也不存在獨立的文學教育。先秦時代，孔子授四科：「德行」、「言語」、「政事」、「文學」。「文學」是泛指，並不專指現代意義上的文學。後世使用的「文學」，也基本上是廣義的，涵蓋了文章、學術。直到晚清時代，隨著新學制的頒行，現代意義上的語文學科終於出現，而這一學科自誕生之日起就與「文學」結下了不解之緣。1904 年的壬寅學制將「中國文學」列入課程，但是其內容依然駁雜。《奏定高等小學堂》規定「中國文學」「其要義在使通四民常用之文理，解四民常用之詞句，以備應世達意之用」。具體說來，教學內容包括「讀古文」、「作短篇記事文」、「以俗話翻文話」、習字、「習官話」；《奏定中學堂章程》中「中國文學」的教學內容一是作文，二是「講中國古今文章流別、

---

〔註39〕葉聖陶：《給教師的信》，載葉至善等編：《葉聖陶集》（第 11 卷），江蘇教育出版社 2004 年版，第 171 頁。

文風盛衰之要略，及文章於政事身世關係處」，前四年是「讀文」、「作文」、「習字」，第五年是「讀文」、「作文」，「兼講中國歷代文章名家大略」。這一學制雖然依然有著濃厚的傳統教育的氣息，但是在教學內容、教學方法、課程安排上確實不乏創新之舉。〔註40〕

　　與此同時，文學觀念也在經歷著深刻的變化。王國維論及「文學」，將其作為一種知識：「學有三大類：曰科學也，史學也，文學也。凡記述事物而求其原因，定其理法者，謂之科學；求事物變遷之跡，而明其因果者謂之史學；而出入於二者間，而兼有玩物適情之效者，謂之文學。」〔註41〕由於人們對「文學」的認識不斷深入，現代意義上的文學觀念逐漸變得明晰起來，文學作為一門藝術的特性也日益凸顯。1912 年，教育部提出設「國文」一科。國文科是以文章為研習對象的，在現代分科體制下，文學進入國文課堂就是順理成章的了。隨著新文化運動的蓬勃開展，舊式教育思想與制度受到了嚴厲抨擊，被認為是封建統治的工具、崇拜偶像、壓制個性。新文化的倡導者們迫切需要樹立全新的教育思想，建立新的教育體制。在此情形之下，1923 年民國教育部召開新學制研討會，起草中小學課程綱要，葉聖陶草擬初中課程綱要。這部綱要明確提出：「使學生發生研究中國文學的興趣。」整部綱要體現出文學革命的設計思路：將新文學引進中小學課堂，使之得到廣大青少年的接收，鞏固新文學的成果，實現教育革命。因此，文學教育在其中占著極大的比重，「選文注重傳記、小說、詩歌」。〔註42〕此後語文課程綱要與標準雖然歷經修改，但是文學教育在國文科中始終佔有一定的地位。特別是 1955 年漢語、文學分科教學，文學教育的地位更是得到了前所未有的提高，這次改革試驗正是由葉聖陶負責的。因此，對於文學教育問題，葉聖陶有著自己的見解。葉聖陶明確指出了他對於國文教學的兩個基本觀念：一、「國文是語文學科」，二、「國文的涵義與文學不同，它比文學寬廣得多，所以教學國文並不等於教學文學」〔註43〕。他同時也對國文科本身的性質與任務進行研究，

〔註40〕課程教材研究所編：《20 世紀中國中小學課程標準·教學大綱彙編：語文卷》，人民教育出版社 2001 年版，第 9～10 頁、第 268～269 頁。
〔註41〕王國維：《〈國學叢刊〉序》，載姚淦銘、王燕編：《王國維文集》（第四卷），中國文史出版社 1997 年版，第 365 頁。
〔註42〕葉聖陶：《新學制初級中學國語課程綱要（草案）》，載葉至善等編：《葉聖陶集》（第 16 卷），江蘇教育出版社 2004 年版，第 3～6 頁。
〔註43〕葉聖陶：《國文教學的兩個基本觀念》，載葉至善等編：《葉聖陶集》（第 13 卷），江蘇教育出版社 2004 年版，第 42 頁。

力圖尋找到更為恰當的學科名稱。在他的努力下,「語文」這一名稱得以確立。所謂「語文」,即口頭為語,書面為文〔註44〕。語文的範圍顯然大於文學,文學教育是語文教育的組成部分。

再來看葉聖陶對文學自身特性的探討。「五四」時代,中小學國文教育中的文學教育,著眼於從思想上達到啟蒙立人的目的,因而側重於內容方面。此後葉聖陶與朱自清開始意識到「『五四』以來國文科的教學,特別在中學裏,專重精神或思想一面,忽略了技術的訓練,使一般學生瞭解文字和運用文字的能力沒有得到適量的發展,未免失掉了平衡」〔註45〕。在他看來,國文是

---

〔註44〕「語文」這一學科名稱是葉聖陶先生提出來的,葉聖陶本人也多次談到「語文」定名的經過及其具體的內涵。1960年,葉聖陶在《答孫文才》中指出,「『語文』一名,始用於一九四九年版之中小學語文課本。當時想法,口頭為語,筆下為文,合成一詞,就稱『語文』。自此推想,似以語言文章為較切。文謂文字,似指一個個的字,不甚愜當。文謂文學,又不能包容文學以外之文章」。載葉至善等編:《葉聖陶集》(第25卷),江蘇教育出版社2004年版,第7頁。1962年,葉聖陶在《認真學習語文》一文中說:「什麼叫語文?平常說的話叫口頭語言,寫到紙面上叫書面語言。語就是口頭語言,文就是書面語言。把口頭語言和書面語言連在一起說,就叫語文。這個名稱是從一九四九年版下半年版用起來的。」載葉至善等編:《葉聖陶集》(第13卷),第180頁。1964年,葉聖陶在《答滕萬林》中回憶說,「『語文』一名,始用於一九四九年版華北人民政府教科書編審委員會選用中小學課本之時。前此中學稱『國文』,小學稱『國語』,至是乃統而一之。彼時同人之意,以為口頭為『語』,書面為『文』,文本於語,不可偏指,故合言之。亦見此學科『聽』『說』『讀』『寫』宜並重,誦習課本,練習作文,固為讀寫之事,而苟忽於聽說,不注意訓練,則讀寫之成效亦將減損。……其後有人釋為『語言』『文字』,有人釋為『語言』『文學』,皆非立此名之原意。第二種解釋與原意為近,唯『文』字之含意較『文學』為廣,緣書面之『文』不盡屬於『文學』也。課本中有文學作品,有非文學之各體文章,可以證之。第一種解釋之『文字』,如理解為成篇之書面語,則亦與原意合矣。」載《葉聖陶集》(第25卷),第33頁。1980年,葉聖陶在《語文是一門怎樣的功課》中指出,「『語文』作為學校功課的名稱,是一九四九年開始的。解放以前,這門功課在小學叫『國語』,在中學叫『國文』。……小學『國語』的『語』是從『語體文』取來的,中學『國文』的『文』是從『文言文』取來的。……一九四九年改用『語文』這個名稱,因為這門功課是學習運用語言的本領的。……口頭說的是『語』,筆下寫的是『文』,二者手段不同,其實是一回事。功課不叫『語言』而叫『語文』,表明口頭語言和書面語言都要在這門功課裏學習的意思。『語文』這個名稱並不是把過去的『國語』和『國文』合併起來,也不是『語』指語言,『文』指文學」。載《葉聖陶集》(第13卷),第222頁。

〔註45〕葉聖陶:《國文教學的現狀和理想》,載葉至善等編:《葉聖陶集》(第13卷),江蘇教育出版社2004年版,第109頁。

各種學科中的一項，各門學科都要為教育的目標服務，同時又有各自的任務，「國文教學自有它獨當其任的任，那就是閱讀與寫作的訓練」〔註46〕，因而他強調文學教育要注重結構、語言。其實早在 1925 年，朱自清就在《中等學校國文教學的幾個問題》一文中指出：「中學國文教學的目的只須這樣說明：（1）養成讀書思想和表現的習慣或能力，（2）發展思想，涵育情感」，「這兩個目的之中，後者是與他科相共的，前者才是國文科所特有的」〔註47〕。對於中學國文科的教學任務，朱自清和葉聖陶的觀點是一致的。到了 40 年代，葉聖陶力圖打破內容形式二元論，實現一元論，因而在教學中開始注意引導學生較為全面地領會作品。如此一來，他對於國文教學的任務有了新的認識。在他看來，「國文屬於語文學科，重在語文方面技法的訓練，……可是國文究竟是各種學科裏的一種。各種學科除了各自的目標之外，有個共通的總目標，就是：教育學生，使成為國家的合格的公民」〔註48〕。他此時是主張把國文科的專責和教育的總目標結合起來。

至於文學教學，葉聖陶認為，文學作品與非文學作品在根本上都是文章，因而對於寫作教學和閱讀教學，文學作品自有其意義與價值。特別是在接受心理語言學的觀點以後，他認為研讀文章可以起到思維訓練與語言訓練的作用，文學作品的閱讀自然也不例外。因此，葉聖陶認為，「把思想語言文字三項一貫訓練，卻是國文的專責」〔註49〕。但是葉聖陶畢竟同時也認識到了文學作品與非文學作品之間的區別，在他看來，文學作品對於教育而言更有一種特殊的意義。早在「五四」時代，他就抨擊學科體制與知識分類制度，認為劃分科目的做法把人生整體分割了開來，「科目各個獨立，沒有共同的出發點，支離破碎，沒有相互聯絡之處，不切合人生的應用，並無實用的價值」〔註50〕。而文學卻是對人生的表現，是從總體上把握人生的。葉聖陶曾以小說為例指出，學校的

〔註46〕葉聖陶：《國文教學的兩個基本觀念》，載葉至善等編：《葉聖陶集》（第 13 卷），江蘇教育出版社 2004 年版，第 43 頁。

〔註47〕朱自清：《中等學校國文教學的幾個問題》，載朱喬森編：《朱自清全集》（第 8 卷），江蘇教育出版社 1993 年版，第 390 頁。

〔註48〕葉聖陶：《教育總目標與國文教材的取捨》，載葉至善等編：《葉聖陶集》（第 16 卷），江蘇教育出版社 2004 年版，第 45 頁。

〔註49〕葉聖陶：《論中學國文課程的改訂》，載葉至善等編：《葉聖陶集》（第 16 卷），江蘇教育出版社 2004 年版，第 53 頁。

〔註50〕葉聖陶：《小學教育的改造》，載葉至善等編：《葉聖陶集》（第 11 卷），江蘇教育出版社 2004 年版，第 35 頁。

各門課程「往往偏於一個境界，……教育的最後目標卻在種種境界的綜合」，「讓學生看小說，也是達到這個目標的可能途徑」，小說「直接觸著人生，它所表現的境界是個有機體，以人生為它的範圍」〔註 51〕。葉聖陶談論的是小說，但是他實際上是針對文學而發表這樣的意見的。從這個意義上講，文學教育固然可以歸屬於語文學科，但文學教育的意義與價值卻是超越了具體學科的。

葉聖陶一方面認為文學作品與非文學作品在語文教學中所起的作用沒有什麼區別，另一方面卻又強調文學作品的意義與價值非同一般。這一矛盾在根本上源於葉聖陶對於語文學科乃至教育性質的認識，這就是他的教育工具論。這一主張曾經引起了巨大的爭議，時至今日還沒有平息。對於葉聖陶的工具論，目前主要有三種不同意見：一種意見認為工具論本身沒什麼錯，葉聖陶的主張是值得肯定的〔註 52〕；第二種觀點則激烈批評葉聖陶及呂叔湘、張志公「三老」的工具論，認為正是工具論導致語文教學一味講求知識灌輸，注重考試成績，偏向實用主義，人文素養與審美情趣缺失，是應試教育思維的體現〔註 53〕；第三種觀點則力圖證明葉聖陶是將語文學科的工具性與人文性統一了起來，語文本來就是兼具工具性與人文性的學科〔註 54〕。

自 1997 年語文大討論爆發以來，爭論雙方都將焦點集中到了工具論上，同時論爭者也意識到語文改革不能再侷限於語文學科名稱、教學方法的修修補補上，這場論爭其實牽涉到對語文學科根本性質與地位的認識，乃至牽涉到教育觀念的大變革，意義非同小可。因此，對葉聖陶的語文工具論，不能簡單地判定對錯，應該在具體的歷史語境中考察，見出葉聖陶的實際立場以及他持論的得失。

1912 年，葉聖陶中學畢業，成為了一名小學教師，他樹立了教育為「新民之基礎」〔註 55〕的信念，將教育作為啟蒙民眾、變革社會的途徑，由此他逐步

〔註51〕葉聖陶：《給教師的信》，載葉至善等編：《葉聖陶集》（第 11 卷），江蘇教育出版社 2004 年版，第 171～172 頁。

〔註52〕顧德希：《語文教學的病根》，載《中國青年版報》1999 年 6 月 7 日；何小書：《對「工具論」的三種理解偏差》，載《湖南教育》1999 年第 18 期。

〔註53〕李寰英：《論「工具」說的偏頗及其對語文教育的誤導》，載《中學語文教學參考》，1996 年第 7 期；梁國祥：《語文工具論的現實侷限性》，載《湖南教育》，1999 年第 19 期。

〔註54〕參見董菊初《葉聖陶語文教育思想概論》、顧黃初《顧黃初語文教育文集》等著作以及倪渝根：《假如葉老健在》，載《小學語文教學》2000 年第 7～8 期。

〔註55〕葉聖陶 1912 年 1 月 25 日日記，載葉至善等編：《葉聖陶集》（第 19 卷），江蘇教育出版社 2004 年版，第 86 頁。

趨於實用主義教育法，引導兒童使其樂於研習，對教育進行科學的探索。1913年，葉聖陶對「教育宜取實用主義的主張」表示贊同，並認為國文課程應「足應實用」〔註56〕。在論及作文教學時，葉聖陶提出兩大目標：一是「今既無科第，必期實用」，二是「意有所欲言，出於口為言，出於筆為文」〔註57〕。在實用主義教育觀的影響下，1933年，葉聖陶在《中學生》雜誌發表文章，提出作為一門學科的語文是工具：「國語科本來還有訓練思想和語言的目標，但究竟是工具科目。」〔註58〕後來進一步指出語文「在學校裏是基本科目中的一項，在生活上是必要工具中的一種」，其目的在使學生能「應付生活」和「改進生活」〔註59〕。不僅語文是工具，教育也是工具。1934年，葉聖陶在《教育與人生》中明確地提出了教育工具論，強調「教育是人類獲得生存資料和經營生活的一種工具。教育本身並非目的，而是工具」〔註60〕。教育是工具，教材也是工具：「按教科書之為用，在授與真實之經驗，以期貫徹教育宗旨耳。……教科書，工具也」〔註61〕。直至1978年，葉聖陶仍強調「語文是工具」。〔註62〕

　　另一方面，葉聖陶的語文工具論還與他的語言工具論密切相關。在他看來，通過語文學習掌握運用語言文字的能力，這是生活的需要，是學習各科知識的基礎。葉聖陶視語言為工具：「就個人說，是想心思的工具，是表達思想的工具；就人與人之間說，是交際和交流思想的工具。」〔註63〕至於文字，更是附屬於語言：「語言是交流思想的工具，文字是記錄語言的工具。」〔註64〕

---

〔註56〕葉聖陶1913年6月27日日記，轉引自商金林：《葉聖陶傳論》，安徽教育出版社1995年版，第88頁。

〔註57〕葉聖陶1913年11月20日日記，轉引自商金林：《葉聖陶傳論》，安徽教育出版社1995年版，第88頁。

〔註58〕葉聖陶：《讀書》，載葉至善等編：《葉聖陶集》（第5卷），江蘇教育出版社2004年版，第362頁。

〔註59〕葉聖陶：《認識國文教學》，載葉至善等編：《葉聖陶集》（第18卷），江蘇教育出版社2004年版，第124～128頁。

〔註60〕葉聖陶：《教育與人生》，載葉至善等編：《葉聖陶集》（第11卷），江蘇教育出版社1991年版，第65頁。

〔註61〕葉聖陶：《聞華北改編小學教科書有感》，載葉至善等編：《葉聖陶集》（第11卷），江蘇教育出版社2004年版，第78頁。

〔註62〕葉聖陶：《大力研究語文教學，盡快改進語文教學》，載葉至善等編：《葉聖陶集》（第13卷），江蘇教育出版社2004年版，第202頁。

〔註63〕葉聖陶：《認真學習語文》，載葉至善等編：《葉聖陶集》（第13卷），江蘇教育出版社2004年版，第180頁。

〔註64〕葉聖陶：《文字改革和語言規範化》，載葉至善等編：《葉聖陶集》（第17卷），

因而就人的生存發展與文化建設來說，語言都是不可或缺的工具，聽說讀寫就成為人人必須掌握的技能。只有掌握了語言文字並且能夠自由運用，才能學習各種知識，掌握各種技能。從這個意義上講，其他各門學科都是以語文學科為基礎。葉聖陶認為語文在學校教育中是基礎科目，同時又是生活中的工具，這是他的「語文工具論」的另一層涵義。

葉聖陶的工具論是「五四」時代科學精神的反映。語文學科的誕生本來就是現代學科知識分類的結果，葉聖陶更進一步，探求語文學科的實質，為其尋找總體定位，將其看作人生的工具與各科學習的工具。對語言性質的認識使他對語文學科性質的認識也得以深化，有助於他對語文的科學研究，他參與編寫《國文百八課》，就是為了「給與國文科以科學性，一掃從來玄妙籠統的觀念」〔註65〕。種種努力都是有助於語文學科的發展的。

但是，葉聖陶的工具論並非如此簡單。他明確指出，「教育是附麗於人而後顯出它的作用的，離開了人，也就沒有教育了」〔註66〕。由於他是以人生為教育的出發點與歸宿，以立人為根本目標，因而他的理論有別於狹隘的工具論，含有深刻的人文內蘊。根據葉聖陶的設計，教育應立足生活，以學生為本位。在教學體系中，學生是主體，教師是主導，教是為了達到不需要教，使學生真正成為獨立自主的個人。具體表現即是學生能夠養成種種良好習慣，知行合一，成為一個符合現代社會要求的公民。各門學科則是達至這一目標的途徑，知識為學生所吸收，化為自身血肉，付諸實際行動，各科的教學目的才算真正實現了。語文學科就是要訓練學生養成使用語言文字的好習慣。語文教學並不是把枯燥的知識灌輸給學生，而是通過範例研讀與作文練習，使學生在實際應用中掌握語言，具備聽說讀寫的能力，這正是語文課的教學目標。葉聖陶雖然是以文章為總體範圍，但他也意識到文學的重要性。即使對於語言，葉聖陶也意識到它不僅僅是工具，語言與文化有著緊密的關係。因此，語文教育的目標就不僅是使學生掌握、運用語言文字，還要經由各種文章瞭解中外歷史文化，具備基本的知識技能與文化素養。文學教育在這方面就起到了重要作用，因為優美的文學作品是應用語言的典範，能夠給

江蘇教育出版社2004年版，第213頁。
〔註65〕葉聖陶、夏丏尊：《國文百八課》，載葉至善等編：《葉聖陶集》（第16卷），江蘇教育出版社2004年版，第173頁。
〔註66〕葉聖陶：《父母的責任》，載葉至善等編：《葉聖陶集》（第11卷），江蘇教育出版社2004年版，第49頁。

人以美的感受，使人領略到特定的文化精神。因此，文學教育不僅具有傳授知識的功能，更側重於塑造人格。

問題在於，葉聖陶對於語文的態度就在工具理性與價值理性之間搖擺。從語文學科的工具性出發，他認為語文學科就應該從「文章學」的角度來設計〔註67〕，因而極力淡化文學與非文學的界限，並且各類文章不過是舉一反三的例證，教材也就不過是工具。從語言工具論來看，語文學科也不過是傳授方法技術的工具性學科。但是考慮到文學的特性和語言的文化意味，葉聖陶又不得不一再在語文的教學目標中為文學單列一項，同時也一再強調文學與非文學沒有絕對的界限，每篇文學作品有其不可替代的特色。這種煞費苦心的努力，正反映出葉聖陶本人所感到的矛盾與困惑：他顯然也意識到語文工具論本身存在問題。為葉聖陶辯護者認為葉聖陶的語文工具論是工具性與人文性的統一，批評者則指責他只顧工具性而丟棄人文性。其實在葉聖陶那裡，他未必就願意作「工具性」、「人文性」這樣的劃分，但他堅持工具性的首要地位，從而使自己的理論產生了難以彌合的裂痕。例如他一方面把小說歸入記敘文，另一方面又強調小說與記敘文的差異。特別是詩歌，按照文章的四分法（記述文、敘述文、說明文、議論文），根本無法歸類。同時從根本上講，從工具性／人文性的二元模式出發也很難真正弄清語文學科的實質。

從上述辨析中，可以看出葉聖陶本人在為文學教育定位時存在著不同的考慮：從文章的角度出發，他將文學教育看作語文教育的組成部分，但又是一個較為特殊的、高級的組成部分；從教育為人生的角度出發，他承認文學教育應佔有極為重要、不可或缺的地位。

首先，在葉聖陶看來，文學作品與非文學作品都是語言文字的結晶體，都是文章。從文章學出發，他將文學教育納入語文教育之中，不強調文學與非文學的差異。但是他又意識到文學畢竟不同於非文學，文學有著自己的獨特性（雖然他沒有點破「審美」這關鍵的一點）。因此，他又指出了文學教育的特殊性：一般的文章教學，都是將閱讀與寫作視為必須掌握的基本技能。但是文學教育對閱讀與寫作就有更高的要求，這是因為文學作品的閱讀與創作是更高的要求。文學作品的閱讀，不僅要求分析，還要欣賞，是更高的要求。文學創作與普通文章的寫作也不同，「必須整個生活產生得出精妙的意思

---

〔註67〕葉聖陶、夏丏尊：《關於〈國文百八課〉》，載葉至善等編：《葉聖陶集》（第16卷），江蘇教育出版社2004年版，第35頁。

情感與適宜的表達方式，才有寫出像樣的文藝作品的希望」。〔註68〕

　　其次，「工具論」必然強調實用。葉聖陶提出：「學語文為的是用，就是所謂學以致用。」〔註69〕這其實就是他的語文工具論的核心。學校教育的首要目的是使學生樹立正確的人生觀，養成好習慣，將知識用於生活，獲取有用經驗，能夠應對生活。這樣能夠閱讀和寫作普通文章就可以達到中小學語文教學的目的。雖然獲得審美的感受是人人應該享有的權利，因而文藝鑒賞力就是人人應該具備的，但實用文在教材中占比重更大。寫作是每個人必備的能力，但文學創作不是生活的必需，所以葉聖陶認為中學生不必從事文學創作，導致的結果就是寫作教學基本上無視文學創作。葉聖陶指出「中學生不必寫文學是原則，能夠寫文學卻是例外」，「高中學生與初中學生一樣，他們所要閱讀的不純是文學，他們所要寫作的並非文學」。更何況掌握了基本的閱讀和寫作技能，才有從事文學創作的可能，文學創作是文藝家的專職，至於學生是否願意從事文學創作，可以自己選擇。〔註70〕葉聖陶由此把文學教育更大的空間留給了課外而非課內。

## 第二節　文學教育的具體設計

　　以上所論，是葉聖陶對文學教育的總體態度。但是，葉聖陶的文學教育思想在實際中也是在不斷調整。葉聖陶編寫了大量的語文教材、教輔著作和參考讀物，學界已對此展開研究，以其語文教材為主要研究對象。如果從廣義教育著眼，學界對他主編《中學生》《小說月報》的研究也可以歸入此類。筆者則力圖在一個動態的、立體的框架中來分析：一是梳理葉聖陶文學教育思想的發展變化歷程；二是將其主編或參編、編寫的教材、教輔著作、參考讀物（包括各種期刊雜誌）、課程標準、課堂教學與課外教育觀念等視為一個整體，對其進行分析。

　　在教育領域，葉聖陶主要關注中小學語文教育，而重點又在中學這一層次。與小學教育相比，中學教育在當時更受關注，各種思想的衝撞更為激烈。

---

〔註68〕 葉聖陶：《答學習國文該讀些什麼書》，載葉至善等編：《葉聖陶集》（第13卷），
　　　　 江蘇教育出版社2004年版，第120頁。
〔註69〕 葉聖陶：《認真學習語文》，載葉至善等編：《葉聖陶集》（第13卷），江蘇教
　　　　 育出版社2004年版，第181頁。
〔註70〕 葉聖陶：《國文教學的兩個基本觀念》，載葉至善等編：《葉聖陶集》（第13卷），
　　　　 江蘇教育出版社2004年版，第43～50頁。

葉聖陶清理辨析各派人士的主張，更多地是根據中學教學實際來闡述觀點，因而他既能堅持新文化運動的立場，又能吸收「五四」學者陣營之外的意見，其中尤為重要的是他對胡適與梁啟超之爭的態度。葉聖陶對各種觀點進行反思調整，最終提出自己的意見，這是難能可貴的。

1922 年，民國政府頒布新學制（壬戌學制）。接著全國教育會聯合會就組織「新學制課程標準起草委員會」擬定中小學課程標準，1923 年公布中小學課程綱要〔註 71〕。其中《新學制初級中學國語課程綱要》由葉聖陶起草，這部綱要體現了新文化運動的要求，「自由發表思想」一條尤其能夠體現「五四」時代立人的精神。這一綱要順應文學革命和國語運動合一的潮流，最顯著的特點是，在繼續引入語體文的基礎上，將文學教育置於突出位置，要「使學生發生研究中國文學的興趣」，「選文注重傳記、小說、詩歌」，「作普通應用文」、「能欣賞淺近文學作品者」被列入「畢業最低限制標準」。〔註 72〕此時的綱要，初步建立起一個閱讀與寫作的基本框架，閱讀以文學為核心，寫作則要求能解決實際需要。

文學作品被大量選入教材，並且依據時代順序來學習，促使學生掌握文學史知識。這樣一個方案實際體現出胡適對中學國文教學的設想。

1920 年，胡適在北京高等師範附中國文研究部作了《中學國文的教授》的演講，依據「五四」的科學精神與個性自由的理想，他認可「自由發表思想」的理想。同時，胡適強調學生的自主性，認為可以「由學生自己預備」，「教員指導學生討論」〔註 73〕，體現出教育觀念由傳統的教師本位向學生本位的轉變。胡適為白話文與文言文所定的比例為國語文占四分之一，古文占四分之三，這是因為在他看來學生在小學時代即已熟悉並掌握了國語文。寫作上則兼顧國語文與古文。到 1922 年，胡適又作了《再論中學的國文教學》的講演，除了仍然強調「人人能以國語自由發表思想」，他也對自己的觀點作了修正，大大加強了國語文的比例，並提出「作古體文但看作實習文法的工具，不看作中學國文的目的」〔註 74〕。這些都是他根據中學生實際並為推進新文化運動而

〔註 71〕 李杏保、顧黃初：《中國現代語文教育史》，四川教育出版社 2000 年版，第 100 頁。

〔註 72〕 葉聖陶：《新學制初級中學國語課程綱要（草案）》，載葉至善等編：《葉聖陶集》（第 16 卷），江蘇教育出版社 2004 年版，第 3～7 頁。

〔註 73〕 胡適：《中學國文的教授》，歐陽哲生編：《胡適文集》（2），北京大學出版社 1998 年版，第 153～156 頁。

〔註 74〕 胡適：《再論中學的國文教學》，歐陽哲生編：《胡適文集》（3），北京大學出

作出的調整。在胡適看來，新文化運動要真正取得成功，就必須經由國語的文學創作出文學的國語，這也就是他「國語的文學，文學的國語」主張的由來〔註75〕。胡適認為，首先在大學中進行改革是不切實際的，「要先造成一些有價值的國語文學，養成一種信仰新文學的國民心理，然後可望改革的普及」。從學校教育來說，「似乎還該從低級學校做起。進行的方法，在一律用國語編纂中小學校的教科書」。〔註76〕這不僅可以推廣國語，而且可以將新文學的精神傳遞給青少年，為新文化培養後續人才。葉聖陶所擬的《初中國語課程綱要》，從根本上講就體現了胡適的這樣一條設計思路：在胡適看來，鞏固新文化運動成果是當務之急，中學國文教育則是達到這一目標的手段。

對胡適這一方案發表不同意見的是梁啟超。1922 年，梁啟超作了《中學以上作文教學法》的講演〔註77〕。他同樣贊成發揮學生的自主性，提倡討論式的講授，也並不反對白話文。但是，作為新文化陣營之外的人物，梁啟超更為關心的是如何根據中學生實際開展國文教學而不是怎樣應對新舊思想文化的衝突。梁啟超主張「高小以下講白話文，中學以上講文言文，有時參講白話文。做的時候文言白話隨意。因為辭達而已，文之好壞，和白話文言無關。現在南北二大學，為文言白話生意見；我以為文章但看內容，只要能達，不拘文言白話，萬不可有主奴之見」〔註78〕。這一主張看似持平，實際上對白話文運動頗有微詞。梁啟超在東南大學作講演，而東南大學當時正是《學衡》派的大本營，與北京大學處於對立狀態。這次講演由衛士生、束世澂做筆錄，當記錄稿刊行之際，他們在序言中回憶道，束世澂曾向梁啟超請教中學國文教授問題，梁啟

版社 1998 年版，第 601～602 頁。
〔註75〕胡適：《建設的文學革命論》，歐陽哲生編：《胡適文集》(2)，北京大學出版社 1998 年版，第 45 頁。
〔註76〕胡適：《論文學改革的進行程序》，歐陽哲生編：《胡適文集》(2)，北京大學出版社 1998 年版，第 62 頁。
〔註77〕1922 年暑期梁啟超在南開大學與東南大學以「中學以上作文教學法」為題做演講，在南開大學的講稿在《改造》第 4 卷第 9 期發表，在東南大學的講演記錄稿以《梁任公先生講中學以上作文教學法》為名於 1925 年 7 月由中華書局出版單行本，後仍以《中學以上作文教學法》為名收入夏曉虹編《〈飲冰室合集〉集外文》，北京大學出版社 2005 年出版。此外，1936 年上海中華書局出版的《飲冰室合集‧專集》第十五冊收入了《作文教學法》，1989 年版《飲冰室合集》將《作文教學法》收入《專集》中。這幾個版本內容大致相同，但也略有出入。
〔註78〕梁啟超：《中學以上作文教學法》，載夏曉虹編：《〈飲冰室合集〉集外文》，北京大學出版社 2005 年版，第 899 頁。

超回答說：「中學作文，文言白話都可；至於教授國文，我主張仍教文言文。因為文言文有幾千年的歷史，有許多很多的文字，教的人很容易選得。白話文還沒有試驗的十分完好。」〔註79〕在《中學國文教材不宜採用小說》中，梁啟超就認為，近人白話文最少也有三個缺點：「第一，敘事文太少，有價值的殆絕無。第二，議論文或解釋文中雖不少佳作，但題目太窄，太專門，不甚適於中學生的頭腦。第三，大抵刺激性太劇，不是中學校布帛菽粟的榮養資料。」他的結論是：「希望十年以後白話作品可以充中學教材者漸多，今日恐還不到成熟時期」，「國內白話文做得最好的幾個人，哪一個不是文言文功底用得很深的？」〔註80〕正是在對待白話與文言的問題上，梁啟超與胡適發生了根本的牴觸。進而在教材選文問題上，梁啟超認為中學國文教材不宜採用小說，直接針對胡適的觀點。梁啟超的理由主要有這麼幾點：首先，學生可以在課外看小說，不必佔用正課時間；其次，他承認中學生須有欣賞美文的能力，但「中學目的在養成常識，不在養成專門文學家，所以他的國文教材，當以應用文為主而美文為附。……小說所能占者計最多不過百分之五六而止」〔註81〕；再次，梁啟超主張，學文當從敘事文入手，但小說偏於想像力，幻想及刺激性太重。此外，當時作文偏向於議論文更是遭到梁啟超的批判，認為這是八股遺風的表現。在教學與寫作問題上，胡適強調的是文法，梁啟超則認為能達便是文章，「教人作文當以結構為主」〔註82〕。梁啟超並不是一味與胡適唱反調，他的這些見解確實是從中學教育的實際出發。

梁啟超的這些觀點與胡適可謂是針鋒相對，當時的胡適恰恰是鼓勵中小學生讀小說，而且他還強調，「三四年前普通見解總是愁白話文沒有材料可教；現在我們才知道白話文還有一些材料可用，倒是古文竟沒有相當的教材可用」〔註83〕，胡適由此發出了「整理古書」的倡議。胡適與梁啟超之間的分歧折射出了當時思想界論爭的激烈。但這種論爭還是學術的爭辯，從實際觀點來看二

〔註79〕衛士生、束世澂：《〈中學以上作文教學法〉序言一》，載夏曉虹編：《〈飲冰室合集〉集外文》，北京大學出版社2005年版，第899頁。

〔註80〕梁啟超：《中學國文教材不宜採用小說》，這份手稿轉載於2002年8月7日的《中華讀書報》。

〔註81〕梁啟超：《中學國文教材不宜採用小說》，《中華讀書報》2002年8月7日。

〔註82〕梁啟超：《中學以上作文教學法》，載夏曉虹編：《〈飲冰室合集〉集外文》，北京大學出版社2005年版，第899頁。

〔註83〕胡適：《再論中學的國文教學》，歐陽哲生編：《胡適文集》（3），北京大學出版社1998年版，第605頁。

者都有各自的合理之處。葉聖陶對於胡適與梁啟超的觀點都有一定的借鑒吸收。從根本上講，他是站在「五四」學者立場上，堅決捍衛白話文運動的成果。當時，提倡白話文是文學革命與教育革命的重要內容，葉聖陶主張小學國文教材純用語體，寫作也要「直書口說」〔註84〕，以此打定國語的根基。到中學階段，選文可以文白兼採，但是寫作偏重於「使用語體」，學習文言是為了閱讀古書，「寫作文言止是隨伴的結果」〔註85〕。這是過渡時期的策略，但從根本上確立了現代白話文的不可動搖的地位。在葉聖陶看來，「就文體改用白話來說，一方面固然由於現代人的思想情感，用活的語言來表達最為親切明確，用那文言，就不免隔膜一層，打些折扣。另一方面，這個改變也含有反封建的意味」〔註86〕。這就打破了梁啟超「文言是白話根底」的觀念。到30年代，當白話文已經站穩腳跟時，葉聖陶表示，學習文言文是為了瞭解固有文化，文言既已退出歷史舞臺，相應地「中學生實在沒有寫作文言的必要」了〔註87〕。葉聖陶將文言文的學習置於中學階段，是當時新文化界的共識，但也是基於他對小學教育現狀的瞭解。因而在安排中學國文課程時，對於文言文與白話文的比例問題，他就注意採取較為科學的編排方式，不像胡適那樣較為隨意。朱自清也批評胡適在《中學的國文教授》裏為中等學生開的書單，「那實在超乎現在一般的中等學生的時間與精力以上了！」〔註88〕

在尊重學生的自主性這一點上，葉聖陶與梁啟超、胡適都是一致的。早在論述小學教育問題時，葉聖陶就已經表達了「兒童本位」的理念。秉承「五四」以來立人的主張，葉聖陶逐步樹立了學生本位的觀念，強調教學不應是灌輸式、講解式，學生應發揮自己的主動性。在葉聖陶看來，「教師本位」與「學生本位」，正是舊教育與新教育「分界的標誌」〔註89〕。就學生來說，要

〔註84〕葉聖陶、王鍾麒：《對於小學作文教授之意見》，載葉至善等編：《葉聖陶集》（第15卷），江蘇教育出版社2004年版，第5頁。

〔註85〕葉聖陶：《關於〈初中國語教科書〉的陳述》，載葉至善等編：《葉聖陶集》（第16卷），江蘇教育出版社2004年版，第9頁。

〔註86〕葉聖陶：《「五四」文藝節》，載葉至善等編：《葉聖陶集》（第6卷），江蘇教育出版社2004年版，第140頁。

〔註87〕葉聖陶：《中學生實在沒有寫作文言的必要》，載葉至善等編：《葉聖陶集》（第12卷），江蘇教育出版社2004年版，第55頁。

〔註88〕朱自清：《中等學校國文教學的幾個問題》，載朱喬森編：《朱自清全集》（第八卷），江蘇教育出版社1993年版，第389頁。

〔註89〕葉聖陶：《變相的語文教學》，載葉至善等編：《葉聖陶集》（第11卷），江蘇教育出版社2004年版，第127～128頁。

樹立這樣的信念：「學習的主體是我們自己。」〔註90〕教師則起主導作用：「所謂教師之主導作用，蓋在善於引導啟迪，俾學生自奮其力，自致其知，非謂教師滔滔講說，學生默默聆受。」〔註91〕教師主導，學生主體，其「最終目的在達到『不需要教』」〔註92〕。

在教學程序的設計上，葉聖陶與梁啟超、胡適都體現出一定的科學精神：梁啟超的《中學以上作文教學法》、胡適《中學國文的教授》、葉聖陶的《精讀的指導》都肯定了這樣的教學程序：預習——討論——總結，從中已經可以見出中學語文教學中分步教學法的影子，這是以科學方式來組織語文教學的體現，是對語文教學規律的探索。在作文教學中，葉聖陶也主張說自己要說的話，說出自己胸中本有的意思，不能把作文變成八股策論，傳達出自己的思想與情意是作文的目標。

1923 年葉聖陶草擬國語課程綱要、編寫國語教科書，是身處新文化運動的氛圍，突出文學教育的綱要和教科書在多大程度上體現了他本人的教育理念，其實是個未知之數，但從他次年出版的《作文論》來看，他對文學教育並不太推崇。葉聖陶離開商務印書館而進入開明書店這樣一個同人機構，也為他顯現自己的個性、表達自己的教育理念提供了平臺，特別是後來為他贏得很高聲譽的《開明國語課本》及開明國文教材系列，都是明顯的例證。

1923 年，葉聖陶在商務印書館期間參編的《新學制初中國語教科書》（第2～6 冊），由商務印書館陸續出版，署名編纂者顧頡剛、葉紹鈞，校訂者胡適、王雲五、朱經農。這套教材就是根據此前葉聖陶草擬的《新學制初級中學國語課程綱要》而編寫的，因而它基本上可以被視為一套「文學讀本」，選文以「『具有真見解真感情及真藝術者，不違反現代精神者』為準繩。所謂真見解云云，同時就準對著『欣賞文學』這個目標」。

這套教材的特點首先在於文學作品比重大，兼採中國作品和翻譯作品，以前者為主。而在中國作品中，出於對時下的關注，又大量採用胡適、蔡元培、周作人、梁啟超的文章。其次，選文為白話文與文言文合編。據統計，

〔註90〕葉聖陶：《「失學」與「自學」》，載葉至善等編：《葉聖陶集》（第 12 卷），江蘇教育出版社 2004 年版，第 28 頁。

〔註91〕葉聖陶：《答鄒上一》，載葉至善等編：《葉聖陶集》（第 25 卷），江蘇教育出版社 2004 年版，第 24 頁。

〔註92〕葉聖陶：《閱讀是寫作的基礎》，載葉至善等編：《葉聖陶集》（第 15 卷），江蘇教育出版社 2004 年版，第 181 頁。

六本教材共 260 篇課文，白話文 95 篇，文言文 165 篇，文言文占大的比重（李杏保、顧黃初：《中國現代語文教育史》，四川教育出版社 2000 年版，第 101 頁）〔註93〕，這是為從小學國語課程向高中文言課程過渡的需要。

值得注意的是，面對當時激烈的文白之爭，編寫者採用了較為平和持中的態度。葉聖陶特別引述梁啟超所說的「文言和語體，我認為是一貫的；因為文法所差有限得很」，作為文白混編的依據〔註94〕，體現出編者自己的眼光。

當然，由於這套教材仍屬於探索性質，因而也還有不成熟不完善的地方。例如只按類別把選文組合到一起，文章之間沒有明顯的關聯，類別之間也缺乏層次感，教材不分單元，也沒有配套的練習，過分強調思想觀念的教育等。〔註95〕

葉聖陶的《作文論》被列為商務印書館《百科小叢書》第 48 種，1924 年 2 月出版。他是從文章角度談論寫作問題，有意淡化文學與非文學的界限，對胡適的文學定義提出質疑。在「敘述」這一部分，他表示：「此章持論與舉例，多數採自梁啟超《中學以上作文教學法》。」〔註96〕梁啟超認為作文當從敘事文入手，葉聖陶也認為「練習寫作，最好從記敘文入手」〔註97〕，寫作講究辭達而已，至於文學創作，那是在寫作基礎之上的修煉。梁啟超認為，「中學目的在養成常識，不在養成專門文學家，所以他的國文教材，當以應用文為主而美文為附」〔註98〕。葉聖陶則指出，寫作是實際生活的需要，人人必須具備寫作的能力。但是學校教育並不是為了養成專門的文學家，文學創作也不是生活中的必需事項，因而中小學生與大學生都沒有從事文學創作的必要。在他看來，寫作與創作存在這樣的關係：首先，寫作「包括文學創作」；

〔註93〕 李杏保、顧黃初：《中國現代語文教育史》，四川教育出版社 2000 年版，第 101 頁。

〔註94〕 葉聖陶：《關於〈初中國語教科書〉的陳述》，載葉至善等編：《葉聖陶集》（第 16 卷），江蘇教育出版社 2004 年版，第 9～10 頁。

〔註95〕 閆蘋、段建宏主編：《中國現代中學語文教材研究》，文心出版社 2007 年版，第 67～73 頁。

〔註96〕 葉聖陶：《作文論》，載葉至善等編：《葉聖陶集》（第 15 卷），江蘇教育出版社 2004 年版，第 31 頁。

〔註97〕 葉聖陶：《中學國文學習法》，載葉至善等編：《葉聖陶集》（第 13 卷），江蘇教育出版社 2004 年版，第 131 頁。

〔註98〕 梁啟超：《中學國文教材不宜採用小說》，載《中華讀書報》2002 年 8 月 7 日。

其次，創作是更高層次的寫作，「寫作是每個人非學不可的，而且是非學好不可的。文學創作就不是這樣，有積蓄有興致的人不妨去創作」〔註99〕。葉聖陶由此指出，國文教學應廣泛涉及各類文體，特別是可以應付生活需要的文體，不應是純粹的文學教育。在選文問題上，此前編《新學制初中國語教科書》時，葉聖陶就是根據梁啟超的觀點，同時收入文言文與白話文。他也贊同梁啟超「文言白話並沒有明顯界限」的意見。葉聖陶之所以如此表態，是因為他和梁啟超一樣，都是側重於從語言工具論的角度來看待文白之爭。文白之爭在胡適那裡意味著新舊文化之爭，但是胡適也仍然是從便於傳達新思想的意義上稱許白話。胡適、梁啟超與葉聖陶都在一定的程度上意識到語言並不僅僅只是承載思想意義的工具，同時也有著深刻的文化意味，但他們還沒有將這一意識提升為自覺的認識。如果只是從工具的層面來看，文言白話確實是各有所長，並非截然對立。因而葉聖陶能夠贊同梁啟超的觀點，這並不意味著他放棄了新文化立場。在這一點上，葉聖陶持論較為圓融通達，他更多的是從中學教學實際出發。

在教學內容上，葉聖陶並不主張以文法為重點，他的出發點是培養學生的實際能力。直到50年代他還堅持這一原則。葉聖陶曾在日記中記載，1952年，在擬訂語文科教學大綱時，葉聖陶發現「參加者先研究蘇聯之教學大綱，見其中語法與文學分開，語法所佔分量至重，遂信我國亦非如是不可」。而當時著名語法學家呂叔湘等人「咸謂語法非萬應靈藥，可以為輔助而不宜獨立教學，使學生視為畏途」〔註100〕，葉聖陶支持他們的意見。他不贊成單獨教語法，在他看來，「語法應當放在課文內教。在課文中提出一些有關語法的材料，讓學生注意一下，能夠觸類旁通，就夠了。不但語法，連修辭及作文法也可以隨時教」〔註101〕。

由《新學制初級中學國語課程綱要》《新學制初中國語教科書》《作文論》相互配合，20年代的葉聖陶樹立了語文教育的基本觀念：立人為目標，以學生為本，貼近生活，以閱讀能力與寫作能力的培養為語文教學最重要的兩個

〔註99〕葉聖陶：《作文要道》，載葉至善等編：《葉聖陶集》（第15卷），江蘇教育出版社2004年版，第195頁。

〔註100〕葉聖陶1952年9月20日日記，載葉至善等編：《葉聖陶集》（第22卷），江蘇教育出版社2004年版，第365～366頁。

〔註101〕葉聖陶：《教學舉例》，載葉至善等編：《葉聖陶集》（第14卷），江蘇教育出版社2004年版，第54頁。

方面〔註102〕。這一思路在30年代以後一直延續下去。中小學如此，大學也是一樣：1940和1949年，葉聖陶談到大學國文教育，認為大學國文是高中的延伸，考核要依據「高中的標準」〔註103〕，其目標「就在乎提高同學們的閱讀能力跟寫作能力」。〔註104〕

　　1935～1936年，夏丏尊、葉聖陶應教育部要求，擔任中等教育播音演講，向全國中學生作過八次國文學習的演講，核心內容仍然是閱讀與寫作（出版時名為《閱讀與寫作》）。就文章閱讀的指導說，有自1936年起《新少年》雜誌上刊載的評析文章，後來結集為《文章例話》。1942～1943年，葉聖陶與朱自清合著的《精讀指導舉隅》《略讀指導舉隅》出版，對象為中學國文教師。1942年起，葉聖陶為桂林《國文雜誌》開闢「範文選讀」專欄，1947年又在《中學生》雜誌上發表類似文章，可能是「想建立一個閱讀訓練的體系」〔註105〕。就文章寫作講，1932～1933年葉聖陶在《中學生》雜誌開設《文章病院》專欄，1935年夏丏尊與葉聖陶在《中學生》雜誌設《文章偶話》欄（後來結集出版，改名為《文章講話》）；60年代前後葉聖陶對一些作文和文章進行評改，編入《葉聖陶集》時定名「評改舉隅」。

　　這些著作和文章，代表了葉聖陶當時國文教學的理念，涵蓋了各類文體。如果單就文學欣賞與創作（即文學作品的閱讀與寫作）而言，最早的專論或許就是《文藝談》了。談論創作的文章有很多，如《創作的要素》《戰時文談》《文藝寫作漫談》《文藝創作》等，論欣賞的有葉聖陶1937年在《新少年》上連載的《文藝作品的鑒賞》等。

　　進入30年代，葉聖陶的教育思想走向成熟。1932年和1934年，葉聖陶

〔註102〕需要補充說明的是，葉聖陶雖然強調閱讀與寫作的訓練，但後來他也注意到這只涉及書面而忽視了口頭，所以也強調「說話訓練決不該疏忽」，聽、說、讀、寫的系統訓練很重要。葉聖陶：《說話訓練決不該疏忽》，載葉至善等編：《葉聖陶集》（第13卷），江蘇教育出版社2004年版，第162頁。另參見葉聖陶：《重視調查研究》《聽、說、讀、寫都重要》《語文是一門怎樣的功課》《對於中學語文教學研究的意見》等，分別載《葉聖陶集》（第13卷），第216、220、222、228頁。
〔註103〕葉聖陶：《大學一年級國文》，載葉至善等編：《葉聖陶集》（第13卷），江蘇教育出版社2004年版，第52頁。
〔註104〕葉聖陶：《大學一年級國文的教學目標和學習方法》，載葉至善等編：《葉聖陶集》（第13卷），江蘇教育出版社2004年版，第139頁。
〔註105〕葉至善：《〈葉聖陶集〉第十四卷編後記》，載葉至善等編：《葉聖陶集》（第14卷），江蘇教育出版社2004年版，第415頁。

編寫、豐子愷繪畫的兩套《開明國語課本》由開明書店出版，分別是為初小和高小學生編寫，依據的是民國教育部頒布的小學國語課程標準。1929 年，教育部頒布了中小學課程暫行標準，1932 年頒布了正式的課程標準。這些課程標準中小學國語課程標準值得注意，它有三個突出特點：一是對兒童說話、讀書、作文等實際能力的強調；二是要求語體文為主；三是注重文學教育。暫行標準的目標中提到「欣賞相當的兒童文學，以擴充想像，啟發思想，涵養感情，並增長閱讀兒童圖書的興趣」，教材要「使兒童由興感而欣賞，由理解而記憶」，包括童話、故事、兒歌、詩歌、文學性的普通文和實用文等，兒童要練習以國語或語體文表情達意。教材教科書「是有曲折有含蓄而且含有優美壯美滑稽美等的兒童文學，但不取可怕而無寓意的純粹神話」，要「合乎兒童心理，並便於教學的」。正式標準與其大致相同，教材也要求「以兒童文學為中心，兼及含有文學性質的普通文和實用文」，「富有藝術興趣」，依據兒童心理，切合兒童生活〔註 106〕。可見國語課程標準是貼近生活，遵循兒童身心發展實際的。

　　這樣一種觀念其實也是「五四」時代思潮的反映。五四時代，以「立人」為基本點，追求個性解放、反對封建文化的浪潮衝擊著整個思想文化體系，也就必然會波及到教育領域。就小學教育而言，葉聖陶認為兒童也是人，有自己的特性與主見。國文是「兒童所需要的學科」，是「發展兒童心靈的學科」，要做到「兒童本位」〔註 107〕。因此，國文教學要順應兒童本性，積極加以引導，激發其學習興趣，實現趣味教學。針對文藝創作，葉聖陶在《文藝談》中闡發兒童文學創作的重要性，他本人就創作了大量的童話；即使不創作這類作品，懷有「童心」「赤子之心」也對作家具有重要意義。葉聖陶的觀點與其他「五四」學者是一致的，這是對「五四」時代要求「人」的權利與自由的呼聲的回應。周作人就認為兒童是「人」，是有自己獨立意義與價值的「完全的個人」，兒童教育應當滿足兒童「內外兩面的生活的需要」。因此，「小學校裏的正當的文學教育，有這樣三種作用：1. 順應滿足兒童之本能的興趣與趣味，2. 培養並指導那些趣味，3. 喚起以前沒有的新的興趣與趣味。」〔註 108〕葉聖陶的趣

〔註 106〕課程教材研究所編：《20 世紀中國中小學課程標準·教學大綱彙編：語文卷》，人民教育出版社 2001 年版，第 16～27 頁。

〔註 107〕葉聖陶：《小學國文教授的諸問題》，載葉至善等編：《葉聖陶集》（第 13 卷），江蘇教育出版社 2004 年版，第 6～7 頁。

〔註 108〕周作人：《兒童文學小論》，河北教育出版社 2002 年版，第 37～40 頁。

味主義與之相一致，他也認為「趣味的生活裏，才可找到一切的泉源」〔註109〕。周作人還指出，要真正從「人」的角度理解兒童，從事小學教育，有賴於教育學、心理學、生理學、人類學等的協作。葉聖陶對此也持同樣的看法：「要把關於這等問題的各門科學，如生物學、人類學、心理學、社會學、倫理學、論理學、哲學等等，下一番切實的研究工夫，從各門科學中得到切合現代人生的概念」〔註110〕。作為一名專職教育工作者，葉聖陶在這些原則的基礎之上，將教材、教法等問題都落到實處，體現出實幹精神。葉聖陶認為，從兒童的興趣與能力出發，「小學國文教材宜純用語體」，「國文教材普遍的標準，當為兒童所曾接觸的事物，而表出的方法，又能引起兒童的感情的。換一句說，就是具有文學趣味的」〔註111〕。從兒童本位主義出發，葉聖陶高度重視文學教育的作用。教材可以採編童話、傳說、人事等方面的作品，還可以吸收兒童自己的創作，總之要突出文學意味，國文教學即在訓練情思與語言。

　　晚年憶及此事，葉聖陶提到「在兒童文學方面，我還做過一件比較大的工作」，就是編寫《開明國語課本》。針對坊間教科書多是漫無目的與計劃地選文的現象，葉聖陶自己動手，教材中的課文「大約有一半可以說是創作，另外一半是有所依據的再創作」〔註112〕。《開明國語課本》被葉聖陶列為兒童文學作品，本身就是耐人尋味的。他「以兒童生活為中心」，取材從兒童周圍開始，從家庭、學校逐漸「拓張到廣大的社會」，與其他各科相關聯，但本身「仍然是文學的讀物」。《開明國語課本》還有諸多創新之處，如圖畫與文字相配合，「圖畫不單是文字的說明，且可拓展兒童的想像，涵養兒童的美感」。〔註113〕另外，將課文按單元劃分，各單元之間相互照應，適合兒童學習心理。

〔註109〕葉聖陶：《小學國文教授的諸問題》，載葉至善等編：《葉聖陶集》（第13卷），江蘇教育出版社2004年版，第15頁。

〔註110〕葉聖陶：《今日中國的小學教育》，載葉至善等編：《葉聖陶集》（第11卷），江蘇教育出版社2004年版，第11頁。

〔註111〕葉聖陶：《小學國文教授的諸問題》，載葉至善等編：《葉聖陶集》（第13卷），江蘇教育出版社2004年版，第9～11頁。

〔註112〕葉聖陶：《我和兒童文學》，載葉至善等編：《葉聖陶集》（第9卷），江蘇教育出版社2004年版，第323頁。

〔註113〕葉聖陶：《小學初級學生用〈開明國語課本〉編輯要旨》，載葉至善等編：《葉聖陶集》（第16卷），江蘇教育出版社2004年版，第11頁。另見葉聖陶：《小學高級學生用〈開明國語課本〉編輯要旨》，載《葉聖陶集》（第16卷），第17頁。

他要求國語課本要以「確能發展兒童的閱讀能力和表達能力為目標」，主張對各類文體「兼容博取」。〔註114〕這兩套國語課本不是純粹的文學讀本，而是兼顧兒童文學與日常生活所需要的各類文體。正如他在關於這兩套教科書的答語中所說的，「我所謂文體，係指記狀、敘述、解釋、議論等基本體式而言。我們用語言文字表情達意，就離不了這些體式。……我所謂文體，又指便條、書信、電報、廣告、章程、意見書等實用文的體式而言」〔註115〕。廣泛吸納各種文體，是為了使學生得到全方位的訓練以便能夠適應實際生活的需要，國語課本不再是純粹的文學讀本。隨著教學目標向實用方向的傾斜，相應地，教學內容也從閱讀與寫作的需要出發，設計練習題，涵蓋了語法、內容、做法、修辭等方面。不過這部小學生教材仍側重於文學性與趣味性。

精心製作的《開明國語課本》出版後，立即引發廣泛的讚譽，經教育部審定，確定為「第一部經部審定的小學教科書」，其「批語」稱：這套課本「插圖以墨色深淺分別繪出，在我國小學教科書中創一新例，是為特色。」教育家們也紛紛評論，黎錦熙以「珠聯璧合」評價葉聖陶與豐子愷的合作，「葉先生之文格與豐先生之畫品，竟能使兒童化，而表現於此課本中，實小學教育前途之一異彩」。鄭曉滄說這部教材「富有藝術的意味」，「優美的情趣，隨處可見」，「有許多課能引起兒童豐富的想像」。趙欲仁說葉、豐兩先生「對於兒童文學與兒童藝術研究有素，即此可知本書的價值」，「全書組織，合每數課為一單元；而各單元之間，又互相聯絡，頗合兒童學習心理。至每課課文，字句活潑，圖畫生動，意義淺顯，亦足引起兒童閱讀興趣」。何競業指出，「國語與常識聯絡，實是教材上之大改進」。陳普揚說：「葉先生以寫《稻草人》的筆致著意到教科書上，所以課本能切近兒童生活，而且富有童話的意味。」〔註116〕70多年以後重印，這兩套書又得到了前所未有的好評。

1933～1934年，《中學生》雜誌開始連載夏丏尊和葉聖陶合作的《文心》，單行本由開明書店出版。這部書不是教材，也不是教學論著，而是「用故事的體裁來寫關於國文的全體知識」，「通體都把關於國文的抽象的知識和青年

〔註114〕葉聖陶：《「不存私心的嚴正的批評」》，載葉至善等編：《葉聖陶集》（第16卷），江蘇教育出版社2004年版，第13頁。

〔註115〕葉聖陶：《我的答語——關於〈開明國語課本〉》，載葉至善等編：《葉聖陶集》（第16卷），江蘇教育出版社2004年版，第16頁。

〔註116〕轉引自商金林：《葉聖陶年譜長編》（第一卷），人民文學出版社2004年版，第475～476頁。

日常可以遇到的具體的事情熔成了一片」〔註117〕，用文學的方式來教育，是一個全新的創舉。朱自清也稱讚該書「將讀法與做法打成一片」，「將教與學也打成一片」，不僅適合於中學生閱讀，也值得中學教師參考。而且用故事的方式來寫，「至少在這一點上，這是一部空前的書」。〔註118〕

　　夏丏尊和葉聖陶發揮他們既是教育家又是文學家的長處，從中學生的生活取材創作《文心》，確有其價值。副標題為「讀寫的故事」，表明他們在國文教學上最關注的是閱讀與寫作。全書由若干個故事組成，故事之間相互聯繫，又可獨立成篇，每個故事講述國文教學的具體問題。這部著作將夏丏尊、葉聖陶的教育主張融入其中，這些主張也是他們在別的論著中所反覆提到的，如枚叔講中學生讀書是「為了養成各種身心能力，並非為了研究古籍，目的與古人大異，經書原可不讀。只要知道經書是什麼性質的東西也就夠了」。論小說與敘事文的區別，也是葉聖陶反覆談到過的問題。

　　此外，《文心》也揭示了當時社會和教育中的現實問題，如國文教材的匱乏、讀古書、新詩與舊詩之爭。特別是提到文學史的問題，作者借教師王仰之之口提出文學史著作之泛濫，會有「引導人家避去了切實修習而趨重於空泛工夫的弊病」，「先要接觸了文學作品，然後閱讀文學史才有用處」〔註119〕。這不僅對於中小學的文學教育有意義，也直接針對了大學的文學史教學；不僅在當時有針砭時弊之效，時至今日也有警醒作用。20 世紀末，文學史泛濫之勢反而愈演愈烈，引起各界憂思〔註120〕。北大教授陳平原特意提到，1918年北大《文科國文學門文學教授案》規定了「文學史」及「文學」課程之區別：前者要「使學者知各代文學之變遷及其派別」，後者則「使學者研尋作文之妙用，有以窺見作者之用心，俾增進其文學之技術」。陳平原由此感慨：「一

〔註117〕陳望道：《〈文心〉序》，載葉至善等編：《葉聖陶集》（第13卷），江蘇教育出版社2004年版，第468頁。
〔註118〕朱自清：《〈文心〉序》，載葉至善等編：《葉聖陶集》（第13卷），江蘇教育出版社2004年版，第470～471頁。
〔註119〕夏丏尊、葉聖陶：《文心》，載葉至善等編：《葉聖陶集》（第13卷），江蘇教育出版社2004年版，第430～431頁。
〔註120〕參見陳平原：《「文學」如何「教育」》，載《文匯報》2002年2月23日。陳思和：《是「知識」還是「審美」》《〈原典精讀〉課程的設置及其所要解決的矛盾》，載《文匯報》2002年5月4日、2005年2月6日。朱自奮：《1600餘部中國文學史佳作寥寥》，載《文匯讀書週報》2004年11月12日。陳櫻：《中國文學史出版泛濫1600餘部有多少值得依賴》，《南方都市報》2004年12月1日，等。

講歷史演變，一重藝術分析，在早年北大的文學教育中，二者各司其職，各得其所。『文學』與『文學史』並重，這本來是個很好的設計」，可惜後來變成文學史一科獨大。〔註 121〕

1935～1938 年，葉聖陶與夏丏尊合作的《國文百八課》由開明書店出版，按教育部頒布的課程標準編訂，是一部初中語文課本。他們認為「凡是學習語言文字如不著眼於形式方面，只在內容上去尋求，結果是勞力多而收穫少」，因而這是一部側重文章形式的書」〔註 122〕，從中體現出的理想就是「給與國文科以科學性，一掃從來玄妙籠統的觀念」。側重形式，意味著注重訓練學生運用語言文字的能力，最重要的就是閱讀與寫作能力〔註 123〕。這也就是後來朱自清與葉聖陶所總結的，「『五四』以來國文科的教學，特別在中學裏，專重精神或思想一面，忽略了技術的訓練，使一般學生瞭解文字和運用文字的能力沒有得到適量的發展，未免失掉了平衡」，因而要強調「技術的訓練」，〔註 124〕而「閱讀與寫作正是兩種技術」。〔註 125〕

因此，《國文百八課》實現了多方面的創新。首先是使單元型方式得以完善，該書「每課為一單元」，「內含文話、文選、文法或修辭、習問四項，各項打成一片」；其次是「以文話為中心」，綱舉目張；三是兼顧各體，除文學作品外，收入其他文章。而對於形式方面如「文章體制、文句格式、寫作技術、鑑賞方法等」，詳加指導。〔註 126〕呂叔湘在發表於 1985 年的評論文章中也特別指出該書文話、文選、文法或修辭、習問融為一體，不僅每一課成為一個單元，而且全書也成一個整體。文選上有兩大特色：「一是語體文比文言文多，二是應用文和說明文比較多」，當然最多的還是記敘文。這樣分配，是從「文章學」的角度著眼的。呂叔湘認為「直到現在，《國文百八課》還能對

---

〔註 121〕陳平原：《重建「文學史」（代序）》，載《作為學科的文學史》，北京大學出版社 2011 年版，第 6 頁。

〔註 122〕葉聖陶、夏丏尊：《關於〈國文百八課〉》，載葉至善等編：《葉聖陶集》（第 16 卷），江蘇教育出版社 2004 年版，第 31 頁。

〔註 123〕葉聖陶、夏丏尊：《關於〈國文百八課〉》，載葉至善等編：《葉聖陶集》（第 16 卷），江蘇教育出版社 2004 年版，第 31 頁。

〔註 124〕葉聖陶：《國文教學的現狀和理想》，載葉至善等編：《葉聖陶集》（第 13 卷），江蘇教育出版社 2004 年版，第 109 頁。

〔註 125〕葉聖陶：《國文隨談》，載葉至善等編：《葉聖陶集》（第 13 卷），江蘇教育出版社 2004 年版，第 75 頁。

〔註 126〕葉聖陶、夏丏尊：《〈國文百八課〉編輯大意》，載葉至善等編：《葉聖陶集》（第 16 卷），江蘇教育出版社 2004 年版，第 173～174 頁。

編中學語文課本的人有所啟發」。〔註127〕

應該說，側重形式方面，注重技術層面，有其合理性，即使對於文學教育也是如此。文學作品的分析與鑒賞，也離不開科學的分析。此外，從《開明國語課本》雖強調文學性但適量收入實用文體，到《國文百八課》明確提出「文章學」，力求各體平均，可以見出葉聖陶在國文教學中越來越注重實際生活的需要。

但是，《國文百八課》也存在很大的問題，它是按照「文章學」的思路設計，把文章分為記敘文與論說文兩大類，再又各自細分，得到記述文、敘述文、說明文、議論文四大種類。但論及文學作品時就不好歸類，如小說，該書說「小說就是記敘文」，卻又分析了記敘文與小說的區別，前者以記敘為目的，後者以記敘為手段，表達作者的觀念，這就是「創造」〔註128〕。如此解說，難免自相矛盾。再如詩歌，就完全無法歸入文章之內。

或許是注意到將文學納入文章之內加以解說困難重重，40 年代初，葉聖陶對文學教育有過一段時間的偏重，將文學作為一個特殊部門單獨列出，集中體現在他參編的《開明國文講義》、所擬中學國文課程標準中，在《國文隨談》《論中學國文課程的改訂》等文中也有體現。1934 年，《開明國文講義》出版。2011 年人民文學出版社重印，陳子善在《重印說明》中指出「選文凸現文學性和情趣性」，且有「文話」「文法」「文學史話」的配套組合，正是這套教材的特色〔註129〕。誠如《編輯例言》所說，這部教材涵蓋了「文章的類別和寫作的技術方面」以及文學史，「文話、文學史話又和選文互相照應」，此外還有文法、修辭和練習，組成了一個完整而系統的整體。〔註130〕不僅如此，大量選入文學作品並設計「文學史話」，無疑使得文學教育在其中的地位得到格外突出，小說、詩歌這類文體也得到了單獨的解說。

與視教科書為例證、工具，甚至有「廢棄教科書」的激烈主張〔註131〕不

〔註127〕呂叔湘：《〈國文百八課〉》，載葉至善等編：《葉聖陶集》（第 16 卷），江蘇教育出版社 2004 年版，第 489～493 頁。

〔註128〕葉聖陶、夏丏尊：《國文百八課》，載葉至善等編：《葉聖陶集》（第 16 卷），江蘇教育出版社 2004 年版，第 345～346 頁。

〔註129〕陳子善：《重印說明》，載夏丏尊等編：《開明國文講義》，人民文學出版社 2011 年版，第 3 頁。

〔註130〕葉至善等編：《葉聖陶集》（第 16 卷），江蘇教育出版社 2004 年版，第 18～19 頁。

〔註131〕葉聖陶：《中小學課程標準之修訂》，載葉至善等編：《葉聖陶集》（第 11 卷），

同，葉聖陶格外重視語文課程標準，因其為中國語文教育的指導綱領。1933～1948 年間葉聖陶多次對國文課程標準的改訂發表意見，對其合理的改進表示認可，對其復古傾向則嚴厲抨擊。〔註132〕他本人還親自草擬語文課程綱要，除 1923 年初中國語課程綱要外，葉聖陶還在 1940 年和 1949 年草擬了兩份中學課程標準。1940 年，葉聖陶完成了《六年一貫制中學國文課程標準》，對於文學教育給予了重視，「目標」中提到「養成閱讀書籍之習慣，培植欣賞文學之能力」，「誘發文學上創作之能力」。小說、詩歌集戲劇這樣的「純文學」在教材中所佔比重為遞增，第一二學年占百分之十，第三至第六學年增至百分之十五，學習文言時取「國人所必讀之名篇」即「足以瞭解固有文化，增強民族意識，及培植欣賞文學之能力者而言」。「習作」部分也涉及文學作品創作：「令試作小說詩歌戲劇等」。〔註133〕

受心理語言學影響，葉聖陶認為思想與語言存在一致性，因而主張在教學中通過讓學生領略文章實現思維、語言、文字的一貫訓練，作文教學也要注意訓練學生運用語言的準確性，因為葉聖陶認為語言的準確意味著思想的明晰。因此，在《國文隨談》中，針對高中國文課程標準「目標」中提出的「培養學生讀解古書，欣賞中國文學名著之能力」、「培養學生創造國語新文學之能力」〔註134〕，葉聖陶認為高中生不必讀古書，「那就只須讀古今文學名著」。中學生要創作文學作品並非易事，葉聖陶認為只需能寫普通的語體文即可。〔註135〕因此，他把胡適「國語的文學，文學的國語」的主張顛倒了過來，提出「語體文不只是把平常說話寫到紙面上去，還得先訓練說話，使它帶著

江蘇教育出版社 2004 年版，第 85 頁。

〔註132〕參見葉聖陶：《中小學課程標準之修訂》，載葉至善等編：《葉聖陶集》（第 11 卷），江蘇教育出版社 2004 年版，第 83～85 頁。葉聖陶：《新課程標準與中學生》《課程標準又將修訂》《修訂中學課程標準》，分別見《葉聖陶集》（第 12 卷），第 41～42 頁，第 113～114 頁，第 267～268 頁。葉聖陶：《論中學國文課程的改訂》，《葉聖陶集》（第 16 卷），第 49～62 頁。

〔註133〕葉聖陶：《六年一貫制中學國文課程標準》，載葉至善等編：《葉聖陶集》（第 16 卷），江蘇教育出版社 2004 年版，第 36～44 頁。

〔註134〕課程教材研究所編：《20 世紀中國中小學課程標準‧教學大綱彙編：語文卷》，人民教育出版社 2001 年版，第 301 頁。

〔註135〕葉聖陶：《國文隨談》，載葉至善等編：《葉聖陶集》（第 13 卷），江蘇教育出版社 2004 年版，第 62～64 頁。葉聖陶在《國文隨談》中引用胡適的主張時，原文是「胡適先生『文學的國語，國語的文學』的口號」，剛好把胡適主張的順序顛倒了過來。

點文學的意味，這是所謂文學的國語。用帶著文學意味的語體文寫文字，就成所謂國語的文學了」。不過。胡適最初在《建設的文學革命論》中提出的是「國語的文學，文學的國語」，在他看來，只有先努力創作白話文學作品，再推廣開去，自然能夠造就文學的國語。有人認為應該是先有國語，才會有國語的文學。對此，胡適反駁說：「國語不是單靠幾位言語學的專門家就能造得成的；也不是單靠幾本國語教科書和幾部國語字典就能造成的。若要造國語，先須造國語的文學。有了國語的文學，自然有國語。」〔註136〕三十多年以後，胡適在談到自己的這一主張時，仍然堅持認為「文學作家放膽的用國語做文學，有了國語的文學，自然有文學的國語」〔註137〕。

　　葉聖陶對胡適主張的更動，無論是有心還是無意，都表現出葉聖陶的這樣一種認識：思想與語言是一致的，因而只有思想觀念得到更新，形成了一種統一規範的語言，才有可能運用這種語言創造出優秀的文學作品。從實際情況看，胡適的主張立足於進化論。在他看來，白話文學在歷史上就有悠久傳統，五四時代運用白話創作的國語文學是對白話文學傳統的繼承，是文學進化的表現。創作出來的國語文學作品需要逐步普及，使白話成為人人可以掌握運用的工具，從而形成現代民族國家的統一語言——國語，這就是胡適的方案。但是葉聖陶的思路恰恰與之相反，倒是與陳獨秀的主張相近。陳獨秀在1917年《新青年》3卷2號「通信」的編者附記中提出：「白話文學之推行，有三要件：首當有比較的統一之國語；其次則須創造國語文典；再其次國之聞人多以國語著書立說。茲事匪易，本未可一蹴而幾者。」〔註138〕葉聖陶並非是對陳獨秀主張的簡單重複，至少他沒有將國語與文學分割開來。在葉聖陶看來，語言的研究是不應脫離具體的語境，不應脫離實用，因而編辭典的方法他並不贊成，他更傾向於這樣一條路徑：通過實際的訓練（閱讀與寫作）使語言趨於規範化，形成文學的國語，進而運用這種國語進行創作，創造國語的文學。葉聖陶提到了「文學語言」，認為它與古時的「雅言」相近，「就是大家通曉的、了無隔閡的語言，可以用來談話、演說、作報告，也可

---

〔註136〕胡適：《建設的文學革命論》，載歐陽哲生編：《胡適文集》（2），北京大學出版社1998年版，第45頁。
〔註137〕胡適：《什麼是「國語的文學」、「文學的國語」》，載歐陽哲生編：《胡適文集》（12），北京大學出版社1998年版，第54頁。
〔註138〕任建樹等編：《陳獨秀著作選》（第一卷），上海人民出版社1984年版，第294頁。

以用來寫普通文章和文藝作品」〔註139〕。

葉聖陶所說的「文學的國語」和他提到的「文學語言」其實有相通之處。而閱讀與寫作則是人人必須具備的能力，也是促成語言規範化的基礎。因為語言是表達與交流思想情感必不可少的，因而語言的首要功能即在傳情達意，語言的規範化不能離開實際應用。

在1941年所作《論中學國文課程的改訂》一文中，葉聖陶針對《修正高級中學國文課程標準》提出了自己的意見，強調國文科要讀的「古文」需同時是「文學名著」，這是從文學藝術內容形式不可分割的特點來立論的。因此葉聖陶認為，初中國文教材應分為兩部分：一是「文學名著」，一是「語體」文；高中國文教材再加上「近代文言」文。並且在指導上各有側重，對「文學名著」的指導偏重於「涵泳和體味」。〔註140〕這是葉聖陶從文學特性出發得出的結論。

如果說上面所論教材、課程標準還屬於學校教育的話，葉聖陶主編或合編的《中學生》《中學生文藝》《國文月刊》《國文雜誌》等雜誌，就是廣義教育的事了，並且由此把課內和課外打成了一片。與對待課堂教學不同，針對課外學習和青年的自學，葉聖陶對文學教育給予了極大的關注，因為在他看來，教科書只起參考與輔助作用，文學作品卻能滿足生活所需。《中學生》雖涉及各門學科和知識，但對文藝的重視是一大特色，如順應青年對傳記文學的愛好而登載作品，紀念歌德、雨果、屈原、高爾基、章太炎、魯迅、普希金等人，連載《文心》，刊載文學作品，開設《青年文藝》《文學講話》《文藝特輯》《「青年與文藝」特輯》，開展文學徵文活動，請茅盾、沈從文、巴金等作家撰文指導文藝創作和欣賞。更不用說《中學生文藝》本來就是為中學生而辦的文藝刊物，葉聖陶也希望「各地中學校的教師能鼓勵學生多多創作」。〔註141〕不過，在青少年文藝創作這個問題上，葉聖陶還是採取了謹慎的態度，仍以生活充實為根基：「一個青年既然對文藝抱有志向，就得在生活、經驗、語文素養上多多著力，那才是探到了根源。」〔註142〕《國文月刊》和《國文

---

〔註139〕葉聖陶：《從〈語法修辭講話〉談起》，載葉至善等編：《葉聖陶集》（第15卷），江蘇教育出版社2004年版，第140頁。

〔註140〕葉聖陶：《論中學國文課程的改訂》，《葉聖陶集》（第16卷），第50～61頁。

〔註141〕葉聖陶：《〈中學生文藝〉編後》，載葉至善等編：《葉聖陶集》（第18卷），江蘇教育出版社2004年版，第113頁。

〔註142〕葉聖陶：《關於〈中學生與文藝〉筆談會》，載葉至善等編：《葉聖陶集》（第12卷），江蘇教育出版社2004年版，第251頁。

雜誌》則是探討國文問題的專門刊物，被譽為「國文教學期刊的雙璧」，其中有對中學生國文程度低落的討論、國文教科書的商榷、閱讀與寫作指導等，涉及內容也十分廣泛。〔註143〕

　　在課外讀物問題上，1937 年葉聖陶應教育部之邀作了一次教育播音，是對這個問題的系統闡釋。他認為課內讀物（教科書、講義等）不過是提示綱要和留著備忘，這些知識要用於生活，化為經驗才有用，這就需要課外讀物。它們首先和人生相關：「你們要認識繁複的人生，理解他人的生活和思想感情，不僅為了領受趣味，還想用來陶冶自己，使自己的人格更為高尚」，這時就要讀文學作品；其次，課外讀物又和各門課程相關：「各種文學作品，可以說是國文科的課外讀物」。總之，包括文學作品在內的課外讀物「直接供應實際生活的需要」。由此葉聖陶把課外讀物分為四類，文學作品主要屬於第三類即「供欣賞的書」，包括「小說、劇本、文集、詩歌集」。讀文學作品，「目的在於跟著作者的眼光去觀察社會，體會人生」，因而讀書時要瞭解作者，並且需要多次閱讀，每次閱讀可能會有新的收穫。〔註144〕

　　1944 年，在《給教師的信》中，葉聖陶以小說為例進一步說明閱讀文學作品的重要性。他認為學校的各門課程「往往偏於一個境界」，教育的最終目標卻在「種種境界的綜合」，「讓學生看小說，也是達到這個目標的可能途徑」，小說「直接觸著人生，它所表現的境界是個有機體，以人生為它的範圍」。由於學生最容易對小說感興趣，而且國文雖然不等於文學教育，但「文藝的鑒賞實在是精神上的絕大補益」，所以不僅不應該禁止學生讀小說，而且「小說在國文科的課外讀物中應該占較多的百分比」，因為小說「是教育的」。〔註145〕凡此種種，都可看出葉聖陶認識到課內學習與課外教育的差異，從而調整自身的策略。

　　不過，葉聖陶在學校教育上的總體意見還是應用為主，文學作品的閱讀與寫作不能占太大比重。1942 年，葉聖陶與胡翰先合編《中學精讀文選》，「前言」中指出教育的總目標是「教育學生，使成為國家的合格的公民」，因而雖

---

〔註143〕李杏保、顧黃初：《中國現代語文教育史》，四川教育出版社 2000 年版，第273～280 頁。

〔註144〕葉聖陶：《中學生課外讀物的商討》，載葉至善等編：《葉聖陶集》（第 11 卷），江蘇教育出版社 2004 年版，第 106～114 頁。

〔註145〕葉聖陶：《給教師的信》，載葉至善等編：《葉聖陶集》（第 11 卷），江蘇教育出版社 2004 年版，第 171～175 頁。

然青年喜歡文藝，但讀寫普通文的能力都還欠缺，所以首先要立足於普通文。這是他們編選教材的原則。〔註146〕在為呂叔湘《筆記文選讀》所作序言中，葉聖陶反思了「五四」以來教材選文的問題，即文白混編、無所不包，他贊同將文言文與白話文分開來。至於普通文與文學作品，只就「人生日用」著眼，「供給寫作範式」，多選記敘文，少選論說文與著述文。〔註147〕這些原則很快就被他應用於國文教材的編寫實踐中了。1946 年的《開明新編國文讀本》（適合初中程度）分甲乙兩種，就是講文言文與白話文分開來編寫；1947～1948 年的《開明文言讀本》）（後來改編為《文言讀本》，商務印書館 1980 年出版）、《開明新編高級國文讀本》（適合高中程度）也是如此，因為他認為文白混編，有「混淆視聽與兩俱難精的毛病」〔註148〕。四部教材的選文都注重契合現代青年的生活經驗，合乎現代精神，不要求學生寫文言文，因為現實中不再需要。他甚至主張「初中不要教文言」〔註149〕。特別是《開明文言讀本》第一冊有導言，介紹文言文與現代漢語的區別，列舉虛詞用法。選文後有指導、討論與練習，針對詩歌列出「詩體略說」。《開明新編高級國文讀本》選文後有「篇題」「音義」「討論」和「練習」，「討論」和「練習」都用提問的形式，注重啟發、引導學生思考。選詩較多，是因為注意到新詩的長足發展。由此可以看出此時單元化形式的成熟與定型。

值得注意的是，《開明文言讀本》與《開明新編高級國文讀本》都是實用文占多數：前者是「把純文藝作品的百分比降低，大部分選文都是廣義的實用文」〔註150〕，後者開始是記敘文與描寫文較多，後來說明文與議論文遞增，佔了較大的比例。這顯然還是為使學生能應對實際生活的需要。

將葉聖陶 1949 年所作《中學語文科課程標準》（草稿）與 1940 年所作《六年一貫制中學國文課程標準》對比，可以發現葉聖陶觀念的變化：「目標」中不再提及文學，只有高中生的閱讀「包括文藝欣賞」。教材「不宜偏重文藝」，

---

〔註146〕葉聖陶：《教育總目標與國文教材的取捨——〈中學精讀文選〉前言》，載葉至善等編：《葉聖陶集》（第 16 卷），江蘇教育出版社 2004 年版，第 45～47 頁。

〔註147〕葉聖陶：《文言教本的嘗試——〈筆記文選讀〉序》，載葉至善等編：《葉聖陶集》（第 16 卷），江蘇教育出版社 2004 年版，第 65～67 頁。

〔註148〕葉聖陶：《〈開明新編國文讀本（乙種）〉序》，載葉至善等編：《葉聖陶集》（第 16 卷），江蘇教育出版社 2004 年版，第 77 頁。

〔註149〕葉至善等編：《葉聖陶集》（第 16 卷），江蘇教育出版社 2004 年版，第 85 頁。

〔註150〕葉至善等編：《葉聖陶集》（第 16 卷），江蘇教育出版社 2004 年版，第 84 頁。

因為「語文的範圍廣，文藝占其中的一部分。偏重了文藝，忽略了非文藝的各類文字，學生就減少了生活上的若干受用」。作文也不再提文學創作，而是要求教師「就學生的實際生活」出題。〔註151〕

　　葉聖陶關注的重點是中學國文教育，對於大學國文，他也強調核心在於培養學生的閱讀與寫作能力。閱讀的書要有古書與文學名著，這也意味著大學生要有瞭解傳統文化、欣賞文學作品的能力，但「古文與純文藝是不必寫作的」〔註152〕，學生自己有興趣，可以創作，但這不是大學國文的教學目標。即使是大學畢業生，也「不一定要能寫小說詩歌，但是一定要能寫工作和生活中實用的文章，而且非寫得既通順又紮實不可」。〔註153〕因為寫作為生活所必需，所以人人要有寫作的能力，文藝創作就不是生活必需的了。

　　由「工具論」出發，的確很容易把語文變成應對實際需要的工具。只不過葉聖陶的「工具論」並不是狹隘地強調語文為政治或思想教育的工具，而是為生活、人生的工具，這就使得他的觀念較為持中、穩妥，不至走向片面或極端。1956 年語言、文學分科教學，葉聖陶雖為語文教育領導者，也沒有過多強調其意義。他不贊同文學教育在中學佔有太大的比重：「中學國文教材不宜偏重文藝，雖然高中有文藝欣賞的項目。語文的範圍廣，文藝占其中的一部分。偏重了文藝，忽略了非文藝的各類文字，學生就減少了生活上的若干受用，這是語文教學的缺點。」〔註154〕按照這樣的邏輯也就可以理解葉聖陶在語言、文學分科教學時所抱的態度了。這場試驗是為了向蘇聯學習，身為教育界領導人物之一的葉聖陶自然要執行。他並沒有對這次分科教學表露個人意見，倒是引人注目地發表了《語言文學分科教學》的講話。在這次講話中，葉聖陶認為分科教學可以發揮各自的優勢。他強調分科教學從根本上講是「因為社會生產發展的需要，生活前進的需要」，必須提高語文教學質量。葉聖陶指出，「要進行系統的語言和文學的教學，語言文學非分科不可」，「語文課是以社會主義思想教育學生的強有力的工具」，「語言學和文學性質不

〔註151〕葉聖陶：《中學語文科課程標準（草稿）》，載葉至善等編：《葉聖陶集》（第16卷），江蘇教育出版社 2004 年版，第 113～118 頁。

〔註152〕葉聖陶：《大學一年級國文》，載葉至善等編：《葉聖陶集》（第13卷），江蘇教育出版社 2004 年版，第 56～59 頁。

〔註153〕葉聖陶：《作文要道》，載葉至善等編：《葉聖陶集》（第15卷），江蘇教育出版社 2004 年版，第 195 頁。

〔註154〕葉聖陶：《中學語文科課程標準（草稿）》，載葉至善等編：《葉聖陶集》（第16卷），江蘇教育出版社 2004 年版，第 115 頁。

同，語言學是一門科學，文學是一種藝術。性質既然不同，知識體系就不同，教學任務也有所不同，所以必須分科」〔註155〕。從語言和文學各自的性質出發，葉聖陶提出了語言教育和文學教育各自的任務和目標：語言教育是要使學生能夠運用「語言這個工具」，同時「語言是形成思想的工具，是認識世界的工具」，因而「語言教育的另一個主要任務是發展學生的思維能力」。這正是從工具論的角度對語言教育提出的要求。至於文學教育，葉聖陶認為，「文學教育的主要任務是讓學生領會文學作品，從而受到社會主義思想教育」。葉聖陶認為，雖然中學教育不在於培養文學家，但是使學生能夠寫作一般的散文，語言教育和文學教育是可以達到這一目標的，因為「文學作品當然是運用語言的最好的範例」，文學教學可以使學生在語言、思維、經驗等方面都得到訓練。所以，「寫所謂一般的散文跟寫文學作品不是性質根本不同的兩回事，讀了文學作品，就能夠學會寫一般的散文，而且比僅僅讀一些一般的散文學得更好」。〔註156〕

粗略看來，葉聖陶對這次分科教學是完全贊同的。但是聯繫到葉聖陶一向不贊成文學教育佔據語文教育中心的立場，就可以發現其中的問題。在這篇講話中，葉聖陶仍然很謹慎地提出了一些建議，也就是提醒人們語言教育與文學教育是不能截然割裂的，在分科教學之時反而更應該注意加強二者之間的聯繫：「文學是語言的藝術，是運用語言的最好的範例。因此，講授語言離不開文學作品，講授文學作品不能不提到語言的運用」〔註157〕。不過，問題的關鍵顯然還不在這裡。首先，葉聖陶在解釋「語文」的涵義時，就一再強調語文並不是指語言和文學（或文字），而是接近於語言文章。即使到了60年代，他仍認為，「語文」「似以語言文章為較切。文謂文字，似指一個個的字，不甚愜當。文謂文學，又不能包容文學以外之文章」〔註158〕。因此，葉聖陶的主張與這種將「語文」分為語言和文學的觀念並不一致；其次，葉聖陶的語文教育觀，落腳點是在實用上，這是他一貫堅持的原則。1962 年，他

---

〔註155〕葉聖陶：《關於語言文學分科的問題》，載人民教育出版社中學語文編輯室編：《中學語文教材和教學》，人民教育出版社1981 年版，第138～141 頁。

〔註156〕葉聖陶：《關於語言文學分科的問題》，載人民教育出版社中學語文編輯室編：《中學語文教材和教學》，第138～150 頁。

〔註157〕葉聖陶：《關於語言文學分科的問題》，載人民教育出版社中學語文編輯室編：《中學語文教材和教學》，第144～145 頁。

〔註158〕葉聖陶：《答孫文才》，載葉至善等編：《葉聖陶集》（第 25 卷），江蘇教育出版社 2004 年版，第 7 頁。

還強調:「學語文為的是用,就是所謂學以致用。」〔註159〕但作為一名文學家,他尊重文學的藝術特性,文學可以使學生獲得審美的薰陶,也收到語言教育的效果,但是文學終究是藝術,而葉聖陶認為語文教育就是為了使學生掌握閱讀與寫作的能力,能夠應付實際生活的需要。因而葉聖陶的文學觀與他的語文教育觀是存在矛盾的,這樣他對於文學教育問題的態度也顯得很矛盾;再次,葉聖陶認為教育的目標是培養現代社會的合格公民,應著眼於人的全面發展,而現代學科體制卻把完整的人生分割開來,他對此一直頗有微詞,認為這是無奈之舉。而他在《語言文學分科教學》的講話中卻指出從語言學和文學的角度來考慮,語言教育和文學教育應該分開教學。這顯然與葉聖陶一直以來的看法不一致。最後,葉聖陶認為寫一般散文與寫文學作品在性質上不是根本不同的,讀了文學作品,寫一般散文的效果會更好。這一觀點的提出,意在強調文學與文章直接的相通性。葉聖陶本人在文學與文章的關係問題上本來就是持兩重性的態度,根據實際的需要,或是強調二者的區別,或是強調二者的關聯。但是,即使他在強調二者的相通性之時,葉聖陶也一再強調「中學生要應付生活,閱讀與寫作的訓練就不能不在文學之外,同時以這種普通文為對象」,而且從普通文立定根基,「才可以進一步弄文學」〔註160〕。用一句話概括就是:「語文課的主要任務是訓練思維,訓練語言。」〔註161〕可見葉聖陶對這次試驗是有保留意見的。

葉聖陶並不是簡單地否定文學教育,而是不贊成文學教育在語文教育中居於中心位置。在他看來,中學教育應該以培養學生的實際能力為主要目標,重心應該放在普通文與應用文上。但是,葉聖陶在50年代發現「語文組同人不注意語文,所寫所撰教材顧到思想政治一面,忽視藝術一面,致中學教本無異於報導時事時人之雜誌,各篇皆不能起感染作用」。支持教材應該內容與形式一致的人寥寥可數,葉聖陶預感到自己會受到「純技術觀點」的譏諷〔註162〕。教材過於強調思想政治內容,從根本上講還是在於當時的語文教育觀念

〔註159〕葉聖陶:《認真學習語文》,載葉至善等編:《葉聖陶集》(第13卷),江蘇教育出版社2004年版,第181頁。
〔註160〕葉聖陶:《國文教學的兩個基本觀念》,載葉至善等編:《葉聖陶集》(第13卷),江蘇教育出版社2004年版,第47~48頁。
〔註161〕葉聖陶:《〈霍懋徵教學文集〉序》,載葉至善等編:《葉聖陶集》第11卷,江蘇教育出版社2004年版,第376頁。
〔註162〕葉聖陶1952年3月5日日記,載葉至善等編:《葉聖陶集》第22卷,江蘇教育出版社2004年版,第293頁。

是把語文課視為思想政治教育的工具，這一教育理念影響到具體的教學中，就是當時普遍存在的將語文課上成政治課、文學課的偏向。

60 年代，葉聖陶在談教材的編寫時指出「語文課本是進行政治思想教育的重要工具」，不過他同時強調語文課本還有一項特殊使命，就是「訓練學生運用語言文字的能力和良好習慣」。〔註163〕在當時的環境中，不可能不強調語文為政治服務，但是葉聖陶也注意彌補其中的不足。1962 年，《全日制中學暫行工作條例草案》（草稿）提出「不要把語文、史地等課講成政治課，也不要把語文課講成文學課」，他深感「此語至簡，而糾偏之旨甚備」，語文課本要以「文質兼美」為標準，這才是立足語文課的實質，因而《林海雪原》《青春之歌》《紅岩》《怎樣評價〈青春之歌〉》實際都不宜作為教材。〔註164〕葉聖陶認為，這並非意味著語文課就不講政治與文學，而是在於怎麼講：「我謂課本中明明有政治性文篇，明明有文學作品，寧有避而不談政治與文學之理。所稱不要講成云云者，勿脫離本文，抽出其政治之道理而講之，化為文學理論之概念而講之耳。」〔註165〕這也就是說，語文教學必須從語文課本身的特點與要求出發，針對課文開展教學，「前此數年，一般教者有置課本於旁，另外發揮一通之習慣。今糾其弊，乃提出『不要教成……』之說。不要教成政治課者，不要從課文中抽出其政治道理而空講之也。不要教成文學課者，不要從課文中概括出若干文學概念文學術語而空講之也。學生但聽空講，弗曉本義，無由練成讀書之本領，所以其法不足取也」。〔註166〕在他看來，將語文課上成文學課，也並非真是引導學生去領略作品的藝術美，而是把作品變成文學理論的例證，把文學課上成文學理論課或文學史課。這也偏離了文學教育本來的目標。因此，如何組織實際有效的文學教學，成為困擾語文學界的一個難題。

葉聖陶不贊成文學教育在課堂教學中占太大比例，還有一個十分重要的原因。作為一名文學家，他對文學的審美特性是高度重視的，認為文學是人

〔註163〕葉聖陶：《關於編教材》，載葉至善等編：《葉聖陶集》（第16卷），江蘇教育出版社 2004 年版，第 146 頁。

〔註164〕葉聖陶：《課文的選編》，載葉至善等編：《葉聖陶集》（第16卷），江蘇教育出版社 2004 年版，第 156 頁。

〔註165〕葉聖陶：《答王必輝》，載葉至善等編：《葉聖陶集》（第25卷），江蘇教育出版社 2004 年版，第 26 頁。

〔註166〕葉聖陶：《答孫文才》，載葉至善等編：《葉聖陶集》（第25卷），江蘇教育出版社 2004 年版，第 31 頁。

生的表現，文學需要調動人的全部經驗，是對人生的整體認知與感悟。現代
教育卻是在學科分類體制基礎上建立起來的，各門學科將完整的人生分割開
來，各自對應其中的一部分。如此一來，文學就很難完全融入到某一門具體
學科之中，即使是語文學科也不例外。文學涉及的是全部的人生經驗，而各
門學科涉及的都只是其中的一部分或某一類，從這個意義上講，學校教育也
不可能完全引導學生真正領略文學的奧秘。葉聖陶並沒有細緻分析語文學科
與文學之間的關係，但從他的文章學及實用立場出發，他認為語文教育主要
是語言文字訓練，學生要具備閱讀與寫作的能力（後來他提出聽說讀寫全面
提高）。對文學作品思想情感與藝術技巧的體會，雖然也是語文課的任務，但
畢竟不是重點所在。

　　那麼，如何才能實現文學教育的目的？葉聖陶認為在課外可以實現。在
為中學生作課外閱讀指導時，葉聖陶認為閱讀文學作品是很重要的。他對中
學生這樣講道，「你們要認識繁複的人生，理解他人的生活和思想感情，不僅
為了領受趣味，還想用來陶冶自己，使自己的人格更為高尚；這時候，你們
就得看各種文學作品」，「各種文學作品，可以說是國文科的課外讀物」，「直
接供應實際生活的需要」〔註167〕。在課外，中學生面對的是整個的生活，因
而可以自由而充分地欣賞文學作品。對他們而言，欣賞文學作品可以增強個
人修養，可以提高他們對人生的認識與體會能力，文學作品所具有的語言教
育功能此時反而退居其次了。葉聖陶曾以小說為例，論述文學的教育作用：「國
文科所訓練的，就在使學生通過了我國的語言文字瞭解一切。不過，小說最
容易使學生發生興味，是其一；教國文雖然不就是教文藝，但文藝的鑒賞實
在是精神上的絕大補益，讓青年人得到這種享受，非但應該而且必須，是其
二。……小說在精神訓練上有價值，在語文教學上有價值，總括起來，就是
它在教育上有價值。」〔註168〕這不僅是小說具有的價值，也是文學作品所具
有的價值。為此，葉聖陶一再主張中學生課外應多讀文學作品。他還身體力
行，創辦或主編《中學生》《中學生文藝》《青年文藝》《新少年》等雜誌。這
些刊物即使是綜合性的，如《中學生》，也將文藝置於重要位置，不僅大力介
紹作家作品、文學知識，選登文學作品，還發起徵文活動、鼓勵讀者投稿。《中

〔註167〕葉聖陶：《中學生課外讀物的商討》，載葉至善等編：《葉聖陶集》（第11卷），
　　　　江蘇教育出版社2004年版，第106頁。
〔註168〕葉聖陶：《給教師的信》，載葉至善等編：《葉聖陶集》（第11卷），江蘇教育
　　　　出版社2004年版，第174頁。

學生文藝》《青年文藝》更是直接面向中學生的文藝刊物。在 1933 年的《中學生文藝》上，葉聖陶甚至呼籲各地中學校的老師「鼓勵學生多多創作」。〔註169〕這看起來與葉聖陶「中學生沒有從事文學創作的必要」的主張相牴觸，其實是基於不同角度的考慮。在談論語文教育時，葉聖陶更加注重的是教學實際與需要，側重於從教育角度考慮問題。一旦擺脫了學科教學的限制，葉聖陶更為注重的是人的全面發展，側重於從文學角度考慮文學對於人生的作用。

事實上，一回到學校教學問題上來，葉聖陶就認為中學生沒有創作的必要，中學生只需要掌握閱讀和寫作的能力即可。不僅中學生如此，大學生也一樣，葉聖陶認為「大學國文的目標就在乎提高同學們的閱讀能力跟寫作能力」，這從根本上講還是為了生活上受用〔註170〕。因此，葉聖陶認為，「文學創作，雖然也是寫作，決不是高等院校的寫作課的內容。閱讀文學作品的愛好和能力，有關文化修養，固然是人人必需的；但是文學創作總是少數人的事，所以高等院校並不要求學生當作家，連文學系也是這樣。文學系培養的是研究文學的人才，不是作家」〔註171〕。基於此，葉聖陶直至晚年仍堅持他的立場，這就是葉聖陶對於文學教育的基本態度。

對以上所論加以總結，葉聖陶的文學教育觀念可以從課內和課外兩方面來看，而這又與他的教育觀密切相關：他主張學校教育是要培養學生樹立正確的人生觀，將所學知識應用於生活，獲得有用經驗，具備生活實際所需的基本技能，養成這樣的好習慣就能終身受用。語文教育重在訓練學生理解和運用語言文字的能力，核心是閱讀與寫作能力，其目的仍在適應生活所需，文學欣賞與創作比普通文或者說實用文的讀寫層次更高，雖然人人需要審美鑒賞（當然也不是指專門的文學批評），但文學寫作並非生活必需。因此，學校教育要培養學生閱讀和欣賞文學作品的能力，但不必要求學生從事文學創作。當然，在學校教育的不同層次，文學教育也要相應調整：學前、小學的語文教育，偏重文學性和趣味性，但這只是意味著教材的生活、活潑、淺顯，以童話、故事、兒歌等為主，同時要選取實用文。不涉及高深的文學作

〔註169〕葉聖陶：《〈中學生文藝〉編後》，載葉至善等編：《葉聖陶集》（第18卷），江蘇教育出版社2004年版，第113頁。

〔註170〕葉聖陶：《大學一年級國文的教學目標和學習方法》，載葉至善等編：《葉聖陶集》（第13卷），江蘇教育出版社2004年版，第139頁。

〔註171〕葉聖陶：《對高等院校寫作課的建議》，載葉至善等編：《葉聖陶集》（第15卷），江蘇教育出版社2004年版，第206頁。

品，而是貼近兒童實際、宜於兒童欣賞的淺近作品，這也就是葉聖陶倡導的兒童文學，即使是大作家也未必能創作出好的兒童文學作品。並且這類作品，與反映兒童生活的、貼近兒童實際的非文學作品之間的界限也十分模糊。他鼓勵兒童閱讀和創作文學作品，也不是為了引導兒童將來成為文學家，而是要指引兒童觀察生活、發揮想像力，提高自主性，對於生活產生興趣。因而就閱讀來說，在小學教育階段，性情的涵養和想像力的培植「最好的憑藉便是詩歌」。但小學生接觸的詩歌「無非國語課本中的詩篇，唱歌課內教授的歌詞，以及從家庭裏和社會間聽來的歌謠」〔註172〕；而兒童的「創作」，也與專門的文學創作有著很大的區別。創作出來的作品，也未必就是「文學」作品。只是在創作過程中，兒童盡情調動他的人生經驗，發揮想像力，訓練自己運用語言文字的技能，觀察生活，抒發情感，這些都是有助於兒童的成長的。一旦進入中學階段，語文教育的重心就轉到實用上來，這也是自然而然的過渡。

中學階段在普通文和文學作品上都有加強，但實用文的比例更高，而且要求學生具備閱讀與寫作實用文的能力，文學作品不僅要理解，更要能欣賞，但不必寫作，同時瞭解相應的文學史知識。至於大學生，除中文系學生必須要學習專門的文學知識外，其他專業學生仍以閱讀和寫作能力的培養為目標，實用文和文學作品都要閱讀。寫作方面，所有專業的學生都要能寫實用文章，但不要求能寫文學作品（即使是中文系學生也沒有文學創作的必要，因其主要任務是從事文學研究）。

以上所論為學校教育，就課外而言，葉聖陶的觀念就變得靈活多了，「生活所需」不再限於生存和生活層面，更涉及人生的精神層面，課外盡可以滿足青少年的更高追求。因此，文學教育在課外佔有極大的比例，不僅是課內學習的補充，更是完善人格、陶冶情操、滿足精神生活的需要，比普通文章更受歡迎。文學作品的閱讀與寫作不再受限制，普通人也可以欣賞文藝作品，也可以創造文藝作品，這是一種享受，「人人應該有這種享受，人人可能有這種享受」。葉聖陶也花了極大的精力加以鼓勵和指導。普通文與文學作品在語文教育中的關係，正如葉聖陶所說的：「吃了糧食，可以飽肚子，可以把生命延續下去；接觸了藝術，可以飽精神方面的肚子，可以使生命進

---

〔註172〕葉聖陶：《〈小學生詩選〉序》，載葉至善等編：《葉聖陶集》（第18卷），江蘇教育出版社2004年版，第311頁。

入一種較高的境界。」〔註 173〕

## 第三節　教是為了達到不需要教

　　作為新式教育的支持者和教育革新的倡導者，葉聖陶大力抨擊舊式教育的弊端。在他看來，舊式教育最大的問題，一是「古典主義」，只知照搬與模仿，一是「利祿主義」，只為應試，求取功名，最終造就的不過是奴才和官僚，既沒有獨立人格，也缺少真才實學〔註 174〕。舊式教育的種種弊端又與八股取士密切相關，像許多革新之士一樣，葉聖陶猛烈抨擊了八股文與科舉制。對葉聖陶而言，新式教育有一個為人所公認的目標，就是「造就善於處理生活的公民」〔註 175〕，這是現代教育與封建教育的根本區別。

　　為達到這一目的，就必須徹底改變舊式教育中的師生關係，同時也必然要求改革教學方法。舊式教育中教師居於絕對支配的地位，學生只能被動地接受。在變法時期，維新派在提倡教育改革時，也注意到傳統教育的弊端，如梁啟超提出「人生百年，立於幼學」，但是考察中國的教育，他他發出了「惟學究足以亡天下」的慨歎，通過對比中西教育，梁啟超要求改變課程結構與教學方法，激發學生興趣，這已經觸及到學生自主性的問題，也是對教學方法的革新〔註 176〕。但是這種變革設想並沒有從根本上動搖傳統的教師本位格局。直到「五四」時代，追求個性獨立與自由的思潮湧入教育領域，強調學生的個性與尊嚴、要求以學生為本位的觀念深入人心。特別是這一時期，杜威、赫拉克利特等西方教育家的思想在中國得到傳播，對中國教育界產生了極大影響。

　　作為杜威的追隨者，胡適在「五四」時期發表了一系列針對教育問題的言論與主張，產生了很大影響。胡適大力提倡學生的自由自主地位，要求人人有自由閱讀與寫作的能力，教學中要展開討論，體現出教育觀念由教師本

---

〔註 173〕葉聖陶：《享受藝術》，載葉至善等編：《葉聖陶集》（第 12 卷），江蘇教育出版社 2004 年版，第 330 頁。

〔註 174〕葉聖陶：《認識國文教學》，載葉至善等編：《葉聖陶集》（第 18 卷），江蘇教育出版社 2004 年版，第 125～126 頁。

〔註 175〕葉聖陶：《論寫作教學》，載葉至善等編：《葉聖陶集》（第 15 卷），江蘇教育出版社 2004 年版，第 89 頁。

〔註 176〕梁啟超：《論幼學》，載《飲冰室合集·文集之一》，中華書局 1989 年版，第 44～58 頁。

位轉向學生本位。在教學方法上，胡適主張大膽試驗，提出預習——討論——複習的程序，反對「逐篇逐句講解」，強調教師的作用主要是「解答疑難，參與討論」，已經現出「教師主導、學生主體」觀念的端倪，同時他也在追求教學方法的科學化。可見，「五四」時代的教育革新，同樣具有新文化運動所高揚的民主與科學的精神。杜威與胡適的主張對葉聖陶影響很大，在 30 年代以前，葉聖陶對教育問題的思考與他們是基本一致的。

　　葉聖陶在從事教育工作之初，對於教學問題的探索還是自發的。但他已經注意到瞭解兒童心理的重要性，他認為與教授相比，兒童「樂為研習」是更重要的〔註 177〕；他也明白教學相長的道理：「學生與教師之精神固互相提攜互相競進者也，其一方面失精神，雙方斯俱失之矣。」〔註 178〕1919 年，葉聖陶在《今日中國的小學教育》中尖銳批評小學教育存在的種種弊端，認為此時的教育與科舉時代毫無二致，由此提出教育的價值就是教學生立定「真實明確的人生觀的根基」〔註 179〕。這已經是立人觀念的表述了。在教學方法上，葉聖陶認為應該順應兒童心理，激發兒童興趣，實現趣味教學。因此，葉聖陶沒有羅列具體的教學方法，因為教育要針對學生實際，教育即生活，生活本身豐富多彩，教學方法就必須靈活多樣。基於這樣一種信念，葉聖陶強調要讓兒童自己去領悟、體會，教師的責任就在於引導。因為文學能夠激發兒童的興趣，所以教材中的課文應是兒童文學作品。在文學教育中，就要讓兒童充分領略文學作品的藝術美，從中得到美的享受，心靈得到陶冶，培養健康的審美情趣。葉聖陶主張「情境教學」：「教師當為兒童特設境遇，目的在使其自生需要，不待教師授與。」〔註 180〕葉聖陶已經注重情思與語言的訓練，但在教學方法上他的觀點還較為籠統，缺少科學、嚴謹的體系，處於探索階段。

　　20 年代，葉聖陶關注的重心逐漸轉移到中學教育上來。此時他受教育救國論、教育改良論的影響依然很深。1923 年，葉聖陶草擬了《初中國語課程

---

〔註 177〕葉聖陶 1913 年 5 月 18 日日記，轉引自商金林：《葉聖陶傳論》，安徽教育出版社 1995 年版，第 86 頁。

〔註 178〕葉聖陶 1912 年 6 月 1 日日記，載葉至善等編：《葉聖陶集》（第 19 卷），江蘇教育出版社 2004 年版，第 106 頁。

〔註 179〕葉聖陶：《今日中國的小學教育》，載葉至善等編：《葉聖陶集》（第 11 卷），江蘇教育出版社 2004 年版，第 9 頁。

〔註 180〕葉聖陶：《小學國文教授的諸問題》，載葉至善等編：《葉聖陶集》（第 13 卷），江蘇教育出版社 2004 年版，第 13 頁。

綱要》，這個綱要肯定了自主性學習的重要意義，並且明確地將討論教學法寫入綱要之中，使教學具有了可操作性。20 年代的政治動盪使葉聖陶的教育理想遭遇挫折，他開始認真反思中國教育的出路。30 年代，他開始形成新的教育觀念，認為教育是使人樹立正確的人生觀，此後他進一步把「人生觀」落實為種種具體的表現，這些表現就是好習慣，教育就是要讓人「養成好習慣」。怎樣的習慣才算好？葉聖陶認為，「能使才性充量發展的是好習慣，能把事情做得妥善的是好習慣，能使公眾得到福利的是好習慣」〔註 181〕。可見，在教育問題上，葉聖陶對實踐與實用的重視進一步增強。與之相應的是，文學教育在國文教育中也不再佔據核心的位置。

但是，立人始終是葉聖陶教育思想的核心。此時他更為注重學生自主性的發揮，強調以學生為主體。為了更有效地組織課堂教學，葉聖陶開始從形式方面探究國文教學的問題，力圖使教學走上科學的軌道。1937 年，葉聖陶專門撰文談論文藝作品的鑒賞問題，認為文藝鑒賞不能只限於感性印象，還應該分析研究，瞭解作者如此描寫的原因及效果，不但知其然，還要知其所以然。當然文學屬於藝術，藝術鑒賞有自身的特點，即要驅遣想像，訓練語感〔註 182〕。這些觀點其實也適用於國文教學。1938 年，葉聖陶參與編寫《國文百八課》，收入文學作品，對文章的分析則包括的文章體制、文句格式、寫作技術、鑒賞方法等方面的內容。這種科學的分析，有助於使學生掌握閱讀與寫作的技能。

在文學教育的教法問題上，葉聖陶發現了問題的複雜性：一方面，現代的國文教學與舊式教育存在著根本區別，不能再依靠逐句講解的灌輸式教學法，也不能為了應考而不顧學生實際，必須另闢蹊徑。但是這些問題不僅在民國時代存在，而且在新中國成立後幾十年的歲月裏也依然存在，成為教育的大問題。另一方面，文學教育是國文教育的一部分，在教學上就可以遵循國文教學的一般方法，但是文學畢竟是藝術，葉聖陶也提出文學的情感因素以及文學在表現人生時體現出來的綜合性不容忽視。在探討教學問題時，葉聖陶對教師的定位就是主導，真正要領略、欣賞文學作品還得靠學生本人。葉聖陶對教師如何進行指導的問題進行了探究，其成果就是《精讀指導舉隅》

---

〔註 181〕葉聖陶：《改善生活方式》，載葉至善等編：《葉聖陶集》（第 12 卷），江蘇教育出版社 2004 年版，第 154 頁。

〔註 182〕見葉聖陶：《文藝作品的鑒賞》，載葉至善等編：《葉聖陶集》（第 10 卷），江蘇教育出版社 2004 年版，第 28～34 頁。

《略讀指導舉隅》等著作。當時葉聖陶認為國文教學的目標涉及到閱讀與寫作兩方面，都是針對文章而言。除此之外，「培植欣賞文學的能力」也被單獨設為一個目標。針對這一目標，葉聖陶指出，欣賞首先是要瞭解整篇文章，進而是體會，「而所謂體會，得用內省的方法，根據自己的經驗，而推及作品，又得用分析的方法，解剖作品的各部，再求其綜合」〔註183〕。在指導略讀教學時，葉聖陶同樣認為「文學這東西，尤其是詩歌，不但要分析地研究，還得要綜合地感受」〔註184〕。文藝欣賞可以陶冶性情，但是這種受用需要欣賞者具備一定的素養，素養還得通過分析的方法來積累，這是就文學的特性提出閱讀教學的具體方法。

在寫作方面，葉聖陶身為文學家，對文藝創作的甘苦有切身體會。他認為，雖然文學以生活為根基，但不是人人可以成文學家。文學是語言的藝術，屬於專門事業，而中小學生掌握寫作能力是為了滿足生活的實際需要，這是成為健全公民而非專門人才的必備條件，所以葉聖陶認為中小學生沒有必要從事專門的文學創作。但是這並不意味著葉聖陶就一味排斥文學創作。一方面，他認為閱讀與寫作不可分，「讀跟作雖是兩項，可是互相因依，讀影響作，作也影響讀」〔註185〕。後來他進一步指出，由於閱讀和寫作都是語言文字的運用，同時也是思維的訓練，因而「閱讀的基本訓練不行，寫作能力是不會提高的」，由此葉聖陶認為「閱讀是寫作的基礎」〔註186〕。閱讀文學作品，自然在寫作方面有所收穫。在教學實踐中，葉聖陶也發現學生不僅喜愛閱讀文學作品，也願意動筆創作；另一方面，從文章的角度考慮，文學與非文學是相通的，都立足於生活，講求真情實感、語言的錘鍊、謀篇布局。因此，「小學生練習作文之要求，唯在理真情切而意達，即文學亦未能外此」〔註187〕。小學如此，中學更不必說，切合學生生活實際的命題作文，「題目雖是教師臨

〔註183〕葉聖陶：《論國文精讀指導不只是逐句講解》，載葉至善等編：《葉聖陶集》（第14卷），江蘇教育出版社2004年版，第9頁。
〔註184〕葉聖陶：《略讀的指導》，載葉至善等編：《葉聖陶集》（第14卷），江蘇教育出版社2004年版，第173頁。
〔註185〕葉聖陶：《改文》，載葉至善等編：《葉聖陶集》（第15卷），江蘇教育出版社2004年版，第114頁。
〔註186〕葉聖陶：《閱讀是寫作的基礎》，載葉至善等編：《葉聖陶集》（第15卷），江蘇教育出版社2004年版，第180～182頁。
〔註187〕葉聖陶、王鍾麒：《對於小學作文教授之意見》，載葉至善等編：《葉聖陶集》（第15卷），江蘇教育出版社2004年版，第9頁。

時出的，而積蓄卻是學生原有的。這樣的寫作，與著作家、文學家的寫作並無二致」〔註188〕。因此，在課外，葉聖陶通過各種刊物的徵稿活動，極大地激發了廣大青少年的創作熱情。

40年代以後，葉聖陶很少擔任實際教學工作，但是他對教育的熱情並沒有減退，他對語文教育問題的思考也在走向深入。他一直強調學生本位，要求學生能夠發揮自己的主動性，經過長期思考，葉聖陶終於提出「教是為了達到不需要教」的原則，作為教學追求的最高目標〔註189〕。「不需要教」是學生主體性充分發揚的表現，是通過教師的指導，學生一步步走上獨立自主的道路，具備獨立學習的能力，成為全面發展的人。因此，教師的角色就是一個主導者：既非放任自流，也不是要造成學生對自己的依賴，而是教會學生自主學習、獨立做人的策略、方法，使之在各方面趨於成熟自覺。

這一原則同樣應該在文學教育中得到貫徹。葉聖陶曾作有《語文教學二十韻》，其中提到「潛心會本文」〔註190〕。在葉聖陶看來，文學教育同樣需要注意對文本本身的解讀。葉聖陶寫過大量的文章，都是要求以教材選文即課文為例，通過教師的指導學生能夠理解課文，又運用這樣的方法去解讀同類文章。如此一來，課文就成為學生舉一反三的依據。葉聖陶正是在這一意義上注意到中國古代教育合理的一面，尤其欣賞孔子的「憤悱啟發」式教學法〔註191〕。

---

〔註188〕葉聖陶：《論寫作教學》，載葉至善等編：《葉聖陶集》（第15卷），江蘇教育出版社2004年版，第86頁。

〔註189〕1962年，在《閱讀是寫作的基礎》一文中，葉聖陶已經提出「在課堂裏教語文，最終目的在達到『不需要教』」。載葉至善等編：《葉聖陶集》第15卷，江蘇教育出版社2004年版，第181頁。同年在《答梁伯行》中，葉聖陶指出「凡為教，目的在達到不需要教」。載《葉聖陶集》（第25卷），第18頁。在《答林適存》中，葉聖陶認為「教師教各種學科，其最終目的在達到不復需教」，載《葉聖陶集》（第25卷），第19頁。1977年，葉聖陶應武漢師院《中學語文》約稿而寫《為了達到不需要教》一文，提出「教任何功課，最終目的都在於達到不需要教」。載《葉聖陶集》（第11卷），第263頁。1978年，葉聖陶在《大力研究語文教學，盡快改進語文教學》中指出，「教師教任何功課，『講』都是為了達到用不著『講』，換個說法，『教』都是為了達到用不著『教』。」載《葉聖陶集》（第13卷），第204頁。1983年，葉聖陶在《教育雜談》中還堅持認為，「教是為了達到不需要教」。載葉至善等編：《葉聖陶集》（第11卷），第356頁。

〔註190〕葉聖陶：《語文教學二十韻》，載葉至善等編：《葉聖陶集》（第8卷），江蘇教育出版社2004年版，第249頁。

〔註191〕葉聖陶：《講和教》，載葉至善等編：《葉聖陶集》（第11卷），江蘇教育出版社2004年版，第279頁。

顯然在他看來，孔子的教學是以教師為主導、學生為主體的。啟發式教學法成為葉聖陶本人認可的教學方法。

綜觀葉聖陶在教學原則與方法上的觀點，可以發現他始終堅持的原則是「立人」，即要將教育作為塑造人的事業，是學生成為具有獨立自主意識與地位的個人。他最初是強調學生本位，以兒童為中心，顯然在理論上還受著杜威、胡適的影響，對於教育問題的認識還處於初步的探索階段。這種觀念雖然可以實現對學生地位的提升，但是在教師功能問題上、科學地組織教學方面顯然還是存在缺陷的。特別是當時教育界盛行教育救國的思潮，葉聖陶本人也懷有這樣的幻想。他熱衷於教育改良，試辦實驗學校，但嚴酷的現實很快摧毀了他的夢想。這些事件在《倪煥之》中都有深切生動的描寫。因而葉聖陶從教育救國論中清醒過來，意識到教育問題與各方面的問題都是聯繫在一起的。他開始更為注重對國文學科進行科學的研究。30 年代葉聖陶側重從形式角度入手，這是對以往偏向的一次糾正。可以說，對形式的強調促使葉聖陶將注意力轉移到語言文字上來，更為注重作品的結構、語言、修辭等方面。從這個意義上說，葉聖陶無疑促成了文學教育研究的深化。因為在此之前的文學教育，更多地是強調精神風貌，對形式問題重視得不夠。這樣一種觀念既妨礙了對文學作品藝術性的探求，也使文學教育對作品的藝術因素難以作更為深入的開掘。在 30 年代，葉聖陶提出要重視作品的形式，這是對國文學科自身特性與任務的強調。葉聖陶參與編寫的《國文百八課》，就是將文話、選文等方面的知識融為一體，實現了國文教學的科學化。他將文學教育融入到文章教育之中。但是，不可否認的是，也正是從此時開始，在葉聖陶的語文教育體系中，文學教育不再佔據核心地位。他更關心的是語言文字的訓練，關心的是學生基本知識的學習與基本能力的訓練，因而應用文、普通文的學習就佔據了中心地位。這與葉聖陶本人強調國文教學的科學化是有關聯的。正是這一傾向，使葉聖陶更為注重國文學科的實用性。

但是，葉聖陶也認識到文學本身的特殊性，文學作品的內容與形式是不可分割的。文學教育不僅要使人知，還要使人感。因而在教學方法問題上，葉聖陶批評傳統的逐句講解法，他提出學生閱讀課文時，對於文學作品，要做到分析與欣賞的結合。這顯然是顧及到了文學教育的特殊性。但是，葉聖陶又認為國文教學側重於使學生掌握方法，這當中又存在一定的偏頗。國文科是整個學科系統的一部分，是為教育的總目標服務的。教育不僅僅是使人

掌握一些方法技巧，還應該具備基本的文化素養，陶冶人的情趣，這些在國文教學中同樣是不可缺少的。但是葉聖陶卻將二者割裂了開來。事實上，即使是研讀非文學類文章，從中也可以獲得較為豐富的歷史文化知識，人格得到陶養，更不用說是以情動人的文學作品了。對於教材，葉聖陶一直認為它是工具，課文是舉一反三的憑藉：「語文教本只是些例子，從青年現在或將來需要讀的同類的書中舉出來的例子；其意是說你如果能夠瞭解語文教本裏的這些篇章，也就大概能閱讀同類的書。」〔註192〕如果從掌握基本的方法技巧來看，這一觀點不無道理。但是至少就文學教育而言，正如葉聖陶本人所承認的，文學作品的內容與形式不可分割，又怎麼能夠僅僅作為舉一反三的依據呢？葉聖陶在分析《修正高級中學國文課程標準》中的「培養學生讀解古書，欣賞中國文學名著之能力」時，特意指出「廣義的『古書』，國文科不必管；『古書』而是『文學名著』，是內容和形式分不開來的東西，國文科才管」〔註193〕。文藝作品最重要的特點在於其豐富而獨特的藝術世界，這一世界凝聚的是文藝家對人生的深切感悟、認識與體會，因而以審美的方式體現出來就是藝術作品。在這一點上，每一部成功的藝術作品都是富有個性、不可替代的。葉聖陶本人也一再指出文學作品的內容與形式不可分割，但他又認為課文只是舉一反三的例證。其中存在的矛盾之處，葉聖陶並沒有真正解釋清楚。事實上，從葉聖陶本人所選取的文章來看，《精讀指導舉隅》《略讀指導舉隅》就有大量的文學作品。葉聖陶為文章的分析、欣賞所作的示範的確可以起到舉隅的作用，但是對於文學作品的分析必須根據不同的作品及時作出調整，葉聖陶顯然忽略了這一點，或許這就是他從文章角度、從語文教學角度盡力淡化文學與非文學的界限所帶來的必然結果。

葉聖陶更關心的，不是教師怎麼教，而是學生怎麼學。事實上，對學生主體地位的重視貫穿他的教育思想發展的始終。葉聖陶注意到應該讓學生感受到教學的樂趣，強調教育不應與生活脫節，要即知即行，把教育與生活連接起來。為此，葉聖陶甚至主張，「學校裏的大部分科目是離開了教科書也可以教的，而且本該離開了教科書教的，離開了教科書教，才可以收到完滿的

---

〔註192〕葉聖陶：《文言教本的嘗試——〈筆記文選讀〉序》，載葉至善等編：《葉聖陶集》（第16卷），江蘇教育出版社2004年版，第63～64頁。

〔註193〕葉聖陶：《論中學國文課程的改訂》，載葉至善等編：《葉聖陶集》（第16卷），江蘇教育出版社2004年版，第50頁。

教育效果」〔註194〕。他還主張「讀書不必進學校」，因為「通過文字決不能認
識事物，要認識事物不能借助於文字」〔註195〕，葉聖陶由此把獲取知識與實
際生活對立了起來。如果從反對教條主義、反對脫離實際與死讀書的教育弊
端來講，葉聖陶的這一觀點確實有其合理之處。他所擔心的，正是生活與教
育二者本末倒置，從而造成學生完全不能適應生活的結果。文學教育如果陷
入這一迷途，後果也同樣嚴重。但是，教育本身有其自身的規律，特別是在
現代學科分類體制下，各門學科的教學都日益趨於專門化與科學化。如果將
有組織的教學活動完全廢止，使學生直接置於生活之中，就會打破教學的科
學組織與進展，教師的主導作用也很難得到發揮。對於文學教育來說也是如
此。文學作品的分析鑒賞更是需要有效、科學的課堂組織。學生可以調動自
己的全部人生經驗來理解、體會作品，卻並非要拋開書本直接到生活中去尋
找直觀的認識。可以說，葉聖陶主要是從教育的實用性以及他的經驗主義出
發而提出這一主張的，但是其中的偏頗與片面也是明顯的。葉聖陶本人其實
也意識到了這一問題，他認為「做一個夠格的人，必須懂得許多事物，明白
許多道理，實踐許多好行為；可是事物不能全部直接接觸，道理不能一時馬
上滲透，好行為不能立即正確實踐，因而只能寫在課本裏，以便間接接觸，
從容揣摩，積久成習」〔註196〕。

對於教學方法的探討，葉聖陶主要是通過對語文教育的相關論述而提出
來的，一般而言都是原則性的意見。在葉聖陶看來，文學教育乃至各科教育
是不宜以具體的方法來框定的。但是，他對國文教學科學化的強調與追求卻
始終一致。這並不一定就與文學教育相牴觸。相反地，可以通過探討科學的
教學方法而使學生能夠真正鑒賞文學作品，這在某種意義上與文學批評是相
似的。對於文學教育的教學方法問題，葉聖陶的看法也仍然是程序教學法。
掌握基本的程序即可以做到對文章的領略，也可以欣賞文學作品。分析是欣
賞的第一步，必須對作品的整體能夠加以把握，體會作者的情感，與之發生
共鳴。對於教師而言，要引導學生掌握基本的方法，能夠從不同的角度來把

---

〔註194〕葉聖陶：《教科書的缺乏》，載葉至善等編：《葉聖陶集》（第11卷），江蘇教
　　　　育出版社2004年版，第117頁。
〔註195〕葉聖陶：《文字並不可靠，教本少用為妙》，載葉至善等編：《葉聖陶集》（第
　　　　11卷），江蘇教育出版社2004年版，第184～186頁。
〔註196〕葉聖陶：《讀書和受教育》，載葉至善等編：《葉聖陶集》（第11卷），江蘇教
　　　　育出版社2004年版，第352頁。

握作品，或注意作品的主題，或追蹤作者的思路，或體會語言結構上的技巧。對文學作品，必須樹立一個基本的原則：立足於作品。在欣賞作品時，要抱有理解的同情的態度，真正面對作品本身，把作家作品置於當時的歷史文化語境中加以考察，見出其意義。對於教師而言，指導是主要的，不能以自己的賞析代替了學生的品味，必須引導學生，使之能夠自己深入體會作品，不斷提高自己的鑒賞水平。對於學生而言，不能被動地接受教師的講授，應該主動、積極地去分析、理解作品，最終能夠具備一定的文學鑒賞能力。

值得注意的是，葉聖陶始終堅持生活是一切的源泉，而教育的最終指向還是生活。國文教學需要生活經驗作基礎，通過教學則能獲得最深切的人生體驗，因此，「讀古典或具有永久價值的文學作品，……這些東西是要用生活經驗去對付的，生活經驗愈豐富，愈能夠咀嚼其中的意味；一個人的生活經驗沒有止境，所以一部古典或文學作品，可以終身閱讀而隨時有心得」〔註197〕。文學教育的作用是不可替代的。

本章分析的是葉聖陶的文學教育思想。葉聖陶的文學教育思想是他的文學思想與教育思想相結合的產物。在「為人生」這一根本點上，葉聖陶找到了二者的結合點。在他看來，文學教育是語文教育的一部分。在 20 年代，葉聖陶比較注重從精神和內容的角度出發，站在新文化運動的立場上，因而他極為注重文學教育。但是隨著他對教育問題的深入思考，他強調教育是要使人適應生活的需要，提出工具論，因而葉聖陶不贊成文學教育在語文教育中佔據太大比例。但是葉聖陶的教育工具論也不是狹隘的工具論，他是以人的健全發展為目標，因而他十分注重文學對人的薰陶作用，由此提出學生可以在課外多讀文學作品，從事文學創作。正是基於對學生主體性的高度關注，葉聖陶提出教師主導、學生主體的原則，強調通過科學的教學貫徹「教是為了達到不需要教」。

---

〔註197〕葉聖陶：《〈孟子〉指導大概》，載葉至善等編：《葉聖陶集》（第 14 卷），江蘇教育出版社 2004 年版，第 193 頁。

# 第五章　葉聖陶文藝美學思想的文化觀照

　　葉聖陶的思想是一個豐富而複雜的整體，各種思想之間既有緊密的聯繫，也不乏矛盾與牴觸。他的思想發展經歷了晚清、民國、新中國這幾個不同的階段，是在西學東漸的大潮中，吸收古今中西的文化成果而逐步形成的，同時也與他個人的經歷、品性、身份密切相關。因此，要想更好地理解葉聖陶的文藝美學思想，就應將其置於具體的歷史文化語境中加以考察，首先要分析葉聖陶對中國傳統思想資源與西方思想文化作了怎樣的吸收借鑒從而形成自己的特色，其次要考察他的多重職業身份對他的文藝美學思想的影響。

## 第一節　多種思想資源的滋養

　　同眾多的「五四」文化人一樣，葉聖陶陶本人在成長的歷程中也受到古今中西多種文化成果的滋養，也經歷了各種思潮之間的激烈碰撞與交鋒。從總體上看，葉聖陶本人受中國傳統文化的薰染很深，尤其是儒家思想更是他的立身處世之道。但是他又不同於一般的文化保守主義者，不同於現代新儒家。他積極吸收西方的思想成果為己所用，同時深受晚清與五四學者影響，因而能夠以一種積極的現代眼光反觀傳統文化，取一種持中的文化立場。

### 一、葉聖陶與中國傳統文化

　　葉聖陶受中國傳統文化特別是儒家思想的浸染很深。他出身平民家庭，父親葉鍾濟的「孝道」與「仁心」對他起了身教的作用，「孝」與「仁」的倫

理觀對他影響很深。葉聖陶從小就念過《三字經》、《千字文》、《四書》、《詩經》、《易經》，1901 年進私塾念《四書》。1905 年他參加了中國歷史上最後一次科舉考試。他最初所接受的，是嚴格的傳統教育。同時，從母親那裡，葉聖陶學到了不少謎語、詩詞、山歌，培養了他的文學愛好，蘇州的古樸民風與文化也使葉聖陶對民間文化與地域文化有很深的感情〔註 1〕。

葉聖陶自小家境貧寒，對蘇州的民情也有瞭解，十分關心民間疾苦。在民主思想風起雲湧的時代，他終於成為一名民主主義者。葉聖陶很早就萌發了改良習俗的念頭，在中學時代又深受資產階級改良派思想的影響。更主要的是，他沒有停留在改良上，在辛亥革命爆發時，他十分振奮和嚮往，對封建專制主義進行了更加猛烈的抨擊：「在余則以為世間有『君主』兩字，為絕大不平事。君主善與否，皆當鋤去之。蓋君主自己承認自己以統治眾人，為侵害眾人之自由權也」〔註 2〕。因此，葉聖陶擁護革命：「革命一事，總可謂之不良政治之產兒。人民不能辨其政府中政治之善否，則亦已矣；苟能辨者，則無人不有推倒之之責，否則即為放棄其天職。」〔註 3〕在反孔浪潮中，好友顧頡剛對孔孟進行了激烈的批判，認為孔孟為專制護符，葉聖陶雖不至於如此激進，但也不以孔孟為然。儒家重義輕利，葉聖陶針鋒相對地表示他贊同墨家的「利」之觀念，他認為「人生目的，唯在滿足其生活之欲望而已，即所謂自利者也。胥能自利，世界斯入至真、至善、至美之境」，「利即仁義」〔註 4〕。「且人群之有社會，純出於自然，必以生活上之必需，而後有諸多之組織」，因而他十分重視實利與實業，以此為民眾造福〔註 5〕。當時他已加入中國社會黨，深受無政府主義思想影響。這一主張分明就是實利思想的宣言了。此時葉聖陶對待儒家的態度還較為溫和，他認為孔子只是被後人樹立起來的一個偶像，「孔子道德想來亦不過鄉里善人，生民以來未之有也，未免尊崇過當已」，儒家思想也有其合理之處：「儒家出於司徒之官，其所明者務在倫理，

〔註 1〕 商金林：《葉聖陶傳論》，安徽教育出版社 1995 年版，第 6～13 頁。
〔註 2〕 葉聖陶 1911 年 11 月 1 日（陰曆九月十一日）日記，載葉至善等編：《葉聖陶集》（第 19 卷），江蘇教育出版社 2004 年版，第 46 頁。
〔註 3〕 葉聖陶 1911 年 11 月 2 日（陰曆九月十二日）日記，載葉至善等編：《葉聖陶集》（第 19 卷），江蘇教育出版社 2004 年版，第 47 頁。
〔註 4〕 葉聖陶 1912 年 9 月 2 日致顧頡剛書信，載葉至善等編：《葉聖陶集》（第 24 卷），江蘇教育出版社 2004 年版，第 6 頁。
〔註 5〕 葉聖陶 1912 年 2 月 27 日日記，載葉至善等編：《葉聖陶集》（第 19 卷），江蘇教育出版社 2004 年版，第 103 頁。

苟無橫暴之元首當道而為政，則儒家之道誠足以齊家治國矣。故謂孔子之道便於專制之世，似意有未圓全也。」〔註6〕到「五四」時代，葉聖陶對儒家思想的批判轉趨激烈，他正是以個性解放與自由為目標，強調人人平等、自由，但是儒家宣揚的等級綱常恰恰與此相牴觸〔註7〕。

不過，葉聖陶畢竟是深受傳統文化尤其是儒家思想影響。即使是在革命民主主義思潮高漲的年代，葉聖陶在思想上達到了最為激進的程度，他也沒有採取矯枉過正的倒孔姿態。他不主張尊孔，立孔教為國教，那是因為他反對盲目尊崇孔子，樹立孔子為偶像，反對當權者箝制思想、愚弄民眾。在葉聖陶看來，儒家不過是當時諸子百家中的一派，並不比其他各家更為尊貴。

儒家重視現實，有著積極的入世精神，這種強烈的使命感易於引起中國知識分子的共鳴。葉聖陶本人即是如此，他對於宗教的態度是「教宗堪慕信難起」，他相信的是此世淨土而非彼岸世界，也贊同儒家「未知生，焉知死」的態度，表示要好好的活〔註8〕。這種現實精神在他身上體現得特別明顯，他在《現實與理想》一文中表示：注重現實，為的是理想，理想是「從現實生活中體驗得來的」〔註9〕。這種正視現實的精神是葉聖陶的創作從一開始就具有鮮明的「寫實」色彩的一個重要原因，也正是這種現實精神使他懷有強烈的責任感與使命感，力圖以文藝來變革人心，從而改變現實。

在葉聖陶看來，儒家的入世精神體現了人在應對現實時的積極主動的人生觀念，而他自己是主張人本位的，在重視人的積極主動的精神這一點上，葉聖陶找到了二者的相通之處。儒家強調人的內心修養，要求修辭立其誠。葉聖陶同樣是把人的道德修養、世界觀與人生觀排在首位，正體現出他對道德的極度重視。在論及文藝創作時，葉聖陶一再提到修辭立其誠，以「誠」為文藝家的首要條件。在他看來，「誠」其實是從事各項事業的人都必須具備的，並不限於文藝家。這是對於主體素養提出的要求。

當然，葉聖陶並不只是要求加強人的內心修養，還要求將理論與實踐結

〔註6〕葉聖陶1914年11月24日致顧頡剛書信，載葉至善等編：《葉聖陶集》（第24卷），江蘇教育出版社2004年版，第91頁。

〔註7〕如葉聖陶1919年2月1日發表的《女子人格問題》就猛烈批判了儒家的綱常之說。載《葉聖陶集》（第5卷），江蘇教育出版社2004年版，第5～10頁。

〔註8〕葉聖陶：《談弘一法師臨終偈語》，載葉至善等編：《葉聖陶集》（第6卷），江蘇教育出版社2004年版，第281頁。

〔註9〕葉聖陶：《現實與理想》，載葉至善等編：《葉聖陶集》（第6卷），江蘇教育出版社2004年版，第247頁。

合起來，這與知行合一的主張是契合的。葉聖陶特別指出王陽明、顏李學派都是知行合一的，對他們的人生態度表示讚賞。早在 1914 年接觸到培根與柏格森的學說時，葉聖陶就將知識與信仰的合一解釋為王陽明的知行合一：「郁根（培根）所謂精神生活，布格遜（柏格森）所謂創造的進化。……要在求二者之調和，即智識與信仰之合一而已。……復思智識與信仰合一，殆即陽明知行合一之說，與鬱根之惟行論，一則曰知外無行，行外無知；一則曰人生之實際問題，為智力所不能解決者，可用實行以解決之，俱此意也。」〔註10〕。這種類比自然存在比附的痕跡，但也可以看出他對儒家知行合一精神的激賞。葉聖陶對宋代理學家也不是一味否定，他十分欣賞其誠敬的態度，甚至認為革命家與理學家，儘管在階級意識、唯物唯心上存在差別，「然而在凡事認真這一點上，彼此是相同的」〔註11〕。這一奇特的類比清楚地體現出葉聖陶對主體素養的重視。在另一篇讚揚革命家的文章中，他認為中國共產黨是中國的希望，因為「中國共產黨把科學的哲學作為思想的根據，實事求是，土生土長，制定了種種的綱領跟政策，而且即知即行，行中求知，把理論跟實踐攪和成渾然的整體」〔註12〕。既有高度的素養與覺悟，又能將理論與實踐相統一，這就具備了認識現實與改造現實的條件。

知行合一意味著理論與實踐相統一，這是葉聖陶始終堅持的一個原則。從根本上講還是體現了他那種以生活為源泉，最終又返歸生活的思想。這與宋明理學家所倡導的知行合一其實有著很大的區別，因為理學家最終還是返歸內心，講求個體人格的完善。葉聖陶是對它進行了現代意義的改造，在葉聖陶看來，知行合一是生活中應該堅持的基本原則，無論是文藝事業、教育事業還是其他任何事業都是如此，這就意味著真正深入生活、體驗生活。

孔子以「仁」為核心建立了他的思想體系，其中有著鮮明的愛的精神：仁者愛人。如何做到「愛人」？孔子提出了兩個基本的準則：一是「己欲立而立人，己欲達而達人」（《論語·雍也》），二是「己所不欲，勿施於人」（《論語·顏淵》）。如果不把對方作為人來看待，不從「愛人」的角度考慮問題，那就根本談不上處理好人與人之間的關係。正是這種推己及人的思想，形成了孔子的

---

〔註10〕轉引自商金林：《葉聖陶傳論》，安徽教育出版社 1995 年版，第 186～187 頁。

〔註11〕葉聖陶：《紀念楊賢江先生》，載葉至善等編：《葉聖陶集》（第 6 卷），江蘇教育出版社 2004 年版，第 329 頁。

〔註12〕葉聖陶：《不斷的進步》，載葉至善等編：《葉聖陶集》（第 6 卷），江蘇教育出版社 2004 年版，第 322～323 頁。

利民思想:「因民之所利而利之。」(《論語・堯曰》)利民也是愛人的主要方面,這就使「愛人」的內涵更為擴大了。儒家還以此描繪了理想的大同世界的藍圖:「大道之行也,天下為公。選賢與能,講信修睦。故人不獨親其親,不獨子其子,使老有所終,壯有所用,幼有所長,矜寡孤獨疾者皆有所養,男有分,女有歸。……是故謀閉而不興;盜竊亂賊而不作,故外戶而不閉,是謂大同。」(《禮記・禮運》)葉聖陶早年宣揚的「美」與「愛」的哲學,雖然也有西方人道主義思想的影響,但更主要的還是來自於傳統文化,這種「愛」的哲學在儒家思想中也有體現,而大同世界更是為葉聖陶所向往。40年代,葉聖陶曾一再引用張載《西銘》中的「為萬世開太平」的名句,對未來的理想世界充滿了憧憬。葉聖陶強調,襲用這句話「是現實意義的,絕不帶玄學的意味」,為的是進入「天下一家」的時代〔註13〕。在他的詩詞之中,對大同世界的嚮往更是隨處可見〔註14〕。這種美好理想對葉聖陶所具有的吸引力正表明葉聖陶本人受儒家思想影響之深。葉聖陶早年的「美」與「愛」的哲學,確實存在著如茅盾批判的唯心主義色彩,但是「美」與「愛」如果作為人類天性的基本要素與追求時,它們就是合理的,而且可以為不同時代不同處境的人共同擁有。葉聖陶後來再沒有在文學作品中沉醉於「美」與「愛」的哲學了,但並非如眾多研究者所說,他已經拋棄了這一哲學。1926年,葉聖陶在《光明》半月刊第一期的《編輯餘言》中指出:「我們可以不加入任何黨派,我們可以不拘守任何主義。但是我們同為中華民族同時為世界人類之一員,卻是堅強如鐵石的事實,……那麼,一個人,一個具有良心的人,在這個時代該抱什麼態度呢?具有良心的人的核心是『愛』,是『廣大的愛』,……惟其如此,居於良心的人又有『恨』,有『深切的恨』。他恨那些破壞了人間之愛的,他恨那些不自愛又不愛人的。」所以要像楊杏佛說的那樣,通過「互助與自救」來消除心頭之恨,最終使人人能夠實現「人間之愛」〔註15〕。經過戰火的洗禮,經歷了個人奮鬥的失敗,40年代葉聖陶逐漸形成了四個「有所」的人生觀:「有所愛,有所惡,有所為,

〔註13〕葉聖陶:《文藝工作者與教育工作者一個樣》,載葉至善等編:《葉聖陶集》(第6卷),江蘇教育出版社2004年版,第286頁。另見葉聖陶《為萬世開太平》,載《葉聖陶集》(第6卷),第262頁;葉聖陶:《知識分子》,《葉聖陶集》(第6卷),第81頁。
〔註14〕見葉聖陶:《贈范煙橋》《齊天樂・建國三十週年致祝》,載葉至善等編:《葉聖陶集》(第8卷),江蘇教育出版社2004年版,第302頁、第432頁。
〔註15〕葉聖陶:《創造光明》,載葉至善等編:《葉聖陶集》(第18卷),江蘇教育出版社2004年版,第14頁。

有所不為。」他認為墨子主張的「兼愛」「是個理想，在還有善惡正邪的差別的時代，不能不『偏愛』那些善的正的。同時就得惡那些惡的邪的。……愛了惡了，只是意向方面的事兒，如果不發而為行為，與沒有這些意向並無不同。所以要有所為。……凡是與這些意向違反的事兒自然不願幹，不屑幹。……這就是有所不為」〔註16〕雖然他的理論表述還很模糊、抽象，甚至認為歷史的變故「在於人人想心思，有道理的心思可不多，人人有行動，有價值的行動卻很少」，認為在心思、行動上有糊塗人與明白人兩種人，這兩種人的消長「決定世界的前途」〔註17〕。這種觀念與歷史唯物主義還相距甚遠，但這種「愛」的意志在他身上卻並未消失，反而成為他在新的時代追求進步的動力。這種愛當然與儒家的愛不同，帶有鮮明的現代色彩，但是強調的愛與惡、行為與意向的統一與儒家的精神還是有相通之處的，而他在詩詞中更熱切地描繪大同圖景也清楚地表明了這一點。

葉聖陶整理過大量的文化典籍，其中以儒家經典居多，如《荀子》《禮記》《傳習錄》等等，他還做過《十三經索引》，以《孟子》作為略讀指導的範例。葉聖陶認為，《禮記》是儒家的經典，「這是影響我們民族的實際生活的，是範鑄我們民族的思想精神的，不但在過去的時代，就是現時，在將來，總脫不掉它好或壞的關涉，該發生多少珍重的意思呵！」〔註18〕這是從繼承文化傳統的意義上來談論儒家經典，而從學理出發，他之所以看重儒學，還是因為他認為「儒家的學說，自孔子起，就有偏於人生哲學的傾向。言人生哲學不能不論修養，言修養自然要探討到心性，孟子荀子所以都有關於心性的意見」〔註19〕。葉聖陶重視人生，強調人的修養，因而他對孔子、孟子、荀子、宋代理學家、王陽明的思想都很關注。葉聖陶認為，「孟子的政治見解與心理見解是一貫的，無非從人性本善的觀點出發」〔註20〕。他評荀子是「為儒家放異彩的一位大師，

〔註16〕葉聖陶：《四個「有所」》，載葉至善等編：《葉聖陶集》（第6卷），江蘇教育出版社2004年版，第112頁。

〔註17〕葉聖陶：《現在》，載葉至善等編：《葉聖陶集》（第6卷），江蘇教育出版社2004年版，第294頁。

〔註18〕葉聖陶：《〈禮記〉選注本緒言》，載葉至善等編：《葉聖陶集》（第18卷），江蘇教育出版社2004年版，第281頁。

〔註19〕葉聖陶：《〈傳習錄〉注釋本緒言》，載葉至善等編：《葉聖陶集》（第18卷），第303頁。

〔註20〕葉聖陶：《〈孟子〉指導大概》，載葉至善等編：《葉聖陶集》（第14卷），江蘇教育出版社2004年版，第193頁。

是諸經傳授的一位肩荷者」〔註21〕。他對王陽明的評價也很高，在他看來，「王學」是「人生哲學，是唯心的理想主義的人生哲學」，「『王學』當然極能影響到我們的修養。如人與萬物為一體的觀念，止至善的觀念，都把個人看的極崇高，教人去追求精神生活。偉大的人格，成就大事業大學問的，這種的培養是很重要的。又，知行必須合一，……像守仁所想的這個『誠』，內與外一致，動機與效果一致，卻永久是有價值可寶貴的」〔註22〕。

　　但是，對儒學的贊同並不意味著葉聖陶就是無保留地認同儒家的倫理價值觀，這從他對待現代新儒學的態度上可以看出來。1939 年，馬一浮主持復性書院，教以六藝，「重體驗，崇踐履，記誦知解雖非不重要，但視為手段而非目的」，這些葉聖陶都表示贊同。但是緊接著他就表示懷疑：「然謂六藝可以統攝一切學術，乃至異域新知與尚未發現之學藝亦可包羅無遺，則殊難令人置信。馬先生之言曰：『我不講經學，而在於講明經術』，然則意在養成『儒家』可知。今日之世是否需要『儒家』，大是疑問。」〔註23〕不久，葉聖陶再次提出批判意見，認為以「六藝」統攝一切學藝，「此亦自大之病，仍是一切東西皆備於我，我皆早已有之之觀念。試問一切學藝被六藝統攝了，於進德修業，利用厚生又何裨益，恐馬先生亦無以對也」，而且「所憑藉之教材為古籍，為心性之玄理，則所體驗所踐履者，至少有一半不當於今之世矣」〔註24〕。在辦學理念上，馬一浮與賀昌群、熊十力發生分歧，馬一浮堅持書院修習為本體之學，不必求用而用自至；賀、熊二人則認為應令學生學習各種學說，擇善而從，同時不忘致用。在這個問題上，葉聖陶同意後者的意見。〔註 25〕

---

〔註21〕葉聖陶：《〈荀子〉選注本緒言》，載葉至善等編：《葉聖陶集》（第 18 卷），江蘇教育出版社 2004 年版，第 268 頁。

〔註22〕葉聖陶：《〈傳習錄〉注釋本緒言》，載葉至善等編：《葉聖陶集》（第 18 卷），江蘇教育出版社 2004 年版，第 303～308 頁。

〔註23〕葉聖陶 1939 年 4 月 5 日書信，載葉至善等編：《葉聖陶集》（第 24 卷），江蘇教育出版社 2004 年版，第 197 頁。

〔註24〕葉聖陶 1939 年 5 月 9 日書信，載葉至善等編：《葉聖陶集》（第 24 卷），江蘇教育出版社 2004 年版，第 203 頁。

〔註25〕葉聖陶 1939 年 6 月 19 日在致夏丏尊的書信中提到賀昌群「贊同熊十力之意見，以為書院中不妨眾說並陳，由學者擇善而從，多方吸收，並謂宜為學者謀出路，令習用世之術。而馬翁不以為然，謂書院所修習為本體之學，體深則用自至，外此以求，皆小道也」。載葉至善等編：《葉聖陶集》（第 24 卷），江蘇教育出版社 2004 年版，第 211 頁。在 1939 年 6 月 8 日的日記中，葉聖陶再次提到馬一浮與賀昌群、熊十力的分歧，並且表示贊同後者的意見：馬

梁漱溟認為中國文化之特質為理性發展得早，儒家即純從理性上下工夫。儒家之影響最大，所以中國社會史之種種問題皆當從這一結論出發而探求。葉聖陶的意見是梁漱溟「有所見到，而謂遽可以解決文化方面之諸問題，恐未必也」〔註 26〕。

葉聖陶曾經對自己的思想實際作過分析，從而表明了他對儒家的態度。他認為自己不能深入生活，是由於所受的薰染，其中最主要的是儒家。「本相的儒家原是不錯的，除了栖栖遑遑希望得君行道，就現代的眼光看來很不足取以外，那說仁說忠恕的部分總是好的。宋朝的理學雖然帶著玄學的氣息，可是就好的一面說，主敬主誠實在具有真正信教者的態度。清朝的顏李注重實踐，專求生活的充實，可說是腳踏實地」〔註 27〕。葉聖陶認可的是孔子、孟子、荀子、宋明理學家、清代顏元、李塨一派，其實這些儒者內部也存在著分歧：荀子就反對孟子的「性善」論，而顏元則對宋學、漢學都不認可，梁啟超認為顏元之意，「蓋謂學問絕不能向書本上或講堂上求之，惟當於社會日常行事中求之」，「質而言之，為做事故求學問，做事即是學問，捨做事外別無學問，此元之根本主義也」〔註 28〕，體現出崇尚實學、扭轉空疏的特點，而其苦行又近於墨家。葉聖陶所看重的，是儒學中講求個體修養、知行合一、注重現實人生的一面，他認為自己之所以不能深入生活，是因為沒有把理論化為實踐。當然，葉聖陶最為認同的還是孔子，直至晚年，葉聖陶仍認為「以本來面目之孔子最為平正可從」〔註 29〕。

葉聖陶也很欣賞孔子的教育思想。他一直強調教師要善於引發學生的求知欲，讓學生主動學習，而「孔子的想法更進一層，他不僅主張讓學生先思考一番，而且要在學生思考而碰壁的時候老師才給教。他說：『不憤不啟，不

---

一浮「主學生應無所為，不求出路；賀（昌群）主應令學生博習各種學術，而不忘致用。馬又延請熊十力先生，熊來信亦與昌群意同。大概馬先生不諳世務，孤心冥往，遂成古調。以我們旁人觀之，自以賀熊之見為當也」。載葉至善等編：《葉聖陶集》（第 19 卷），第 170 頁。

〔註 26〕葉聖陶 1942 年 6 月 25 日日記，載葉至善等編：《葉聖陶集》（第 20 卷），江蘇教育出版社 2004 年版，第 41 頁。

〔註 27〕葉聖陶：《深入》，載葉至善等編：《葉聖陶集》（第 6 卷），江蘇教育出版社 2004 年版，第 289 頁。

〔註 28〕梁啟超：《清代學術概論》，載《飲冰室合集·專集之三十四》，中華書局 1989 年版，第 17 頁。

〔註 29〕葉聖陶 1984 年 9 月 1 日致俞平伯書信，載葉至善等編：《葉聖陶集》（第 25 卷），江蘇教育出版社 2004 年版，第 289 頁。

悱不發。舉一隅，不以三隅反，則不復也。」……可見孔子極重視學生的主觀能動性」〔註30〕。顯然，在葉聖陶看來，孔子的教育思想與他倡導的教師主導、學生主體的觀念是一致的。

　　由此可見孔子的思想對葉聖陶的影響是最大的。孔子的仁的思想，注重憤悱啟發的教育思想，都深得葉聖陶的激賞。儒學為葉聖陶提供了立身處世的基本原則，對他的文藝美學思想的形成與發展產生了極大的影響。在他看來，儒學就是人生哲學。但是他並不是盲從，而是以一種瞭解之同情的態度，以現代眼光對儒學加以辨析，獲得一種較為辯證與客觀的態度，這種態度的獲得，與道家思想、佛學及西學的影響有關，而他對墨家的實利思想的吸收，在一定程度上也起到與儒學相互補充、制衡的作用。

　　葉聖陶對於文學上的各種流派風格，都能取平正寬容的態度，在面對思想資源時也能廣採博取。對於道家學派葉聖陶也很重視，不過他主要是對老莊學說感興趣。

　　早在 1910 年，葉聖陶就提出「諸子百家，學說各異，當就其時代而觀其是非，不可以為異端而抹殺之」，由此為莊子辯護：「《漢書·藝文志》列荀子儒家，列莊子道家，俱深知其源，要皆不違乎道；而世人多譏二子者，淺矣。」〔註31〕他對老莊學說都很感興趣，也讀過章太炎的《齊物論釋》、劉師培的《莊子校補》。葉聖陶寫過這樣一首詩：「死生亦云齊，何存得失辨？有時悟至妙，一笑視階蘚。」其中體現出來的正是莊子的齊物思想〔註32〕。他認為，道家學說與儒學相比更是深刻精微之理：「道家之言獨為深妙，此所謂須默悟玄旨者也。」〔註33〕在他看來，道家學說與儒家相比，更是一種透徹深刻的人生哲學，能夠為自己立身處世提供參考。特別是在 1913～1914 年，革命受到嚴重挫折，葉聖陶的滿腔熱情歸於幻滅。為了調整自己的情緒，彌補思想上的失落，葉聖陶、顧頡剛、王伯祥等人想在哲學中尋求新的處世之法。顧頡剛主張「無為」，宣揚一種無所作為的「遁世」觀，倡導觀佛書。王伯祥則是借酒澆愁。葉聖陶

〔註30〕葉聖陶：《講和教》，載葉至善等編：《葉聖陶集》（第 11 卷），江蘇教育出版社 2004 年版，第 279 頁。

〔註31〕葉聖陶 1910 年 11 月 10 日（陰曆十月初九日）日記，載葉至善等編：《葉聖陶集》（第 19 卷），江蘇教育出版社 2004 年版，第 6 頁。

〔註32〕葉聖陶：《詠懷詩七首》，載葉至善等編：《葉聖陶集》（第 8 卷），江蘇教育出版社 2004 年版，第 42 頁。

〔註33〕葉聖陶 1914 年 11 月 12 日致顧頡剛書信，載葉至善等編：《葉聖陶集》（第 24 卷），江蘇教育出版社 2004 年版，第 78 頁。

贊同顧頡剛的「無為」說、「無知」觀，認為「相忘」就是「至善」;「以人之思維斷定一切，為莫大荒謬」;提倡「寂心歇想」的「處世哲學」。這是一種「信先天之安排，運自然之發展」的消極的「遁世」觀〔註34〕。葉聖陶在日記中記載了自己讀《莊子》時引發的共鳴:「讀《莊子・秋水篇》，頗覺滿意。余近日之所凝想，古人已於千載以前想之，可知形而下者，乃隨時代而推移，世人謂曰進步。至於形而上者，固萬世莫變矣」〔註35〕。葉聖陶在 1914 年讀過章太炎的《齊物論釋》，也讀過《莊子》〔註 36〕。老莊的思想對他其實影響很深。老子主張「無為」，「滌除玄覽」，莊子主張「黜肢體，罷聰明，離形去知」、「心齋」、「坐忘」、「絕聖棄知」，也是一種玄思冥想的神秘狀態。此時的葉聖陶對於現實的混亂與紛擾極度失望，因而進入了這樣一種狀態。

　　不過道家學說對葉聖陶影響最大的還是其對「自然」的追求、對物我交融狀態的讚美，這也是道家對後世美學思想影響最大的地方。老子提出「大音希聲、大象無形」，莊子讚美「天籟」，認為這是「天樂」，是最高之美:「聽之不聞其聲，視之不見其形，充滿天地，包裹六極。」(《莊子・天運》) 本色、自然也一度成為中國古代評判文藝的最高準則。葉聖陶本人早年的創作也體現出追求自然之美的特點，他 1908 年開始寫詩文，先輩誇葉聖陶的詩頗似「陶(淵明)謝(靈運)」〔註37〕。而在老莊看來，要達到自然之境，體悟「道」，就應該實現「物化」，消除物我界限，與物為一。莊子的「物化」論對後世影響極大，因為這樣一種物我交融的狀態正是文藝創作所需要的，是一種審美體驗。蘇軾是這樣讚美文與可的畫竹技藝的:「與可畫竹時，見竹不見人。豈獨不見人，嗒然遺其身。其身與竹化，無窮出清新。莊周世無有，誰知此凝神?」(《書晁補之所藏與可畫竹》) 葉聖陶曾經談到自己的這種亦幻亦真的體驗:「夢覺復何所分，夢之視覺，亦猶覺之視夢，對觀自生真幻;而在覺視覺，在夢視夢，其間之悲歡，直皆且認之為真。」〔註 38〕這一境界，猶如莊周夢蝶。莊子曾以庖丁解牛為例，提出「技進乎道」(《莊子・養生主》)。正是出

〔註34〕商金林:《葉聖陶傳論》，安徽教育出版社 1995 年版，第 136～137 頁。

〔註35〕轉引自商金林:《葉聖陶傳論》，安徽教育出版社 1995 年版，第 137～138 頁。

〔註36〕葉聖陶 1914 年 8 月 30 日日記、9 月 22 日日記，載葉至善等編:《葉聖陶集》（第 19 卷），江蘇教育出版社 2004 年版，第 131 頁、第 138 頁。

〔註37〕葉聖陶 1914 年 6 月 7 日日記，轉引自商金林:《葉聖陶傳論》，安徽教育出版社 1995 年版，第 144 頁。

〔註38〕葉聖陶 1913 年 6 月 7 日致顧頡剛書信，載葉至善等編:《葉聖陶集》（第 24 卷），江蘇教育出版社 2004 年版，第 44 頁。

於對自然的嚮往，「神到然後藝進」〔註39〕的啟示，葉聖陶也以「自然」作為文藝創作的目標。從他在《彬然治圃桂林百岩山》中提出的「物化」，《〈劉海粟藝術文集〉序》中對於「畫竹」一說的直接借用，可以看出葉聖陶對於自然天成之美的讚歎。《文藝談》中提及與物同遊、心物為一，也正是道家思想的體現。葉聖陶認為，文詞的雕琢還在其次，最重要的是順應人的真情實感來創作，這樣創造出來的就是真的文藝品。即使是對於小說，葉聖陶也強調使用白描手法，重視質樸、本色，這也是深受道家「自然」觀影響的表現。在具體的創作過程中，葉聖陶要求文藝家進入物我交融的狀態，文藝家的創作要「無所為而為」，不受任何主義或教條的束縛，任感情之自然而加以抒寫。要達到這種境界，就要保持一顆「赤子之心」，這也是道家所主張的。〔註40〕

　　與對待儒家學說一樣，葉聖陶也看到了道家學說中的消極因素及其對自己的影響：「從老子方面學會了權變，從莊子方面學會了什麼都一樣，於是，玩世不恭，馬馬虎虎，於物無情，冷冷落落。」〔註41〕這是一種尋求心靈解脫的處世之道，在葉聖陶看來其中的玩世色彩太過鮮明。俞平伯認為「若《齊物論》之一是非，《養生主》之同善惡之類，其於世法皆為必不可行者；又若《外物篇》之『去善而自善矣』，夫豈然哉。宜其謂曰『蔽於天而不知人也』。」在這一點上，道家學說與葉聖陶的人本位原則相衝突：「從人出發，安得無是非善惡。」〔註42〕但毋庸諱言，道家思想對於葉聖陶的平和性情的養成還是起到了一定的作用的，他的圓融豁達也與此有關。葉聖陶認為自己「多與世推移，隨遇而安之思」〔註43〕，這種生存狀態在葉聖陶的生命歷程中雖然不是主流，但與道家的生存哲學存在一致之處，因而葉聖陶明確表示，莊子「無所執著，最為佳境，不特於生命，於其他方面能不執著亦最好」〔註44〕。

---

〔註39〕葉聖陶 1914 年 9 月 22 日日記，載葉至善等編：《葉聖陶集》（第 19 卷），江蘇教育出版社 2004 年版，第 138 頁。

〔註40〕葉聖陶：《文藝談》，載葉至善等編：《葉聖陶集》（第 9 卷），江蘇教育出版社 2004 年版，第 11～21 頁。

〔註41〕葉聖陶：《深入》，載葉至善等編：《葉聖陶集》（第 6 卷），江蘇教育出版社 2004 年版，第 289 頁。

〔註42〕葉聖陶 1976 年 9 月 27 日致俞平伯書信，載葉至善等編：《葉聖陶集》（第 25 卷），江蘇教育出版社 2004 年版，第 176～177 頁。

〔註43〕葉聖陶 1914 年 1 月 27 日致顧頡剛書信，載葉至善等編：《葉聖陶集》（第 24 卷），江蘇教育出版社 2004 年版，第 64 頁。

〔註44〕葉聖陶 1983 年 10 月 6 日致俞平伯書信，載葉至善等編：《葉聖陶集》（第 25 卷），江蘇教育出版社 2004 年版，第 279 頁。

從一定的意義上講，葉聖陶能夠把西方科學思想與道家學說聯繫起來。在瞭解了進化論以後，葉聖陶認識到人也不過是進化鏈條中的一個環節，與世間萬物一樣，不過是宇宙萬有中的一粒微塵。即使不從進化論的角度來看，葉聖陶認為，在浩渺的時空之中，人也只是萬有中的一分子：「時間，時間，永遠綿延，帶著極大無外的宇宙，以及有生無生的萬有，永遠綿延，永遠向前，我感到自豪，『我亦虱其間』。」〔註 45〕這與老莊哲學相通。生活本身就是詩、就是藝術的信念，「愛」與「美」的哲學中對自然的嚮往與熱愛，對生活的讚美，也都與道家崇尚自然的觀念有一定聯繫。只是葉聖陶認為當以「本來面目之孔子最為平正可從」，「佛教不可思議，密宗類似巫」，「自董仲舒下逮宋儒，大抵都帶些道家佛家氣味，尤賢者亦難免」〔註 46〕，從中可以見出道家與佛家在葉聖陶心目中都並不佔據與儒家同等的地位。

葉聖陶與佛學的因緣可謂是一波三折、變化不定：他早年曾大力讚揚佛教，後來醉心於無政府主義，轉而抨擊佛教，與佛教人士辯難。在 1914 年左右，葉聖陶又拋棄無政府主義，潛心於佛學。新文化運動以後，葉聖陶即很少談論佛教，他把自己對待各種宗教的態度總括為一句話：教宗堪慕信難起，取的是儒家敬而遠之的態度。這一複雜的過程表現出葉聖陶本人心路歷程的坎坷與曲折。

在晚清時代，學術界曾出現過一股談論與研究佛學的熱潮。有些學者是出於對佛學真誠的信仰而研究，有些學者則是出於現實需要以佛學為武器，為自己提供理論依據。葉聖陶就屬於後者，其實他並不信仰宗教。1911 年的葉聖陶，廣求新知，他需要找到一種哲學武器，同時也是為自己尋找心靈的寄託，尋找一種理想與信仰。正是在這種情況下，葉聖陶為佛教所吸引。1911 年，他為《課餘麗澤》寫過《佛教為中國國教議》的徵文〔註 47〕。他在于右任、宋教仁主辦的《民立報》上讀到了《佛學贅言》，深合心意，於是把佛學作為宣揚革命的武器〔註 48〕。一時間，鄒容的《革命軍》、譚嗣同的《仁學》，還有《頭顱影》《佛學贅言》《楞嚴經》《壇經》都成為辛亥革命前後他閱讀的重要書籍。在葉聖陶

〔註 45〕葉聖陶：《時間》，載葉至善等編：《葉聖陶集》（第 8 卷），江蘇教育出版社 2004 年版，第 131 頁。

〔註 46〕葉聖陶 1984 年 9 月 1 日致俞平伯書信，載葉至善等編：《葉聖陶集》（第 25 卷），第 289 頁。

〔註 47〕商金林：《葉聖陶傳論》，安徽教育出版社 1995 年版，第 59 頁。

〔註 48〕葉聖陶 1911 年 9 月 28 日（陰曆八月初七日）日記，載葉至善等編：《葉聖陶集》（第 19 卷），江蘇教育出版社 2004 年版，第 34 頁。

看來，佛教並非是悲觀避世、消極無為的，而是積極追求自由、平等與真理，有著強烈的入世精神，為建立理想的人間天國而努力。1912 年 2 月，東吳學堂有畢業生發表《論基督教為世界之宗教》的演講，認為基督教勝過佛教。葉聖陶在日記中作了記錄並進行辯駁：「佛何嘗求無哉，所謂樂國，所謂普渡，所謂大無畏，是佛之願勇雙全，無量生機也。……以余觀之，宗教之中佛勝於耶，以佛之目的在極樂黃金世界，而由其說以往，決可達到也。」葉聖陶得出的結論是佛教勝於基督教。但他已信奉進化論，認為佛教雖然勝過基督教，但「世界進化，宗教且為贅疣，故佛教消滅於將來，亦未可知」。佛學則作為學理還有存在的價值，故「佛之理則不可消滅者也」。〔註49〕葉聖陶對佛教的理解，與晚清時代的章太炎、梁啟超是一脈相承的，他們心中的佛教都已經不是原本意義上的佛教，而是經過民主主義思想改造過的佛教〔註50〕。因此，隨著葉聖陶思想的變化，佛學在他心中的地位與意義也就發生了相應的變化。

　　1911～1912 年間，葉聖陶接觸到中國社會黨所宣揚的無政府主義思想，深受感染。江亢虎在蘇州發表演講，鼓吹只有無政府主義才能把宗教許諾的「極樂世界」建立在人間，葉聖陶對此歎服不已〔註51〕。1912 年 1 月 21 日他加入了中國社會黨。他本不信仰宗教，同時他已經信奉進化論，科學思想與宗教是格格不入的。因此，葉聖陶認為宗教必將歸於消滅。他寫了《宗教果必須有乎》，對佛教進行抨擊，引來太虛法師與之辯難〔註52〕。但是，隨著現實政治局勢急轉直下，葉聖陶的政治理想遭遇挫折，他陷入了深深的苦悶抑鬱之中，於是又一次轉向了老莊與佛學。這一次他是從佛教教義來領會其中深義，不是像以往那樣把佛教納入他自己的認知框架之中。此時顧頡剛也倡導觀佛書，葉聖陶也認為「世人多一知，即多一魔障」，沉浸於「寂心歇想」之中。在 1913 至 1914 年的兩年時間裏，葉聖陶潛心研讀《莊子》與佛書。他讀過《佛學叢報》《阿彌陀經》《大乘起信論》等，感到心曠神怡，若有所得〔註53〕。

〔註49〕葉聖陶 1912 年 2 月 2 日日記，載葉至善等編：《葉聖陶集》（第 19 卷），江蘇教育出版社 2004 年版，第 89～90 頁。

〔註50〕商金林：《葉聖陶傳論》，安徽教育出版社 1995 年版，第 59～63 頁。

〔註51〕葉聖陶 1912 年 1 月 14 日日記，載葉至善等編：《葉聖陶集》（第 19 卷），江蘇教育出版社 2004 年版，第 80 頁。

〔註52〕葉聖陶 1984 年 7 月 21 日致俞平伯書信，載葉至善等編：《葉聖陶集》（第 25 卷），江蘇教育出版社 2004 年版，第 287 頁。

〔註53〕商金林：《葉聖陶傳論》，安徽教育出版社 1995 年版，第 137～138 頁。

佛學對於葉聖陶文藝美學思想的影響並不亞於道家，葉聖陶重視的「與造物同遊」的境界〔註 54〕，同樣也體現在佛教的思想中。佛教強調心性，也認可萬物有靈論，葉聖陶同樣認為人的修養極為重要，強調文藝家要深入一切的內在生命，這種天人合一的宇宙觀念正是東方式生命哲學的體現，是融合了儒道佛諸家思想的統一體。

在葉聖陶的人生歷程中，佛學也為他提供了心靈上的淨土。葉聖陶雖嚮往「還於本元，歸入真如」的境界，也知道自己難以達到，但求在佛學的幫助下可以「攝心平善，煩惱無染」。葉聖陶讀過《大乘起信論》，但是此時的葉聖陶觀佛書如陶淵明所說的不求甚解，只是「斷章取義，偶而會心」〔註 55〕。因此，葉聖陶並沒有真正抱定研究佛學的志向，更沒有信仰佛教，而是力圖從中找到心靈的慰藉，緩解在現實中的疑惑與苦悶。40 年代他還讀過《壇經》《淨土經》《本生經》等佛學典籍，對弘一法師極為景仰，與夏丏尊、豐子愷等人也是至交。但是他表示，「神不滅論我人未能置信」〔註 56〕，他對佛教的態度自始至終都如他自己所言：「教宗堪慕信難起。」〔註 57〕因此，他抱定的是入世的態度，堅持唯物主義與人本論。但是這並不等於說佛學就不再對他有影響。事實上，藝術領域的「傳神」論、「意境」（境界）論，都與佛學淵源極深，而萬物有靈、一切平等的思想也是儒道釋各派都承認的。

葉聖陶晚年對佛教的評價很耐人尋味：「佛教不可思議，密宗類似巫」〔註 58〕，在對佛教敬而遠之的同時也帶有一絲不以為然的意味。在《答丏翁》中，葉聖陶明確提出，他不信仰佛教、基督教或者其他的宗教，「到人民成了真正的勝利者的時候，這個世界就是淨土，就是天堂了。如果這也算一種信仰，那麼我是相信『此世淨土』的」〔註 59〕，表示了他對宗教的態度及民主主義

---

〔註 54〕 葉聖陶：《文藝談》，載葉至善等編：《葉聖陶集》（第 9 卷），江蘇教育出版社 2004 年版，第 20 頁。

〔註 55〕 葉聖陶 1914 年 9 月 13 日、9 月 18 日日記，載葉至善等編：《葉聖陶集》（第 19 卷），江蘇教育出版社 2004 年版，第 136～137 頁。

〔註 56〕 葉聖陶 1948 年 4 月 23 日日記，載葉至善等編：《葉聖陶集》（第 21 卷），江蘇教育出版社 2004 年版，第 276 頁。

〔註 57〕 葉聖陶：《偶成》，載葉至善等編：《葉聖陶集》（第 8 卷），江蘇教育出版社 2004 年版，第 176 頁。

〔註 58〕 葉聖陶 1984 年 9 月 1 日致俞平伯書信，載葉至善等編：《葉聖陶集》（第 25 卷），江蘇教育出版社 2004 年版，第 289 頁。

〔註 59〕 葉聖陶：《答丏翁》，載葉至善等編：《葉聖陶集》（第 6 卷），江蘇教育出版社 2004 年版，第 215 頁。

信念。當然，就文藝創作而言，葉聖陶感到「禪思至有味」〔註60〕，在他的詩詞創作中也不時地流露出禪趣。但是他對於佛學概念如「境」「緣」「自性」等等，始終缺乏確切的理解〔註61〕。他對於佛學，在很大程度上還是很隔膜的。

## 二、葉聖陶與西方思想文化

與眾多五四學者一樣，葉聖陶既接受了嚴格的舊式教育，受到古典思想文化的薰染，但是他也受過新式教育，現代思想文化指引他走上了一條全新的道路。這裡所說的現代思想文化，不僅是指西方現代文化，也包括自晚清以來中國思想文化界湧現的種種思潮，它們共同形成了對中國傳統思想文化的衝擊碰撞，促使中國思想文化走上現代化的征程。

在這樣一個民族危機與思想危機深重的年代，多種思想的交鋒顯得尤為激烈。就個人的思想狀況而言，也往往呈現出駁雜的情形。葉聖陶自小生長於蘇州，顧炎武的事蹟與氣節促使他產生了強烈的民主主義思想，這是蘇州地域文化的影響〔註62〕。更重大的影響則是經由新式教育而獲得。1907 年，葉聖陶考入草橋中學。草橋中學借鑒日本的辦學經驗，順應現代教育的要求，開設的課程中固然有經學，但更多的是外語、算學、博物這樣的現代學科。新式教育成為溝通中西文化的橋樑，葉聖陶從中窺見了一個新的世界。在回顧自己的創作歷程時，葉聖陶指出接觸的英文的文學作品與翻譯作品對自己的文學興趣影響最大。就英文作品來說，華盛頓・歐文的《見聞錄》成為葉聖陶走上文學道路的直接動力。葉聖陶後來還讀過古德斯密的《威克斐牧師傳》，他發現與重情節的中國古典小說相比，歐美小說「詩味的描寫，諧趣的風格，似乎不曾在讀過的一些中國文學裏接觸過」〔註63〕；就翻譯作品來說，在當時的葉聖陶看來，「簡直在經史百家以外另外有一種境界」〔註64〕。葉聖

---

〔註60〕葉聖陶 1979 年 3 月 18 日致俞平伯書信，載葉至善等編：《葉聖陶集》（第 25 卷），江蘇教育出版社 2004 年版，第 213 頁。

〔註61〕葉聖陶 1976 年 5 月 12 日致俞平伯書信，載葉至善等編：《葉聖陶集》（第 25 卷），江蘇教育出版社 2004 年版，第 158 頁。

〔註62〕商金林：《葉聖陶傳論》，安徽教育出版社 1995 年版，第 22 頁。

〔註63〕葉聖陶：《過去隨談》，載葉至善等編：《葉聖陶集》（第 5 卷），江蘇教育出版社 2004 年版，第 306 頁。

〔註64〕葉聖陶：《〈葉聖陶選集〉（開明版）自序》，載葉至善等編：《葉聖陶集》（第 18 卷），江蘇教育出版社 2004 年版，第 316 頁。

陶接觸得更多的還是翻譯作品，特別是林紓翻譯的小說。林紓譯的《十字軍東征記》為葉聖陶「接觸翻譯文字之始」〔註65〕，此後的《迦茵小傳》《巴黎茶花女逸事》《塊肉餘生述》《撒克遜劫後英雄略》《吟邊燕語》《離恨天》等作品為他提供了豐富的精神食糧。而他所推重的作家如狄更斯、托爾斯泰、王爾德等人，也都是有名的大家。誠如有的學者指出的，歐美小說在葉聖陶文言小說創作中起了啟蒙作用。他早期的文言小說生活氣息濃厚，注重田園風情和自然景觀的描繪，文筆樸質輕靈，幽默中寓以淒切，這些方面顯然是受了歐美小說的浸染〔註66〕。其實歐美小說所展現出來的文學境界，還深刻影響到了葉聖陶「五四」以後的文學創作，從葉聖陶小說的詩化傾向、諷刺筆調、樸實描寫都可以看到這種影響的延續。

　　不過，葉聖陶本人對於西方文學並非是全盤接受，他也有自己的選擇與改造。在這一時期，葉聖陶還深受同時代文學的影響。晚清以來，資產階級維新派發動了白話文運動、小說界革命、詩界革命、文界革命、戲劇改良等一系列革新舉措，力圖以文學達到變革人心、啟蒙民眾的目的，當時的文學作品與新式教育都充滿了新的朝氣與活力。葉聖陶深受這一時代氛圍的感染，早在中學時代，他就學習了梁啟超創作的《愛國歌》《黃帝歌》、李叔同的《祖國歌》，還接觸到《哀希臘》《哀印度》《哀埃及》《哀羅馬》等域外歌曲，放眼世界。1908年葉聖陶組織的文學社團「放社」，他十分喜愛柳亞子的詩與蘇曼殊的小說。

　　這一類的作品，對於葉聖陶的文學興趣固然有所激發，但最重要的恐怕還是一種思想上的啟迪。正是由於蘊含在其中的革命精神，葉聖陶的思想就具有鮮明的革命民主主義色彩。他讀過梁啟超的《新民叢報》、鄒容的《革命軍》、譚嗣同的《仁學》，從中受到了莫大激勵，他的思想也一度趨於激進，也發現當時的文章出現了可喜的變化：「革軍文牘如祭天、誓師等……皆醇厚靜穆，深得書經精髓，而自有一種雄壯慷慨之氣，流露於字句之間。漢族重光，氣象何其絢爛也」，「文學界似亦經一次革新矣，可喜」〔註67〕。正是由於將文學革新與

〔註65〕葉聖陶1945年3月15日日記，載葉至善等編：《葉聖陶集》（第20卷），江蘇教育出版社2004年版，第375頁。

〔註66〕彭曉豐：《創造性背離——葉聖陶小說風格的形成及對外來影響的同化》，載《中國現代文學叢刊》1986年第1期。

〔註67〕葉聖陶1911年10月25日（陰曆九月初四日）日記，載葉至善等編：《葉聖陶集》（第19卷），江蘇教育出版社2004年版，第42頁。

社會變革聯繫起來考察，葉聖陶特別注意到文學「產生英雄」之功用。〔註68〕

當時各種主義、學說都很流行，葉聖陶很快注意到了無政府主義思潮，把它作為實現理想的理論武器。1911年2月3日，葉聖陶首次在日記中記述了他對「大家庭」生活的憧憬：「合幾知己共居一家」，「同堂」吃飯，「輪流持家」，「爾我嬉笑燕談」，這樣一種親密無間、相親相愛的生活，帶有鮮明的烏托邦色彩，也是中國社會黨人理想中的「新村」景象〔註69〕。無政府主義傳入中國後，中國社會黨也隨之成立。葉聖陶閱讀過社會黨機關刊物《社會報》、楊篤生的《英國工黨與社會黨之關係》一文，求購《無政府粹言》《新世界》等宣傳無政府主義的刊物，還加入了中國社會黨。葉聖陶對無政府主義的接受，大體表現在三個方面：一、堅信「最完美之幸福」的理想是可以實現的；二、提倡自由、平等、博愛，反對階級壓迫與經濟剝削；三、主張採用激烈手段，甚至使用暴力推進社會變革。葉聖陶大力宣傳無政府主義思想，反對政府，鼓吹人群之說，宣揚以全人類為本位的「世界主義」思想，批判金錢。無政府主義在歷史上有它的進步意義，從葉聖陶對無政府主義的宣傳來看，他較為側重的是其中的民主、自由、平等的一面，反對等級壓迫，並已經顯露出注重自我，強調個性解放的萌芽。葉聖陶當時的觀念，「既融泄了陳翼龍的『社會主義』、吳稚暉和盧信的『無政府主義』、劉師復和沙淦的『無政府共產主義』，也吸取了章太炎的『個人的解放』的思想」〔註70〕。這與後來葉聖陶在新文化運動時期大力倡導「自我」中心顯然有密切的關聯。

葉聖陶在新文化運動之前對西學的態度是博採兼收，處於思想上的探索階段。與此相應，對於國學與西學，他將它們都納入自身的思想構架之中。在民族危機日益深重的晚清時代，面對著西方思想文化的衝擊，中國傳統文化何去何從，這成為當時知識分子關注的焦點之一。維護傳統文化的陣營分成了兩派：一派是以王先謙、葉德輝為代表的復古派，一派是以鄧秋枚、柳亞子、陳去病等為代表的「保存國粹」派。他們力圖通過提倡國學，保存固有文化來激發國人的民族自尊心與愛國情感。在這樣的浪潮中，葉聖陶閱讀了《國粹學報》《國粹叢書》《國學萃編》等刊物，對國學也十分喜愛〔註71〕。

〔註68〕葉聖陶1911年10月26日（陰曆九月初五日）日記，載葉至善等編：《葉聖陶集》（第19卷），江蘇教育出版社2004年版，第43頁。
〔註69〕商金林：《葉聖陶傳論》，安徽教育出版社1995年版，第103頁。
〔註70〕商金林：《葉聖陶傳論》，安徽教育出版社1995年版，第112～119頁。
〔註71〕商金林：《葉聖陶傳論》，安徽教育出版社1995年版，第44～45頁。

他傾慕章太炎的學術成就，稱許《雅言》《甲寅》等雜誌「最提倡國學」〔註72〕。在葉聖陶看來，國學與西學並不存在天然的牴觸，都可以為己所用。

　　從這一時期葉聖陶所受到的中西文化的影響來看，他對於各種文學文化思潮的吸收辨析還處於初步階段，還沒有真正理解西方思想的深刻之處。西方文化吸引他的地方主要還是科學與文學。雖然文學負載著思想文化，但真正經由文學領略思想文化的精妙卻並不容易。到「五四」時代，葉聖陶在新思潮的激盪下再度振奮，其中對他影響最大的就是《新青年》。此時葉聖陶所受的影響，主要是西方文化思潮。他認為救國之道，在於「運我靈思與世界學術接觸」〔註73〕，尤其是德法學術更需要重視。從文學到學術，葉聖陶對西方思想文化的理解開始走向深入，培根的「惟行論」、柏格森的「創造的進化論」吸引了他。在 1916 年 4 月 7 日的日記中，葉聖陶談到了培根和柏格森：「英人鬱根（引者注：培根）謂人類於自然生活，每感其不足而更求其深，孰主張是，孰綱維是，亦維一永久長存之真理。其字曰：普遍之精神生活者而已。人能以獨立自尊之力，歸向此普遍之精神生活，斯真人生之根柢也。一曰法人布格遜（引者注：柏格森），其說能提醒人精神之根柢，人稱為靈魂之先知人。當世大哲惟此二人。」在 1916 年 4 月 8 日日記中，葉聖陶指出：「今科學日昌，常於人類文化之現象上，寄與以一種新事實，由此新事實更產新思想，則今世之潮流實求真理。子歷程之間，要無何等之目的也。此歷程之真，即鬱根所謂精神生活，布格遜所謂創造的進化。真之內含既定，而我人又有一種觀念，以為必置信仰於一種究竟因果之上。此何為故，則猶無以作答，此近世思想之所以煩悶也。今之究竟，要在求二者之調和，即智識與信仰之合一而已。……復思智識與信仰合一，殆即陽明知行合一之說，與鬱根之惟行論，一則曰知外無行，行外無知；一則曰人生之實際問題，為智力所不能解決者，可用實行以解決之，俱此意也。」〔註74〕

　　葉聖陶將智識與信仰合一說比附為王陽明的知行合一說，這種比附顯然存在很大的問題，但是這種積極的探求也體現出他開始主動地選擇、吸收西方文化，這種選擇與吸收是基於他自身的認識水平與實際需求，與其固有的

---

〔註72〕葉聖陶 1914 年 11 月 14 日致顧頡剛書信，載葉至善等編：《葉聖陶集》（第 24 卷），江蘇教育出版社 2004 年版，第 83 頁。

〔註73〕葉聖陶 1915 年 11 月 4 日日記，轉引自商金林：《葉聖陶傳論》，安徽教育出版社 1995 年版，第 185 頁。

〔註74〕轉引自商金林：《葉聖陶傳論》，安徽教育出版社 1995 年版，第 186～187 頁。

知識結構密切相關。在中國古代各家學說中，葉聖陶最傾向於儒家。在他看來，儒家重踐履，提倡知行合一的精神是極為可貴的，王陽明就是這樣的一個人物。葉聖陶認為，「『王學』是人生哲學，是唯心的理想主義的人生哲學」，「言人生哲學不能不論修養，言修養自然要探討到心性」〔註75〕。葉聖陶視儒學為人生哲學，而王陽明強調心性修養、知行合一，在接受西學時，葉聖陶也就自然而然地將二者進行類比。

　　葉聖陶並不願意從形而上的層面去探討信仰問題，他更感興趣的是現實，對於不可知者寧願抱著存而不論的態度。這種思想傾向深深影響到他的文學觀與教育觀。因此，葉聖陶才會具有實用主義教育觀，才會贊同杜威的「教育即生活」的觀念，以教育為人生的工具，強調知行合一，在文學觀上也主張體驗生活，重視文學的社會效用。葉聖陶的教育觀念並非來自杜威，卻能從杜威那裡找到同樣的看法。20世紀20年代，杜威曾經訪問中國，宣傳他的實用主義教育觀，胡適對杜威的思想作了進一步的闡發。在1924年發表的《作文論》中，葉聖陶就直接借用杜威與胡適的理論，以思想訓練為寫作的前提，強調經驗的重要性〔註76〕。也正是基於經驗主義、實用主義的態度，葉聖陶有意淡化文學與非文學的界限，不同意胡適關於文學的解說。但是，作為一名有著豐富審美情感與經驗的文學家，葉聖陶又不能無視文學自身的特性與規律，他也強調了培養情感的重要性。在此後數十年的時間裏，他對於文學與非文學的關係問題始終持雙重態度。也正是基於經驗主義與實用主義的態度，葉聖陶在文學教育問題上也產生了矛盾，並沒有對文學教育給予充分的肯定。

　　這一時期葉聖陶還受到進化論的影響。葉聖陶曾高度評價達爾文的功績：「煌煌進化論，厥功達翁冠；教宗神異說，一一如冰渙。裨益於人類，其量寧可算？」〔註77〕其實早在1913年，葉聖陶就向顧頡剛討教過嚴復譯的《天演論》〔註78〕。但在此之前他就已經接受了進化論，並認為宗教終將消亡。

---

〔註75〕葉聖陶：《〈傳習錄〉注釋本緒言》，載葉至善等編：《葉聖陶集》（第18卷），江蘇教育出版社2004年版，第303頁。

〔註76〕葉聖陶：《作文論》，載葉至善等編：《葉聖陶集》（第15卷），江蘇教育出版社2004年版，第21～22頁。

〔註77〕葉聖陶：《讀書二首》，載葉至善等編：《葉聖陶集》（第8卷），江蘇教育出版社2004年版，第445頁。

〔註78〕葉聖陶1913年10月12日致顧頡剛書信：「君讀《天演論》得師導引，領悟自異。其中導言較易，下卷殊難，君歸以後肯轉教我乎？」載葉至善等編：《葉聖陶集》（第24卷），江蘇教育出版社2004年版，第55頁。

　　但是因為理解上的困難，進化論此時還沒有對他產生很大的影響。直到新文化運動時期，進化論才真正影響到他的世界觀與人生觀。物競天擇、優勝劣汰的理論給葉聖陶帶來很大的震動。但更重要的是，他深受進步主義信念的影響，相信歷史必然是不斷進步的，每個人都是「進化歷程中一個隊員」〔註79〕，世界處於不斷的進化途中，必須消滅阻礙進化的事物。對於文學來說，葉聖陶認為，「全民族的人生活動要進化，豐富，高尚，愉快……文學就是重要原力之一」〔註80〕。因此，必須提倡真的文學，反對遊戲的、消遣的文學。但是，進化論對葉聖陶的影響主要還是在於世界觀與人生觀，對於他的文學觀特別是文學史觀並沒有產生直接的影響。在這一點上他與陳獨秀、胡適、茅盾不一樣。陳獨秀應用進化論來宣揚其文藝主張，認為中國應大力提倡寫實主義文學，胡適則是推舉白話文學，茅盾進而倡導自然主義文學。事實上，還是西方人道主義賦予了葉聖陶前所未有的戰鬥熱情，對他的文學觀產生了深刻而巨大的影響。天賦人權、平等、自由、博愛、個性解放這些歐洲資產階級革命與啟蒙時代的戰鬥口號，成為包括葉聖陶在內的中國知識分子反思與批判封建制度與文化的最有力的武器〔註81〕。特別是先前無政府主義思潮在中國傳播，葉聖陶已經產生了推翻政府、消滅國家界限、張揚個體、尋求自救與互助的思想，這些觀念與西方人道主義相結合，便形成了葉聖陶在「五四」時代的精神風貌。其中最鮮明的一點就是他對個人、自我的重視，強調文藝家要以自我為中心而奴役一切。在個人與群體之間強調個體的優先性，這就把文藝家的個性提高到了前所未有的高度，能夠保證創作個性的充分發揮。

　　但是，葉聖陶從來也沒有真正提倡個人主義，相反他一再強調「群」對個人的重要性。「群」這一概念在中國古代就已經出現，荀子在論禮樂的必要性時提到了「群」。荀子認為，人有物質需求欲望，要合理地分配社會財富，就需要「禮」來制定等級與名分。荀子進而指出，人之所以為人，人之所以

---

〔註79〕葉聖陶：《女子人格問題》，載葉至善等編：《葉聖陶集》（第5卷），江蘇教育出版社2004年版，第10頁。

〔註80〕葉聖陶：《文藝談》，載葉至善等編：《葉聖陶集》（第9卷），江蘇教育出版社2004年版，第72頁。

〔註81〕參見葉聖陶：《女子人格問題》《吾人近今的覺悟》《職業與生計》《縱慾與墮胎》《創造光明》等文，載葉至善等編：《葉聖陶集》（第5卷），江蘇教育出版社2004年版，第3～10頁、第11頁、第21～23頁、第66～67頁，《葉聖陶集》（第18卷），第14頁。

能勝物，原因即在於「人能群，彼不能群也」，「人生不能無群，群而無分則爭」（《荀子・王制》）。荀子的目的其實是為禮樂、王權尋找理論根據，證明其合理性。但是，在晚清時代，維新派學者對「群」的使用卻借鑒了西方，具有新的意義。梁啟超曾經極力強調「群」的重要性，但是他是為抨擊專制王權，強調建立「新的政治共同體」，同時也是把「群」視為「一個宇宙論的原則」〔註 82〕。

　　葉聖陶本人所談論的「群」主要是指群體，而且他並不以階級概念來限定，也強調個體的人的平等，他有時也用「小我」、「大我」的概念指代個人、大群〔註 83〕，可見他所說的「群」也不存在等級問題。他追求的是個人與大群之間的和諧，因而他還是很重視個體的地位的。弘揚個性、返歸自我，正是五四的時代精神。周作人的《人的文學》正是從「人」的角度來倡導「人的文學」，周作人所說的「人」，是「『從動物進化的人類』。其中有兩個要點，（一）『從動物』進化的，（二）從動物『進化』的」，這也就意味著對人首先要從生物學的角度來看，「所以我們相信人的一切生活本能，都是美的善的，應得完全滿足。凡有違反人性不自然的習慣制度，都應排斥改正。但我們又承認人是一種動物進化的生物，他的內面生活，比他動物更為複雜高深，而且逐漸向上，有能改造生活的力量」〔註 84〕。這就是周作人所說的「個人主義的人間本位主義」〔註 85〕。不過，在當時的中國，這種個人主義與西方的個人主義仍然存在很大的區別，其最明顯的一點就是努力協調個人與群體之間的關係，不把其中的任何一面發展到極端。這與中國的現實環境相關，也與幾千年中國傳統文化的牽制相關。因而「五四」時代的中國知識分子，面對內憂外患，無法把個性主義真正發揮到極致。像葉聖陶這樣深受中國傳統文化影響的知識分子就更是如此，葉聖陶在自己的文章中，對於個體與大群

〔註82〕〔美〕張灝：《梁啟超與中國思想的過渡》，崔志海、葛夫平譯，江蘇人民出版社 1995 年版，第 69 頁。張灝對梁啟超的「群」的思想進行了深刻的辨析，張灝還認為，「群」決不能被理解為來自傳統的有機和諧和道德一致理想的一個概念，而是一個主要受西方社團組織和政治結合能力的事例所激發的新的概念。見該書第 68 頁。

〔註83〕葉聖陶：《文藝談》，載葉至善等編：《葉聖陶集》（第 9 卷），江蘇教育出版社 2004 年版，第 52 頁。

〔註84〕周作人：《人的文學》，載胡適編選：《中國新文學大系・建設理論集》（影印本），上海文藝出版社 2003 年版，第 194 頁。

〔註85〕周作人：《人的文學》，載胡適編選：《中國新文學大系・建設理論集》（影印本），上海文藝出版社 2003 年版，第 195 頁。

之間的關係問題也反覆作過論述。從總體來看，他始終強調個體要與大群達到和諧的境地，但在不同的時期，他論述的側重點有所不同：在「五四」之前，他強調「我」最尊貴，反對國家、政府對個人的戕害，「五四」時代他的側重點是在個體，強調個人的健全對於群體的重要性：當個體的人格和天賦權利被踐踏，而個人對此又不自覺時，就會「阻礙社會進化」〔註 86〕；到三40 年代以後他的側重點就逐漸轉移到大群上，強調群體對個人的重要性，葉聖陶認為，辨別善惡正邪，要「以人為根據」，「人又必須合群，離開了群就無所謂人生。……全世界的人就是一個大群」〔註 87〕。40 年代以後他更是強調要為人民服務，「民主精神的重要意義，在於擴大個己到大群，個己在大群之中，個己與大群融為一體而不可分，所以公眾的事非管不可，並且要放在個己的私事的前面」〔註 88〕。

但是這樣一種區分也只是相對的，葉聖陶其實始終強調的是「群」。在他看來，從個人生存來說，個體離不開群體；從個體發展來說，個體只有在大群之中才能謀得真正的發展。只有利於群體，個體才能真正受惠。他固然認為文學是人生的表現，但是他也認為，「說到人生，便含有社會的意味，無論物質的一衣一食，精神的一思一慮，都取資於社會，附麗於社會」〔註 89〕。因此，他認為文藝創作雖是無所為的，但還是要「貢獻給大群」〔註 90〕。特別是到 40 年代，葉聖陶強調文藝工作者要意識到自己是人民中的一員，要為人民服務〔註 91〕。

雖然葉聖陶最終強調的還是「群」，但他對於自我修養與個體作用的發揮還是極為重視，反對喪失自我，特別是在文藝創作上，他要求文藝家要顯出自己的個性。葉聖陶創作的小說，有不少就是深入到人物內心世界，心理描

---

〔註 86〕葉聖陶：《職業與生計》，載葉至善等編：《葉聖陶集》（第 5 卷），江蘇教育出版社 2004 年版，第 18 頁。

〔註 87〕葉聖陶：《四個「有所」》，載葉至善等編：《葉聖陶集》（第 6 卷），江蘇教育出版社 2004 年版，第 113～114 頁。

〔註 88〕葉聖陶：《管公眾的事》，載葉至善等編：《葉聖陶集》（第 12 卷），江蘇教育出版社 2004 年版，第 207 頁。

〔註 89〕葉聖陶：《職業與生計》，載葉至善等編：《葉聖陶集》（第 5 卷），江蘇教育出版社 2004 年版，第 20 頁。

〔註 90〕葉聖陶：《文藝談》，載葉至善等編：《葉聖陶集》（第 9 卷），江蘇教育出版社 2004 年版，第 58 頁。

〔註 91〕葉聖陶：《文藝工作者與教育工作者一個樣》，載葉至善等編：《葉聖陶集》（第 6 卷），江蘇教育出版社 2004 年版，第 284 頁。

寫豐富而細膩。在理論上他也極為重視文藝心理學的問題，因此，莊子的「物化」、「與造物同遊」、李贄的「童心」說、柏格森的「直覺」說都成為他探討文藝創作中感性、直覺、想像的理論資源。葉聖陶認為直覺是文藝家觀察世界的唯一方法，體現出他對於審美心理的特殊性的高度自覺。葉聖陶並不滿足於對世界的機械分析與認識，因而注重人的生命意志的直覺主義自然會得到他的青睞。柏格森的直覺主義就是以對理性主義的抨擊與反撥而出現的，但是葉聖陶並沒有將感性與理性對立起來，也並沒有非理性主義的神秘主義傾向，因而他對柏格森理論的借鑒是很有限的，他所借用的「直覺」其實也可以在中國古代文論與普通心理學中找到。因而他主要還是從普通心理學的角度來論述文藝心理，還沒有深入到非理性的無意識領域中去。

對作家的高度重視帶來的文學觀念上的變化即是強調「作者和作品是一體而不是分離的」〔註 92〕。中國古代講究言為心聲，注重自我道德修養，因而有以文觀人的傳統。西方近代則出現「風格即人」的信念，重視作家個性對作品風格形成的影響。在這一點上，葉聖陶將中國傳統與西方觀念融合到了一起，大力提倡修辭立其誠，又對「誠」作了現代意義的闡發，視作家為具有高度自覺意識的個體。因此，葉聖陶本人的小說創作就具有明顯的主觀色彩。這種主觀色彩曾受到茅盾的批評，茅盾贊許的是葉聖陶「冷靜地諦視人生」、「客觀的寫實的色彩」。〔註93〕但是正是在這一點上，葉聖陶顯示出其特殊性：注重詩意氛圍的營造，深入人物的內心，流露出作者的主觀情緒同時又不脫離冷靜平實的描寫，這些都成為葉聖陶早期文學創作的特性所在。

對於西方的文學思潮，葉聖陶也是進行充分的採擇、吸收，其中尤以法、俄的批判現實主義文學對他影響最大。在啟蒙主義思潮中，文學被視為國民性的體現。葉聖陶就深受這一觀念影響，認為要批判、改造國民性，就必須創造新文學，在這一點上，外國文學可以提供借鑒。主編《小說月報》時，葉聖陶曾引錄廚川白村、赫貝爾的文藝主張，藉此表達他對於文學的理解：文學要表現人生，展現生命的活力〔註 94〕。因此，葉聖陶十分欣賞俄國文學

---

〔註92〕　葉聖陶：《文藝談》，載葉至善等編：《葉聖陶集》（第 9 卷），江蘇教育出版社 2004 年版，第 36 頁。

〔註93〕　茅盾：《中國新文學大系・小說一集・導言》，載茅盾編選：《中國新文學大系・小說一集》（影印本），上海文藝出版社 2003 年版，第 22 頁。

〔註94〕　葉聖陶在主編《小說月報》期間，曾引錄了廚川白村、赫貝爾的話作為卷首語。見商金林：《葉聖陶傳論》，安徽教育出版社 1995 年版，第 299～300 頁。

「愛」的精神、日本文學「愛」與「美」的特質。法國的批判現實主義文學也受到他的重視。同時，處於對中國前途與命運的關注，葉聖陶也注意到弱小民族國家的文學。

同時，出於對教育事業的關心，葉聖陶開始了兒童文學創作，成為中國童話的先驅之一。葉聖陶表示，「我寫童話，當然是受了西方的影響。五四前後，格林、安徒生、王爾德的童話陸續介紹過來了。我是個小學教員，對這種適合給兒童閱讀的文學形式當然會注意，於是有了自己來試一試的想頭」〔註95〕。無論是從童話本身體現出來的詩意，還是對殘酷現實的揭示，葉聖陶的童話作品都與後者有相近之處。但另一方面，這也是由他直面人生、關注現實的文藝思想所決定的，葉聖陶的童話因而越來越不像童話，不能達到一種真正超然的境界。

40年代以後，葉聖陶的文藝觀發生了重大變化，他的現實主義文藝思想走向成熟。同時在心理語言學、馬克思主義語言學與文藝觀的影響下，葉聖陶對文學關注的重心由情感轉向語言，在他看來，思想與語言是一體的。在這樣的條件下，作者的世界觀、人生觀便再次得到了強調。這一時期，蘇聯文學受到了葉聖陶的高度重視，同時他也接觸到歐美文學。葉聖陶對蘇聯文化給予了高度評價，但也發現其中存在不足：「大抵蘇聯影片，富於教育意義（廣義的），以其注重此點，往往忽略娛樂意義。」而「美國影片則重在娛樂意義」。〔註96〕對於歐美文學，葉聖陶倒是挖掘出了其中的藝術成就，對於《約翰·克利斯朵夫》這樣的作品能夠充分肯定其成就〔註97〕。對於國內的文學作品，葉聖陶同樣不客氣地指出其中存在的問題：《青春之歌》《林海雪原》《清明前後》《膽劍篇》，在藝術上都存在著這樣那樣的不足〔註98〕。這些都體現出葉聖陶本人始終在堅持文學的藝術本性，這是非常難得的。

---

〔註95〕葉聖陶：《我和兒童文學》，載葉至善等編：《葉聖陶集》（第9卷），江蘇教育出版社2004年版，第320頁。

〔註96〕葉聖陶1948年4月28日日記，載葉至善等編：《葉聖陶集》（第21卷），江蘇教育出版社2004年版，第278頁。

〔註97〕葉聖陶1948年3月7日日記，載葉至善等編：《葉聖陶集》（第21卷），江蘇教育出版社2004年版，第263頁。

〔註98〕分別見葉聖陶：《課文的選編——致人教社中學語文編輯室》，載葉至善等編：《葉聖陶集》（第16卷），江蘇教育出版社2004年版，第155～156頁。葉聖陶1945年10月10日日記，載《葉聖陶集》（第20卷），第462頁。葉聖陶1961年7月29日日記，載《葉聖陶集》（第23卷），第241頁。

# 第二節　多重職業身份與知識分子批判

## 一、多重職業身份

　　葉聖陶是「五四」一代知識分子，他深受「五四」時代風潮的影響，投身於新文化運動。由於環境的需要以及廣泛的興趣，葉聖陶得以在多個領域從事文化工作與社會活動，正是由於扮演了不同的角色，他對於文藝問題的思考就顯得較為全面而深入。

　　葉聖陶最初是創作文言小說，後來創作新文學，發表了大量的白話文學作品。同時，他積極思考文學問題，發表了四十則《文藝談》。這是新文學理論史上最早出現的專著，反映出葉聖陶本人作為一名文學理論家所具有的深度，他其實是能夠將感性與理性融為一體的。後來葉聖陶發表的大量的文學評論文章，更是顯示了葉聖陶的文學批評才華。他不是如同別的一些批評家那樣照搬理論，而是能夠做到客觀、公正、寬容地對待不同的藝術風格，從作品實際出發，細細讀解、鑒賞，達到對作品藝術世界的審美把握。

　　多方面的成就與葉聖陶本人豐富的實踐活動是分不開的。早在中學時代，葉聖陶就組織了文學團體——放社，擔任盟主，既培養了文學興趣，又鍛鍊了自己的組織能力。後來他與顧頡剛等人一同辦年級小報《課餘》（後改名為《課餘麗澤》）。這些活動為他後來從事文化工作打下了基礎。1921 年，葉聖陶加入了文學研究會，文學研究會在小說、戲劇等方面都有定期刊物，唯獨詩歌方面沒有，於是葉聖陶就負責籌辦中國第一個新詩刊物——《詩》。葉聖陶最喜愛的文學體裁其實還是詩歌，如此一來他就有了用武之地。通過主編《詩》月刊，葉聖陶不僅吸引了一大批詩人，同時也使《詩》成為新詩創作與批評的園地。葉聖陶作為主編，必須對作品有敏銳的感受力與把握能力，這是從讀者——更準確地說是從批評家的角度提出的要求。這就需要葉聖陶以讀者的身份來審視作品，把自己對文學問題的思考引向深入。這樣一份刊物必須容納不同藝術風格的作品，這也要求葉聖陶打破「主義」的束縛，更多地從審美的角度來欣賞、評判作品。

　　由於《詩》月刊存在時間很短暫，葉聖陶還未能充分發揮他的才幹，而到了 1927 年代鄭振鐸主編《小說月報》，他的能量終於得到較為充分的釋放。據葉聖陶晚年回憶，鄭振鐸於 1927 年 5 月赴歐洲遊學，託他代編《小說月報》，到 1929 年 5 月鄭振鐸回國，大致說來，「從十八卷第七號到二十卷第六號，我

代振鐸兄編了兩年，一共二十四期」〔註99〕。在葉聖陶之前，沈雁冰、鄭振鐸主編的《小說月報》，譯著份量極重，而發表的創作作品，又以文學研究會同人的居多。這種做法引來創造社等團體的批評，同時作品的匱乏也表現出新文學創作實績的貧弱，這是不利於新文學的推廣的。應該說，沈雁冰與鄭振鐸是有不得已的苦衷的。為了與舊文學相對抗，他們高舉「為人生」的大旗，刊登文學研究會同人的作品以貫徹自己的宗旨是合情合理的，而新文學運動初期創作的貧乏，又使他們必須大量引入俄國、歐美及弱小民族的文學作品。因此直到1921年，茅盾還在感慨新文學創作的貧乏與公式化，題材的狹窄〔註100〕。茅盾回顧新文學第一個十年的創作歷程，指出從1917年至1921年新文學的收穫極少，「民國十年一月，《小說月報》也革新了，特設『創作』一欄，『以俟佳篇』；然而那時候作者不過十數人，《小說月報》（十二卷）每期所登的創作，連散文在內，多亦不過六七篇，少則僅得三四篇。而且那時候常有作品發表的作家亦不過冰心，葉紹鈞，落華生，王統照等五六人」。青年人的投稿「至多不過十來篇，而且大多數很幼稚，不能發表」，《小說月報》以外的情況也不樂觀。〔註101〕但是到1927年葉聖陶接手《小說月報》的時候，形勢就有了很大的不同。文學研究會與創造社的論爭早已結束，經過十年的醞釀，新文學創作出現了繁榮的局面，各種風格流派競相展現文壇。正如茅盾所說，「那時期的後半的五年（一九二二到一九二六），那情形可就大不同了。從民國十一年起，一個普遍的全國的文學的活動開始來到！」〔註102〕在新的形勢下，必須改變《小說月報》原有的編輯方針，才能有效地推動新文學運動。

　　葉聖陶正是在這一形勢下臨危受命，他大刀闊斧地進行改革，將創作提到首要位置，同時打破門戶之見，大力刊發不同風格流派的作品，並注意提攜新人，培養新文學的後備力量。1927年7月10日出版的《小說月報》推出「創作專號」，「沒有論文，沒有譯品，這在本報似乎無其例」〔註103〕。葉聖

〔註99〕葉聖陶：《記我編〈小說月報〉》，載葉至善等編：《葉聖陶集》（第17卷），江蘇教育出版社2004年版，第390頁。

〔註100〕茅盾：《評四、五、六月的創作》，載《茅盾全集》（第18卷），人民文學出版社1989年版，第131頁。

〔註101〕茅盾：《中國新文學大系·小說一集·導言》，載茅盾編選：《中國新文學大系·小說一集》（影印本），上海文藝出版社2003年版，第1頁。

〔註102〕茅盾：《中國新文學大系·小說一集·導言》，載茅盾編選：《中國新文學大系·小說一集》（影印本），上海文藝出版社2003年版，第4頁。

〔註103〕葉至善等編：《葉聖陶集》（第18卷），江蘇教育出版社2004年版，第19頁。

陶的改革，同他本人的文學觀念是密切相關的。他採取多元、寬容的方針，但是有一個基本原則，那就是堅決反對文學研究會宣言中所批評的以文學為遊戲或消遣的態度，大力扶持新文學，倡導民眾文學，重視「血與淚的文學」。他鼓勵徐玉諾寫這樣的作品，並刊登在自己主編的《小說月報》上〔註104〕。在他主編《小說月報》期間，他既推出已成名的作家，也提拔新人，對於茅盾、丁玲、巴金的作品都給予了高度評價。在文論建設方面，他促成茅盾寫《王魯彥論》《魯迅論》，開創了中國現代作家論，從理論上總結新文學第一個十年的成果，大力譯介世界文學。他反對拘於「主義」之見的文學，強調最重要的是文藝家的情感的真，認為「為人生」與「為藝術」其實是一致的，文藝必須以生活為源泉，作品應該展現文藝家的自我。正是在葉聖陶的努力下，《小說月報》真正成了一個新文學創作與批評百花齊放的園地。葉聖陶既依靠自己的人緣廣邀名家撰稿，也積極發現新人，戴望舒、丁玲、巴金等文學青年得以迅速在文壇脫穎而出，這與葉聖陶的慧眼是分不開的。戴望舒的《雨巷》、丁玲的處女作《夢珂》、代表作《莎菲女士的日記》及多部短篇小說、巴金的第一部長篇小說《滅亡》，都是在葉聖陶主編的《小說月報》上發表，從而聲名鵲起。丁玲、巴金等作家談及此事，都對葉聖陶表示了由衷的感謝。〔註105〕正是因為葉聖陶具有多重身份，因而他既能從作者的角度也能從讀者的角度來談文藝〔註106〕。正是因為擁有不同的身份，葉聖陶對於作品能夠持寬容的態度，對於創作和批評的不同要求有了更深的體會：「對於別人的東西，應該用瞭解的心情，取寬容的態度，來閱讀，來吟味，雖然自己寫作的時候不妨堅持自己的信念。」〔註107〕

　　這樣一種優勢在葉聖陶主編《中學生》《中學生文藝》《新少年》等刊物時仍然十分明顯，他不僅大力推舉新文學作品，也注重世界文學與中國古典文學。不僅如此，《中學生》還是一個極具綜合性的刊物，既刊登文學作品，也提供評論與閱讀、寫作指導，開展徵文活動，還兼顧時論、學術、自然科學與社會科學等，滿足讀者的不同需要。就文學而言，葉聖陶注意到青年讀

---

〔註104〕商金林：《葉聖陶傳論》，安徽教育出版社 1995 年版，江蘇教育出版社 2004
　　　　 年版，第 222～225 頁。
〔註105〕商金林：《葉聖陶傳論》，安徽教育出版社 1995 年版，第 310～314 頁。
〔註106〕葉聖陶：《作者·讀者》，載葉至善等編：《葉聖陶集》（第 9 卷），江蘇教育出
　　　　 版社 2004 年版，第 139～140 頁。
〔註107〕葉聖陶：《〈水晶座〉序》，載葉至善等編：《葉聖陶集》（第 5 卷），江蘇教育
　　　　 出版社 2004 年版，第 303 頁。

者喜歡傳記文學，特意在《中學生》刊載；針對青年愛好文藝的情況，《中學生》也特闢《文藝特輯》，沈從文、朱光潛、何洛的文章是提供指導，而作品則由茅盾、靳以、巴金、王統照及中學生提供。在譯介世界文學時，葉聖陶博採眾家，既有俄國文學，也有法國、日本、波蘭的文學；既有現實主義的高爾基、契訶夫，也有浪漫主義的普希金、現代主義的安德烈夫。《中學生》曾專門刊登文章以紀念歌德、雨果、屈原、高爾基、章太炎、魯迅、普希金等人。〔註108〕

在主編《中學生》《中學生文藝》等刊物期間，葉聖陶向廣大青少年讀者推薦新文學、世界文學，並開展了徵文活動，積極鼓勵青少年創作，在徵文、選文的過程中將自己的觀念表達出來：要「用自己生活的實感以充實作品的內容，把深刻的觀察來代替浮淺的感覺」；〔註109〕要「是自己的實感，自己的真意思」，「說自己的話，無所為而有所為」〔註110〕。正是這一宗旨，使《中學生》等雜誌在當時得到廣大中學生、青少年的喜愛，被譽為良師益友。

葉聖陶參與主持的開明書店，在新文化的傳播推廣中也同樣起到了巨大的作用。參與開明書店的事務後，他被譽為開明書店的「奠基者」和「靈魂」〔註111〕。在他的努力下，一大批學術著作與文學作品得以出版，其中不少已經成為經典之作。從葉聖陶為這些作品所作的廣告詞就可以看出，他看重的是貫注著現代意識與精神的學術著作，以及能夠展現時代風貌，揭示人的內心世界的文學作品。開明書店出版的茅盾、朱自清、沈從文、巴金、丁玲等人的作品，為現代文學的傳播起到了巨大的作用，這也是與葉聖陶本人的文學觀念分不開的。開明書店另外還出版有《開明國語課本》《開明少年》《國文月刊》等，《開明國語課本》已成為語文教材的經典之作，在葉聖陶等人影響下的「開明風」已然形成。事實上開明書店出版的作品，有著多種風格，而葉聖陶能夠兼收並蓄，正體現出他的眼光。葉聖陶不僅是在總結、推廣新文學與世界文學，對於中國古代文化遺產，他也十分重視。在教育方面，他

---

〔註108〕葉聖陶：《〈中學生〉的〈編輯後記〉》，載葉至善等編：《葉聖陶集》（第18卷），江蘇教育出版社2004年版，第48頁、第82頁、第84頁、第100頁、第103～104頁、第107頁。

〔註109〕葉聖陶：《〈中學生文藝〉編後》載葉至善等編：《葉聖陶集》（第18卷），江蘇教育出版社2004年版，第113頁。

〔註110〕葉聖陶：《〈掙扎〉序》，載葉至善等編：《葉聖陶集》（第18卷），江蘇教育出版社2004年版，第221頁。

〔註111〕商金林：《葉聖陶傳論》，安徽教育出版社1995年，第591頁。

就提出繼承固有文化，閱讀的古書應是古典文學名著。在他看來，古典文學是古代文化的重要組成部分，需要運用現代的眼光批判繼承。為此，葉聖陶在中小學教材中收入了大量的古典文學作品並進行閱讀指導，還專門為此編寫了不少的文言讀本。同時他還積極參與整理、出版古典文學作品如蘇軾、辛棄疾、周邦彥與姜夔的詞、四大名著等等，為保存與推廣古典文化做出了重大貢獻。

新中國成立以後，葉聖陶擔任人民教育出版社社長等職，他更為清醒地認識到編輯出版工作所具有的重大的文化意義，因而要求編輯出版工作者要有專業素養。在他看來，編輯人員不僅應該具備技術能力，更要有思想上的自覺意識，「出版事業的性質是工業、商業、教育事業三者兼之，三者之中，教育事業應居首要地位」〔註112〕，因而教材選文就要「文質兼美」的作品〔註113〕。這就對作家提出了要求。葉聖陶早年在《文藝談》中還強調文藝家應無所為而作，當然這並不意味著可以不顧讀者，而是在顧及新文學的啟蒙使命的前提下充分發揮作家的創作自由。開始編輯生涯以後，葉聖陶逐步強調讀者的重要性，認為創作不能忽略接受。特別是40年代以後葉聖陶已經意識到現在是人民的世紀，文藝工作者是人民中的一員，要為人民服務，葉聖陶認為「寫文章的人必是讀文章的人」〔註114〕，寫作必須考慮到讀者因素也就是為誰而寫的問題。

葉聖陶重視讀者，與他的教育思想也有密切關聯。葉聖陶歸根結底是一位教育家，他對文學問題的思考最終仍然會落實到教育上。他對兒童文學問題異常關心，不僅從理論上加以探討，認為「童心」「赤子之心」是創造真文藝的重要條件〔註115〕，還親自創作了大量的兒童文學作品，文學與教育的結合在兒童文學這一領域得到了鮮明的體現。文學作品具有陶冶人心與語言訓練的功能，葉聖陶早期強調的是文學變革人心的作用，這是「五四」啟蒙精神的體現。到40年代以後，他從教育實際與社會實際出發，認為文學不僅可

---

〔註112〕葉聖陶：《出版事業和出版史料》，載葉至善等編：《葉聖陶集》（第17卷），江蘇教育出版社2004年版，第385頁。

〔註113〕葉聖陶：《課文的選編——致人教社中學語文編輯室》，載葉至善等編：《葉聖陶集》（第16卷），江蘇教育出版社2004年版，第155頁。

〔註114〕葉聖陶：《從「己所不欲」著想》，載葉至善等編：《葉聖陶集》（第17卷），江蘇教育出版社2004年版，第57頁。

〔註115〕葉聖陶：《文藝談》，載葉至善等編：《葉聖陶集》（第9卷），江蘇教育出版社2004年版，第21頁。

以起到陶冶情操的作用，還可以在語言運用上起到示範作用，也就是具有語言教育的功能。葉聖陶認為，語言與思想是一致的，而語文科的專責在於思想與語言一貫訓練，因而文學作品無論是在課內還是課外，無論是對學生還是對廣大群眾，都可以收到語言教育的功效，語言教育同時也是思維訓練。因此，葉聖陶早年標舉情感，後來則強調文學是語言藝術，這是他的教育觀念對他的文學思想的影響。

從另一個方面來看，葉聖陶的兒童文學創作卻對他的文學觀念起到了主導作用。他是出於教育兒童的動機而創作，理應順應兒童的心理與趣味，創造出為兒童所喜愛的天真爛漫的理想世界，他早期的作品也的確是這樣做的。但是隨著創作的深入，他寫的作品卻越來越不像童話了，越來越多地滲入了成人的悲哀。由於作者直面現實的精神，作品展現的世界就充滿了醜惡、殘忍、悲慘與無奈。從根本上講，這是為作者本人的文學觀所決定的，因而逐漸背離了他創作童話時的初衷。作者本人的文學風格與取向顯然在創作中起到了決定性作用。

## 二、知識分子批判

作為一名成長於「五四」時代的知識分子，葉聖陶自小就關注時代、社會，對民族的前途充滿憂慮，對於知識階層與自我的反思也就與同時代的知識分子一樣，是在一條批判與自我批判的道路上行進的。

葉聖陶出身平民家庭，蘇州的地域文化又使他對於民間格外親近，這些因素都為他成長為一名平民知識分子奠定了基礎。葉聖陶受過嚴格的舊式教育，還於 1905 年參加了中國歷史上最後一次科舉考試，他本來有可能走上仕途，成為傳統的士大夫。但是科場失利及隨後科舉制的廢除、中國政局的急劇變化使葉聖陶的人生道路從此改變了方向。在青少年時代，他也受過新式教育，感受到西方文化的魅力，但在「五四」以前，這種影響還是很有限的，主要體現在科學、文學以及中國社會黨提倡的無政府主義思想上。

葉聖陶對於當時腐敗的政治極為不滿，在明末清初顧炎武的反專制思想與晚清時代反清排滿思潮的影響下，很快就產生了對於革命、民主的嚮往。在這一點上，可以見出中國古代士人憂心天下的濟世情懷、以維新派與革命派為主體的中國現代知識分子對於葉聖陶思想的影響。當然，此時的葉聖陶還沒有機會走上政壇，他本人對於政治雖然關心卻還沒有達到狂熱的地步，

他更多地是寄情於文學藝術，從他組織放社與創辦《課餘麗則》來看，他選擇的是一條文學救國之路。

對葉聖陶來說，文學絕非遊戲消遣之作，而是一項神聖事業。同時他也意識到文學畢竟不具備直接的效用，這也使他對文學的態度很矛盾，甚至一度發出文學無用的偏激之語：「你說作宣傳文字麼，士兵本身的行為的宣傳力量比文字強千萬倍呢。你說製作什麼文藝品，表現抗爭精神麼，中國卻是一種書賣到一萬本就算銷數很了不得的國家。在這一點上，我以為執筆的人應該『沒落』。」〔註116〕這樣的心態在中國古人身上也存在：一面是讚歎文章為「經國之大業，不朽之盛事」，另一面卻感慨文學只是雕蟲小技。但是，對於文學的愛好以及他本人的文化素養使葉聖陶能夠在相當程度上維護文學自身的特性，不是簡單地以文學為工具。晚清以來，雖然小說的地位得到了極大的提升，但是當時的知識界仍普遍以小說為小道，以詩文為正統。而當時的專職小說家，有不少也確實是以小說為盈利之具，迎合市民口味。葉聖陶對文學極為看重，但是他真正傾心的還是詩文，並且是以怡情養性的態度從事創作，可見他與古典文學走得很近。但是，殘酷的現實卻使葉聖陶走上了一條完全不同的路。清末民初的中國，政治腐敗不堪，文化復古主義也屢屢興起。葉聖陶在思想上也是彷徨迷茫，乃至生存都成問題，淪落到賣文為生的境地。在葉聖陶看來，自己不僅沒能成為經世救國、喚醒民眾的知識分子，反而成了靠寫小說來謀生的沒落文人，這簡直是奇恥大辱。中國知識分子的精英意識與啟蒙抱負，在葉聖陶身上也有體現，但是現實的挫折使他不得不全心沉浸於文學創作。在這樣的背景下，他對文學問題的深入思考、對當時文學的批評、與中外文學的廣泛接觸，特別是對於小說的重新認識，反而在一定程度上成就了葉聖陶日後的輝煌。葉聖陶閱讀與創作了不少的小說，對他來說，小說成為揭示人生現實的最有效、最便利的文體。這一人生歷練，也使葉聖陶本人更加有機會貼近下層民眾，體察民間疾苦，乃至對這些疾苦感同身受，早早地與精英知識分子拉開了距離。

同樣，在對待傳統文化的態度上，葉聖陶本來是被家庭按照封建士大夫的理想來培養的，他受古典文化的影響很深。在晚清嚴重的民族危機與思想危機面前，在民族主義高漲的年代，對於傳統文化的維護與眷戀就不可避免

---

〔註116〕葉聖陶：《戰時瑣記》，載葉至善等編：《葉聖陶集》（第5卷），江蘇教育出版社2004年版，第333～334頁。

地成為一種普遍的社會心理。葉聖陶也是如此，他曾經嚮往存古學堂，閱讀過國粹派的文章，認為「《雅言》《甲寅》等雜誌，最提倡國學」〔註117〕。相比之下，他在草橋中學時代接受的新式教育對他的影響也極大。現代學科分科體制與各門學科使葉聖陶感受到了科學的力量，他學習算學、博物、地理、化學、外語等課程，接受「軍國民教育」〔註118〕，也嘗試瞭解「倫理、論理、心理諸學」〔註119〕，特別是歐美文學、林譯小說使葉聖陶朦朦朧朧地感受到了一種全新的境界，一種與中國傳統文化全然不同的新文化已經向他敞開了大門。正是在這樣一種複雜、矛盾的狀態中，葉聖陶既沒有成為文化保守主義者，也沒有惟西方是從，逐漸形成一種以傳統文化為立身根基的現代意識。

新文化運動爆發以後，葉聖陶深受時代思潮的激蕩，迅速成長為新文化運動的支持者和參與者。他景仰陳獨秀、胡適、魯迅、周作人這樣的先驅者，自己也成為「五四」知識分子的一員。因此，葉聖陶同樣有著強烈的啟蒙抱負與人道主義情懷。在「五四」及以後，他積極響應文學革命的號召，以他的創作顯示新文學運動的實績：他加入了新潮社，後來又加入文學研究會，創作了大量的白話文學作品，涉及到當時的各種文學體裁。他還積極開展文學理論研究與文學批評活動，順應「五四」時代的要求，大力提倡「真」的文學、民眾文學，強調「自我」，嚮往天才，重視個人情感的抒發，充滿了浪漫主義的戰士激情與詩人氣質。他反對復古主義，反對因襲摹擬，批判禮拜六派，寫下了《骸骨之迷戀》《對鸚鵡的箴言》《「文娼」》等文進行抨擊〔註120〕。他的文學批評側重於新文學，是對新文學有力的維護與促進。與此同時，他也同其他「五四」知識分子一樣，把思維的觸角伸向社會的各個領域，廣泛探討婦女解放問題、教育改革問題、資本制度問題等等，體現了知識分子自覺的啟蒙意識：他們心憂天下，以社會的良知自任，為苦難深重的中華民族探尋出路。

在「五四」時代，在反對舊道德舊文化這一點上，葉聖陶與眾多「五四」知識分子的立場與觀點都趨於一致。但是，每個知識分子的知識背景、成長

〔註117〕葉聖陶1914年11月14日致顧頡剛信，載葉至善等編：《葉聖陶集》（第24卷），江蘇教育出版社2004年版，第83頁。
〔註118〕商金林：《葉聖陶傳論》，安徽教育出版社1995年版，第25～36頁。
〔註119〕葉聖陶1913年5月9日致顧頡剛書信，載葉至善等編：《葉聖陶集》（第24卷），江蘇教育出版社2004年版，第38頁。
〔註120〕葉至善等編：《葉聖陶集》第9卷，江蘇教育出版社2004年版，第82～94頁。

歷程、個性氣質都不會完全一樣，這就會使知識分子即使是在時代大潮的大
合唱中也會發出不同的音調。只不過在最初，這些音調不會導致總體上的不
和諧。但是，隨著文學革命的深入，隨著對於建設新文化問題思考的深入，
其中的差異就會越來越明顯。正是由於堅持個人的文化立場與獨立思考，葉
聖陶逐漸顯示出自己的特色。「五四」時代湧現出來的知識分子，大多受過正
規的高等教育，有著留學歐美或日本的經歷，回國後又在大學任教，屬於學
院派知識分子。他們有著融貫中西的知識結構，也擁有啟蒙主義知識精英的
優越感，希望通過思想革命實現中國的社會變革。葉聖陶與他們不同，他沒
有受過正式的高等教育，甚至沒有上過高中，更沒有海外留學背景，基本上
是依靠自學來提高自己的知識水平。在葉聖陶身上，天然就有著對於民眾的
親近感與認同意識，有著對鄉村和自然的深切眷戀。在成長歷程中，他同樣
經歷了辛亥革命的興奮與失望，民初政局的動盪，五四高潮時的振奮與退潮
後的苦悶，特別是五卅慘案、大革命失敗、抗日戰爭、解放戰爭等一系列中
國歷史上的重大事件，他逐漸意識到「教育原不是孤立的事項，有這麼樣的
中國，就有如現在模樣的教育」〔註121〕，這就促使他進一步從民眾中去尋找
力量，最終接受了中國共產黨。在抗戰時期葉聖陶就鼓勵葉至誠去延安，他
自己也通過各種方式瞭解延安，同周恩來等人接觸。1945年2月23日，葉聖
陶讀到了黃藥眠轉交的毛澤東《在延安文藝座談會上的講話》，「覺其以文藝
為教育工具，自其立場言，實至有道理」〔註122〕。8月30日，他讀《延安歸
來》，「覺延安之做法平易切實，就事解決，處處為改善民眾生活著想，殊可
欽佩」，對於毛澤東提出的民主之路，葉聖陶「深喜其言」〔註123〕。在中共中
央的邀請下，最終葉聖陶離開上海，繞道香港前往解放區，因為他意識到「教
育為政治服務是必然的，世間決沒有跟政治不相干的教育，教育獨立只是一
種虛無縹緲的想法」〔註124〕。這樣一條艱辛曲折的探索歷程，是中國現代知
識分子心路歷程的一個縮影。從個性氣質來講，葉聖陶顯然不是才子，他平

〔註121〕葉聖陶：《「生活教育」——懷念陶行知先生》，載葉至善等編：《葉聖陶集》
　　　　（第6卷），江蘇教育出版社2004年版，第255頁。
〔註122〕葉聖陶1945年2月23日日記，載葉至善等編：《葉聖陶集》（第20卷），江
　　　　蘇教育出版社2004年版，第367頁。
〔註123〕葉聖陶1945年8月30日日記，載葉至善等編：《葉聖陶集》（第20卷），江
　　　　蘇教育出版社2004年版，第441～442頁。
〔註124〕葉聖陶：《〈進步青年〉發刊辭》，載葉至善等編：《葉聖陶集》（第18卷），江
　　　　蘇教育出版社2004年版，第185頁。

實謙和，細心嚴謹，持中公允，有著傳統儒家的君子人格，溫和謙恭。但這並不意味著他沒有堅定的立場，在堅持新文化的立場上，他毫不動搖；他也不是調和主義，充當好好先生，而是力求以辯證的眼光看問題。因此，葉聖陶無疑屬於民粹知識分子〔註125〕。

如此一來就可以理解葉聖陶的文學主張了。他堅決站在新文學陣營一邊，嚴厲批判鴛鴦蝴蝶派、黑幕小說、禮拜六派。面對文學研究會與創造社的論爭，他主張「為人生」與「為藝術」是一致的。他沒有過多糾纏於主義之爭，未曾捲入自然主義的論爭。相反他倒是懷著極大的熱情加入到「民眾文學」的討論中，切實希望創造中國的民眾文學〔註126〕。對於外國文學，他主張消化吸收，為己所用。「五四」時代知識分子對中國的未來設計了不同的方案，彼此之間發生過激烈的論爭，對於這些論爭，葉聖陶不是置身事外，而是給予了熱心的關注。其中規模較大的有《新青年》與《東方叢刊》圍繞著物質文明與精神文明的論爭、20 年代的「科學」與「人生觀」之爭、因泰戈爾來華而發生的東西文化之爭。這樣的論爭主要是在精神／物質、中國（東方）／西方、傳統／現代、玄學／科學等二元對立的思維模式中展開，其中又夾雜著政治因素與意氣之爭，很難真正深入下去。葉聖陶對於各種論爭十分關注，發表了自己的意見。他堅持寬容的原則，指出種種主張「完全是各個人的自由的見解；我們本來不能指定哪一種見解是現實的，哪一種見解是過時的。人生是多麼複雜的對象」。因此，葉聖陶雖然站在科學派一邊，他卻戲稱自己成了「一個純粹的機械觀的信徒」，對於張君勱的見解抱著「彼亦一是非，此亦一是非」的態度，承認梁啟超的主張有其合理之處，反對將他們視為過時人物。〔註127〕對於國故研究，葉聖陶也不是簡單肯定或否定，他強調國故研究要取「超然的」地位、「檢察的」態度，並且國故研究者即使是為

〔註125〕許紀霖在分析朱自清從知識階級立場向人民立場的轉變時指出，朱自清的轉變有其內在原因，那就是五四時期播下的民粹主義種子。在他看來，現代中國知識群體中存在自由知識分子與民粹知識分子，朱自清是具有民粹傾向的自由知識分子，他與葉聖陶、鄭振鐸、夏丏尊等人更為投緣，而葉聖陶等人正是平民氣息濃厚的民粹知識分子。許紀霖此論是從知識分子自身的思想傾向出發的，所謂「民粹」，最重要的還是在於平民立場。載許紀霖：《中國知識分子十論》，復旦大學出版社 2004 年版，第 157～181 頁。

〔註126〕關於「民眾文學」的討論，可參見賈植芳等編：《文學研究會資料》（上），河南人民出版社 1985 年版，第 209～240 頁。

〔註127〕葉聖陶：《泰戈爾來華》，載葉至善等編：《葉聖陶集》（第 5 卷），江蘇教育出版社 2004 年版，第 104 頁。

學問而學問，研究結果也有裨實用。況且真正的國故研究者，也必然追求合理的生活〔註 128〕。可見葉聖陶堅持的原則始終是要適應現代生活的需要，要具備現代意識。

　　但是，葉聖陶也抱著懷疑的態度，他對於自己的知識分子身份與地位產生了懷疑，在《苦菜》中，主人公就已經開始苦苦思索：「我所知於人生的，究竟簡單而淺薄，於此更加自信。我和福堂做同一的事務，感受的滋味卻絕對相反，我更高於他麼？」〔註 129〕20 年代葉聖陶的教育救國夢想破滅，但他仍然在努力探求前進的道路，對於知識分子的反思也更為深入。出於這樣一種反思意識，加上自身所受的傳統文化影響，葉聖陶逐漸趨向民粹主義。他與胡適等自由主義知識分子的距離越來越遠，也更厭惡「革命文學家」揮舞著革命的大棒四面批判，他強調：要作革命文學家，首先要做一個革命者，從思想意識上改造自己。反映民眾疾苦，首先要真正體察民眾的感情。他給自己的小說集取名為《未厭集》，也是表示「未能厭足」與「尚未厭世」的生活態度〔註 130〕。他一再強調生活是文藝的泉源，這樣的生活不是遠離民眾的精神貴族的生活。葉聖陶與夏丏尊、朱自清等人能夠結下深厚的友誼，一個重要的原因就在於他們都貼近民眾，有著平實質樸的氣質。他們曾經一起籌辦「樸社」，後來共同支持開明書店，正可以說明這一點。

　　到 40 年代，葉聖陶發表了多篇文章，對知識分子進行了嚴厲批判。在他看來，一般人都把學問看作是「求學」或「遊學」所得的東西，這樣的「學問」是無用的；學校教育與科舉時代一樣，這樣學問也不準備去用；現有的教育導致學問與生活不相干，因而無所用。這也就否定了知識分子的作用，葉聖陶進而指責知識分子「作工具」，責問知識分子為什麼「不生不產」〔註 131〕，批判知識分子的貴族意識與優越感。葉聖陶認為，「在傳統政治上，做官只是當夥計」，「知識分子的共同目標就是做官卻是事實」，這樣知識分子不過是統治者的「夥計」：「他們根本沒有從民眾的全體利益出發，他們只是幫

---

〔註 128〕葉聖陶：《國故研究者》，載葉至善等編：《葉聖陶集》（第 5 卷），江蘇教育出版社 2004 年版，第 233～238 頁。

〔註 129〕葉聖陶：《隔膜‧苦菜》，載葉至善等編：《葉聖陶集》（第 1 卷），江蘇教育出版社 2004 年版，第 156 頁。

〔註 130〕葉聖陶：《未厭集‧前言》，載葉至善等編：《葉聖陶集》（第 2 卷），江蘇教育出版社 2004 年版，第 417 頁。

〔註 131〕葉聖陶：《學問無用論》，載葉至善等編：《葉聖陶集》（第 5 卷），江蘇教育出版社 2004 年版，第 316～320 頁。

了皇帝的忙」〔註 132〕。

這種要求知識分子懺悔和贖罪的思潮在 40 年代其實已經風起雲湧，這與抗戰勝利前後中國政局的急劇變革密切相關，也與中國思想界再次掀起民粹主義的高潮緊緊聯繫在一起〔註 133〕。葉聖陶的批判也是其中的一部分，同時也可以看作是一種自我批判。在《深入》一文中，葉聖陶深刻地剖析了自己。他認為自己不能深入生活的原因，是因為「所受的薰染」：「既然作了中國人，而且是中國的知識分子，不能不在儒家的空氣裏呼吸。」儒家講究仁愛、誠敬、務實，但是自己只是崇尚空談；又「從老子方面學會了權變，從莊子方面學會了什麼都一樣，於是，玩世不恭，馬馬虎虎，於物無情，冷冷落落」，反思之後的結論是應該深入生活，知行合一〔註 134〕。與毛澤東《在延安文藝座談會上的講話》相比，葉聖陶的反思還是有自身的特色的。毛澤東樹立了文藝為工農兵服務的總方向，要求知識分子進行思想改造，向工農兵學習。在毛澤東看來，知識分子迫切需要改造自己的世界觀，去掉身上的小資產階級習氣，這種習氣無疑是西方帶來的，因而重視民族民間文化傳統就成為重點。葉聖陶同樣強調改造思想意識，改造世界觀，也同樣由反思而走向為人民服務，但是其中的差異還是很明顯的：西方文化對中國知識分子的影響問題，葉聖陶沒有正面回答，他的批判與自我批判倒像是五四時代對傳統的批判。但是，葉聖陶沒有沿著這一思路提出解決中西思想文化衝突的問題，而是到傳統文化本身中去尋找答案，並與人民立場相結合。在他看來，中國古代知識分子沒有獨立的人格，不是依附於統治階級就是明哲保身，所謂「達則兼善天下，窮則獨善其身」即是其處世哲學。因而葉聖陶認為中國古代知識分子只能充當工具；而他批評脫離生活的學問「無用」，指責知識分子不從事生產，則是從實利的角度予以批判。葉聖陶的批判在今天看來顯然是過於片面的，他的依據也難以站得住腳。但是這樣一種觀念在當時卻很流行，原因就在於葉聖陶是從這樣一個出發點展開論證的：知識分子不是一個獨立的群體，當今時代是人民的世紀，特權階級被消滅了，知識分子就應該融入民眾之中，成為人民的一員，為人民服務。因此，文學工作者、教育工作者就

〔註 132〕葉聖陶：《知識分子》，載葉至善等編：《葉聖陶集》（第 6 卷），江蘇教育出版社 2004 年版，第 79～82 頁。

〔註 133〕許紀霖：《中國知識分子十論》，復旦大學出版社 2004 年版，第 177～179 頁。

〔註 134〕葉聖陶：《深入》，載葉至善等編：《葉聖陶集》（第 6 卷），江蘇教育出版社 2004 年版，第 289～290 頁。

都是人民的一部分，知識分子要以有利於人民為標準來判定善惡。葉聖陶認為，中國古代知識分子雖然講求「達則兼善天下，窮則獨善其身」，但實際上行不通，知識分子只能獨善。在人民的世紀，知識分子不能再不問世事而是應該積極參與公共事務，「第一要不把知識分子看得了不起。……第二，要在實際生活中貫徹著『四海之內皆兄弟』的感情」，參與實際事務。葉聖陶還要求知識分子「深入民間」，「向大眾學習」，積極實踐。〔註135〕

其實，對於中國古代知識分子獨立性問題，學術界至今還存在不同意見。余英時就認為，「我們所不能接受的則是現代一般觀念中對於『士』所持的一種社會屬性決定論。今天中外學人往往視『士』或『士大夫』為學者——地主——官僚的三位一體。這是只見其一、不見其二的偏見，以決定論來抹殺『士』的超越性」〔註136〕。余英時指出，「士」的超越性體現在「他們能夠對於現實世界進行比較全面的反思和批判，而且也使他們能夠自由自在地探求理想的世界——『道』」〔註137〕。應該說，余英時的分析還是很有道理的。葉聖陶對知識分子的批判，是從社會屬性上為知識分子下結論，卻相對忽視了知識分子在精神品格上的獨立性，雖然這種獨立也只是相對的，但並不能由此認為中國古代知識分子的目標就是做官，不曾為民眾謀利益。而知識分子雖然不直接從事生產勞動，但是知識分子所從事的事業，所體現出來的精神追求，也對生活有實際的助益。葉聖陶本人也認為，看似脫離實際生活的國故研究，「無論國故研究者如何為學問而學問，我卻相信他們所得的結果總是有裨實用的」，「國故研究同其他研究一樣，徹頭徹尾就只在達到合理生活的目標」〔註138〕。如此一來，又怎能否認知識分子的作用？

不過，回到具體的歷史語境中，葉聖陶的民眾立場，在40年代的知識分子身上十分普遍，聞一多、朱自清也實現了這樣的轉變〔註139〕。問題是，當

〔註135〕葉聖陶：《獨善與兼善》，載葉至善等編：《葉聖陶集》（第6卷），江蘇教育出版社2004年版，第131～134頁。

〔註136〕余英時：《〈士與中國文化〉引言》，載《士與中國文化》，上海人民出版社2003年版，第8頁。

〔註137〕余英時：《士與中國文化》，上海人民出版社2003年版，第602頁。

〔註138〕葉聖陶：《國故研究者》，載葉至善等編：《葉聖陶集》（第5卷），江蘇教育出版社2004年版，第237～238頁。

〔註139〕許紀霖：《中國知識分子十論》，復旦大學出版社2004年版，第156～186頁、第206～239頁。另外，關於知識分子在40年代的轉變與選擇問題，可以參考李書磊：《1942：走向民間》、錢理群：《1948：天地玄黃》，山東教育出版社1998年版。

時的知識分子對「人民」的理解不盡相同，葉聖陶理解的「人民」，也是一個十分寬泛模糊的概念：「在專制國家裏，與人民相對的是特權階級」，「所謂『人民的世紀』裏的『人民』，就一國說，包括全國的人而言；就世界說，包括全世界的人而言」〔註140〕。「人民不是個抽象的名詞，是姓張的，姓李的，種田的，作工的，許許多多人的總稱。這些人休戚相關，利害與共。」〔註141〕顯然，葉聖陶所認同的人民，主要還是大眾。人民立場對葉聖陶文藝美學思想的轉變，影響十分巨大。由於樹立了「為人民」的方向，他對於文藝活動中的接受維度十分重視，將讀者提到了突出的位置，這實際也是對文藝功能的重視。文藝是文藝家表現自己對於生活的真情實感，但是葉聖陶此時更突出「思想」。在《像樣的作品》中，葉聖陶集中表述了自己的這一主張：「文藝的根源是思想，文藝的作用是發表。」〔註142〕葉聖陶贊同這樣的說法：「反映現實，喊出人民大眾的要求，是文學的時代的使命。」〔註143〕在他看來，文藝工作者是人民的一部分，要為人民服務。

葉聖陶選擇了「五四」的道路，但是沒有主張全盤西化，而是反過來從傳統中汲取力量。這種眼光還是較為辯證的，他以自己的眼光區分傳統文化中的精華與糟粕。至於他對於傳統及知識分子的反思批判中出現的偏頗過激之論，在當時的反思浪潮中其實是很普遍的現象，對此不必苛責。重要的是，葉聖陶由此找到了一條走向人民的路，並與中國共產黨產生深切的共鳴，最終奔向解放區。當然，這也是葉聖陶堅持自己獨立思考的結果。

由此也就可以理解葉聖陶為什麼會傾注更多的精力於編輯出版事業與教育事業，將文學工作、編輯出版乃至政治都歸結為教育。談到自己的職業時，他也聲明自己是編輯、教師，不認為自己是文學家、文學理論家或批評家。其實他的文學才華本可以得到更好的發揮，他的成就在中國現代文學史上早已得到公認。或許在他看來，編輯、教育都是甘當人梯的事業，需要踏踏實實做事。教育並非是居高臨下地發號施令，教育者並不是統治者、支配者，

---

〔註140〕葉聖陶：《「人民的世紀」》，載葉至善等編：《葉聖陶集》（第12卷），江蘇教育出版社2004年版，第320頁。

〔註141〕葉聖陶：《如果教育工作者發表〈精神獨立宣言〉》，載葉至善等編：《葉聖陶集》（第6卷），江蘇教育出版社2004年版，第276頁。

〔註142〕葉聖陶：《像樣的作品》，載葉至善等編：《葉聖陶集》（第9卷），江蘇教育出版社2004年版，第135頁。

〔註143〕葉聖陶：《〈西川集〉自序》，載葉至善等編：《葉聖陶集》（第6卷），江蘇教育出版社2004年版，第84頁。

恰恰相反，教育意味著平等對話，意味著以受教育者為主體，使其成為現代社會的合格公民與優秀人才。葉聖陶雖然是一個熱心社會活動的人士、民主黨派的負責人，但是他還是在一定程度上保留了作為一名知識分子的獨立思考的精神。正如錢理群所說，「葉聖陶本屬於這樣的知識分子：關心國事，也並不迴避政治，該說的話總要說，該做的事一定做，但卻與潮流中心保持適當的距離」〔註144〕。

　　葉聖陶走過的道路在中國現代知識分子中並不少見，特別是在20世紀40年代的關鍵時刻，不少知識分子都經歷了類似的反思批判歷程。他們的反思與批判並不完全是外部條件造成的，甚至可以說是自覺的。在當時的條件下，中國知識分子面臨社會與思想的雙重危機，不可能完全超脫於現實政治之外，他們必須做出選擇。像葉聖陶這樣選擇了人民立場的知識分子在當時是大多數。葉聖陶一直強調人本位，立足生活固然占首位，但這只是前提，真正的實施還是要靠人。因此，他對於改造思想、體驗生活這樣的問題尤為敏感，思考也更為深入。知識界曾盛行「到民間去」，葉聖陶卻敏銳地看出了知識分子與民眾之間的隔閡，《在民間》這篇小說就揭示了這個問題。葉聖陶認為體驗生活不能只喊標語口號，要在思想情感上與民眾打成一片，才能真正體驗生活。當然，在獲得這種深刻性的同時，對於知識分子獨立性的問題，葉聖陶還是沒有取得更大的突破，儘管他本人是保持了相對獨立的思考。

　　本章是從文化的視野觀照葉聖陶的文藝美學思想，葉聖陶本人的成長環境、早年教育對他思想的形成有極大的影響，同時他也深受地域文化的薰染，對於民眾有著天然的親切感。在中國傳統思想文化中，儒學對葉聖陶影響最大，不僅是他立身處世的根基，也深深影響了他的文藝美學思想。葉聖陶對道家思想的吸取主要是在無所執著和追求自然之美上。葉聖陶還曾對佛學極感興趣，但是他並不真正信教。因而他早年是按照自己的思想來闡釋佛家，也以之作為心靈的寄託。在文藝美學思想上，佛家對心性的關注、對禪趣的追求都對葉聖陶產生了一定的影響。在時代的大潮中，葉聖陶能夠積極吸取各種思潮如改良主義、無政府主義、進化論，重視西學，終於加入了新文化陣營，對中國現代文化的發展作出了重要貢獻。他從事過多種工作，擁有多重職業身份，這就使他在文藝問題上能夠做到全面而客觀的審視，持論較為周全。葉聖陶本人是「五四」知識分子中的一員，他對知識分子的批判其實

---

〔註144〕錢理群：《1948：天地玄黃》，山東教育出版社1998年版，第295頁。

也是自我批判，這也是當時大多數中國知識分子的歷史選擇。但是他更具有
平民氣質，也多少保留了獨立思考的餘地。

# 結　語

　　葉聖陶是中國現代文化史上一位傑出的人物,他是五四時代的知識分子。他在文學、教育、編輯等方面都有著重要的成就,為中國現代文化作出了重大貢獻。

　　通過具體的分析可以發現,葉聖陶的文藝美學思想可以以 20 世紀 40 年代為界分為前後兩期。前期他抱著「有益於世」、「為人生」的宗旨走上文學道路,強調文藝家以「自我」為中心,文學創作講求無所為而有所為。他重視創作,強調文學的情感內質,要求任情感之自然。40 年代以後,葉聖陶轉到人民的立場,強調為人民服務,文藝家是人民中的一員,要參與公共事務。他對創作與接受同樣看重,甚至更重視接受,強調文藝創作必須顧及讀者。他強調文學是語言的藝術,思維的過程就是形成語言的過程。但是這些變化也是相對的,很大程度上只是側重點不同。此外,葉聖陶的文藝美學思想中也有一以貫之之處,如以生活為文藝的泉源,認為充實的生活就是藝術,堅持人本位,強調無所為而有所為。當然他所說的「人」,在 20 年代重在自我,40 年代轉變為人民,但是他始終強調個人與群體應該達到和諧的境地。

　　葉聖陶的文藝美學思想似乎可以用這樣的話來概括:生活是一切的泉源。但生活是人的生活,要一切從人出發。既已為人,就要求生活的充實。生活充實才能成為合格的公民,在此基礎上可以從事文藝活動。文藝是人的精神產品,也可以滿足人的精神需求。文藝可以提升人的精神境界,打破一切隔膜,使人創造更加美好的生活。一言以蔽之,或許可以把葉聖陶的文藝美學思想稱為「生活美學」。

　　葉聖陶雖然沒有為自己的文藝美學思想明確地建立一個體系,但他的思想的體系性是存在的。他對於文藝問題的思考是全面而深入的,涉及到了方

方面面。他始終堅持生活是文藝的泉源與根本，從而為他的文藝美學思想打下了牢固的唯物主義根基。但是在此基礎上，他更為關注的是人的作用的發揮，這是他的人本位思想的體現。正因為如此，他大力引進心理學、語言學，吸收中國古代思想尤其是儒家思想中注重心性和修養、知行合一的觀念，強調文藝家的地位與作用，對於創作問題的探索是十分深入的。他的創作與理論不盡一致，有助於我們從中見出葉聖陶文藝思想的特別之處。葉聖陶文藝美學思想的特點是他最終將文學歸於教育問題，從中體現出他一貫的立場與原則。不可否認，葉聖陶的文學思想與教育思想存在著基本的一致與根本上的相通，在「為人生」以及以語言為手段這一點上，他將文學與國文教育聯結了起來。但是其中也存在著衝突：作為一名文學家，他清醒地意識到文學的審美特性；但作為一名教育家，他更注重從實用的角度來看待教育，持教育工具論。因而他對於文學教育的態度就顯得很矛盾。

事實上，葉聖陶本人的文學思想與他的各種思想之間既是互補共生，也存在著牴觸衝突，對此無需否認。作為在「五四」時代成長起來的知識分子，葉聖陶有自己的獨特經歷、個性品格，在開創中國現代文學與教育事業上功不可沒。他注重吸收借鑒中國傳統文化與西方思想文化，從總體上看他是一位恂恂儒者，但他又不是一位文化保守主義者，他重視西學，但他也沒有主張全盤西化，並且他還借助西方思想來反觀中國傳統文化，從而獲得一種現代眼光。

# 參考文獻

論文：

1. 王泉根、王渝根：《論葉聖陶童話對中國兒童文學的貢獻》,《雲南民族大學學報》1986 年第 4 期。

2. 商金林：《新文學先驅者的足跡——略述葉聖陶早年的文學視野和文學觀》,《文藝理論與批評》1991 年第 6 期。

3. 劉啟先、郝亦民：《葉聖陶與外國文學》,《中國現代文學研究叢刊》1994 年第 3 期。

4. 張志公：《葉聖陶先生——教育界一代宗師》,《課程‧教材‧教法》1994 年第 10 期。

5. 陳光宇：《葉聖陶美學思想的邏輯起點》,《南京曉莊學院學報》1997 年第 3 期。

6. 董菊初：《從葉聖陶的文學創作論看語文闡釋學》,《課程教材教法》,2006 年第 11 期。

7. 龍永干：《葉聖陶作品的儒家文化意蘊》,《湖南科技學院學報》2007 年第 11 期。

8. 徐龍年：《論葉聖陶語文性質觀的先進性》,《社會科學戰線》2011 年第 1 期。

9. 商金林：《小學語文教材的經典：葉聖陶編開明國語課本》,《南京師範大學文學院學報》,2013 年第 1 期。

10. 朱曉進：《葉聖陶教育思想的當代價值——當前如何深化葉聖陶研究》,《江蘇師範大學學報》2013 年第 1 期。

11. 鍾邊：《葉聖陶研究資料索引》,《中國編輯》2014 年第 1 期。

12. 歐陽芬：《葉聖陶：在文學與教育之間》,蘇州大學博士學位論文,2010 年。

13. 于春生：《葉聖陶主編〈小說月報〉的編輯實踐研究》，北京印刷學院碩士學位論文，2004 年。

14. 周秋利：《葉聖陶主編〈中學生〉（前期）編輯實踐研究》，北京印刷學院碩士學位論文，2004 年。

15. 張慧：《葉聖陶語文美育思想初探》，貴州大學碩士學位論文，2007 年。

16. 葉晨燕：《論葉聖陶語文教材建設的多向探索》，上海師範大學碩士學位論文，2010 年。

17. 趙慧閃：《葉聖陶中學語文教材編輯思想研究》，河南大學碩士學位論文，2012 年。

## 著作：

1. 葉至善、葉至美、葉至誠編：《葉聖陶集》（1～26 卷），江蘇教育出版社 2004 年。

2. 葉至善、葉至美、葉至誠編：《葉聖陶集》（1～25 卷），江蘇教育出版社 1985～1994 年。

3. 葉聖陶編、豐子愷繪：《開明國語課本（小學初級學生用）》（上下冊），上海科學技術文獻出版社 2005 年。

4. 葉聖陶編、豐子愷繪：《開明國語課本（小學高級學生用）》（2 冊），開明書店 2011 年。

5. 葉聖陶撰、豐子愷繪：《開明幼童國語讀本》（4 冊），中國青年出版社 2011 年。

6. 葉聖陶著、豐子愷插畫：《開明兒童國語讀本》（4 冊），中國青年出版社 2011 年。

7. 葉聖陶撰、豐子愷插畫：《開明少年國語讀本》（4 冊），中國青年出版社 2011 年。

8. 夏丏尊、葉聖陶、宋雲彬、陳望道編：《開明國文講義》（全 2 冊），人民文學出版社 2011 年。

9. 葉聖陶、郭紹虞、周予同、覃必陶編：《開明新編國文讀本》（全 2 冊），人民文學出版社 2011 年。

10. 葉聖陶、朱自清著：《精讀指導舉隅》，中華書局，2013 年。

11. 葉聖陶、朱自清著：《略讀指導舉隅》，中華書局，2013 年。

12. 夏丏尊、葉紹鈞編：《國文百八課》，三聯書店 2008 年。

13. 朱自清、葉聖陶、呂叔湘編：《文言讀本》，三聯書店 2010 年。

14. 中央教育科學研究所編：《葉聖陶語文教育論集》，教育科學出版社 1980 年。

15. 萬嵩：《葉聖陶創作論略》，甘肅師範大學出版社 1980 年。

16. 陳遼：《葉聖陶評傳》，百花文藝出版社 1981 年。

17. 金梅：《論葉聖陶的文學創作》，上海文藝出版社 1985 年。

18. 杜草甬：《葉聖陶論語文教育》，河南教育出版社 1986 年。

19. 陳遼：《葉聖陶傳記》，江蘇教育出版社 1986 年。

20. 商金林：《葉聖陶年譜》，江蘇教育出版社 1986 年。

21. 任天石：《葉聖陶小說論》，江蘇教育出版社 1988 年。

22. 韋商：《葉聖陶和兒童文學》，上海少年兒童出版社 1990 年。

23. 劉國正、畢養賽主編：《葉聖陶語文教育思想研究》，江蘇教育出版社 1990
    年。

24. 葉聖陶研究會編：《葉聖陶研究論文集》，開明出版社 1991 年。

25. 萬嵩：《葉聖陶新論》，蘭州大學出版社 1991 年。

26. 任天石、盧文一：《現代傑出的編輯出版家——葉聖陶》，南京出版社 1993
    年。

27. 劉國正：《葉聖陶教育文集》（1～5 冊），人民教育出版社 1994 年。

28. 周龍祥、金梅編：《葉聖陶寫作生涯》，百花文藝出版社 1994 年。

29. 徐登明：《編輯出版家葉聖陶》，中國書籍出版社 1994 年。

30. 張香還：《葉聖陶和他的世界》，上海教育出版社 1995 年。

31. 商金林：《葉聖陶傳論》，安徽教育出版社 1995 年。

32. 陳光宇：《葉聖陶的美學奉獻》，天津古籍出版社 1997 年。

33. 呂正之主編：《紀念葉聖陶誕辰 100 週年論文集》，語文出版社 1997 年。

34. 董菊初：《葉聖陶語文教育思想概論》，開明出版社 1998 年。

35. 中國出版工作者協會學術工作委員會、葉聖陶思想研究會編：《葉聖陶編
    輯思想研究》，開明出版社 1999 年。

36. 商金林：《求真集》，安徽教育出版社 2004 年。

37. 商金林：《葉聖陶年譜長編》（第一～四卷），人民教育出版社 2004～2005
    年。

38. 劉增人：《葉聖陶傳》，東方出版社 2009 年。

39. 劉增人、馮光廉編：《葉聖陶研究資料》（上、下），知識產權出版社 2010
    年。

40. 張哲英：《清末民國時期語文教育觀念考察——以黎錦熙、胡適、葉聖陶
    為中心》，福建教育出版社 2011 年。

41. 葉煒：《葉聖陶家族的文脈傳奇——編輯學視野下的葉氏四代》，人民出
    版社 2011 年。

42. 葉聖陶研究會編：《葉聖陶研究年刊》（2011 年），開明出版社 2011 年。

43. 葉聖陶研究會編：《葉聖陶研究年刊》（2012 年），開明出版社 2012 年。

44. 人民教育出版社中學語文編輯室編：《中學語文教材和教學》，人民教育出版社 1981 年。

45. 王瑤：《中國新文學史稿》，上海文藝出版社 1982 年。

46. 任建樹等編：《陳獨秀著作選》（第一卷），上海人民出版社 1984 年。

47. 賈植芳等編：《文學研究會資料》（上、下冊），河南人民出版社 1985 年。

48. 溫儒敏：《新文學現實主義的流變》，北京大學出版社 1988 年。

49. 林毓生：《中國傳統的創造性轉化》，三聯書店 1988 年。

50. 朱喬森主編：《朱自清全集》（第一、二、三、八卷），江蘇教育出版社 1988～1996 年。

51. 梁啟超：《飲冰室合集》，中華書局 1989 年。

52. 茅盾：《茅盾全集》（第 18、19 卷），人民文學出版社 1989～1991 年。

53. 賈植芳：《中國現代文學社團流派》，江蘇教育出版社 1989 年。

54. 樂黛雲、王寧編：《西方文藝思潮與二十世紀中國文學》，中國社會科學出版社 1990 年。

55. 顧黃初、李杏保主編：《二十世紀前期中國語文教育論集》，四川教育出版社 1991 年。

56. 〔美〕張灝：《梁啟超與中國思想的過渡》，崔志海、葛夫平譯，江蘇人民出版社 1995 年。

57. 姚淦銘、王燕編：《王國維文集》（1～4 卷），中國文史出版社 1997 年。

58. 李華興主編：《民國教育史》，上海教育出版社 1997 年。

59. 王麗：《中國教育憂思錄》，教育科學出版社 1998 年。

60. 歐陽哲生編：《胡適文集》，北京大學出版社 1998 年。

61. 鄭振鐸：《鄭振鐸全集》，花山文藝出版社 1998 年。

62. 劉納：《嬗變——辛亥革命時期至五四時期的中國文學》，中國社會科學出版社 1998 年。

63. 李書磊：《1942：走向民間》，山東教育出版社 1998 年。

64. 錢理群：《1948：天地玄黃》，山東教育出版社 1998 年。

65. 顧黃初、李杏保主編：《二十世紀後期中國語文教育論集》，四川教育出版社 2000 年。

66. 李杏保、顧黃初：《中國現代語文教育史》，四川教育出版社 2000 年。

67. 課程教材研究所編：《20 世紀中國中小學課程標準·教學大綱彙編》（語文卷），人民教育出版社 2001 年。

68. 〔美〕安敏成:《現實主義的限制:革命時代的中國小說》,姜濤譯,江蘇人民出版社 2001 年。

69. 顧黃初:《顧黃初語文教育文集》(上、下),人民教育出版社 2002 年。

70. 胡適編選:《中國新文學大系‧建設理論集》(影印本),上海文藝出版社 2003 年。

71. 鄭振鐸編選:《中國新文學大系‧文學論爭集》(影印本),上海文藝出版社 2003 年。

72. 茅盾編選:《中國新文學大系‧小說一集》(影印本),上海文藝出版社 2003 年。

73. 郁達夫編選:《中國新文學大系‧散文二集》(影印本),上海文藝出版社 2003 年。

74. 阿英:《阿英全集》,安徽教育出版社 2003 年。

75. 陳平原:《中國小說敘事模式的轉變》,北京大學出版社 2003 年。

76. 余英時:《士與中國文化》,上海人民出版社 2003 年。

77. 許紀霖:《中國知識分子十論》,復旦大學出版社 2004 年。

78. 陳光宇主編:《語文美育學》,中國工人出版社 2004 年。

79. 魯迅:《魯迅全集》,人民文學出版社 2005 年。

80. 夏曉虹編:《〈飲冰室合集〉集外文》,北京大學出版社 2005 年。

81. 夏志清:《中國現代小說史》,復旦大學出版社 2005 年。

82. 〔美〕孫康宜、宇文所安主編:《劍橋中國文學史》(上下卷),劉倩等譯,三聯書店 2013 年。